职业教育教学改革规划教材

数控机床操作与编程

■主　编　何四平
■副主编　李子艳　崔立军
■参　编　汪哲能　翟　林　李瑞斌　陈振国
■主　审　谭　斌

机械工业出版社

本书参考劳动部职业技能培训要求，由具有多年实践教学经验的教师编写而成，内容由浅入深，遵循职业教育的特点，力求理论够用为度，突出动手能力的培养。

本书主要内容包括数控加工基本知识、数控车床编程与操作（FANUC 0-TD 系统）、数控铣床编程与操作（SIEMENS 系统）、加工中心编程与操作（FANUC-0iM 系统）、数控机床的维护与保养。

本书可作为中等职业技术学校机械制造及机电专业的实训教材，也可作为相应职业技能培训机构的培训教材，同时也可供一线技术人员参考。

图书在版编目(CIP)数据

数控机床操作与编程/何四平主编. —北京：机械工业出版社，2011.5
职业教育教学改革规划教材
ISBN 978-7-111-34563-3

Ⅰ.①数… Ⅱ.①何… Ⅲ.①数控机床—操作—职业—教育—教材 ②数控机床—程序设计—职业教育—教材 Ⅳ.①TG659

中国版本图书馆 CIP 数据核字（2011）第 100794 号

机械工业出版社(北京市百万庄大街 22 号 邮政编码 100037)
策划编辑：崔占军 责任编辑：王佳玮
版式设计：霍永明 责任校对：刘志文
封面设计：鞠 杨 责任印制：杨 曦
北京圣夫亚美印刷有限公司印刷
2011 年 7 月第 1 版第 1 次印刷
184mm×260mm · 14 印张 · 340 千字
0001—3000 册
标准书号：ISBN 978-7-111-34563-3
定价：27.00 元

前　言

随着技术的进步，传统的机械制造技术已经越来越不能适应现代制造业的需求。在国际市场的竞争中，品质起到至关重要的作用，而现代化的制造技术正是品质的保证，因而以数控机床为代表的制造技术发展迅速。我国是制造大国，这决定了我国机械制造业在由大转强的道路上需要一大批从事数控机床操作与编程的实用型人才。本书正是在这样的社会环境中，依据职业教育的培养目标编写而成的。

本书的编写原则是“实践为主，理论以必要、够用为度”。在内容安排上，简要阐述必备的基础理论知识，简化了大部分生产实际中极少用到的繁琐理论；努力增强理论学习与实际操作的关联性，增加学习的实用性与趣味性；与实际生产相衔接，注重培养读者的数控机床操作、编程等动手能力；列举大量生产中常遇到的典型零件加工案例，将学习与实际生产紧密衔接。在数控系统方面，本书针对的是市场应用广泛的 FANUC 系统和 SIEMENS 系统。

本书由何四平任主编，李子艳、崔立军任副主编，谭斌主审。其中第 1 章由何四平、汪哲能编写；第 2 章由何四平编写；第 3 章由李子艳、李瑞斌编写；第 4 章由翟林、陈振国编写；第 5 章由崔立军编写。

由于编者的水平和学识有限，不足之处在所难免，诚望读者批评指正。

编　者

目　录

第 1 章　数控加工基本知识

1.1　数控机床的基本概念

用数字化信号构成的控制程序对某一具体对象（如速度、位移、温度、流量等）进行控制的技术，称为数控技术，简称 NC（Numerical Control）。它一般是指早期的硬接线数控。随着微型计算机技术的发展，部分或全部的数控功能由软件来实现的数控，称为计算机数控，简称 CNC（Computer Numerical Control）。

广义上说，凡是使用了数控技术的机械设备，统称为数控设备，包括数控机床、数控折弯机、数控电焊机、电脑绣花机、自动绘图机等。

狭义上的数控设备是指应用了数控技术的切削机床，即数控机床。它代表着现代机械制造领域中的先进技术，它的出现使传统的加工工艺方法得到了历史性的革新。

数控机床的各种操作，如主轴启动与停止、主轴变速、工件夹松、刀具进退、切削液自动关停等，及工件的尺寸都是用数字代码的程序指令表示，通过控制介质（如磁盘）将数字信息输送到控制装置，经计算机处理和运算，转化为电信号控制机床的伺服系统及其他驱动元件，使机床自动加工出所要求的工件。

数控机床之所以能得到广泛的应用，主要是因为它具有普通机床无法比拟的诸多优点。

1. 精度高

数控机床机械部分的制造精度要高于普通机床，且它的控制精度高达 0.001mm，高自动化的控制过程减少了许多人为操作误差。有位置检测装置的闭环或半闭环数控机床，可以加工出精度高于数控机床本身的产品，且精度稳定性好。

2. 效率高

数控机床（特别是加工中心）的工序相对集中，且它的工作过程由加工程序来控制，减少了许多工件装夹、换刀、测量等辅助时间，再就是数控机床好的刚性为实现重切削提供了有利条件，从而实现了高的效率。

3. 自动化程度高

由于数控机床是按预先编好的程序来自动完成加工任务的，工件装卸、换刀等一系列繁重的工作都是自动进行，且通过自动排屑等辅助装置，使得数控机床的自动化程度非常高，从而减轻了操作人员的劳动强度，改善了劳动条件。

4. 加工范围广

数控机床的加工范围比普通机床要广，譬如，数控车床能够加工普通车床难以加工的圆弧表面，数控铣床能够完成普通铣床难以完成的空间曲面加工。

5. 可以控制复杂的运动轨迹

美国麻省理工学院在1952年研制出世界上第一台三坐标数控铣床，其产生的背景就是为了解决帕森斯（PARSONS）公司加工飞机螺旋桨叶片轮廓样板曲线的难题，现今的多坐标数控机床更是可以加工复杂的空间曲面，所以，数控机床能实现复杂的运动是它区别于普通机床的重要特征之一。

在数控机床50余年的历史进程中，随着数控系统的不断完善和发展，数控机床优良的性能价格比使它的应用越来越广泛。

数控机床与普通机床、专用机床相比较，优势较大，但它主要适合加工精度高、形状复杂的中小批量零件。

1.2 数控机床的分类

数控机床的分类方式很多，下面几种是比较常见的。

1.2.1 按工艺用途分

1. 普通数控机床

工艺性能与传统的通用机床相似的数控机床，包括数控车床、数控铣床、数控刨床、数控镗床、数控钻床及数控磨床等。其中，数控车床除了可以完成普通车床所能加工的表面外，还能加工圆弧面；数控铣床除了可以加工普通铣床所能加工的表面外，还能加工空间曲面。普通数控机床在普通机床的基础上扩大了加工范围，这也是它使用广泛的一个原因。

2. 数控加工中心

数控加工中心又称多工序数控机床，是带有刀库和自动换刀装置的数控机床。工件一次装夹后，能实现多种工艺、多道工序的集中加工，减少了装卸工件、调整刀具及测量的辅助时间，提高了机床的生产效率；同时减小了工件因多次安装所带来的定位误差。近年来，数控加工中心机床的发展速度非常迅速。

典型的数控加工中心有镗铣加工中心、钻铣加工中心和车铣加工中心等。由于钻铣加工中心使用较为广泛，所以，行业习惯简称钻铣加工中心为“加工中心”。

3. 多坐标数控机床

数控机床的坐标数是指数控机床能进行数字控制的坐标轴数。如图1-1a所示，若X轴和Z轴能实现数字控制，则称它为两坐标数控机床；如图1-1b所示，若X轴、Y轴和Z轴能实现数字控制，则称它为三坐标数控机床。

值得注意的是，行业术语中的“两坐标加工”或“三坐标加工”是指数控机床能实现联动的坐标轴数。图1-1a所示两坐标数控车床，若它能实现X轴和Z轴的联动，即能加工圆弧，就可以把它叫做“两坐标加工”。图1-1b所示三坐标数控铣床，若它只能控制任意两个坐标轴联动，实现图1-2a所示平面轮廓加工，则只能称为“两坐标加工”，若其深度尺寸大，只能通过Z轴的周期性进给来控制时，有些也把它称为“两坐标半加工”；若它能控制三个坐标轴联动，即能实现图1-2b所示空间曲面加工，那么它就是“三坐标加工”。

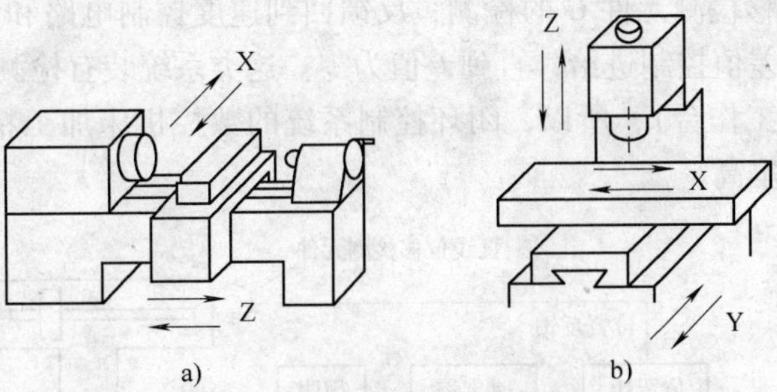

图 1-1　多坐标数控机床

a）两坐标数控车床　b）三坐标数控铣床

能实现三个或三个以上的坐标轴数联动的数控机床称为多坐标数控机床。它能加工形状复杂的零件，常见的多坐标数控机床一般为 4 ~6 个坐标。

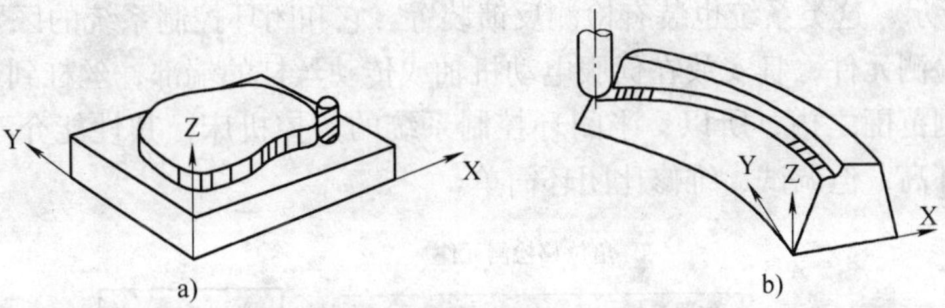

图 1-2　三坐标数控铣床的加工方式

a）平面轮廓加工　b）空间曲面加工

4. 特种加工数控机床

特种加工数控机床是指利用电脉冲、激光和高压水流等非传统切削手段进行加工的数控机床，如数控电火花加工机床、数控线切割机床和数控激光切割机床等。

1.2.2　按伺服系统分

1. 开环控制系统

如图 1-3 所示，数控系统发出的指令信号经驱动电路放大后，驱使步进电动机旋转一定角度，再经传动部分带着工作台移动。它的指令值发送出去后，控制移动部件到达的实际位置值没有反馈，也就是说，系统没有位置检测反馈装置。开环控制系统的数控机床结构简单、调试和维修方便、成本低，但加工精度低。

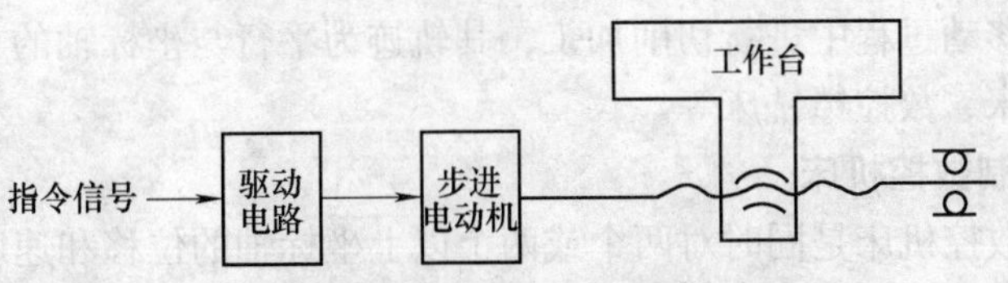

图 1-3　开环控制系统示意图

2. 闭环控制系统

如图 1-4 所示，数控系统发出指令信号后，控制实际进给的速度量和位移量，经过速度

检测元件 A 及直线位移检测元件 C 的检测，反馈回到速度控制电路和位置比较电路与指令值进行比较，然后用差值控制进给，直到差值为零。这类系统装有检测反馈装置，且位置检测装置在控制终端（工作台），所以，闭环控制系统的数控机床加工精度高，但结构复杂、调试和维修困难、成本高。

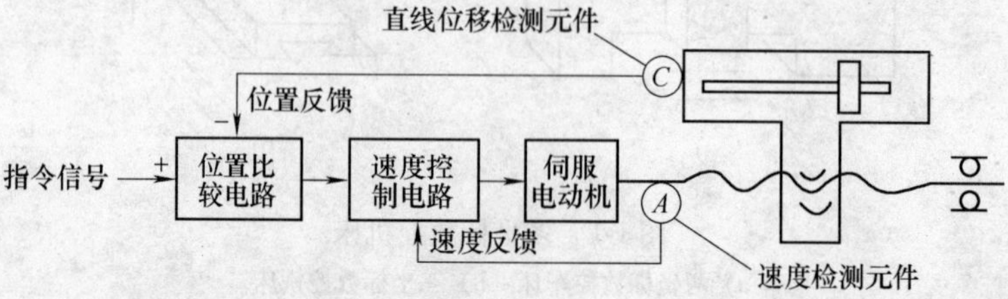

图 1-4　闭环控制系统示意图

3. 半闭环控制系统

如图 1-5 所示，这类系统也装有检测反馈装置。它和闭环控制系统的区别是位置检测装置采用角位移检测元件，且安放在伺服电动机轴或传动丝杠的端部，丝杠到工作台的传动误差不在反馈控制范围之内，所以，半闭环控制系统的数控机床，其性能介于开环和闭环之间，精度比开环高，但调试、维修比闭环简单。

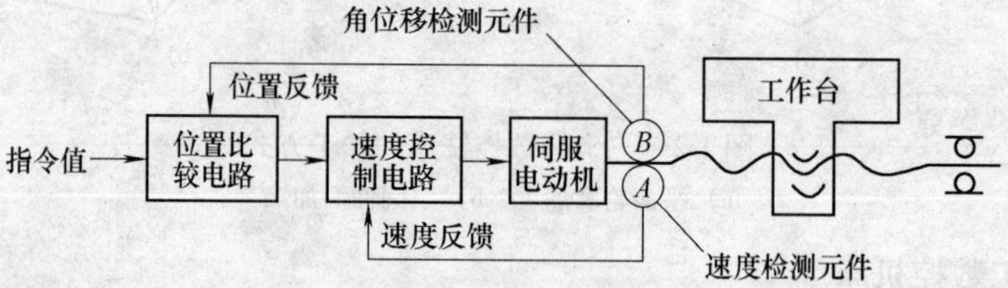

图 1-5　半闭环控制系统示意图

1.2.3　按控制的运动方式分

1. 点位控制数控机床

点位控制数控机床只控制移动目标点的精确位置，而对移动过程的速度和轨迹并没有要求，但由于这类机床在移动过程中不进行切削加工，为提高效率，往往要求移动速度较快。常见的有数控钻床、数控测量机等。

2. 直线控制数控机床

直线控制数控机床不仅要控制移动目标点的精确位置，而且对移动过程中的速度和轨迹也要求进行控制，移动过程中进行切削加工，其轨迹为平行与坐标轴的方向。这类控制方式常用于简易数控车床、数控镗铣床等。

3. 连续轮廓控制数控机床

连续轮廓控制数控机床是同时对两个或两个以上坐标轴的位移和速度进行连续相关的控制，使其能够加工出圆弧面或曲面等复杂零件。常见的有数控车床、数控铣床、加工中心等。

1.2.4 按功能水平分

该方式分类在中国使用较广（适合国情），但不同时期的划分标准不同。

1. 经济型数控机床

它是指那些功能简单、价格便宜、自动化程度不高的数控机床，主要适用于生产规模较小的企业及旧机床的改造等。

2. 标准型数控机床

它是指功能较多，价格适中的数控机床，适合目前中国的国情，市场份额较大。

3. 多功能高档数控机床

多功能数控是指功能齐全、价格较贵、档次较高的数控机床。它主要适合于经济实力雄厚、生产规模大的企业。

1.3 数控机床的基本组成及功用

无论何种类型的数控机床，一般都是由输入输出设备、数控装置、伺服系统、受控设备及辅助装置等几部分组成。

1. 输入输出设备

早期的数控机床只有键盘、发光二极管显示器、纸带阅读机、磁带（磁盘）输入机、控制面板；现代数控机床的控制面板包括 CRT 操作面板（执行 NC 数据的输入/输出）和机床操作面板（执行机床的手动操作）如图 1-6 所示。为了操作人员方便操作，一般都将数控机床的数控装置与控制面板设计成分离式的；高级的还配有自动编程机或 CAD/CAM 系统。

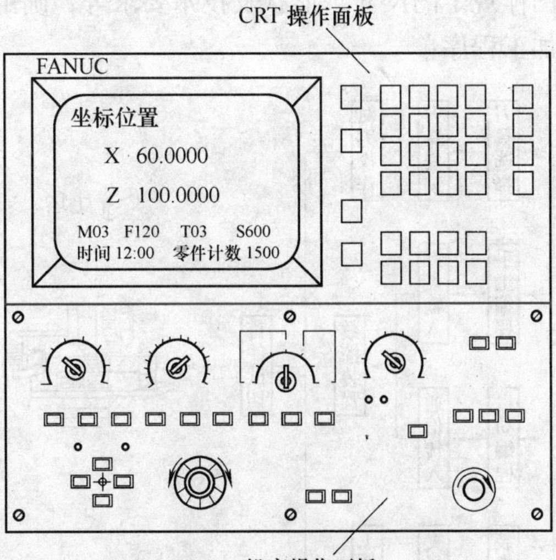

图 1-6 控制面板

它的作用是将零件程序和加工信息送入到数控装置中。

2. 数控装置

数控装置是数控机床的核心部分，它一般由专用计算机（包括硬件和软件）、输入输出接口及可编程序控制器等组成。

它的作用是完成输入信息的存储、数据转换、插补运算和实现各种控制。

3. 伺服系统

伺服系统是数控机床的执行机构，包括伺服控制电路、功率放大电路、伺服电动机、机械传动机构和执行机构。

数控机床的伺服系统主要有两种：一种进给伺服系统，控制切削进给运动；另一种是主轴伺服系统，控制主轴的切削运动。简易的数控机床一般没有主轴伺服系统控制。

伺服系统的作用是把来自数控装置的指令值信号转变为执行机构的位移。例如，数控车床的径向（轴向）尺寸，是由 X 轴方向（Z 轴方向）的伺服电动机接收数控装置及相应处理电路发送的脉冲信号后，驱动中滑板（床鞍），从而带动刀架和车刀，实现径向（轴向）的切削运动。

4. 受控设备

受控设备是被控制的对象，是数控机床的本体部分。它包括主运动部件、进给运动部件和支承部件，以及冷却、润滑和夹紧装置等。

它的作用是完成切削加工运动及各种辅助动作。

1.4 数控机床的工作步骤

数控机床的工作过程如图 1-7 所示，其主要加工步骤如下：

1. 零件加工程序的编制

加工前，根据零件图样规定的尺寸、形状及技术要求等，确定其加工的工艺过程和工艺参数，然后编写零件的加工程序单。

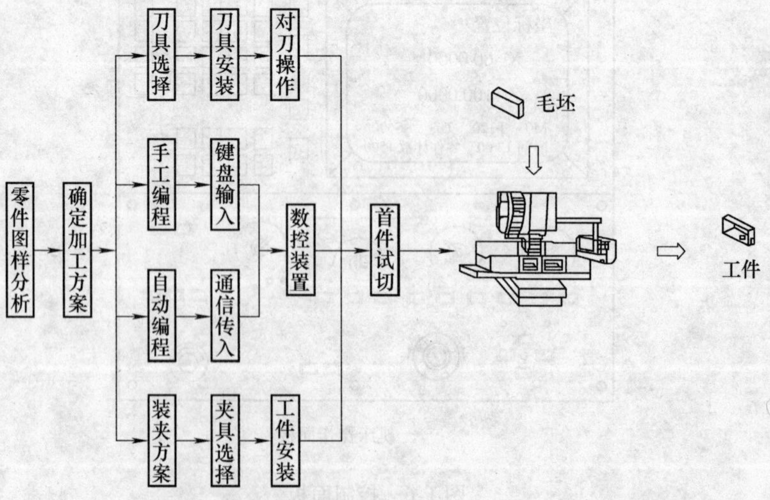

图 1-7 数控机床的工作过程

2. 程序输入

程序输入的方法有：

1）由光电阅读机把穿孔纸带上的程序信息读入数控装置。

2）用手工编制的、较简单的加工程序，一般通过 CRT 操作面板上面的键盘直接把程序输入到数控装置。

3）对于在编程机上自动编制的、复杂的加工程序，一般通过通信接口从编程机上传入数控装置，或用移动存储设备复制到数控装置中。

3. 轨迹插补

零件加工程序都是用表示零件轮廓的线段起点和终点来编写的，而刀具实际进给的轨迹是数控装置根据图样零件轮廓轨迹要求，在线段的起点和终点之间进行“数据点的密化”计算，即轨迹插补。

如图 1-8a 所示，从起点 O 至终点 A 的直线段进给，数控装置需要根据轮廓轨迹要求进行插补运算，其结果为 A_1、A_2、A_3 等点的坐标值；对于如图 1-8b 所示，从起点 A 至终点 B 的圆弧段进给，数控装置的插补结果为 B_1、B_2、B_3 等点的坐标值。最后，插补结果以脉冲形式输出，以控制进给。一个脉冲信号使机床移动部件移动的位移量称为脉冲当量，它是数控机床控制的最小单位量，如图中 A_1A_2、B_1B_2 等微小直线段，即为脉冲当量，其大小由数控机床来设定，一般为 0.001mm 或 0.002mm。

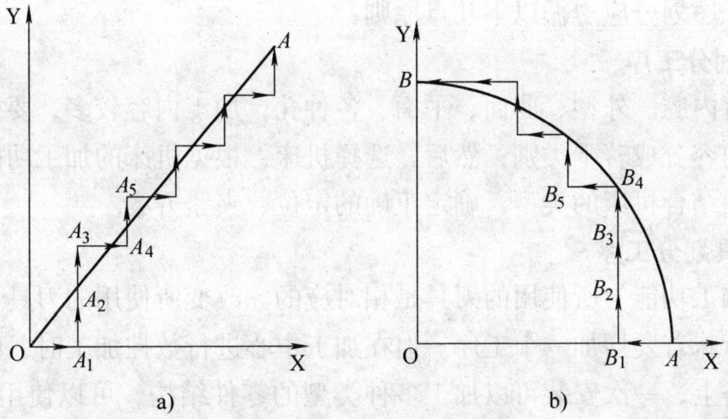

图 1-8　轨迹插补

a）直线插补　b）圆弧插补

4. 伺服控制和机床加工

伺服系统把数控装置输出的脉冲信号经功率放大后，驱动伺服电动机，通过机械传动机构，最后使工件和刀具按一定的轨迹和速度进行运动，从而加工出符合图样要求的零件。

1.5　数控加工工艺

数控加工工艺的内容包括以下一些方面：

1）选择适合在数控机床上加工的零件待加工表面，确定工序加工内容。

2）根据零件图样上的技术要求，确定加工方案，制定数控加工工艺路线（包含与非数控加工工序的衔接等)。

3) 分配加工余量。

4) 工序、工步设计。选择零件的定位基准，确定夹具、辅具方案，选择刀具及切削用量等。

5) 编程的相关计算，包括工件坐标系、编程坐标系的建立，对刀点和换刀点的选取，刀具补偿等。

6) 处理数控机床及数控系统的工艺指令。

7) 编制加工程序。

8) 首件试切加工，检验程序。

9) 工艺文件归档。

数控加工工艺是编制加工程序的依据，直接关系到加工程序的合理性，而且，一些在普通机床上加工时可由操作者掌握和调整的工艺内容，在数控机床上加工时，就必须预先考虑好，编制成程序来实现自动控制，所以，数控加工的工艺安排显得非常重要。

1.5.1 工序划分

由于数控机床具有高自动化的特点，能实现多工序集中加工，所以，它与普通机床的工序划分方法有着根本性的区别。在数控加工中，一次装夹应尽量完成大部分的加工。一般来说，数控机床的工序划分应遵循以下几点原则:

1. 加工内容划分工序

如果零件上有内腔、外型、曲面、平面、各种孔，加工内容较多，要根据零件的这些结构特点，将加工内容分成若干类别；然后，选择机床，根据机床的加工功能合理划分、整和工序加工内容，并结合机床的类型，确定正确的定位、夹紧方案。

2. 按所用刀具划分工序

数控机床的加工功能与所使用的刀具是相对应的。改变所使用的刀具，可能意味着必须改换机床，也就意味着要增加一个工序。但在加工中心进行数控加工时，由于其复合的加工功能，在同台设备上，一次安装可以加工多种类型的零件结构，可以使用多种类型的刀具，相对具有工序更加集中的特点。应该注意的是，工序过分集中，工序加工内容过多，所需要的加工程序也会很大，会增加程序的出错率，查错检索时间长，修改困难。同时程序太大，也受数控系统内存容量，机床可允许连续工作时间的限制。

3. 按粗、精加工划分工序

当零件的加工质量要求较高时，一般须将加工过程划分为粗加工、半精加工、精加工三个阶段。在数控加工中要划分粗加工工序、精加工工序（经常将半精加工和精加工合并为一个工序)。

粗加工主要是高效地切除加工表面上的大部分材料，使毛坯在形状和尺寸上接近成品零件。

半精加工目的是为了切除粗加工留下的误差，为精加工作准备，并可完成次要表面的加工，如钻孔、攻螺纹、铣键槽等。

精加工目的是使重要表面达到零件图规定的加工质量要求。

4. 工序先后顺序划分

1）先加工定位基准面，再加工其他表面，以保证后面工序的加工余量及相应的位置精度。

2）先加工主要表面，后加工次要表面。

3）先粗加工，后精加工。

4）先外后内，以保证加工内轮廓时，有装夹定位基准。

另外，为改善工件切削性能安排的退火、正火、调质等热处理工序，要安排在切削加工前进行；为消除工件内应力安排的热处理工序（如人工时效、退火等），且零件加工精度要求较高的工件，最好安排在粗加工工序之后进行，加工精度要求不高，也可安排在粗加工之前；为改善工件材料力学性能的热处理，如淬火、渗碳淬火等，一般安排在半精加工和精加工之间进行。

总之，数控加工工序划分应根据生产纲领及设备等具体情况灵活对待。

1.5.2　机床的选用

机床选用应合理，所谓“量体裁衣”，即根据零件的数量、精度和要求，分析该零件是否适合数控机床加工，在数控机床较多的地方，应确定各工序所使用的数控机床类别、型号。基本原则是：在保证所加工零件精度和要求的前提下，追求高的生产效率和良好的经济效益。

1.5.3　刀具选择

刀具选择的原则是：

1）考虑到数控加工过程中的高速度和重切削等特点，一般选用强度高、耐磨及热硬性好的数控机床专用刀具。

2）所用刀具越少越好，这样可降低成本，减少装刀和换刀等辅助时间来提高生产效率。

3）尽可能地使用成形刀，如车削小圆弧宜选用圆弧车刀，铣削键槽宜选用直径与键槽宽度相同的键槽铣刀，以达到提高切削效率，精简程序的目的。

4）粗加工应选用厚实的刀具，如尺寸大、后角小的刀具，强度好，适宜重切削；而精加工需选用后角较大的锋利刀具，以利于减小切削变形，便于控制尺寸精度。

5）所选用的刀具在加工过程中不能与已加工表面发生干涉。如图1-9a所示，使用外圆刀车削凹圆弧时，因副偏角过小而出现副切削刃

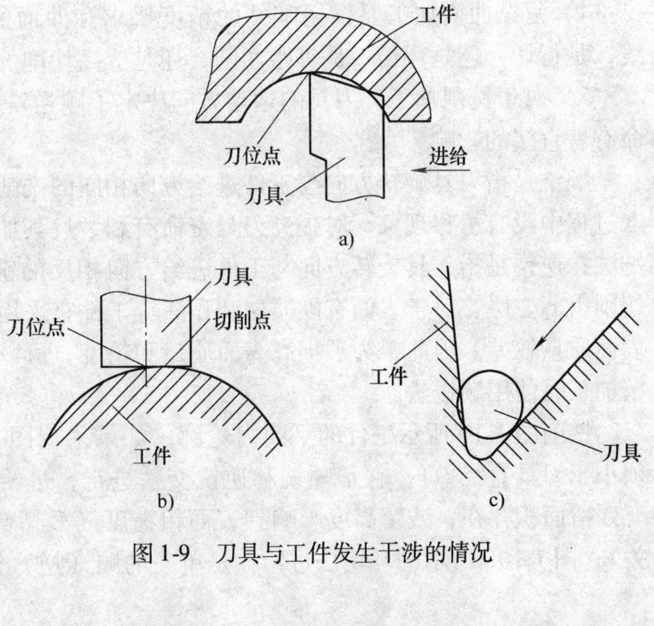

图1-9　刀具与工件发生干涉的情况

破坏已加工表面的情况；如图 1-9b 所示，在三坐标数控铣床上，用面铣刀铣削曲面时，因编程使用的刀位点与切削点不一致的情况；如图 1-9c 所示，所选刀具半径大于零件内轮廓圆弧半径，从而出现过切的情况。

1.5.4　工件装夹方案的确定

1）尽量使用气动（液动或电动）夹具，以减轻劳动强度，提高生产效率。

2）优先考虑选择通用、标准夹具，降低夹具成本，缩短生产周期。

3）使定位基准和设计基准重合，减小定位误差。

4）装夹部位稳固，夹紧力靠近主要支承点，夹紧可靠，满足数控加工时重切削的需求。

5）加工部分露在夹具外面，保证刀具在切削、进刀、退刀和换刀时不与夹具发生干涉，在刀具的极限位置与夹具之间留有一定安全距离，车削加工的安全距离一般留 10 ~ 15mm。

工件装夹时，应注意压紧点与支承点要相对应，当采用多个螺母压紧时，应轮流拧紧各个螺母，切忌某个螺母完全拧紧后，再拧紧下一个螺母，以防止压紧过程中工件松动或局部变形（刀具装夹过程中也应注意这点）。

1.5.5　加工路径的安排

加工路径即为刀具刀位点相对于静止工件而运动（数控编程时统一的设定）的轨迹及方向，包括切削、进刀、退刀等，它的合理正确与否，直接影响到加工零件的精度。在安排数控加工工艺路径时应注意以下几点：

1）加工路径越短越好，以减少空行程时间，提高生产效率。

2）粗加工时应考虑留给精加工的余量分布均匀，使精加工切削稳定。

3）先加工离装夹部位远的，后加工离装夹部位近的，以保证毛坯或半成品的刚性，防止加工过程中引起振动。

4）复杂曲面加工要根据零件的精度要求和曲面的特点、加工效率等因素确定加工路线，是行切，还是环切；是等距切削，还是等高切削。

5）对于铣削加工，刀具的运动方向决定了顺逆铣方式，同时对工件表面质量和刀具寿命有着直接的影响。

顺铣是指刀具旋转方向与工件进给方向相同的铣削方式，该方式由待加工表面切入，切入过程中没有滑移现象，对提高刀具寿命有利，且其加工的表面质量较好，一般尽量采用顺铣法；逆铣是指刀具旋转方向与工件进给方向相反的铣削方式，该方式由已加工表面切入，切削由薄变厚，对于表面有硬质层和积渣等工件宜采用逆铣法，有利于保护刀具，但加工的表面质量较差。因此，为了提高表面质量和精度，可以采用多次走刀进行粗加工，最后一刀精加工时使用顺铣法。

铣削图 1-10 所示工件的平面内轮廓，如果采用图 1-10a 所示的行切法进给（行距 S 必须小于刀具直径 D），它是顺铣和逆铣交替进行，进给路径也较短，但在行与行的交接处，有残留面积存在，残留高度影响到表面粗糙度（残留高度跟行距 S 与刀具直径 D 的比值有关）；图 1-10b 所示的环切法进给，是单一的顺（逆）铣方式，没有切削残留，但进给路径较长，切削效率低；图 1-10c 所示为行切法完成后，再用环切法沿四周光整进给，清根，以去除残留高度，所以，相比较而言，这种行切法后清根的进给方案是最好的一种。

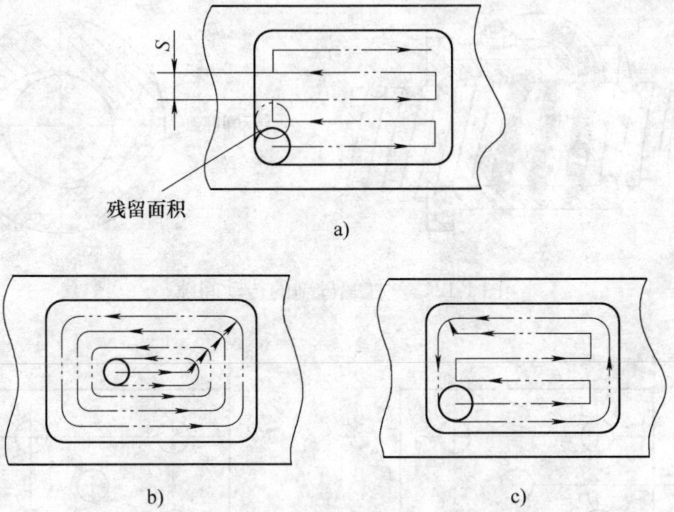

图 1-10　平面内轮廓加工的方案
a）行切法　b）环切法　c）行切清根法

6）连续铣削轮廓曲线，刀具的切入和切出应放在各几何元素连接点（基点）的切线上，避免从曲线上的某一点直接切入和切出，因为连续切削时，机床处于负载弹性状态下的平衡，切入和切出瞬间，平衡被打破，致使在切入和切出点留下凹凸不平的痕迹，影响表面质量。如图 1-11 所示，铣削零件外轮廓，刀具应沿着两曲线交点 A 的切线方向延长线切入和切出。

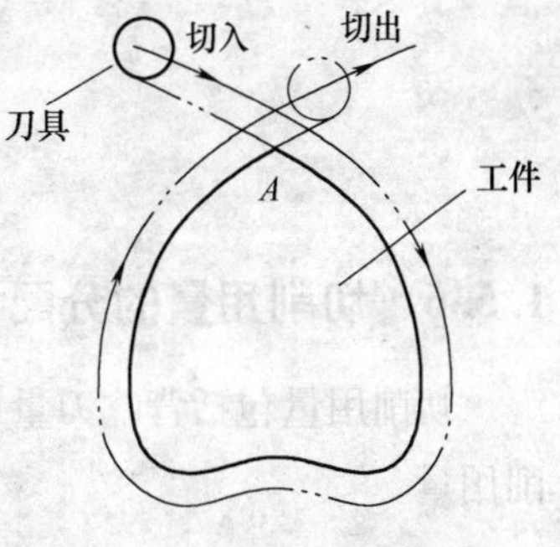

图 1-11　切入切出轨迹

7）机械传动进给部分，如传动丝杠螺母、传动齿轮等之间存在传动间隙。如图 1-12 所示，传动丝杠螺母之间的传动间隙，当遇到反向进给信号时，伺服电动机带着丝杠需先走完间隙量后，才能驱动螺母和工作台或溜板箱进行移动，其道理和普通机床进给刻度盘的“空行程”一样，必然会带来反向进给间隙误差。

加工图 1-13 所示工件上的五个小孔，根据图样要求，五个孔的 X 方向和 Y 方向尺寸的设计基准都一致。通过工艺分析，X 轴的正向进给方向应为沿着它的正方向，Y 轴的正向进给方向也应是沿着 Y 轴的正方向。如图 1-13a 所示，若刀具进给路径为 $O \to D \to A \to B \to C \to E$，则孔 C 的 Y 方向是反向进给，孔 E 的 X 方向是反向进给，必然会使孔 C 的 Y 方向尺寸“30”和孔 E 的 X 方向尺寸“65”出现反向进给误差。此时，采用图 1-13b 的进给路线 $O \to D \to A \to B \to P \to C \to Q \to E$（即当遇到有反向进给误差的位置，让刀具反向运动超过该点，然后再正向运动至目标位置），就可解决孔 C 和孔 E 的反向进给误差问题。其原理与普通机床消除空行程的操作相似。

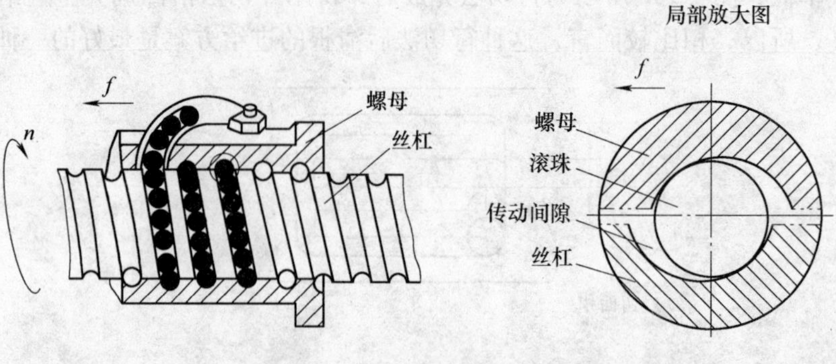

图 1-12　丝杠螺母副的传动间隙

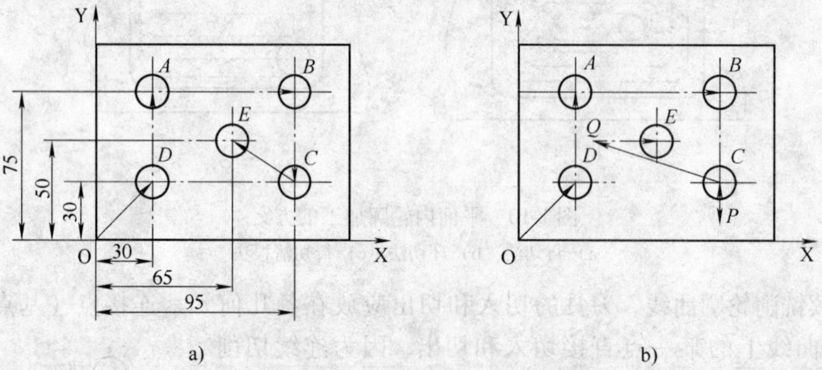

图 1-13　反向进给间隙误差的消除法

a）错误方案　b）正确方案

1.5.6　切削用量的分配

切削用量包括背吃刀量 a_p、进给量 v_f、切削速度 v_c，图 1-14 所示为车削、铣削中的切削用量。

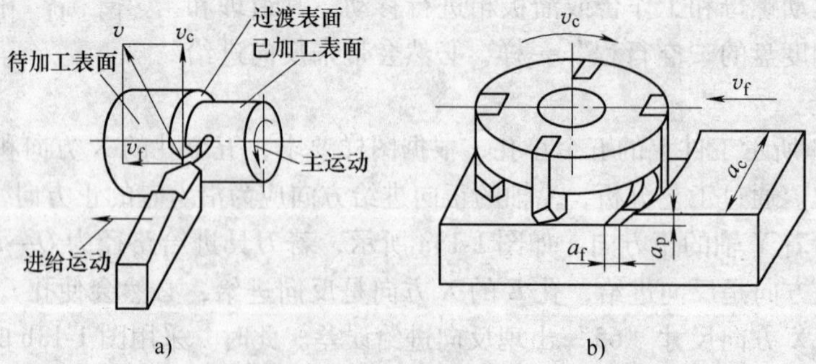

图 1-14　车削、铣削中的切削用量

a）车削　b）铣削

1. 背吃刀量和行距

背吃刀量 a_p 是一次走刀中已加工表面与待加工表面间的距离。在加工系统刚度允许并为精加工留足必须的余量的条件下，增大背吃刀量是粗加工选择的原则。

在数控铣削加工中，粗加工背吃刀量应不大于6mm，一次进给的表面粗糙度值为 $Ra12.5 \sim 25\mu m$；半精加工背吃刀量取0.5~2mm，一次进给的表面粗糙度值可达 $Ra3.2 \sim 12.5\mu m$；精加工背吃刀量取0.2~1mm，一次进给的表面粗糙度值可达 $Ra0.8 \sim 3.2\mu m$。

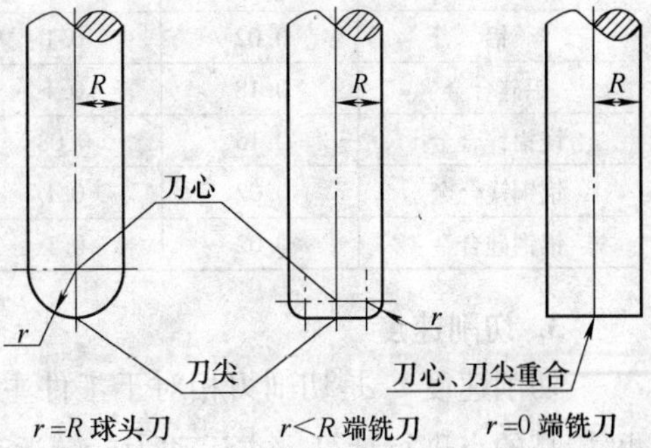

图1-15　立铣刀刀头部区别

在数控铣削加工中，采用行切或环切，两行或两环间的距离称为行距，如图1-10a所示的 S。可见粗加工中，增大行距可以提高生产效率。

使用平底立铣刀的行距一般取（0.6~0.9）$2R$，如图1-15所示的 $r=0$ 的端铣刀。

使用带圆角 r 的平底刀行距取(0.8~0.9) d，$d=2R-2r$；如图1-15所示的 $r<R$ 的端铣刀。

球头刀，如图1-15所示，$r=R$，一般只用于精加工，其行距由要求达到的精加工精度，特别是表面粗糙度决定。

2. 进给量

进给量 f 是工件或刀具转一周（或往复一次）在进给方向上的相对位移量，其单位是mm/r（或mm/双行程）。单位时间内的进给量为进给速度 v_f。对于铣刀、铰刀、拉刀等多齿刀具，还规定每刀齿进给量 f_z，单位是mm/z。进给速度 v_f、进给量 f 与每齿进给量 f_z 的关系为

$$v_f = nf = nzf_z$$

式中　z——刀齿数；

n——刀具转速（r/min）。

在数控铣削加工中常选择每齿进给量 f_z 作为确定铣削进给量的基本参数。f_z 由工件材料的加工性能、加工的表面粗糙度要求、使用刀具的材料等因素决定。基本原则是：工件材料硬度越高，f_z 值越小，反之越大。铣刀的每齿进给量 f_z 可参照表1-1选取。

表1-1　铣刀每齿进给量 f_z　　　（单位：mm/z）

工件材料＼铣刀类型	高速钢镶刃刀	硬质合金镶刃刀	面铣刀	圆柱铣刀	端铣刀	平铣刀
铸铁	0.3	0.1	0.2	0.07	0.05	0.2
可锻铸铁	0.3	0.09	0.15	0.07	0.05	0.2
低碳钢	0.3	0.09	0.12	0.07	0.05	0.2
中碳钢、高碳钢	0.2	0.08	0.15	0.06	0.04	0.15
铸钢	0.2	0.08	0.1	0.07	0.05	0.15
镍铬钢	0.15	0.06	0.1	0.05	0.02	0.1
高镍铬钢	0.1	0.05	0.1	0.04	0.02	0.1

（续）

铣刀类型 / 工件材料	高速钢镶刃刀	硬质合金镶刃刀	面铣刀	圆柱铣刀	端铣刀	平铣刀
黄铜	0.03	0.21	0.2	0.07	0.05	0.2
青铜	0.03	0.1	0.15	0.07	0.05	0.15
铝	0.02	0.1	0.1	0.07	0.05	0.1
铝硅合金	0.18	0.1	0.1	0.07	0.05	0.1
镁铝锌合金	0.15	0.08	0.1	0.07	0.04	0.1
铝铜镁合金	0.02	0.1	0.1	0.07	0.05	0.15
铝铜硅合金	0.02	0.1	0.1	0.07	0.05	0.15

3. 切削速度

切削速度 v_c 是切削刃相对于工件主运动的速度。计算切削速度时，应选取切削刃上速度最高的点进行计算。主运动为旋转运动时，切削速度按下式计算：

$$v_c = \frac{\pi d n}{1000}$$

式中 d——工件（或刀具）的最大直径（mm）；

n——工件（或刀具）的转速（r/s 或 r/min）。

工件材料和刀具材料是影响切削速度的主要原因，但最主要的是刀具材料。表 1-2 给出不同刀具材料及其对应最高许用切削速度的参考值。

表 1-2 刀具材料与最高切削速度

刀具材料	高速钢	硬质合金工具钢	涂层	陶瓷	CBN（立方氮化硼）	金刚石
最高切削速度/（mm/min）	50	150	250	300	1000	1000

表 1-3 至表 1-5 是数控加工中常用的切削用量。

表 1-3 攻螺纹的切削速度 （单位：m/min）

工件材料	钢及合金钢	铸铁	铝及合金铝
切削速度	1.5~5	2.5~5	5~15

表 1-4 高速钢钻头钻孔的切削用量

（切削速度单位：mm/min，进给量单位：mm/r）

工件材料	牌号或硬度	切削用量	钻头直径/mm			
			1~6	6~12	12~22	22~50
钢	35、45	切削速度	8~25			
		进给量	0.05~0.1	0.1~0.2	0.2~0.3	0.3~0.45
	合金钢	切削速度	8~18			
		进给量	0.03~0.08	0.08~0.15	0.15~0.25	0.25~0.35
	15Cr、20Cr	切削速度	12~30			
		进给量	0.05~0.1	0.1~0.2	0.2~0.3	0.3~0.45

（续）

工件材料	牌号或硬度	切削用量	钻头直径/mm			
			1～6	6～12	12～22	22～50
铸铁	160～200HBW	切削速度	16～24			
		进给量	0.07～0.12	0.12～0.2	0.2～0.4	0.4～0.8
	200～300HBW	切削速度	10～18			
		进给量	0.05～0.1	0.1～0.18	0.18～0.25	0.25～0.4
	300～400HBW	切削速度	5～12			
		进给量	0.03～0.08	0.08～0.15	0.15～0.2	0.2～0.3
铝	铝合金	切削速度	20～50			
		进给量	0.03～0.15	0.05～0.4	0.08～0.5	0.08～1.0
铜	黄铜、青铜	切削速度	60～90			
		进给量	0.06～0.12	0.12～0.2	0.2～0.35	0.25～0.75
	硬青铜	切削速度	25～45			
		进给量	0.05～0.12	0.08～0.15	0.1～0.2	0.2～0.5

表 1-5　镗孔的切削用量

（切削速度单位：mm/min，进给量单位：mm/r）

工序	工件材料	铸铁		铜		铝合金	
	刀具材料	切削速度	进给量	切削速度	进给量	切削速度	进给量
精镗	高速钢		0.08		0.15～0.2		0.06～0.1
	硬质合金	70～90	0.12～0.15	100～130		150～400	
半精镗	高速钢	20～35	0.15～0.45	15～50	0.15～0.5	100～200	0.2～0.5
	硬质合金	57～70		90～130			
粗镗	高速钢	20～25	1～2	15～30	0.3～1.2	100～150	0.5～1.5
	硬质合金	30～35		50～70		100～250	

4. 切削用量选取原则

合理选择切削用量对于保证加工精度、充分发挥机床功能、提高生产效率有重要意义。选择的基本原则：粗加工以提高生产效率为主，精加工以保证加工精度为主。

1）切削用量选择的顺序是背吃刀量 a_p→进给量 v_f→切削速度 v_c。

2）切削时产生的弹性变形对精加工的尺寸精度影响也很大，所以，试切对刀与精加工时选取的切削用量应一致（力求两者切削产生的弹性变形接近）。操作人员试切对刀，选取切削用量时，应参考程序中精加工选取的量。

3）当刀具空运行，也就是刀具从远处向工件移动（进刀），或刀具远离工件移动（退刀）时，为减少辅助时间，提高生产效率，刀具的移动速度一般可按机床设定的最大值来选取。但由于切削时，存在切削变形，如图 1-16 所示，其中的弹性变形是可恢复的变形，这使得理论上的位置与实际位置有出入，所以，当刀具下一次从远处快速接近该表面时，应提前一段安全距离使速度降至选定的切削进给速度，否则，刀具和工件易受到损害。安全距离根据经验来选取，经验丰富者可选小点（提高生产效率），一般为 3～5mm。如图 1-17 所示，要求刀从点 A 移动到点 C 开始切削，编程时，应让刀从起始点 A 快速移动至慢速下刀点 B，再从点 B 慢速接近点 C，BC 即为安全距离。

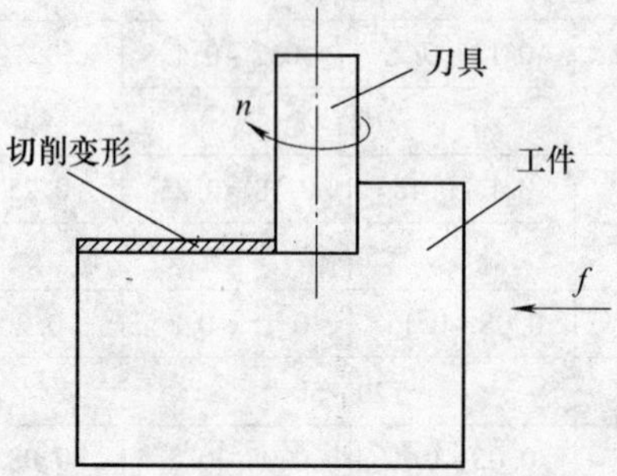

图 1-16　切削时产生切削变形

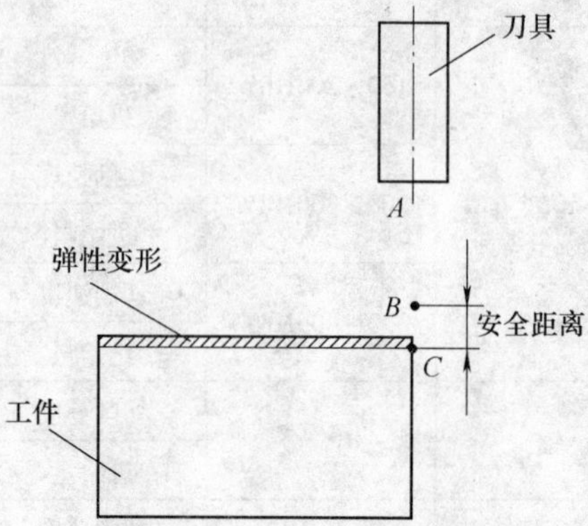

图 1-17　提前开始切削

4）加工余量的确定。加工余量分为毛坯余量和工序余量，毛坯余量等于中间工序余量之和。毛坯余量指毛坯实体尺寸与零件图样尺寸之差；工序余量指一个工序所去除的材料尺寸。毛坯余量的大小对零件的加工质量和加工的经济性有很大的影响，余量过大会造成原材料和机械加工工时的浪费，使成本上升。工序余量过小，不能消除上道工序留下的各种误差，易于造成废品。所以，应根据毛坯制造精度及零件的精度，合理确定毛坯余量，合理分配工序余量。在划分粗加工和精加工的数控加工中，首先确定各工序余量后，再根据毛坯制造精度计算毛坯余量。

确定工序余量时，可遵循最小加工余量的原则，即根据工序加工方法和加工条件，在保证工序加工精度的条件下，以缩短加工时间，降低加工费用为目的，采用最小加工余量的原则。

在确定加工余量时，还必须考虑以下两点：

① 零件的大小。工件越大，加工余量越大。

② 切削力及变形的大小。切削力越大，产生的变形也大，加工余量也应加大。

工序余量的确定方法如下：

① 查表法。查表法指通过查阅机械加工工艺相关的技术手册来确定工序余量。手册中的数据是经生产实践、实验研究所积累的，是常用的工序余量确定方法。在查阅手册选择工序余量时，一般要结合用户的生产实际情况，对其进行适当的修改，再进行应用。

② 经验估算法。经验估算法是工艺设计人员根据经验和本企业的生产条件所确定的加工余量。由于往往因余量过小而产生废品，经验估算法的数值总是偏大。这种方法可应用于单件小批量的生产。

③ 计算法。计算法是针对特定的加工对象，首先对其进行加工的力学性能和影响加工余量的因素分析，确定加工余量的计算方法，建立加工余量的计算公式，初步确定加工余量。然后进行试验加工，根据加工结果，对余量计算公式进行修改，再实验，再修改，直到公式合理准确为止，从而建立加工余量的计算方法或计算公式。这种方法特别适合于十分贵重的材料加工，在一般材料加工中应用很少。表 1-6 是平面数控精加工余量的参考值。

表 1-6　平面精加工的余量　（单位：mm）

加工方法	加工面长度	加工面宽度					
		≤100		100～300		≥300	
		余量	公差	余量	公差	余量	公差
精铣	≤100	1. 0	+0. 3	1. 5	+0. 5	2	+0. 7
	>100～300	1. 2	+0. 4	1. 7	+0. 6	2. 2	+0. 8
	>300～1000	1. 5	+0. 5	2	+0. 7	2. 5	+1. 0
	>1000～2000	2	+0. 7	2. 5	+1. 2	3	+1. 2
精加工后未经校正的磨削	≤100	0. 3	+0. 1	0. 4	+0. 12	—	—
	>100～300	0. 35	+0. 11	0. 45	+0. 13	0. 5	+0. 12
	>300～1000	0. 4	+0. 12	0. 5	+0. 15	0. 6	+0. 15
	>1000～2000	0. 5	+0. 15	0. 6	+0. 15	0. 7	+0. 15
精加工后经打表或夹具校正的磨削	≤100	0. 2	+0. 1	0. 25	+0. 12	—	—
	>100～300	0. 22	+0. 11	0. 27	+0. 13	0. 3	+0. 12
	>300～1000	0. 25	+0. 12	0. 3	+0. 15	0. 4	+0. 15
	>1000～2000	0. 3	+0. 15	0. 4	+0. 15	0. 4	+0. 15

注：热处理后磨削的加工余量应将表中的余量值乘以 1. 2。

对于孔的加工，常采用钻、扩、铰加工方法，直径大的孔，一般在毛坯上直接生成毛坯孔，可以采用镗削扩孔—精镗或磨削加工达到最终要求。

为满足工艺要求，一般孔设计时尽量做到孔的长度与直径比≤5。常用孔的公差带代号为 H7～H13。钢类材料孔加工的方法及对应的余量可参考表 1-7 至表 1-9。

表 1-7　常用基准孔加工方法

基准孔类型	直径/mm	毛坯上没有毛坯孔的加工方法	毛坯有毛坯孔的加工方法
H13、H12		直径≤40mm，一次钻孔可以满足要求	直径≤80mm，粗扩（车、钻、镗）
H11	≤10	一次钻孔可以满足要求	
	>10～30	钻孔 + 扩孔	
	>30～80	钻孔 + 扩孔（钻、车、镗）	粗扩（钻、车、镗）+ 半精扩
H10、H9	≤10	钻孔 + 铰孔	
	>10～30	钻孔 + 扩孔 + 铰孔	
	>30～80	钻孔 + 扩孔（钻、车、镗）+ 铰孔或半精镗	扩孔（钻、车、镗）1～2 次 + 半精扩或铰

（续）

基准孔类型	直径/mm	毛坯上没有毛坯孔的加工方法	毛坯有毛坯孔的加工方法
H8、H7	≤10	钻孔+铰孔（1~2次）	
	>10~30	钻孔+扩孔+铰孔（1~2次）	
	>30~80	钻孔+扩孔+铰孔（1~2次）或精镗	扩孔（钻、车、镗）2次+精扩或精铰

表1-8　H7孔钻—扩—铰加工的余量　（单位：mm）

被加工孔直径	加工后直径尺寸						被加工孔直径	加工后直径尺寸					
	钻削		（车床车刀扩孔）	钻头扩孔	粗铰孔	精铰孔至H7		钻削		（车床车刀扩孔）	钻头扩孔	粗铰孔	精铰孔至H7
	第一次	第二次						第一次	第二次				
3	2.9					3	30	15.0	28.0	29.8	29.8	29.93	30
4	3.9					4	32	15.0	30.0	31.7	31.75	31.93	32
5	4.8					5	35	20.0	33.0	34.7	34.75	34.93	35
6	5.8					6	38	20.0	36.0	37.7	37.75	37.93	38
8	7.8				7.96	8	40	25.0	38.0	39.7	39.75	39.93	40
10	9.8				9.96	10	42	25.0	40.0	41.7	41.75	41.93	42
12	11.0			11.85	11.95	12	45	25.0	43.0	44.7	44.75	44.93	45
13	12.0			12.85	12.95	13	48	25.0	46.0	47.7	47.75	47.93	48
14	13.0			13.85	13.95	14	50	25.0	48.0	49.7	49.75	49.93	50
15	14.0			14.85	14.95	15	60	30.0	55.0	59.5	59.5	59.9	60
16	15.0			15.85	15.95	16	70	30.0	65.0	69.5	69.5	69.9	70
18	17.0			17.85	17.95	18	80	30.0	75.0	79.5	79.5	79.9	80
20	18.0		19.8	19.85	19.94	20	90	30.0	80.0	89.3		89.8	90
22	20.0		21.8	21.8	21.94	22	100	30.0	80.0	99.3		99.8	100
24	22.0		23.8	23.8	23.94	24	120	30.0	80.0	119.3		119.8	120
25	23.0		24.8	24.8	24.94	25	140	30.0	80.0	139.3		139.8	140
26	24.0		25.8	25.8	25.94	26	160	30.0	80.0	159.3		159.8	160
28	26.0		27.8	27.8	27.94	28	180	30.0	80.0	179.3		179.8	180

注：车床车刀扩孔和钻头扩孔方法可以根据实际选择。

表 1-9　带有毛坯孔的 H7、H8 级孔加工余量　　（单位：mm）

被加工孔直径	加工后直径尺寸					被加工孔直径	加工后直径尺寸				
	粗镗		半精镗	粗铰或半精铰	精镗或精铰		粗镗		半精镗	粗铰或半精铰	精镗或精铰
	第一次	第二次					第一次	第二次			
30		28.0	29.8	29.93	30	105	100	103.0	104.3	104.8	105
32		30.0	31.7	31.93	32	110	105	109.8	109.3	109.8	110
35		33.0	34.7	34.93	35	115	110	113.0	114.3	114.8	115
38		36.0	37.7	37.93	38	120	115	118.0	119.3	119.8	120
40		38.0	39.7	39.93	40	125	120	123.0	124.3	124.8	125
42		40.0	41.7	41.93	42	130	125	128.0	129.3	129.9	130
45		43.0	44.7	44.93	45	135	130	133.0	134.3	134.8	135
48		46.0	47.7	47.93	48	140	135	138.0	139.3	139.8	140
50	45	48.0	49.7	49.93	50	145	140	143.0	144.3	144.8	145
52	47	50.0	51.7	51.93	52	150	145	148.0	149.3	149.5	150
55	51	53.0	54.7	54.92	55	155	150	153.0	154.3	154.8	155
58	54	56.0	57.7	57.92	58	160	155	158.0	159.3	159.8	160
60	56	58.0	59.7	59.92	60	165	160	163.0	164.3	164.8	165
62	58	60.0	61.5	61.92	62	170	165	168.0	169.3	169.8	170
65	61	63.0	64.5	64.92	65	175	170	173.0	174.3	174.8	175
68	64	66.0	67.5	67.90	68	180	175	178.0	179.3	179.8	180
70	66	68.0	69.5	69.90	70	185	180	183.0	184.3	184.8	185
72	68	70.0	71.5	71.90	72	190	185	188.0	189.3	189.8	190
75	71	73.0	74.5	74.90	75	195	190	193.0	194.3	194.8	195
78	74	76.0	77.5	77.90	78	200	194	197.0	199.3	199.8	200
80	75	78.0	79.5	79.90	80	210	204	207.0	209.3	209.8	210
82	77	80.0	81.5	81.85	82	220	214	217.0	219.3	219.8	220
85	80	83.0	84.5	84.85	85	250	244	247.0	249.3	249.8	250
88	83	86.0	87.5	87.85	88	280	274	277.0	279.3	279.8	280
90	85	88.0	89.5	89.85	90	300	294	297.0	299.3	299.8	300
92	87	90.0	91.3	91.85	92	320	314	317.0	319.3	319.8	320
95	90	93.0	94.3	94.85	95	350	342	347.0	349.3	349.8	350
98	93	96.0	97.3	97.85	98	380	372	377.0	379.3	379.75	380
100	93	98.0	99.3	99.85	100	400	392	397.0	399.3	399.75	400

1.5.7　对刀点和换刀点的选取

对刀点是刀具相对运动的起点，即程序的起点。理论上它可放在工件上，也可放在工件外的机床任何位置，但原则上对刀点的选取应是机床上易于找正且在加工过程中便于检查的点。

加工中心和数控车床上需要多刀轮换加工时，应选取一个能进行自动交换刀具的位置，即换刀点。换刀点的选取原则，就是机械手在取换刀具或刀架回转过程中，不与机床、夹具和工件发生干涉即可，亦即换刀过程中安全的点。

1.6 数控加工的工艺文件

编制数控加工的工艺文件非常重要，它直接关系到加工零件是否合格，以及加工成本的高低，内容包括工序卡片、机床调整单、刀具调整单及零件的加工程序单等，它是对零件图样进行分析后的结果，是用来具体指导操作人员进行生产加工的纲领性文字依据，同时，它也可以作为经验积累保存下来，提供给后来者作为参考资料。

1. 工序卡片

工序卡片是用来指导数控操作人员完成本道工序数控加工的主要工艺文件，它主要用于自动换刀的数控机床。工序卡应按已经确定好的工步顺序进行填写，不同的生产企业、不同的数控机床所使用的工序卡格式略有不同，但基本内容是相似的。表 1-10 为自动换刀卧式镗铣床的工序卡。

表 1-10　自动换刀卧式镗铣床工序卡

零件号					零件名称						材料		
程序编号					日期		年　月　日				制表		审核
工步号	加工面	加工内容	刀具			主轴转速		进给量		刀具补偿	加工面到回转工作台的中心距离	加工深度	备注
			T码	种类规格	长度	指令	r/min	指令	mm/min				

2. 机床调整单

机床调整单是提供给操作者在加工零件前进行调整机床所使用的指导性文件，具体内容有机床控制面板上“开关”的位置、零件的装夹方法、手动数据输入应键入的数据、进给速度及倍率值、刀具补偿值、冷却方式等。表 1-11 为自动换刀卧式数控镗铣床的机床调整单。

表 1-11　自动换刀卧式数控镗铣床机床调整单

零件号		零件名称		工序号		制表人	

F位码调整旋钮									
F1		F2		F3		F4		F5	
F6		F7		F8		F9		F10	

刀具补偿拨盘									
1	T03	−1.2			6				
2	T54	+0.69			7				
3	T25	+1.29			8				
4					9				
5					10				

（续）

零件号			零件名称			工序号			制表人		
对称切削开关位置											
X	N001 ~ N0880	0	Y		0	Z		0	B	N001 ~ N0880	0
	N081 ~ N110	1			0			0		N081 ~ N110	1
垂直校验开关位置						0					
零件冷却						1					

3. 刀具调整单

刀具调整单是记载工序卡中选用刀具的种类、编号及参数等，供操作者调整刀具、确定刀具补偿值时使用，其中的刀具参数一般需在对刀仪上预先调整好。表1-12为自动换刀卧式数控镗铣床的刀具调整单。

表1-12　自动换刀卧式数控镗铣床刀具调整单

零件号			零件名称			工序号		
工步号	T码	刀具号	刀具种类	直径		长度		备注
				设定值	实测值	设定值	实测值	
制表人：		日期：			测量员：		日期：	

4. 零件程序单

零件加工程序单记载的是加工工艺过程、工艺参数、速度、位移等各种指令字组成的加工程序，是操作人员进行手动数据输入的依据。表1-13为字地址程序段格式的加工程序单的基本格式。

表1-13　零件程序单

N	G	X（U）	Y（V）	Z（W）	I	J	K	R	F	M	S	T	LF	说明

1.7　数控机床加工零件的程序编制

数控编程是数控加工过程中的重要环节，它直接影响到加工质量的好坏，因为加工中的许多知识，包括加工路线、工艺参数以及普通机床加工过程中，一些可由操作者随机调整的内容，都必须在程序中考虑到。

不同的数控机床（主要是指不同的数控系统）的编程和操作方法不完全一样。必须在看懂厂家说明书后，再进行编程和操作。不同数控系统的数控机床编程时，主要是格式和一些指令有差异。但方法是大同小异。下面是数控机床编程的基本方法和常识。

1.7.1 数控机床程序编制的方法和步骤

1. 程序编制方法有手工编程和自动编程两种。

1）手工编程就是零件图样分析、工艺处理、数值计算、编写程序单、制作穿孔纸带及程序校核等各步骤均由人工来完成的过程。它主要适合形状较为简单的零件，是编程的基础，也是需要掌握的重点。

2）自动编程就是编程的大部分工作（如坐标数值计算、编写零件加工程序单、自动输出打印加工程序单等）由计算机或编程机来完成的过程。它主要适合于计算繁琐、形状复杂的零件，但必须配备相应的自动编程软、硬件设施。

2. 程序编制的内容和步骤如图 1-18 所示。

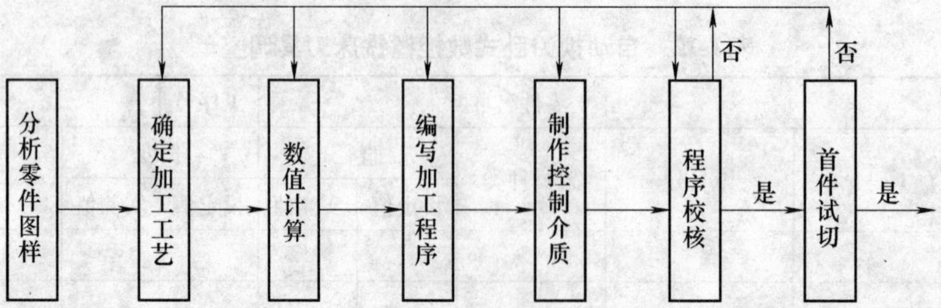

图 1-18　程序编制的内容

程序编制中的数值计算就是刀具运动轨迹的计算，这里需要介绍和掌握的重点是，组成工件轮廓的几何元素之交点（基点）坐标值的计算，常用方法有几何关系法及解析法。

如图 1-19a 所示，已知工件轮廓是边长为 S 的等边三角形构成，程序原点是 B，由几何关系易求得点 C 的坐标值为：$x_C=S$，$y_C=0$；点 A 坐标值：$x_A=S/2$，$y_A=\sqrt{3}S/2$。

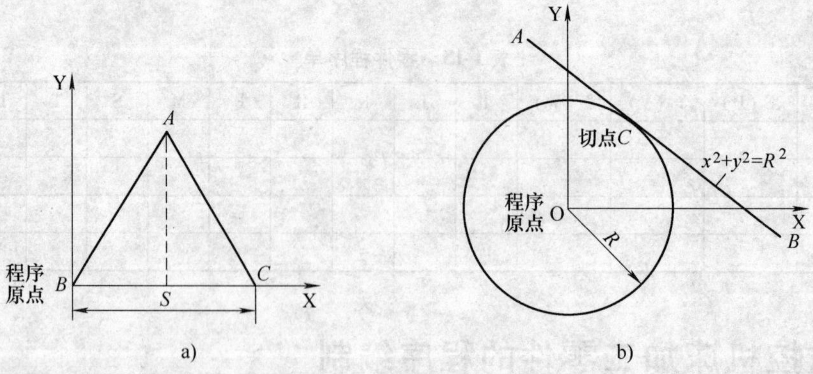

图 1-19　数值计算

a）几何法　b）解析法

如图 1-19b 所示，已知工件轮廓是圆 O 与直线 AB 相切连接而成，需求切点 C 的坐标值，由解析法，联立圆 O 的方程及直线 AB 的方程，解方程组：

$$\begin{cases} x^2 + y^2 = R^2 & ① \\ y = kx + b & ② \end{cases}$$

即可求得点 C 的坐标值。

1.7.2　确定数控机床的坐标轴与运动方向的规则

1）确定工件坐标系时，无论机床的主运动和进给运动是如何复合的，一律假定刀具相对于静止的工件而运动。

2）直角坐标系遵守右手笛卡儿坐标系法则，即让右手的大拇指、食指、中指互成90°角，它们的指向依次分别表示X、Y、Z轴移动的正方向，且它们都表示刀具远离工件，使工件尺寸增大的方向（图1-20）。

3）旋转坐标系。按右手螺旋法则来确定旋转坐标系。如图1-20所示，右手分别握着X、Y、Z轴，让拇指指向它们的正方向，则其余四指的旋转方向即为对应的+A、+B、+C。

4）确定Z方向。一般都把Z方向指定为平行于主轴的方向，但具体的规定还应参照所使用的数控机床使用说明书。

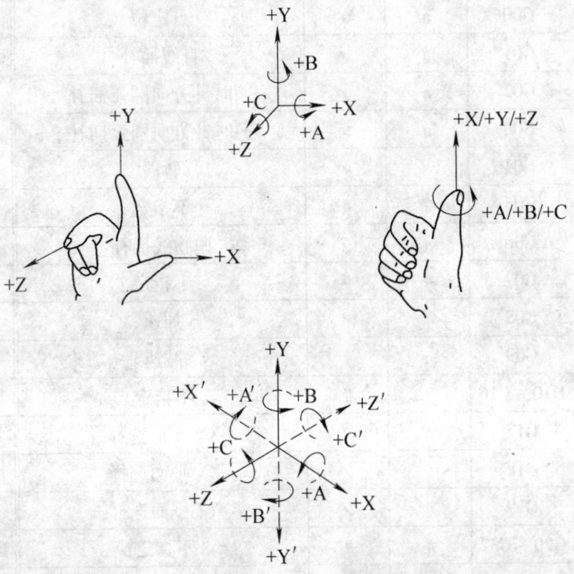

图1-20　数控机床坐标系的确定法则

1.7.3　机床坐标系及机床原点

数控机床的坐标系统是数控机床上固有的，由生产厂家设置好的坐标系。它是确定加工过程中刀具与工件位置关系的中间桥梁，一般选取机床上一些固定不变的基准线或基准面，如主轴轴线、工作台的工作表面、主轴端面、工作台侧面等作为坐标轴。机床原点又称机械原点，一般通过限位挡块来设定。

1.7.4　工件坐标系及工件原点

工件坐标系就是编制加工零件的程序所使用的坐标系。该坐标系的设定应根据零件的特征及装夹在机床中进行加工时，与机床的位置关系来确定，一旦设定后，加工程序中的坐标值都是以此坐标系作为依据，其原点（程序原点）可以设在工件中的任意位置，但为了编程时数值计算简便和操作测量方便，设置程序原点时要注意以下几点。

1）应选在工序基准上，或与基准有一定位置关系的某一确切点上，编程时便于刀具轨迹的计算。

2）对称的零件，尽量选在对称中心上；不对称的零件应尽量选在外轮廓的某角点上。

3）尽量选在前道工序已加工好的，可作为本道工序加工基准的表面上。

1.7.5 常用数控指令及其应用

描述工艺过程的多种操作和运动特征的指令称为工艺指令，它分为准备性工艺指令 G 和辅助性工艺指令 M 两类。

1. 准备功能指令及其应用（表 1-14）

表 1-14 准备功能 G 代码

代　码	组别	续效	功　能	代码	组别	续效	功　能
G00	a	✓	点定位	G50	#(d)	#	刀具偏置 0/－
G01	a	✓	直线插补	G51	#(d)	#	刀具偏置 +/0
G02	a	✓	顺时针方向圆弧插补	G52	#(d)	#	刀具偏置 －/0
G03	a	✓	逆时针方向圆弧插补	G53	f	✓	直线偏移，取消
G04		*	暂停	G54	f	✓	直线偏移 X
G05	#	#	不指定	G55	f	✓	直线偏移 Y
G06	a	✓	抛物线插补	G56	f	✓	直线偏移 Z
G07	#	#	不指定	G57	f	✓	直线偏移 XY
G08		*	加速	G58	f	✓	直线偏移 XZ
G09		*	减速	G59	f	✓	直线偏移 YZ
G10～G16	#	#	不指定	G60	h	✓	准确定位 1（精）
G17	c	✓	XY 平面选择	G61	h	✓	准确定位 2（中）
G18	c	✓	ZX 平面选择	G62	h	✓	快速定位（粗）
G19	c	✓	YZ 平面选择	G63		*	攻螺纹
G20～G32	#	#	不指定	G64～G67	#	#	不指定
G33	a	✓	螺纹切削，等螺距	G68	#(d)	#	刀具偏置，内角
G34	a	✓	螺纹切削，增螺距	G69	#(d)	#	刀具偏置，外角
G35	a	✓	螺纹切削，减螺距	G70～G79	#	#	不指定
G36～G39	#	#	永不指定	G80	e	✓	固定循环注消
G40	d	✓	刀具补偿/偏置取消	G81～G89	e	✓	固定循环
G41	d	✓	刀具补偿—左	G90	j	✓	绝对尺寸
G42	d	✓	刀具补偿—右	G91	j	✓	增量尺寸
G43	#(d)	#	刀具偏置—正	G92		*	预置寄存
G44	#(d)	#	刀具偏置—负	G93	k	✓	时间倒数，进给率
G45	#(d)	#	刀具偏置 +/+	G94	k	✓	每分钟进给
G46	#(d)	#	刀具偏置 +/－	G95	k	✓	主轴每转进给
G47	#(d)	#	刀具偏置 －/－	G96	i	✓	恒线速度
G48	#(d)	#	刀具偏置 －/+	G97	i	✓	每分钟转速（主轴）
G49	#(d)	#	刀具偏置 0/+	G98～G99	#	#	不指定

注：1. ✓表示为模态代码，可以在同组其他代码出现以前一直续效。

2. *表示该功能仅在所出现的程序段内有效。

3. #表示如选作特殊用途时，必须在程序格式的解释中说明。

4. 永不指定的代码，在本标准内，将来也不指定。

5. 组别栏中的（d）标记，表示该代码可以被带括号的（d）组代码所代替或注销，也可以被不带括号的 d 组代码代替或注销。

该指令又称为“G 功能指令”，简称 G 功能/G 指令/G 代码。该指令的作用是指定数控机床的加工方式，为数控装置的插补运算、刀补运算、固定循环等做好准备。G 指令由字母 G 和其后跟两位数字组成，从 G00 ~ G99 共 100 种。

G 指令有两种：①非模态代码，这种 G 指令只有在被指定的程序段才有意义；②模态代码，这种 G 指令在同组其他的 G 指令出现以前一直有效。不同组的 G 指令，在同一程序段中可以制定多个，如

```
…
…
N015 G00 X42.0 Z2.0;
N016 G01 G42 Z-25.0 F50;
N017 X16.5;
N018 X40.0;
N019 G04 X2.0;
N020 X60;
N021 G00 G40 Z2.0;
…
…
```

在该程序中，G00、G01、G40、G42 属模态代码，有续效功能。N017 语句表示刀具继续按 G01 方式运动到坐标点（X16.5，Z-25.0），此时该续效代码 G01 可以省略不写；N018 语句还是表示刀具继续按 G01 方式运动到坐标点（X40.0，Z-25.0），此时该续效代码 G01 照样可以省略不写；N019 语句中的 G04 属非模态代码，它只在该程序段内有效；N015 语句中的 G00 虽为模态代码，但 N016 语句中出现和它是同一组的 G01，所以 G00 失效，G01 有效；N016 语句中的模态代码 G42，直到 N021 语句中出现和它同一组的 G40 才失效，意即 G42 被 G40 所取代。

2. 辅助功能指令及其应用

辅助功能指令又称 M 功能/M 指令/M 代码，主要作为机床加工的工艺性指令（如主轴的正反转、切削液的开关等）。一个程序段中只能指定一个 M 代码，它由字母 M 和其后的两位数字组成，从 M00 ~ M99 共 100 种，见表 1-15。

表 1-15 辅助功能 M 代码

代码	功能与程序段运动同时开始	功能在程序段运动完后开始	功能	代码	功能与程序段运动同时开始	功能在程序段运动完后开始	功能
M00		*	程序停止	M06	#	#	换刀
M01		*	计划停止	M07	*		2 号切削液开
M02		*	程序结束	M08	*		1 号切削液开
M03	*		主轴顺时针旋转	M09		*	切削液关
M04	*		主轴逆时针旋转	M10	#	#	夹紧
M05		*	主轴停止	M11	#	#	松开

（续）

代　码	功能与程序段运动同时开始	功能在程序段运动完后开始	功　能	代　码	功能与程序段运动同时开始	功能在程序段运动完后开始	功　能
M12	#	#	不指定	M48		*	注销 M49
M13	*		主轴顺时针转、切削液开	M49	*		进给率修正旁路
M14	*		主轴逆时针转、切削液开	M50	*		3 号切削液开
M15	*		正运动	M51	*		4 号切削液开
M16	*		负运动	M52 ~ M54	#	#	不指定
M17 ~ M18	#	#	不指定	M55	*		刀具直线位移，位置 1
M19		*	主轴定向停止	M56	*		刀具直线位移，位置 2
M20 ~ M29	#	#	永不指定	M57 ~ M59	#	#	不指定
M30		*	纸带结束	M60		*	更换工件
M31	#	#	互锁旁路	M61	*		工件直线位移，位置 1
M32 ~ M35	#	#	不指定	M62	*		工件直线位移，位置 2
M36	*		进给范围 1	M63 ~ M70	#	#	不指定
M37	*		进给范围 2	M71	*		工件角位移，位置 1
M38	*		主轴速度范围 1	M72	*		工件角位移，位置 2
M39	*		主轴速度范围 2	M73 ~ M89	#	#	不指定
M40 ~ M45	#	#	不指定或齿轮换挡	M90 ~ M99	#	#	永不指定
M46 ~ M47	#	#	不指定				

注：1. #表示若选作特殊用途，必须在程序格式的解释中说明。
2. * 表示对该具体情况起作用。
3. 不指定的代码，在将来修订本标准时，可能对它规定功能。
4. 永不指定的代码，在本标准内，将来也不指定。

3. 进给功能（F）

进给功能表示进给速度，单位一般为 mm/min，当进给速度与主轴转速有关时，单位为 mm/r。通常是 F 后面跟数字表示，其数值有的代表具体进给数值，有的代表某种进给速度的编码号。进给速度的表示方法随数控装置的不同而不同。

4. 主轴速度功能（S）

主轴速度功能表示主轴转速或速度，单位为 r/min 或 m/min。其后的数字有的表示具体转数值，有的表示某种转数的代码，具体表示方法随数控装置的不同而不同。

进给速度与主轴转速的实际值一般可通过操作面板上相应的倍率开关来调整。编程时假定倍率开关指在 100% 的位置。

5. 刀具功能（T）

刀具功能用来表示选择刀具和刀补号，在字母 T 后跟两位或四位数字表示。其后跟两位数字时，前面一位表示刀具号，后面一位表示刀具补偿号；其后跟四位数字时，前两位表示刀具号，后两位表示刀具补偿号。具体表示方法应该严格按照数控装置的使用说明书来确定。

1.7.6　程序段格式

程序段格式是指书写构成程序的单元——程序段（语句）时应遵循的规定，不同的数控系统或数控机床采用的程序段格式可能不一样，编程时必须按照生产数控机床厂家的产品说明书来书写，数控机床的程序段格式有三种。

（1）字地址程序段格式　它规定地址符（字母）在前，数字在后，各指令字的先后排列顺序要求不严，程序段长度可变。该格式简单、直观，容易检查修改，方便编写程序和系统设计，所以被广为采用。

（2）带分隔符的固定顺序程序段格式　该格式规定程序段中的指令字需用分隔符号分开，各指令字的先后排列顺序固定不变，与上一程序段中完全相同的指令字省略不写，但相应分隔符必须保留。它在编写和修改程序时容易出错，一般不用。

（3）固定顺序程序段格式　它是最早使用的，但也是规定最繁琐的一种格式，所以已基本不用。

1.7.7　程序结构

数控机床的每一步操作都是按预先编制的程序执行的，每个完整的加工程序都是由若干程序段组成；每个程序段由若干个指令字组成；每个指令字又由字母、数字、符号组成。

为了识别和调用不同的程序，每个程序须起一个程序名；不同的程序，其程序名应不同；程序中程序段的前面可加上 N 表示的程序段顺序号。

```
N011 O0010;
N012 M41;
N013 G00 G41 G97 G99 M03 S600 T11 F0.2;
N014 X82 Z5;
…
…
N115 M30;
```

以上是一个完整的加工程序，它有程序起始语句（程序名），也有程序结束语句。每一个程序段（也就是一条语句）占一行，程序段结束标记一般有“EOB”、“LF”、“ENTER”几种。如上面程序中的 N014 程序段由“N014”、“X82”、“Z5”三个指令字组成。

指令字定义：

1）字母+代码，表示功能，包括 G，M，如 G00（快速点定位）、G01（直线插补）、G02（顺时针圆弧插补）、G03（逆时针圆弧插补）、M02（程序结束）、M03（主轴正转）。

2）字母+数字，表示尺寸、坐标或其他，包括 X、Z、U、W、F、I、K、R、N，如 N121（第 121 条语句），X25（X 轴的坐标值为 25）。

1.7.8　主程序和子程序

一个零件完整的加工程序可由主程序和子程序组成。主程序是零件加工程序的主体部分，是一个完整的程序；子程序是加工程序中反复多次使用的功能动作，被单独拿出来编制成一个程序，供主程序需要时调用的程序，它是为了精简加工程序而设置的，子程序一般不能作为独立的加工程序使用。

主程序调用子程序时，需用调用子程序的指令（如M98）及子程序的地址号（一般为P后面跟子程序名）；子程序结束，需有自动返回主程序的指令（如M99）；对于复杂的程序，可使用子程序嵌套，即子程序调用其他的子程序。

1.7.9 数控机床编程常识

1）刀位点。数控机床编程是以“刀位点”来指定刀具的运动轨迹，刀位点就是表示刀具的定位基准点。例如，外圆车刀、螺纹车刀等的刀位点是刀尖，端面立铣刀的刀位点是底面中心，球头铣刀的刀位点是球心。

2）起始点、参考点、工件坐标原点。起始点是刀具运动的起始点，也是程序启动时的起始位置。在多刀轮换加工时，为使刀尖正确定位，需进行刀具形状补偿，刀具在起始点经过刀补后的刀尖位置为参考点，程序中可使用G92（工件坐标系参考点设定）指令来设置参考点。

工件坐标原点即工件坐标系零点。

3）刀具每走一步，都以它运动的终点坐标值来表示，它的起点即是前面语句的终点；与前面语句相同的坐标值可以省略不写。

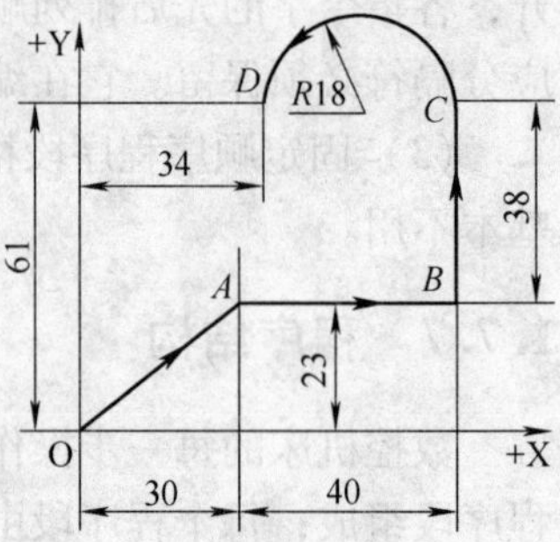

图1-21 刀具切削轨迹

如图1-21所示，刀具切削轨迹为O→*A*→*B*→*C*→*D*，程序如下：

```
…
…
N010 G00 X0 Y0;              /快速点定位至点O
N011 G01 X30 Y23 F0.1;       /直线插补至点A（O→A）
N012 X70;                    /直线插补至点B（A→B）
N013 Y61;                    /直线插补至点C（B→C）
N014 G03 X34 R18;            /逆时针圆弧插补至点D（C→D）
…
```

在该程序中，N012语句的Y坐标值省略，是因为点*B*和点*A*的Y23相同；N013语句的X坐标值省略，是因为点*C*和点*B*的X70相同；N014语句的Y坐标值省略，是因为点*D*和点*C*的Y61相同。

4）一个完整的程序，必须有头有尾，即有程序名或起始语句，也有程序结束语句。

5）每一程序段中，不同组的G代码可以有多个，但同组的G代码只能有一个；M、S、T、F代码及X、Y、Z指令也只能有一个，且有程序段结束标记。

1.7.10 绝对坐标系与相对（增量）坐标系

绝对坐标系就是编程时设定的工件坐标系，相对于该坐标系给出的动点坐标值称为绝对坐标值。如图1-22a所示，*A*、*B*两点在绝对坐标系XY内的坐标值为$X_A=10$，$Y_A=10$；

$X_B=40$，$Y_B=50$。

相对（增量）坐标系是相对于绝对坐标系而言的坐标系，也可理解为是把绝对坐标系平移后所得到的坐标系，在该坐标系内给出的坐标值称为相对（增量）坐标值。如图 1-22b 所示，*A*、*B* 两点在相对坐标系 UV 内的坐标值为 $U_A=0$，$V_A=0$；$U_B=30$，$V_B=40$。

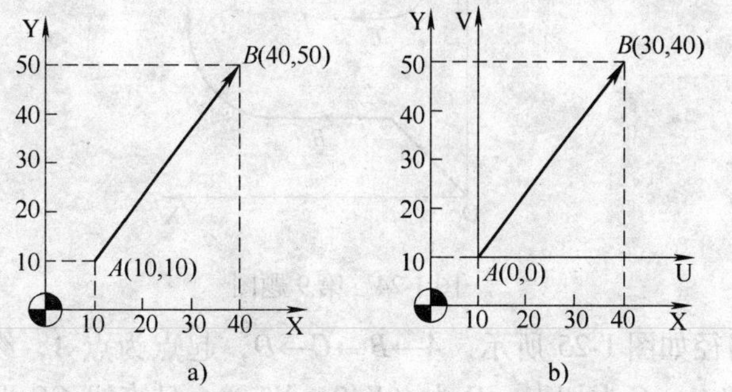

图 1-22 编程使用的坐标系

a）绝对坐标系 b）相对坐标系

编程时，可用绝对坐标值。也可用相对坐标值。在同一程序段内还可以绝对坐标值和相对坐标值混合使用，但必须依照正确的组合。选用绝对坐标值或相对坐标值编程应该以方便计算目标点的数值为原则，如图 1-23 所示，根据各尺寸标注的基准和刀具进给路径 O→*A*→*B*→*C*，点 *A* 宜用绝对坐标（$X_A=35$，$Y_A=20$），点 *B* 宜用相对坐标（$U_B=30$，$V_B=37$），点 *C* 适合绝对坐标和相对坐标混合使用（$U_C=25$，$Y_C=27$）。

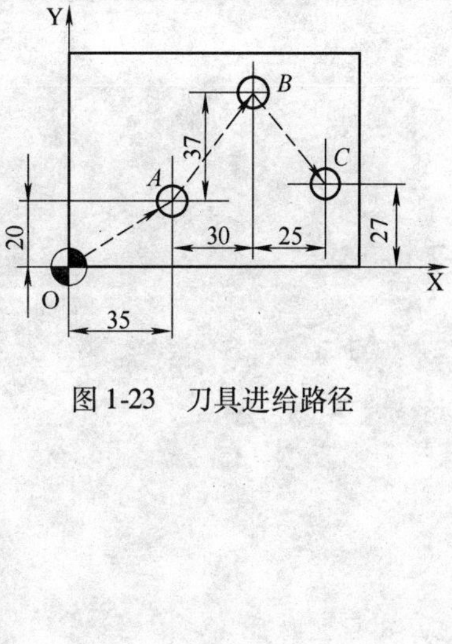

图 1-23 刀具进给路径

在使用绝对尺寸编程时，X 值（X 坐标值）和 Y 值（Y 坐标值）指定了刀具运动的终点坐标值；使用相对坐标编程时，U 值（沿 X 轴的增量）和 V 值（沿 V 轴的增量）指定了刀具的位移，其正负方向分别与 X 轴、Y 轴的正负方向相同。

思考与练习题

1. 数控机床按伺服系统分为哪几类？各自有何特点？
2. 数控机床与普通机床比较有何优点？它主要适合加工什么类型的工件？
3. 试述数控机床的组成及功用。
4. 数控机床的工作步骤有哪些？
5. 什么是机械传动的反向进给误差？应如何消除？
6. 数控机床加工程序的编制方法有哪些？各适用什么场合？
7. 工件坐标系的原点应如何选取？
8. 何谓工艺指令？共有哪几种？
9. 刀具进给路径如图 1-24 所示，O→*A*→*B*→*C*→*D*→*E*→*F*，起点为坐标原点 O，终点为

点 *F*，其中 *A*（X20，Y20）；*B*（X45，Y20）；*C*（X45，Y54）；*D*（X20，Y54）；*E*（X20，Y36）；F（X35，Y36）；点 *B*、*C*、*D*、*E* 为切点。使用绝对坐标值进行编程。

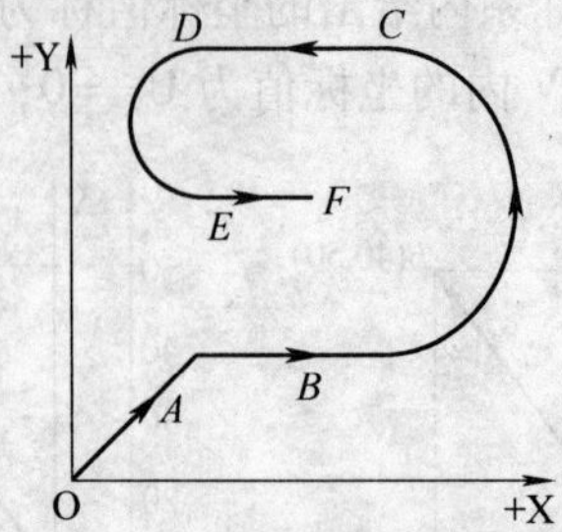

图 1-24　第 9 题图

10. 刀具进给路径如图 1-25 所示，*A*→*B*→*C*→*D*，起点为点 *A*，终点为点 *D*，已知 *A* 为（X0，Y30）；*B* 为切点；*C* 为切点；*D* 为（X42，Y52）；且直线 *CD* 平行于 Y 轴。分别用绝对坐标和增量坐标值编程。

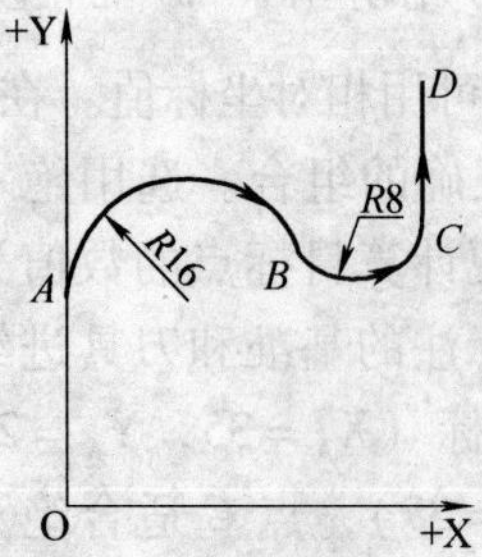

图 1-25　第 10 题图

第 2 章 数控车床编程与操作

2.1 数控车床的坐标系及工件坐标系

2.1.1 数控车床的坐标系

数控车床控制 X 轴和 Z 轴的运动。其中，主轴方向为 Z 轴，指向尾座方向（使工件长度尺寸增大的方向）为 +Z 轴方向；直径方向为 X 轴方向，使工件直径增大的方向为 +X 轴方向。+X 轴是指向操作者还是指向操作者面对的方向，不同的数控车床有着不同的规定，如国外生产的数控车床，其刀架和操作者在主轴轴线的两个相反方向，而国内生产的数控车床，其刀架和操作者是在主轴轴线的同一方向，虽然 +X 轴指向不一样，但它们都是统一的。

当 +X 轴指向不同时，所观察到的刀具顺逆、左右正好相反，这仅对数控车床有方向性的指令，如 G02（顺时针圆弧插补）、G03（逆时针圆弧插补）、G41（左刀补）、G42（右刀补）等的使用有影响。但在对这些指令进行定义时，规定是从 Y 轴的正方向往负方向观察，若 +X 轴取向相反，根据笛卡儿法则，+Y 轴的方向也反向，那么，观察到的顺时针圆弧和逆时针圆弧、左刀补和右刀补刚好相反。

如图 2-1a 所示，车削同一段凹圆弧，+X 轴方向指向操作者时，虽然刀具是按逆时针方向运动，但此时是从 Y 轴的负方向往正方向观察到的，顺逆相反，所以应该用 G02；如图 2-1b 所示，+X 轴方向指向操作者面向的方向时，此时是从 Y 轴的正方向往负方向观察，刀具按顺时针方向运动，用 G02。同理，图 2-1 所示两种情况在进行刀具半径补偿时，都应

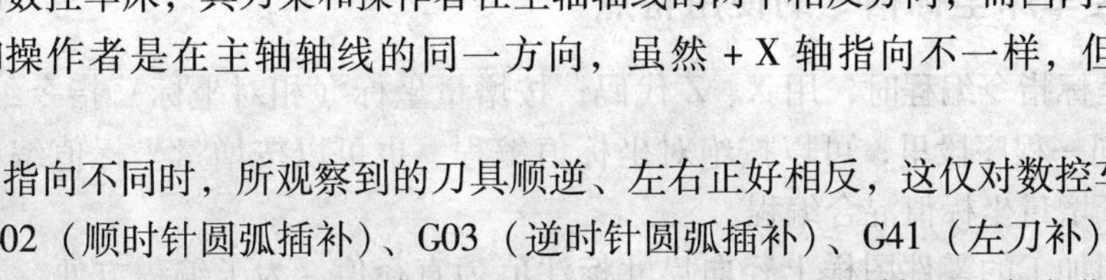

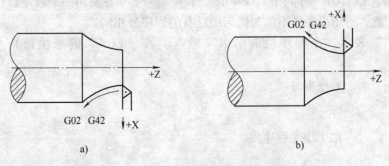

图 2-1 不同方式车削相同圆弧的指令

a）从 Y 轴负向往正向观察 b）从 Y 轴正向往负向观察

该用 G42。指令 G02 和 G03、G41 和 G42 的具体使用规定，详见后面对 FANUC 数控系统的指令介绍。

2.1.2 工件坐标系

工件坐标系是指编制加工程序时所使用的坐标系。理论上说，工件坐标系的原点可以设在工件上，或工件外机床中的任意位置，但为了编程和操作方便，数控车床加工的工件坐标系原点一般设定在加工好以后工件右端面的轴线上（即加工好以后工件的右端面与机床主轴轴线相交的点），考虑到 + X 轴指向不同，容易使一些指令在使用时发生混淆，所以，编程时，统一规定 + X 轴指向操作者面对的方向，也就是说，无论数控车床的刀架在轴线的哪一边，编程时都一律假设刀具在操作者面对的方向运动，这不会引起矛盾。

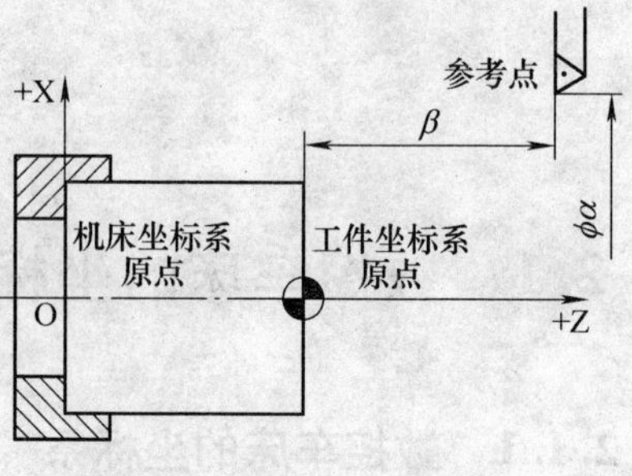

图 2-2　工件坐标原点

下面都以符号“◕”表示工件坐标原点。图 2-2 所示为机床坐标系及原点、工件坐标系及原点、参考点的位置。

2.1.3 数控车床坐标指令的使用特点

按绝对坐标指令编程时，用 X、Z 代码；按增量坐标（相对坐标）指令编程时，用 U、W 代码。在同一程序段里，可以按绝对坐标值编程，也可以按增量坐标值编程，还可以用绝对坐标至于增量坐标值混合编程。

由于车削加工的零件图样上径向尺寸标注值为直径值，为了编程方便，数控车床编程时，一般规定 X（U）方向的坐标值是以“直径值”来表示，也就是径向实际位移量的两倍。这是数控车床与其他种类的数控机床在编程时的不同之处，应特别注意。

2.2 FANUC 0-TD 系统数控车床编程格式

1）用以区分不同程序的程序编号必须以“O”开头，后面跟 1 ~ 4 位数字，整数前面的“0”可以省略，如“O1”等同于“O0001”。程序编号要单独使用一个程序段，放在程序的最前面。应注意，所用程序号不能与机床中已有的程序号相同。

2）用“;”表示一个程序段的结束（输入时按“EOB”键来执行）；程序结束为 M30。如

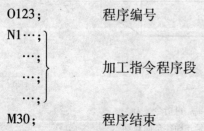

```
O123;          程序编号
N1…;  ┐
  …;  │
  …;  ├       加工指令程序段
  …;  ┘
M30;           程序结束
```

3）每个程序段前可以加顺序号，也可以没有。

4）代码后面的数字，整数前面的“0”可以省略，如下面几种等效的表示方法。

N0011 G00 M08 X0010.3

↓ ↓ ↓ ↓

N11 G0 M8 X10.3

5）坐标系的 X 轴正方向为操作者面向的方向。

2.3 常用指令

1. 快速点定位指令 G00

本指令可实现快速进给到指定位置，没有进给轨迹要求，速度由系统设定，编程时不需要指定，既可设单坐标运动，也可设双坐标联动，绝对坐标和相对坐标可混用。两轴联动时，先走45°斜线，然后再走完剩余部分，如图2-3 所示。

它主要用于非切削进给（空走刀），如刀具从换刀点或程序起始点等远离工件处快速接近工件，或刀具切削完成后远离工件等场合，特点是速度快、效率高。其格式为：

G00 X（U）__；

G00 Z（W）__；

G00 X（U）__ Z（W）__；

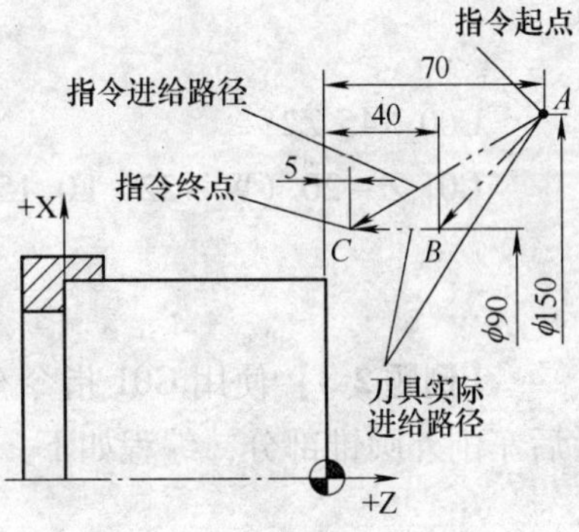

图 2-3 G00 方式进给路线

【例题 2-1】如图 2-3 所示，要求刀具从点 A 快速运动至点 C，编程如下：

G00 X90 Z5；或 G00 U－60 W－65；

注意事项：

1）如图 2-3 所示，编程时需从点 A 快速进给至点 C，而刀具实际进给路径则为 $A \rightarrow B \rightarrow C$，所以，应考虑刀具在实际进给时是否会发生碰撞工件和夹具的可能。如图 2-4 所示，刀具按 G00 方式直接从点 A 退至点 B，则会发生碰撞危险，应该先退出工件外，再回到点 B。

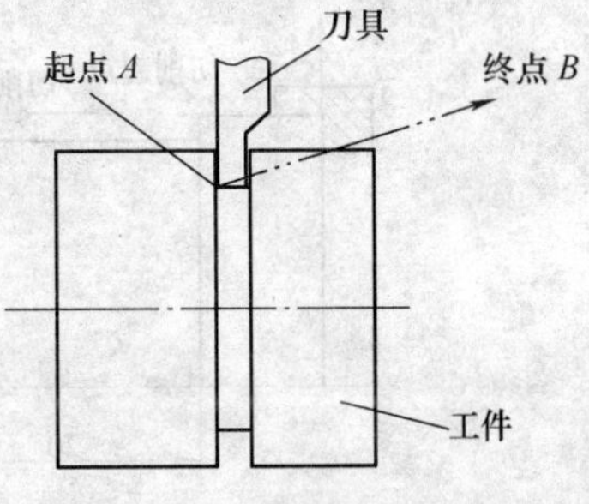

图 2-4 G00 危险退刀

2）因为 G00 的速度快，所以，误撞的破坏性较强，使用时应小心。

3）两坐标联动时，应注意 X 和 U（或 Z 和 W）不能出现在同一条语句里。

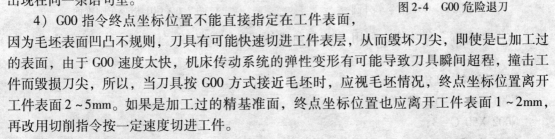

4）G00 指令终点坐标位置不能直接指定在工件表面，因为毛坯表面凹凸不规则，刀具有可能快速切进工件表层，从而毁坏刀尖，即使是已加工过的表面，由于 G00 速度太快，机床传动系统的弹性变形有可能导致刀具瞬间超程，撞击工件而毁损刀尖，所以，当刀具按 G00 方式接近毛坯时，应视毛坯情况，终点坐标位置离开工件表面 2～5mm。如果是加工过的精基准面，终点坐标位置也应离开工件表面 1～2mm，再改用切削指令按一定速度切进工件。

2. 直线插补指令 G01

本指令可实现直线进给到指定位置，进给速度需要指定，可实现单轴移动直线插补或两轴联动直线插补。

它的运动轨迹是起点到终点之间的直线，一般作为直线切削运动指令，可加工端面、内（外）圆柱面、内（外）圆锥面、倒角、切槽和切断等。其格式为：

G01 X（U）__ F __；

G01 Z（W）__ F __；

G01 X（U）__ Z（W）__ F __；

【例题 2-2】使用 G01 指令车削圆柱面。如图 2-5 所示，刀具快速运动至切削起点，然后车削 ϕ45mm 外圆柱部分，编程如下：

```
…
…
G00 X45 Z2；
G01 Z-20 (W-22) F0.15；
…
…
```

【例题 2-3】使用 G01 指令车削圆锥面。如图 2-6 所示，刀具快速运动至切削起点，然后车削外圆锥部分，编程如下：

```
…
…
G00 X38 Z3；
G01 X50 (U12) Z-35 (W-38) F0.15；
…
…
```


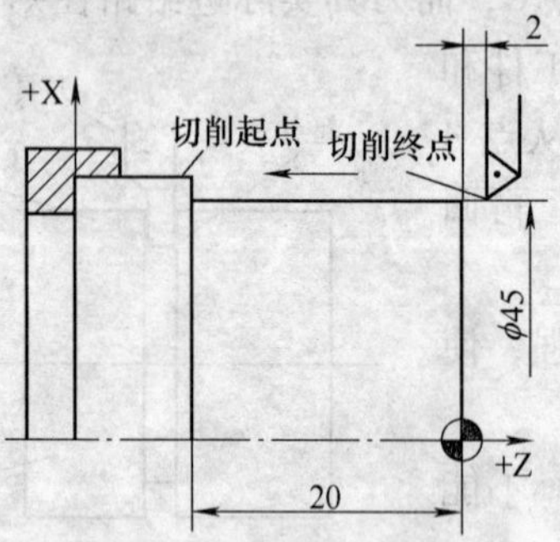

图 2-5　G01 指令车外圆

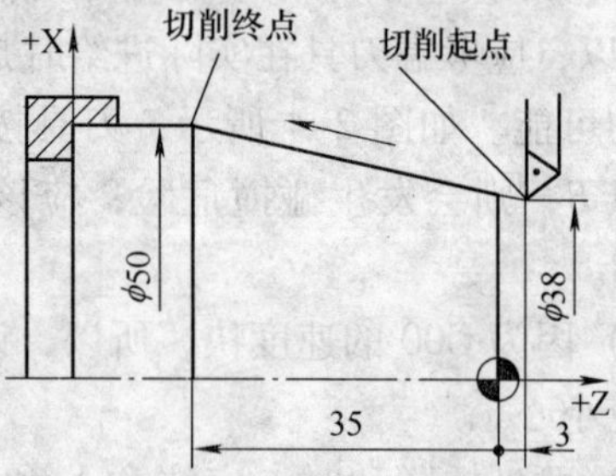

图 2-6　G01 指令车圆锥面

该指令还有一种功能：利用 G01 倒角或倒圆角。倒角用“C”表示，倒圆角用“R”表示。

【例题 2-4】倒角（图 2-7）

```
N001 G01 Z-12 C2 F0.4；
N002 X50 C-3；
N003 Z-22；
```

【例题 2-5】倒圆角（图 2-8）

N001 G01 Z－15 R3 F0.4；
N002 X55 R－4；
N003 Z－30；

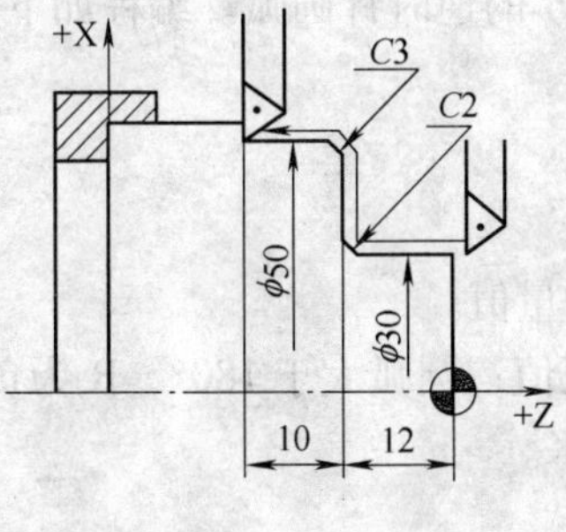

图 2-7 G01 指令倒角

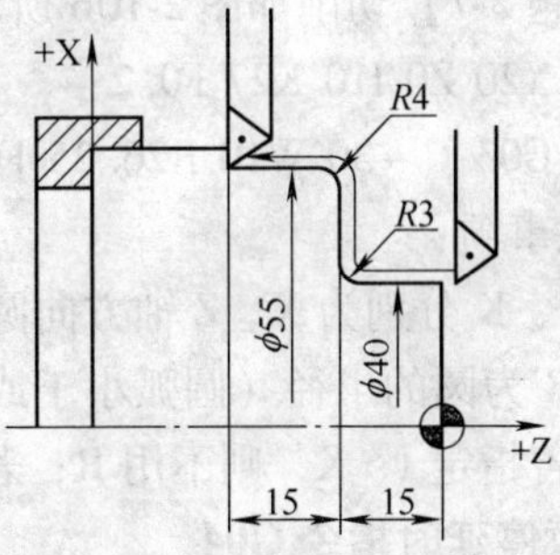

图 2-8 G01 指令倒圆

注意事项：

1）C 或 R 前面的正、负应根据倒角或倒圆的坐标轴方向的正、负来确定。

2）所倒角必须是 45°角，所倒圆必须是与相邻直线相切的圆角。

3. 圆弧切削指令 G02/G03

本指令用于圆弧插补，顺时针圆弧为 G02，逆时针圆弧为 G03。其顺时针和逆时针方向的设定，按标准规定应该是从 Y 轴的正方向往负方向观察所得，如图 2-9 所示。G02/G03 指令的使用方法如图 2-10 所示。应注意的是在圆弧插补程序段内不能有刀具功能 T 指令。

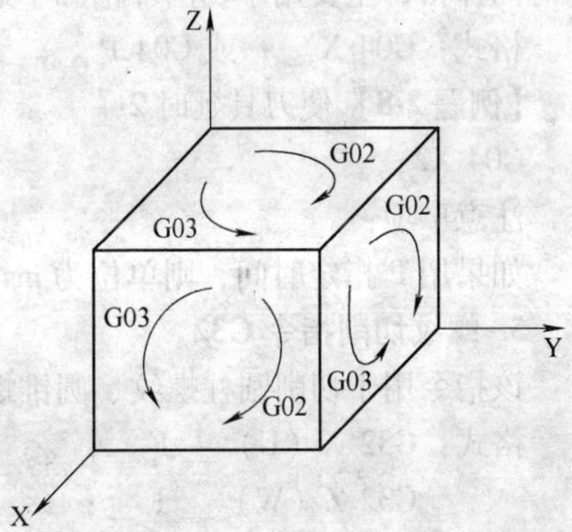

图 2-9 标准规定顺时针和逆时针的方向

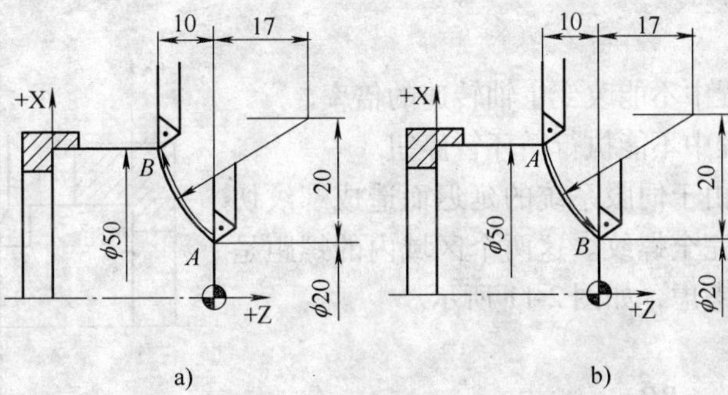

图 2-10 G02/G03 的使用

a）G02 顺时针圆弧插补 b）G03 逆时针圆弧插补

格式：G02/G03 X__ Z__ I__ K__ [F__]；或：G02/G03 X__ Z__ R__ [F__]；
G02/G03 U__ Z__ I__ K__ [F__]；或：G02/G03 U__ Z__ R__ [F__]；
G02/G03 X__ W__ I__ K__ [F__]；或：G02/G03 X__ W__ R__ [F__]；
G02/G03 U__ W__ I__ K__ [F__]；或：G02/G03 U__ W__ R__ [F__]；

【例题 2-6】切削如图 2-10a 所示从起点 A 至终点 B 的顺时针圆弧。编程如下：

G02 X50 Z-10 I40 K17 F0.4；

或：G02 U30 W-10 R26.25 F0.4；

【例题 2-7】切削如图 2-10b 所示从起点 A 至终点 B 的逆时针圆弧。编程如下：

G03 X20 Z0 I10 K27 F0.2；

或：G03 U-30 W10 R26.25 F0.4；

注意事项：

1）I、K 分别为 X、Z 轴方向圆心相对于起点的增量值。

2）R 为圆的半径（圆弧小于或等于 180°，R 为正值；圆弧大于 180°，R 为负值。）

3）若指定 I、K，则不用 R；若用 R，则不用 I、K。

4. 暂停延时指令 G04

本指令用于设置时间延时，当程序执行到本指令时，程序按指定的时间延时，使刀具作短时间停留，主要用于切削环槽和不通孔等场合的光整加工。

格式：G04 X __；或 G04 P __；

【例题 2-8】使刀具延时 2s。

G04 X2；

注意事项：

如果用 P 指定时间，则单位为 ms。

5. 螺纹切削指令 G32

该指令用于切削圆柱螺纹、圆锥螺纹、端面螺纹。螺距用“F”表示。

格式：G32 X（U）__ F __；　　圆柱螺纹

G32 Z（W）__ F __；　　端面螺纹

G32 X（U）__ Z（W）__ F __；　　圆锥螺纹

【例题 2-9】车削如图 2-11 所示圆柱螺纹。编程如下：

G32 Z-30 F1.5；

注意事项：

1）螺纹切削过程中不能改变主轴转速的倍率。

2）螺纹切削过程中不能执行循环暂停钮。

3）δ_1 和 δ_2 表示由于伺服系统的延迟而造成螺纹切入和切出时产生的不完全螺纹。这两个区域内的螺距是不均匀的，必须予以考虑，如图 2-11 所示。

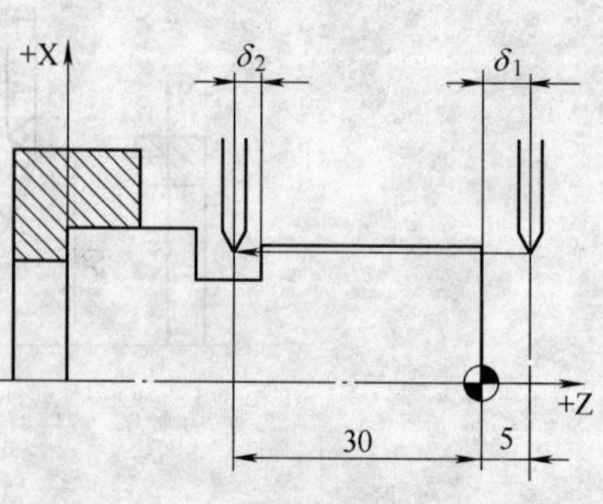

图 2-11　G32 圆柱螺纹切削

经验公式：

$$\delta_1 = \frac{RP_n}{1800} \times 3.605$$

$$\delta_2 = \frac{RP_n}{1800}$$

式中　R——主轴转速（r/min）

P_n——螺纹导程。

6. 每转进给量指令 G99，每分钟进给量指令 G98

如：G99 F0.15；　　　　　主轴每转进给量为 0.15mm/r

　　G98 F120；　　　　　每分钟的进给量为 120mm/min

注意事项：

1）当接通电源时，机床默认的进给方式为 G99，即每转进给量方式。

2）只要不出现 G98 指令，进给功能一直是按 G99 方式每转进给量来设定。

7. 自动返回机械原点指令 G28

该指令使刀具自动返回机械原点或经过某一中间位置，再回到机械原点，如图 2-12a 所示。主要用于检查机床坐标位置是否正确，以及进行测量工件和换刀等安全操作。

输入格式为 G28 X（U）__ Z（W）__；

刀具回机械原点经过的中间位置坐标值

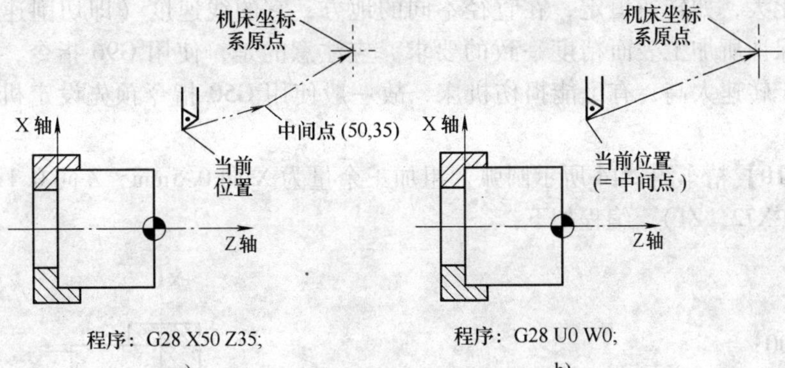

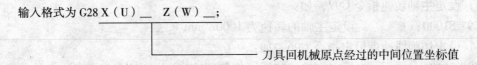

图 2-12　自动返回机械原点指令 G28

a）经某一中间点返回机床原点　b）直接返回机床原点

注意事项：

1）为防止中间点坐标有问题而出现刀具与机床或工件发生干涉现象。一般选当前坐标点作为中间点较为安全，即 G28 U0 W0，如图 2-12b 所示。

2）该指令是以 G00 方式运动，即运动轨迹和运动速度与 G00 相同。

8. 工件坐标系统设定指令 G50

该指令以程序原点为工件坐标系的原点，指定刀具出发点的坐标值。

如 G50 X150.0 Z100.0；（图 2-13）

注意事项：

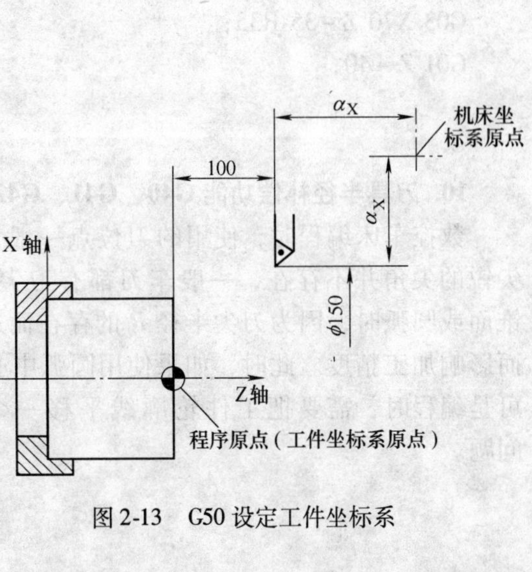

图 2-13　G50 设定工件坐标系

1）设定工件坐标系后，刀具出发点到程序原点之间的距离就是一个确定的绝对坐标值，这与刀具从机械原点出发相比，生产效率提高了。

2）确定车刀在出发点换刀时，必须保证不会出现刀具与机床、工件、夹具等发生碰撞事故，而且不会影响到加工效率的合适、安全的点。

3）在加工工件时，也要测量一下机械原点和刀具出发点之间的距离（α_X，α_Z）和其他刀具与参考刀具尖位置间的距离。

9. 主轴转速控制指令 G96、G97、G50 和主轴功能指令 S

1）轴最高转速的设定指令 G50，如：

G50 S1200；　　　　设定主轴最高转速为 1200r/min

2）设定主轴转速指令 G97，如：

G97 S1000；　　　　设定主轴的转速为 1000r/min

3）设定切削线速度恒定指令 G96，如：

G96 S110；　　　　设定主轴线速度（即切削速度）恒定为 110m/min

它一般用于表面精度要求较高的大圆弧或大锥度加工时使用，因为大圆弧和大锥度的直径量变化大，如转速恒定，在直径不同的地方，它的线速度（即切削速度）相差较远，则不易保证所加工表面精度一致的要求。应注意的是，使用 G96 指令，当切削直径很小时，由于转速太高，有可能损伤机床，故一般使用 G50 指令预先设定机床许可的最高转速。

【例题 2-10】精车图 2-14 所示圆弧，粗加工余量为 X 向 0.5mm，Z 向 0.1mm，刀具目前所在位置（X72，Z1）。编程如下：

```
…
…
G50 S2000;
G96 S120;
G00 X0;
G01 Z0 F0.1;
G03 X70 Z-35 R35;
G01 Z-40;
…
…
```

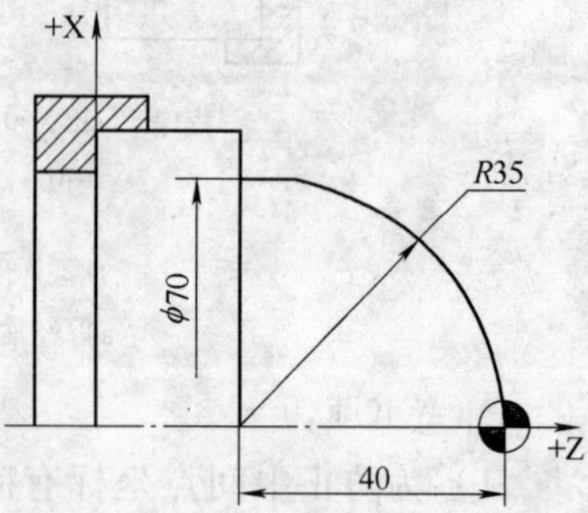

图 2-14　圆弧示例

10. 刀具半径补偿功能 G40、G41、G42

数控车床编程时，使用的刀位点一般为车刀刀尖，由于车刀实际上像图 2-15a 所示尖锐的尖角并不存在，一般车刀都有刀尖半径，假想刀尖如图 2-15b 所示。当车倒角、锥面或圆弧时，因为刀尖半径 *R* 的存在而造成过切削及欠切削现象，如图 2-16 所示，从而影响加工精度。此时，如果使用圆弧中心作为刀位点来编程，一切问题就会迎刃而解，可是编程时，需要把工件轮廓线平移一个半径值，这给编程的数值计算带来了新的问题。

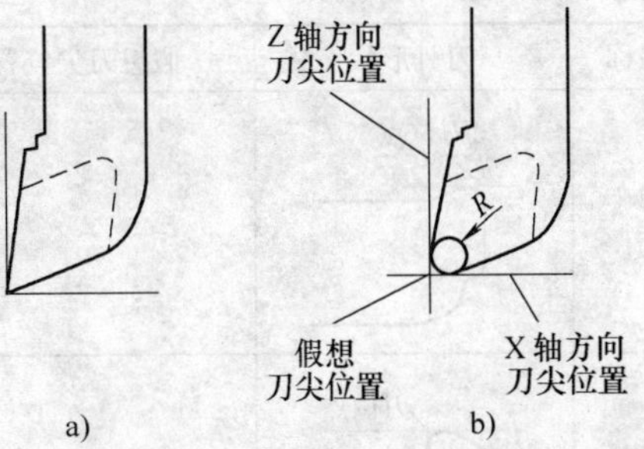

图2-15　刀尖半径与假想刀尖

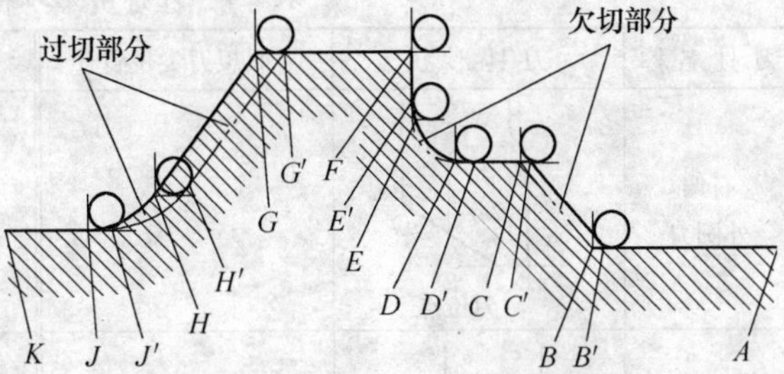

图2-16　欠切及过切现象

该系统具有刀具半径自动补偿功能，只要按工件轮廓尺寸编程，再通过系统指令补偿一个刀具半径值即可。

（1）刀具半径补偿指令 G42　面朝刀具运动的方向看，刀具在工件轮廓线的右侧，使用 G42 指令进行补偿，如图 2-17a 所示。

（2）刀具半径补偿指令 G41　面朝刀具运动的方向看，刀具在工件轮廓线的左侧，使用 G41 指令进行补偿，如图 2-17b 所示。

（3）取消刀具半径补偿 G40　用来取消 G41、G42 指令，应把它写在程序开始的第一个程序段及取消刀具半径补偿的程序段。

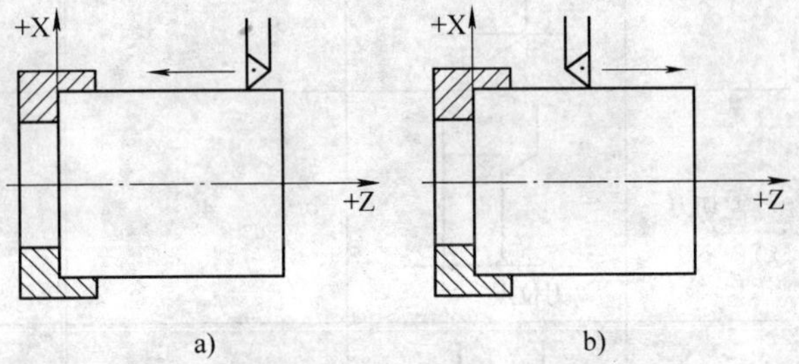

图2-17　刀具半径补偿指令的使用

a）使用 G42 指令　b）使用 G41 指令

刀尖半径补偿量可以通过刀具补偿设定画面（图2-18）设定，T 指令要与刀具补偿编号相对应，并且要输入假想刀尖位置序号。假想刀尖位置序号共有 10 个（0～9），如图 2-19 所示。

工具补正/形状　　O0001　N0003

番号	X	Z	R	T
G01	0.0000	0.0000	0.0000	0
G02	0.0000	0.0000	0.0000	0
G03	0.0000	0.0000	0.0000	0
G04	0.0000	0.0000	0.0000	0
G05	0.0000	0.0000	0.0000	0
⋮				

[磨耗][形状][工件移][MACRO][选尺]

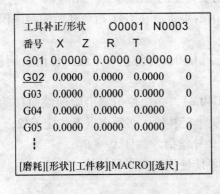

图2-18　刀具补偿设定画面

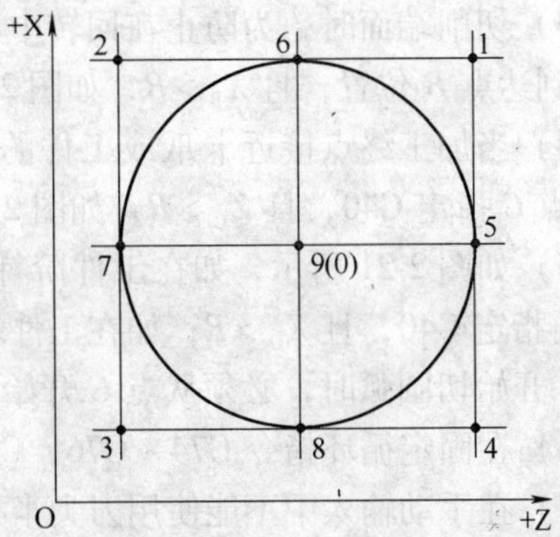

图2-19　假想刀尖位置序号

表2-1 所示为数控车床上几种常用刀具的假想刀尖位置。

表 2-1 几种常见刀具的假想刀尖位置

刀具名称	刀具形状	假想刀尖位置	刀具名称	刀具形状	假想刀尖位置
右偏外圆刀	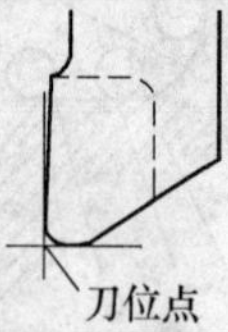	3	右偏镗孔刀	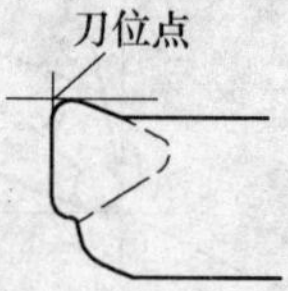	2
左偏外圆刀	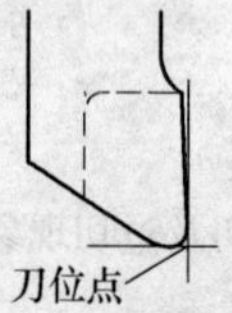	4	左偏镗孔刀	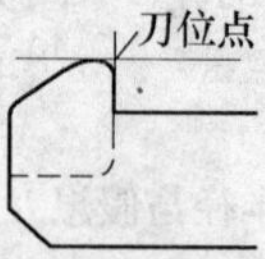	1
右切刀	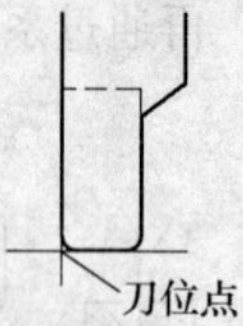	3	内沟槽刀	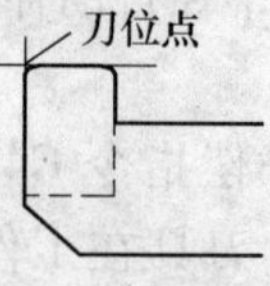	2
左切刀	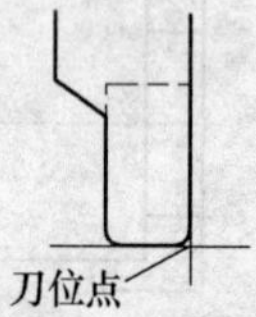	4	球头镗刀	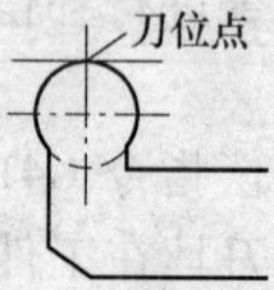	6
外螺纹刀	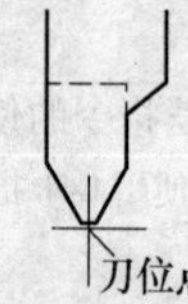	8	内螺纹刀	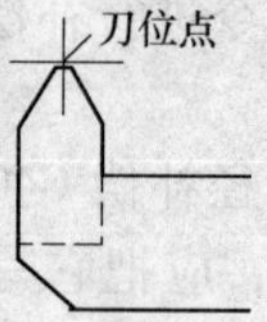	6

注意事项：

1）G41、G42 指令不能与圆弧插针指令写在同一程序段内。

2）在使用 G41、G42 指令模式中，不允许有两个连续的非移动指令，非移动指令包括 G04、G50、G96 等 G 代码；M 代码；S 代码；移动量为零的切削指令，如 G01、U0、W0。

3）切削端面时，为防止在回转中心留下欠切削的小锥，在 G42 指令开始的程序段，刀具应到达点 B 位置，且 $X_B > R$，如图 2-20 所示。

4）当加工终点接近卡爪或工件的阶台时，使用 G40，为防止卡爪或工件阶台面被切，应在点 C 指定 G40，且 $Z_C > R$，如图 2-20 所示。

5）如图 2-21 所示，如在工件阶梯端面指定 G40 时，必须使刀具沿阶梯端面移动到点 D，再指定 G40，且 $X_D > R$；如在工件端面开始刀尖半径补偿，必须在点 B 指定 G42，且 $Z_B > R$；开始切圆弧时，必须从点 C 开始加入刀尖半径补偿指令，且 $X_C > R$。

6）在固定循环指令 G74 ~ G76，G90 ~ G92 中不能使用刀尖半径补偿。

7）在手动输入中不能使用刀尖半径补偿。

8）当加工比刀尖半径还小的圆弧内侧时，系统会产生报警。

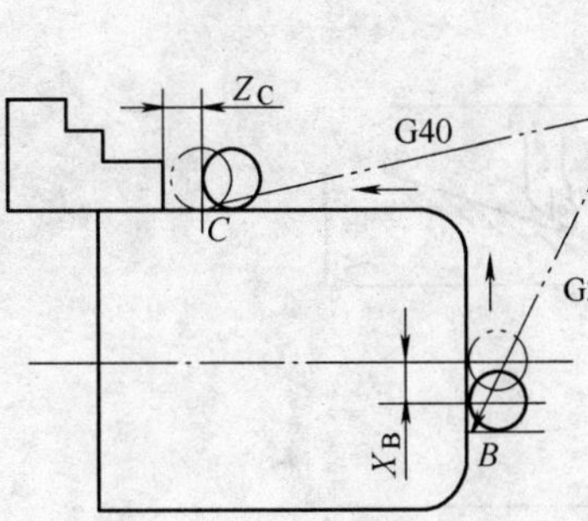

图 2-20　防止留下欠切削的小锥

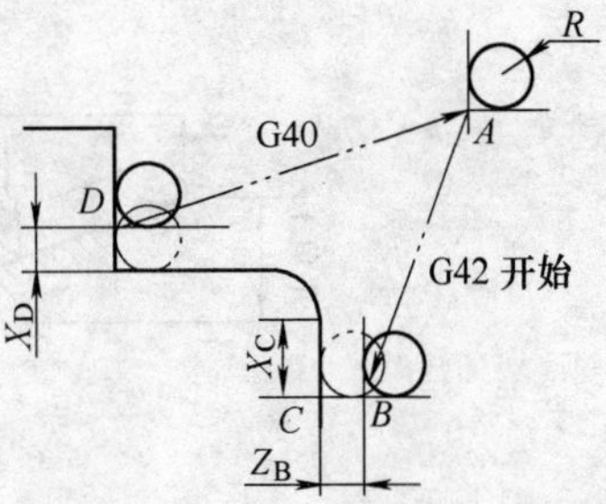

图 2-21　防止卡爪或工作阶台面被切

11. 单一固定循环指令 G90、G92、G94

（1）外径、内径切削循环指令 G90　每车削一刀的全过程，包括从循环起点到切削终点之间的进刀、切削、退刀整个过程。如图 2-22 所示，刀具运动轨迹为 $A \to B \to C \to D \to A$，其中 $A \to B$ 为 G00 方式进刀；$B \to C$、$C \to D$ 为 G01 方式切削；$D \to A$ 为 G00 方式退刀。

切削圆柱时输入格式为：

G90 X(U)__ Z(W)__ F__;

F__ —— 进给量

X(U)__ Z(W)__ —— 外径、内径切削终点坐标

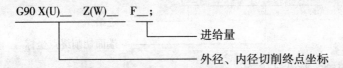

切削锥面输入格式为：

G90 X(U)__ Z(W)__ I__ F__;

F__ —— 进给量

I__ —— 锥面径向尺寸(方向规定如图2–23所示)

X(U)__ Z(W)__ —— 外径、内径锥面切削终点坐标

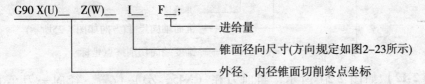

【例题 2-11】如图 2-22 所示：当前刀在（X30，Z2）位置，一刀车 ϕ26mm 至 ϕ23mm，长 20mm。

编程如下：

```
…
…
G00 X30 Z2;
G90 X23 Z－20 F0.2;
…
…
```

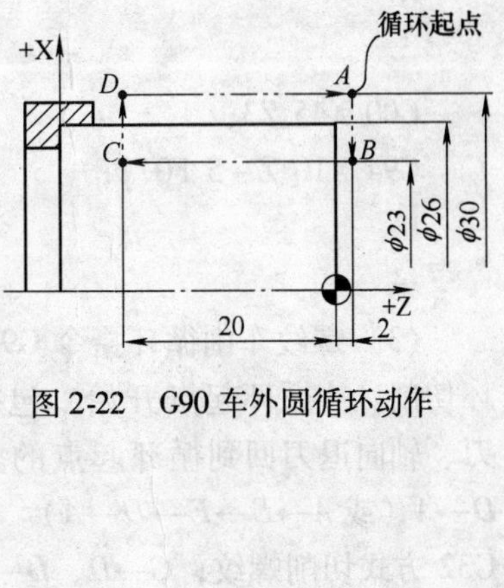

图 2-22　G90 车外圆循环动作

（2）端面切削循环指令 G94　与 G90 相似。区别是 G90 属轴向循环，而 G94 属径向循环。G94 的循环过程见图 2-24。

切削直端面输入格式为：

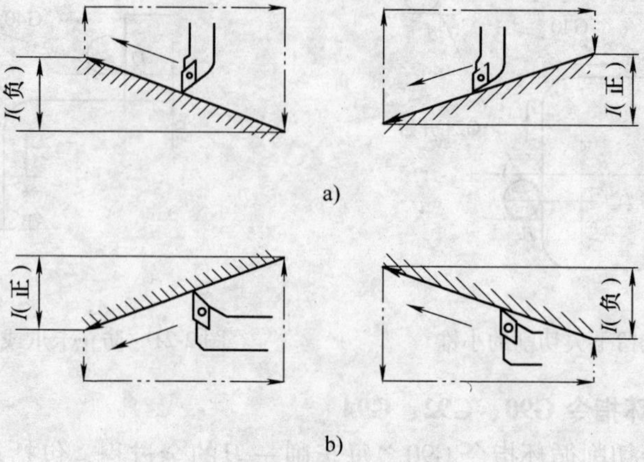

图 2-23　G90 锥面方向的规定
a）外锥　b）内锥

G94 X(U)__　Z(W)__　F__;

- F__：进给量
- X(U)__ Z(W)__：端面切削终点坐标

切削锥度端面输入格式为：

G94 X(U)__　Z(W)__　K__　F__;

- F__：进给量
- K__：锥面轴向尺寸(方向如图2-25所示)
- X(U)__ Z(W)__：锥度端面切削终点坐标

【例题 2-12】 如图 2-24 所示，当前刀在（X45，Z3）位置，径向一刀车 ϕ40mm 至 ϕ10mm，长 5mm。

编程如下：

```
…
…
G00 X45 Z3;
G94 X10 Z-5 F0.2;
…
…
```

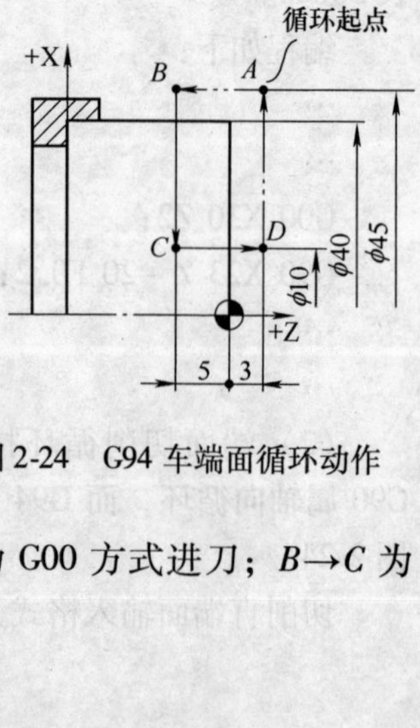

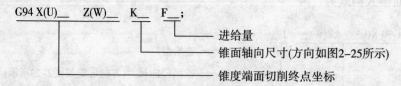

图 2-24　G94 车端面循环动作

（3）螺纹车削循环指令 G92　加工圆柱螺纹和锥螺纹的循环切削。从循环起点开始，包括径向进刀、车螺纹、径向退刀、轴向退刀回到循环起点的整个过程，即包括 $A \to B \to C \to D \to A$（或 $A \to E \to F \to D \to A$）。循环过程见图 2-26，其中 $A \to B$ 为 G00 方式进刀；$B \to C$ 为 G32 方式切削螺纹；$C \to D$、$D \to A$ 为 G00 方式退刀。

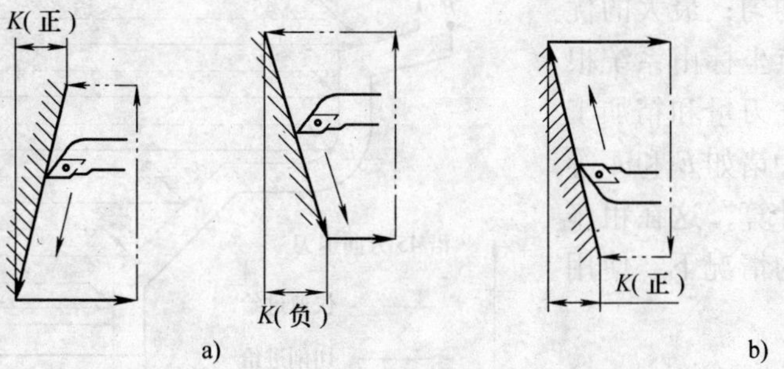

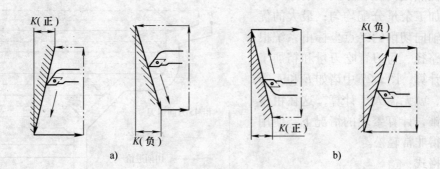

图 2-25 G94 锥面的方向
a）外锥面 b）内锥面

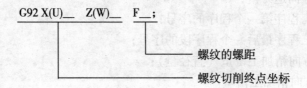

圆柱螺纹输入格式：

G92 X(U)__ Z(W)__ F__;

- F__ —— 螺纹的螺距
- X(U)__ Z(W)__ —— 螺纹切削终点坐标

锥螺纹输入格式：

G92 X(U)__ Z(W)__ R__ F__;

- F__ —— 螺纹的螺距
- R__ —— 螺纹的锥度
- X(U)__ Z(W)__ —— 螺纹切削终点坐标

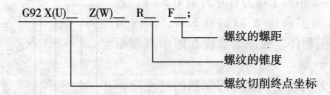

【例题 2-13】 如图 2-26 所示，当前刀在（X35，Z5）处，车削 M30×1.5 螺纹。第一刀背吃刀量（直径量）0.8mm，第二刀背吃刀量（直径量）0.5mm，…。

编程如下：

```
…
…
G00 X3.5 Z5;
G92 X29.2 Z-26 F1.5;
    X28.7;
…
…
```

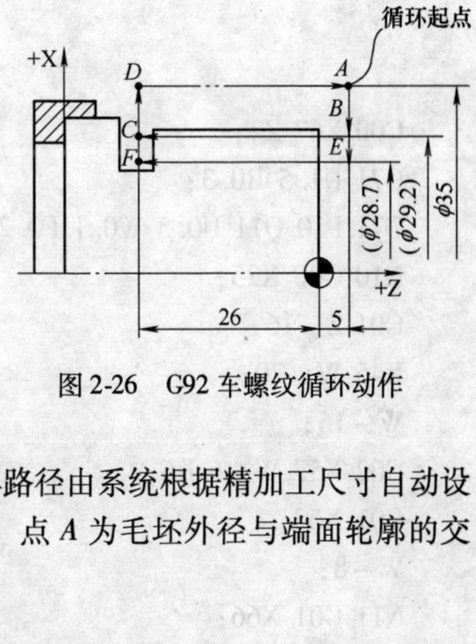

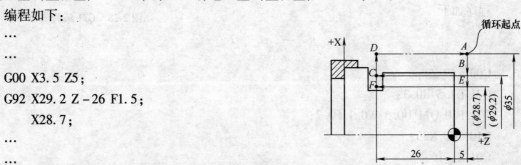

图 2-26 G92 车螺纹循环动作

12. 复合固定循环指令 G70 ~ G73、G75

（1）外径、内径粗加工循环指令 G71 它将工件切削至精加工之前的尺寸，精加工前的形状及粗加工的刀具路径由系统根据精加工尺寸自动设定，刀具循环路径如图 2-27 所示，点 *C* 为粗车循环起点，点 *A* 为毛坯外径与端面轮廓的交点，粗车循环结束后，刀具回到点 *C*。

它的优点是简化程序，切削路径安排合理，加工余量分配均匀；最大的优势是每刀轴向切削的终点坐标由系统根据精加工路径、每刀背吃刀量和精加工留量自动计算，图2-27中诸如*E*和*F*等点坐标值，就无需人工计算，这在粗车圆弧和圆锥，计算繁琐的情况下，使用该指令显得非常轻松。

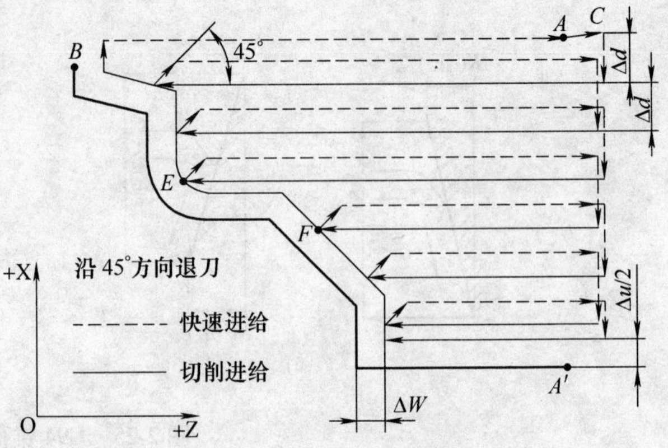

图2-27　G71指令循环路径

输入格式：

G71 UΔ*d* RΔ*r*;

G71 P *ns* Q *nf* UΔ*u* WΔ*w*;

其中　Δ*d*——粗加工每次背吃刀量；

Δ*r*——每次径向退刀量；

ns——精加工程序第一个程序的序号；

nf——精加工程序最后一个程序段的序号；

Δ*u*——X轴方向精加工留量（直径量）；

Δ*w*——Z轴方向精加工留量。

【例题2-14】 加工如图2-28所示零件，已知毛坯直径为ϕ65mm棒料。粗加工每刀背吃刀量1.5mm，进给量0.2mm/r，精加工余量X向留0.5mm，Z向留0.1mm，编写粗加工程序，程序原点设在图示右端面中心。

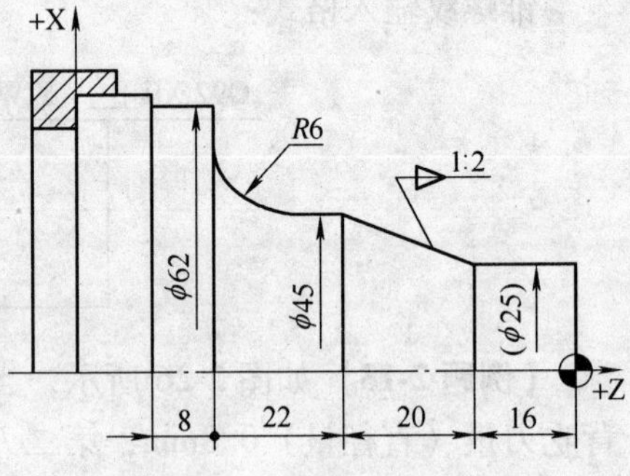

图2-28　G71编程实例

解：由于粗车刀次较多，且每刀车削的终点坐标在圆弧和锥度处计算繁琐，所以，采用G71粗车复合循环指令，可以精简程序并简化计算环节。

程序如下：

```
…
…
G00 X67 Z2;
G71 U1.5 R0.3;
G71 P10 Q11 U0.5 W0.1 F0.2;
N10 G00 X25;
G01 Z-16;
X45 W-20;
W-16;
G02 X57 W-6 R6;
G01 X62;
W-8;
N11 G01 X66;
```

…

…

注意事项：

1）当它用于内径粗车循环时，X 轴方向精加工留量 Δu 应指定为负值。

2）该指令只适用于从小端往大端循环粗车。

（2）端面粗加工循环指令 G72　它与 G71 指令类似，不同之处就是刀具路径是按径向循环的刀具循环路径如图 2-29 所示。

输入格式：

G72 W$\underline{\Delta d}$ R$\underline{\Delta r}$;

G72 P $\underline{ns}$ Q $\underline{nf}$ U$\underline{\Delta u}$ W$\underline{\Delta w}$;

其中：ns——粗加工程序第一个程序段的序号；

nf——精加工程序最后一个程序段的序号；

Δu——X 轴方向精加工余量（直径量）；

Δw——Z 轴方向精加工余量；

Δd——粗加工每次背吃刀量。

（3）闭合车削循环指令 G73　与 G71、G72 指令功能相同，只是刀具路径是按平行于工件精加工轮廓进行循环的，如图 2-30 所示，该指令主要用于铸（锻）出了简单的零件轮廓毛坯的粗加工循环。

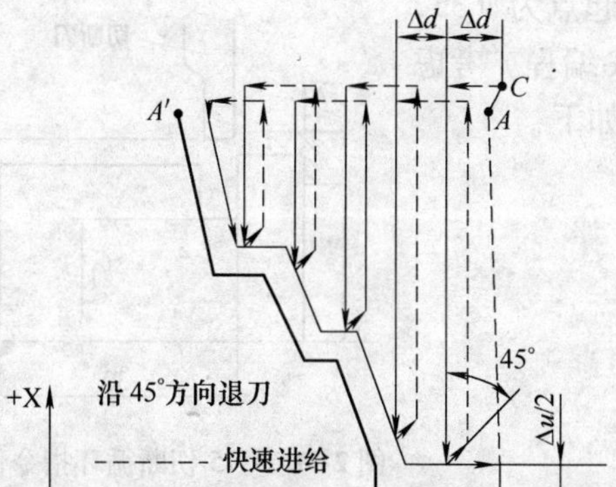

图 2-29　G72 指令循环路径

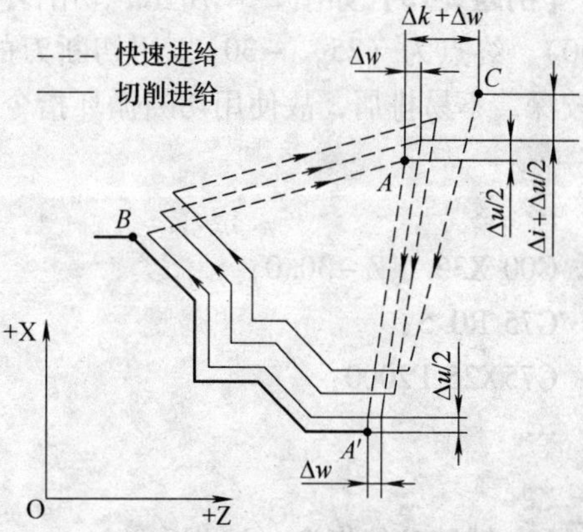

图 2-30　G73 指令循环路径

输入格式：

G73 U$\underline{\Delta i}$ W$\underline{\Delta k}$ R$\underline{\Delta d}$;

G73 P$\underline{ns}$ Q$\underline{nf}$ U$\underline{\Delta u}$ W$\underline{\Delta w}$;

其中　ns——精加工程序第一个程序段序号；

nf——精加工程序最后一个程序段序号；

Δi——X 轴方向的退出距离和方向；

Δk——Z 轴方向的退出距离和方向；

Δu——X 轴方向精加工留量；

Δw——Z 轴方向精加工留量；

Δd——精切次数。

（4）精加工循环指令 G70　执行 G71、G72、G73 粗加工循环指令以后的精加工循环。

输入格式：

G70 P<u>ns</u> Q <u>nf</u>;

其中　*ns*——精加工程序第一个程序段序号；

nf——精加工程序最后一个程序段序号。

（5）切断循环指令 G75　为防止切深槽或切断时排屑不畅而折刀，每切进一定深度后，退刀排屑，如此往复循环，使用 G75 切断循环，可简化程序。

输入格式：

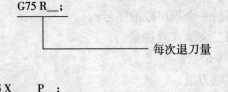

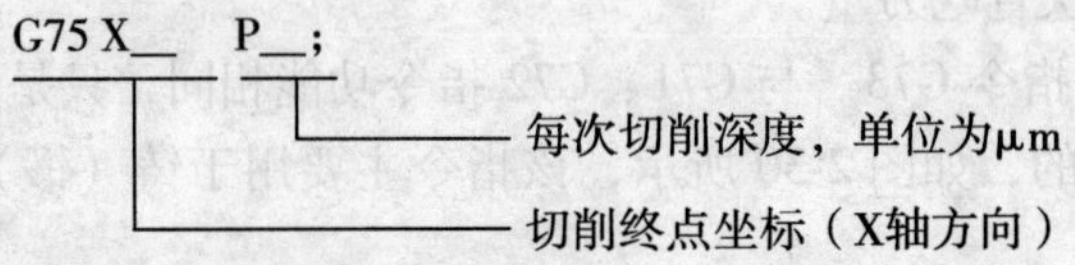

【例题 2-15】如图 2-31 所示，切削环形槽，起点为（35，-30），终点为（25，-30），用切断刀的左刀尖编程。考虑槽较深，不易排屑，故使用切断循环指令，编程如下：

```
…
…
G00 X35.0 Z-30.0;
G75 R0.5;
G75X25 P2000;
…
…
```

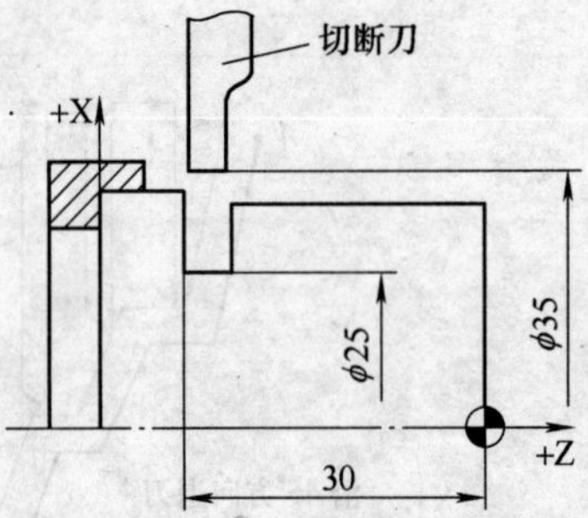

图 2-31　G75 切断循环指令使用

13. 辅助功能指令（M 指令）

1）M00 程序暂停指令，执行后程序暂停，按［启动］键后继续执行。

2）M02 程序结束指令。

3）M03 主轴正转。

4）M04 主轴反转。

5）M05 主轴停转。

6）M08 切削液开。

7）M09 切削液关。

8）M30 程序结束指令，执行后，光标返回该程序初始状态，按程序启动按钮（［START］键），重新执行一次原程序并且零件记数值 +1。

9）M41 自动变换齿轮低速挡。

10）M42 自动变换齿轮中速挡。

11）M43 自动变换齿轮高速挡。

14. 主轴功能指令（S 指令）

S 指令用于设定主轴的恒转速或切削的恒速度的大小。

格式为：S __。

如 S500，表示主轴转速为 500r/min。

15. 刀具功能指令（T 指令）

T 指令是用于换刀，后面跟两位数字，第一位表示刀号，第二位表示刀具补偿值寄存地址号（刀补号），一般刀补号与刀号相同。

如 T22 表示换 2 号刀，用 2 号刀补；T20 表示换 2 号刀，撤消刀补。

16. 进给功能指令（F 指令）

F 指令用于指定进给量，按 G99 方式指定，F 后面的数值单位是“mm/r”；如按 G98 方式指定，F 后面的数值单位是“mm/min”。如 G99 F0.20，表示进给量为 0.2mm/r。

2.4 FANUC 0-TD 系统数控车床操作功能及按钮介绍

机床使用时，首先必须把主电源开关扳到“合”位置，向机床供电。这时，机床照明灯亮。

下面按 FANUC 0-TDⅡ系统数控车床操作面板依次分别介绍机床各按钮（按钮）功能，表 2-2 为操作面板上各按钮功能。图 2-32 所示为操作面板上各按钮（旋钮）示意图。

表 2-2 操作面板上各按钮（旋钮）功能

序 号	名 称	序 号	名 称
1	开电源按钮	14	主轴正转、停、反转控制按钮
2	关电源按钮	15	主轴齿轮位置指示灯
3	循环（程序）启动按钮	16	程序保护锁
4	循环（程序）暂停按钮	17	机床锁定开关
5	紧急停止按钮	18	试运行开关
6	模式选择开关	19	块删除开关
7	进给模式选择旋钮	20	单步执行开关
8	进给速率选择旋钮	21	M01（暂停选择）开关
9	主轴转速倍率选择旋钮	22	M、S、T 功能锁定开关
10	手动进给方向控制按钮	23	切削液开关
11	手动脉冲发生器	24	卡盘自动装卡选择开关
12	X/Z 轴零点回归指示灯	25	卡盘内卡/外卡指示灯
13	X/Z 轴方向手动进给指示灯	26	限位释放开关

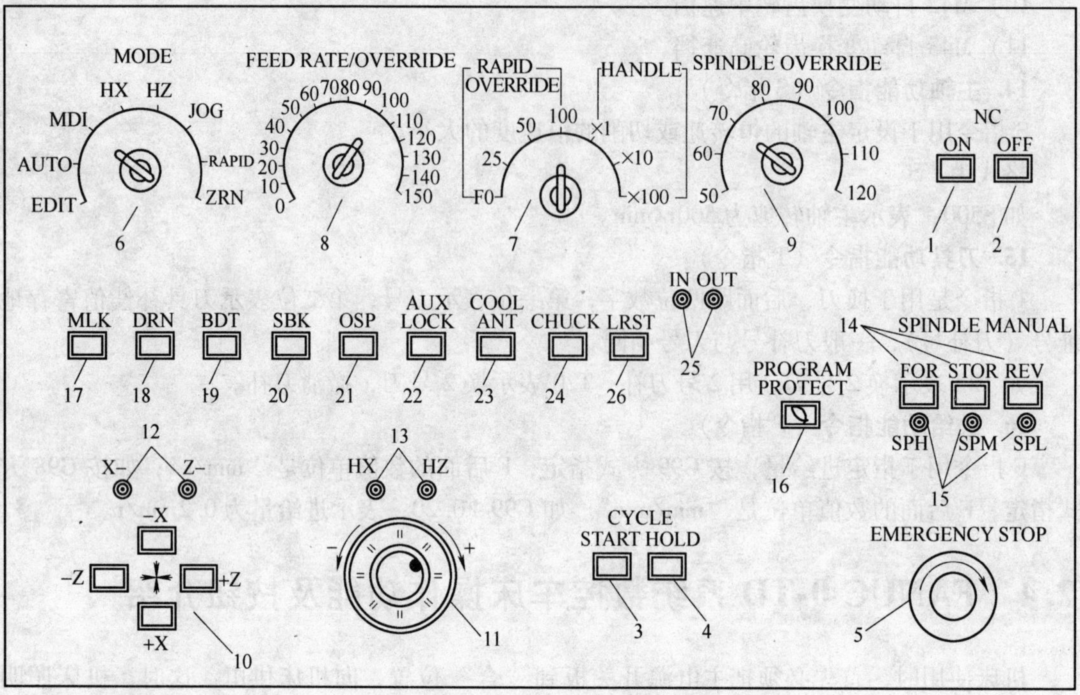

图 2-32　数控车床操作面板上各按钮（旋钮）示意图

1. 开电源按钮（ON）

2. 关电源按钮（OFF）

1）按下开电源按钮 1，机床 CNC 装置开始通电。

2）在机床完成工作后，必须首先按下关电源按钮 2，然后在关掉主电源开关。如果按相反的方式切断电源，机床的 CNC 装置可能会受到损坏。

3. 循环（程序）启动按钮（START）

4. 循环（程序）暂停按钮（HOLD）

1）在一定条件下，按下循环启动按钮 3，机床可自动运行程序。

2）在自动运行程序时，按下循环暂停按钮 4 机床随即处于暂停状态。

3）欲在暂停状态时重新启动机床运行程序，只需再按一下循环启动按钮 3 即可。

5. 紧急停止按钮（EMERGENCY STOP）

1）在任何情况下，按一下紧急停止按钮 5，机床和 CNC 装置随即处于急停状态，与此同时屏幕上出现"准备不足"。

2）欲消除此急停状态，顺着按钮 5 上的箭头所指方向旋转按钮，使按钮 5 弹起即可。

6. 模式选择开关（MODE）

（1）编辑（EDIT）　在此状态下，可以对存储在内存中的程序数据进行编辑。

（2）自动执行（AUTO）　在此状态下，可自动执行程序。

（3）手动数据输入（MDI）　在此状态下，可以输入单一命令使机床动作，以满足工作需要。

（4）手动进给（HX）　在此状态下，把进给模式选择旋钮 7，旋转到一个适当的位置

(×1、×10、×100)，旋转手动脉冲发生器 11 即可完成对 X 轴的手动进给。该状态时，X 轴方向手动进给指示灯 13 亮。

（5）手动进给（HZ）　在此状态下，把进给模式选择旋钮 7，旋转到一个适当的位置(×1、×10、×100)，旋转手动脉冲发生器 11 即可完成对 Z 轴的手动进给。该状态时，Z 轴方向手动进给指示灯 13 亮。

（6）点动进给（JOG）　在此状态下，把进给速率选择旋钮 8 旋转到一个适当的位置(0%、10%、20%～150%)，操纵手动进给方向控制按钮 10 即可完成对 X 轴和 Z 轴的进给。

（7）快速进给（RAPID）　在此状态下，把进给模式选择旋钮 9 旋转到一个适当的位置（0%、25%、50%、100%），操纵手动进给方向控制按钮 10 即可完成对 X 轴和 Z 轴的快速进给。

（8）零点回归（ZRN）　在此状态下，操纵手动进给方向控制按钮 10 可使机床回到 X 轴与 Z 轴的机床原点，到达机床原点的同时，X、Z 轴原点回归指示灯 12 变亮。

7. 进给模式选择旋钮

进给模式选择旋钮调至 F0～F100 范围时，控制快速进给倍率；调至×1～×100 范围时，控制手动脉冲发生器的进给倍率（×1→0.001mm/格、×10→0.01mm/格、×100→0.1mm/格）。

8. 进给速率选择旋钮

进给速率选择旋钮 8 可对 X、Z 轴的进给速率在 0%～150% 的范围内调节。车削螺纹时，进给速率选择旋钮 8 无效。

9. 主轴转速倍率选择旋钮

当车床主轴旋转时，通过主轴转速倍率选择旋钮 9 可对主轴的转速在 50%～120% 的倍率范围内进行调速。

10. 手动进给方向控制按钮

当模式选择开关 6 切换到“JOG”、“RAPID”、“ZRN”几种状态中的任意一种状态时，可操纵手动进给方向控制按钮 10 进行机床 X 轴和 Z 轴方向的移动，移动速度可通过相应的速率选择旋钮调节。

11. 手动脉冲发生器

当模式选择开关 6 切换到“HX/HZ”状态时，旋转手动脉冲发生器 11 即可完成对 X 轴和 Z 轴的手动进给。手动进给的速度可通过旋转把进给模式选择旋钮 7 到一个适当的位置（×1、×10、×100）来调节。

12. X/Z 轴零点回归指示灯

当模式选择开关 6 切换到“ZRN”状态，把进给模式选择开关 9 扳到所需位置，用手动进给方向控制按钮 10 可进行 X 轴与 Z 轴零点回归，回归零点的同时，X、Z 轴零点回归指示灯 12 变亮。

13. X/Z 轴方向手动进给指示灯

当模式选择开关 6 切换到“HX/HZ”状态时，X 轴、Z 轴方向手动进给指示灯 13 亮。

14. 主轴正转、停、反转控制按钮

当模式选择开关 6 切换到“HX/HZ”、“JOG”、“RAPID”、“ZRN”几种状态中的任意一种状态时，可按下主轴正转（FOR）、停（STOP）、反转（REV）控制按钮 14 来控制主轴的正转、停、反转。但在正、反转之间直接进行变换时，中间必须经过停的过程。

15. 主轴齿轮位置指示灯

与主轴 3 挡齿轮变速位置相对应，高速挡、中速挡或低速挡时，主轴齿轮位置指示灯 15 中的“SPH”、“SPM”或“SPL”指示灯亮。

16. 程序保护锁（PROGRAM PROTECT）

当此锁处于开的位置，且模式选择开关 6 处于“EDIT”状态时，不能对 NC 程序进行编辑；当此锁处于关的位置，且模式选择开关 6 处于“EDIT”状态时，可以对 NC 程序进行编辑。

17. 机床锁定开关（MLK）

当把机床锁定开关 17 按下时，可以在机床不动的情况下试运行程序，CRT 屏幕上显示程序中坐标值的变化。

说明：按下时，灯亮，有效；再按一下，灯灭，复位。

18. 试运行开关（DRN）

在“M01”和“AUTO”状态下运转机床时，如果试运行开关 18 按下时，程序中给定的进给速度 F 值无效，实际进给速度参照表 2-3。

表 2-3　运行时实际进给速度

空运行	快速移动	切削速度
ON	手动快速移动	手动进给速率
OFF	G00 快速移动	G01 进给速率

说明：

1）快速移动速度和手动进给速度的速率随倍率开关的调整而变化。

2）按下时，灯亮，有效；再按一下，灯灭，复位。

19. 块删除开关（BDT）

1）当把块删除开关 19 按下时，程序中带有“/”符号的命令语句将被删除，此条语句无效。

2）当把块删除开关 19 复位后，程序中所有语句命令语句都将被执行。

说明：按下时，灯亮，有效；再按一下，灯灭，复位。

20. 单步执行开关（SBK）

1）当单步执行开关 20 按下时，按一下循环启动按钮 3，机床执行一条语句的动作，执行完毕后停止。再按一下循环启动按钮 3，又执行下一条语句的动作，如此反复进行，直至程序运行结束。

2）当单步执行开关 20 复位后，按一下循环启动按钮 3，机床将连续地自动执行整个 NC 程序。

说明：按下时，灯亮，有效；再按一下，灯灭，复位。

21. M01（暂停选择）开关（OSP）

1）当把 M01（暂停选择）开关 21 按下时，在程序执行到 M01 指令时，机床暂停执行程序。再按一下循环启动按钮 3，机床又继续执行程序。

2）当把 M01（暂停选择）开关 21 复位后，在程序执行到 M01 指令时，机床不停止，而是继续自动运行程序。

说明：按下时，灯亮，有效；再按一下，灯灭，复位。

22. M、S、T 功能锁定开关（AUXL OCK）

当 M、S、T 功能锁定开关 22 按下时，程序中给定的 M、S、T 功能没有动作。

说明：按下时，灯亮，有效；再按一下，灯灭，复位。

23. 切削液开关（COOL ANT）

1）当把切削液开关 23 按下时，切削液通过到架上的切削液管流出。

2）当把切削液开关 23 复位后，切削液关。

说明：按下时，灯亮，有效；再按一下，灯灭，复位。

24. 卡盘自动装卡选择开关（CHUCK）

当旋转卡盘自动装卡选择开关 24 时，可选择内卡或外卡方式自动夹紧工件，同时相应的指示灯 25 亮。

25. 卡盘内卡/外卡指示灯（IN/OUT）

当旋转卡盘自动装卡选择开关 24，选择内卡方式时，指示灯 25 的 IN 灯亮；选择外卡方式时，指示灯 25 的 OUT 灯亮。

26. 限位释放开关（LRST）

机床运行过程中，移动部件超过 X 轴或 Z 轴限位挡块而使机床出现报警时，可在按下限位释放开关 26 的同时，用操作手动进给方向控制按钮 10 向着相反的方向移动 X 或 Z，即可消除此情况。

2.5　操作步骤

1. 打开机床电源

首先打开压缩空气开关和机床的主电源，按操作面板上的开电源按钮 1，显示屏上出现 X、Z、C 轴坐标值，确认 NOT READY 消失。

2. 机械原点回零（亦称机床回零）

在下面几种情况下，必须进行机械原点回零操作。

1）打开机床，通电以后。

2）图形模拟演示，检查完程序之后。

3）使用完急停开关，再复位以后。

机械原点回归操作容易出现的问题及其解决的办法：

问题一：刀架在机床机械原点位置，但是原点回归指示灯不亮。

解决方法：

① 将模式选择开关选择为手动模式。

② 将进给模式选择开关选择为 ×1、×10、×100。

③ 用手动脉冲发生器将刀架沿 X 轴和 Z 轴负方向移动小段距离，约 20mm。

④ 将模式选择开关选择为原点回归模式，进给模式开关为 25%、50% 或 100%。

⑤ 操作手动进给操作柄 12 沿 X、Z 轴正方向回机械原点，直至回零指示灯变亮。

问题二：刀架远离机床机械原点。

解决方法：

① 将模式选择开关选择为原点回归。

② 将进给模式开关选择为 25%、50% 或 100%。

③ 用手动进给操作柄将刀架先沿 X 轴，后沿 Z 轴的正方向回归机床机械原点，直至两轴原点回零指示灯变亮。

问题三：超出机床限定行程的位置，因超行程出现警报 ALARM 时。

解决方法：

① 按限位释放开关 26 的同时，用手动进给操纵柄将刀架沿进给限位的相反方向移动一段距离，使限位开关脱离限位挡块的斜面为止。

② 按 RESET 键使 ALARM 消失。

③ 重复原点回归的操作，完成机械原点回归。

注意事项：

零点回归时，为了防止刀架电动机撞上尾座，必须按照先 X 轴回零，然后再 Z 轴回零的原则进行。

3. MDI 数据手动输入

1）将模式开关置于“MDI”状态。

2）按 PRGRM 键，出现单程序句输入画面。

3）当画面左上角没有 MDI 标志时按 PAGE 键，直至有 MDI 标志。

4）输入数据。

例 1：主机正转 500r/min。

依次输入 G97 INPUT S500 INPUT M04 INPUT

例 2：X 轴以 0.2mm/r 的速度负方向移动 20mm。

依次输入 G01 INPUT G99 INPUT F0.2 INPUT U－20.0 INPUT

例 3：原点自动回归。

依次输入 G28 INPUT U0 INPUT W0 INPUT

例 4：换 3 号刀。

依次输入 T33 INPUT

在输入过程中如输错，须重新输入。此时，先按 RESET 键，上面的输入全部消失，再从头开始输入。如需取消其中某一输错字，只要按 CAN 键即可。

1）按下程序启动按钮 START 或 OUTPUT 键，即可运行。

2）如需停止运行，按 STOP 按钮暂停或按 RESET 键取消。

4. 输入程序

将下列程序输入系统内存

```
O0100;
N1;
G50 S3000;
G00 G40 G97 G99 S1500 T11 M03 F0.15;
Z1.0;
```

/G00 X50.0 F0.2;

G01 Z-20.0 F0.15;

G00 X52.0 Z1.0;

…

…

M30;

1）将模式开关选为编辑“EDIT”状态。

2）按 PRGRM 键出现 PROGRAM 画面。

3）将程序保护开关置为无效（OFF）。

4）在 NC 操作面板上依次输入下面内容。

O0100 INSRT EOB

N1 INSRT EOB

G50 INSRT S3000 INSRT EOB

G00 INSRT G40 INSRT G97 INSRT G99 INSRT S1500 INSRT T11 INSRT M03 INSRT F0.15 INSRT EOB

Z1.0INSRT EOB

/ INSRT G00 INSRT X50.0 INSRT F0.2 INSRT EOB

G01 INSRT Z-20.0 INSRT F0.15 INSRT EOB

C00 INSRT X52.0 INSRT Z1.0 INSRT EOB

…

…

M30 INSRT EOB

直至输完所有程序语句。

注：“EOB”为 END OF BLOCK 的字首缩写，即程序段结束符号“;”。

输入完每个“指令字 + INSRT”之后，光标自动空格。

5）将程序保护开关置为有效（ON），以保护所输入的程序。

6）按 RESET 键，光标返回程序的起始位置。

注：ALARM P/S 70 表示内存容量已满，请删除无用的程序。

ALARM P/S 73 表示当前输入的程序号内存中已存在，改变输入的程序号或删除原程序号及其程序内容即可。

5. 图形模拟演示检查程序

对于没有把握的程序，可通过图形模拟演示检查程序是否合格，以防执行程序时出现刀具与工件、机床以及夹具发生碰撞事故。

1）模式开关处于“EDIT”状态，调出所需程序，并按 RESET 键时光标移至程序最前端。

2）按下机床锁定开关 17、试运行开关（DRN）18 和 M/S/T 功能锁定开关 22，确认它们的灯亮。

3）按“AUX GRAPH”键，按 PAGE 的↑键或↓键，进行翻页，CRT 显示如图 2-33 所示，通过移动光标来设定工件毛坯直径、长度，以及倍率等合适的图形参数，再选择图形方式。

图形参数		O0001　N0020
材料长	W= ______	40
材料径	D= ______	30
描画终单节	N= ______	−1
自动消去	A= ______	+1
限制	L= ______	9
画面中心坐标	X= ______	27
倍率	S= ______	80
GRAPHIC MODE	N1= ______	0
番号	W= ______	
		S　OT EDIT
[图形]　　[　　]	[扩大]　　[　　]	[补助]

图 2-33　设置图形参数

4）模式选择开关 6 置于 AUTO 状态，然后按循环启动 CYCLE START 按钮，程序即开始运行，这时可通过如图 2-34 所示，观测到刀具运动的轨迹。

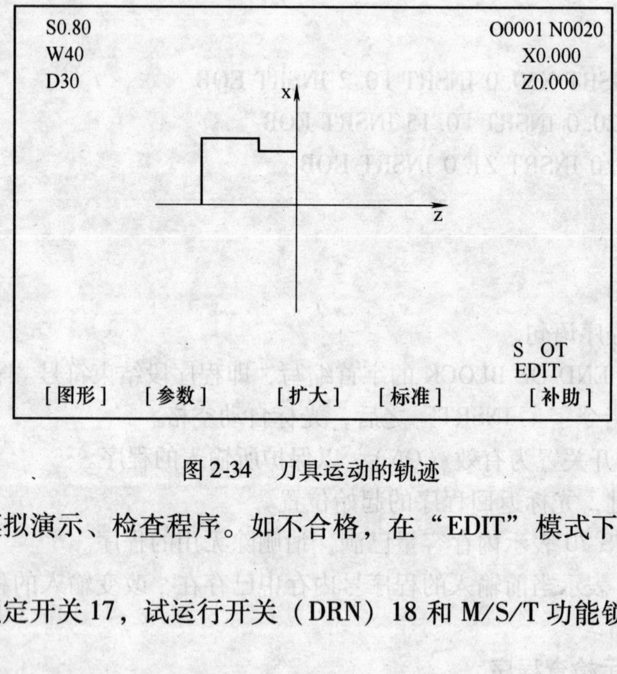

图 2-34　刀具运动的轨迹

5）通过图形模拟演示、检查程序。如不合格，在“EDIT”模式下调出程序进行修改，再检查，直至合格。

6）按下机床锁定开关 17，试运行开关（DRN）18 和 M/S/T 功能锁定开关 22，使它们复位。

6. 寻找程序

1）将模式选择开关选为编辑“EDIT”。

2）按 PRGRM 键，出现 PROGRAM 的工作画面。

3）输入想要调出程序的程序号（如 O1515）。

4）程序保护开关置为无效（OFF）。

5）按 CURSOR↓键，即可调出。

7. 编辑程序

编辑程序必须在下面的状态下：

将模式选择开关选为编辑“EDIT”。

按 PRGRM 键，出现 PROGRAM 工作画面。

程序保护开关置为无效（OFF）。

1）返回当前程序起始语句的方法。

按 PRSET 键，光标回到程序的最前端（如 O0100）。

2）寻找当前程序的某一程序段（如 N3）。

① 按 RESET 键，光标回到程序号所在的地方（如 O0001）。

② 输入想要调出的程序段段号（如 N3）。

③ 按 CURSOR↓键，光标即移到 N3 所在的位置。

3）字和其他地址的寻找（如 X50.0 或 F0.1）。

① 输入所需调出的字（X50.0）或命令符（F0.1）。

② 以当前光标位置为准，向前面程序寻找按 CURSOR↑ 键，向后面程序寻找，按 CURSOR↓键，光标出现在所搜寻的字或命令符第一次出现的位置。

注：当找不到要寻找的字或命令时，屏幕上会出现 ALARM P/S 71 号警报，按 RESET 键即可。

4）字的修改，例如，将 X35 改为 X35.5：

① 将光标移至 X35 的位置。

② 输入改变后的字 X35.5。

③ 程序保护开关置为无效（OFF）。

④ 按 ALTER 键，即可更替。

⑤ 程序保护开关置为有效（ON）。

5）删除字，例如，G00 G97 G99 X30.0 S1500 T0101 M04 F0.1；删除其中的字 X30.0：

① 将光标移至该行的 X30.0 的位置。

② 程序保护开关置为无效（OFF）。

③ 按 DELETE 键，即删除了 X30.0 字，光标将自动移到 S1500 的位置。

④ 程序保护回置为有效（ON）。

6）删除一个程序段，例如：

O0100；

N1；

G50 S3000；　　　　　　删除该程序段

G00 G97 G99 S1500 T0101 M04 F0.15；

① 将光标移至要删除的程序段的第一个字 G50 的位置。

② 按 EOB 键。

③ 程序保护开关置为无效（OFF）。

④ 按 DELETE 键，即删除整个程序段。

⑤ 程序保护开关回置为有效（ON）。

7）插入字，例如，G00 G97 G99 S1500 T0101 M04 F0.15。

在上面语句中加入 G40，改为下面形式：

G00 G40 G97 G99 S15010 T0101 M04 F0.15。

① 将光标移动到要插入字的前一个字的位置（G00）。
② 输入要插入的字（G40）。
③ 程序保护开关置为（无效）（OFF）。
④ 按 INSRT 键，出现以下语句。
G00 G40 G97 S1500 T0101 M04 F0.15。
⑤程序保护开关回置为有效（ON）。
EOB 也是一个字，也可插入程序段中。
8）删除程序（如 O1234）：
① 模式选择开关选择“EDIT”状态。
② 按 PRGRM 键。
③ 输入要删除的程序号（如 O1234）。
④ 确认是不是要删除的程序。
⑤ 程序保护开关置为无效（OFF）。
⑥ 按 DELETE 键，该程序即被删除。
9）显示程序内存使用量：
① 模式选择开关选择“EDIT”状态。
② 程序保护开关置为无效（OFF）。
③ 按 PRGRM 键出现以下语句。
PROGRAM NO USED：已经输入的程序个数（子程序也是一个程序）。
FREE：可以继续插入的程序个数。
MEMORY AREA USED：输入的程序所占内存容量（用数字表示）。
FREE：剩余内存容量（用数字表示）。
PROGRAM LIBRARY LIST：所有内存程序号显示。
④ 按 PAGE 的↑键或↓，可进行翻页。
⑤ 按 RESET 键，出现原来的程序。

8. 输入/输出程序

① 连接输入输出设备，做好输入准备。
② 模式选择开关选择为编辑“EDIT”。
③ 按 PRGRM 键。
④ 程序保护开关置为无效（OFF）。
⑤ 键入程序号，按 OUTPUT 键。
例：O0200 按键 OUTPUT。

9. 刀具的几何补偿和磨损补偿

一个零件可能需要选用若干把不同的刀具来加工。编程时，是以同一把基准刀（通常用程序里第一次使用的刀具）的刀尖来指定运动终点坐标位置；而在加工时，由于每一把刀具的形状、尺寸及安装基准各异，如图 2-35 所示，当遇到换刀指令，下一步需要用的刀具转到工作位置时，它的刀尖和基准刀的刀尖在 X 轴向相差 ΔX，在 Z 轴向相差 ΔZ，这些误差需要在加工前进行补偿，

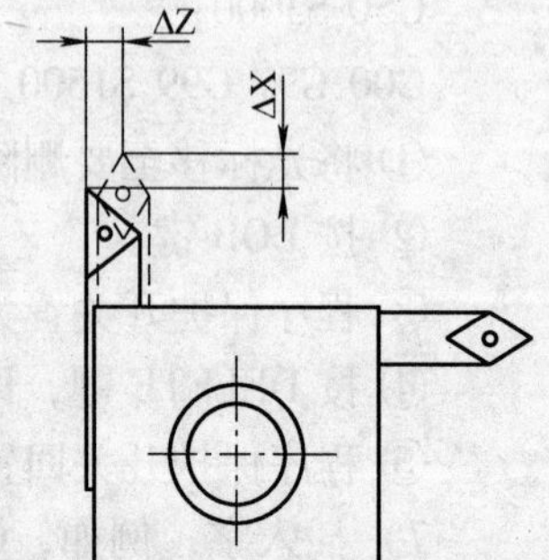

图 2-35　几何补偿

也就是让换过来的刀具往 X 轴方向移动 ΔX，往 Z 轴方向移动 ΔZ 的距离，使它的刀尖与基准刀的刀尖重合，这就是刀具的几何补偿（对刀操作）。

补偿量一般由数控系统根据对刀操作时输入的有关数值自动计算出来，存入刀具参数存储器相应的地址中，供补偿命令调用。

（1）刀具几何补偿的方法

① 手动使 X、Z 轴回归机械原点，确认原点回归指示灯亮。

② 模式选择开关选择为 MDI 状态。

③ 在 MDI 方式下，输入 G97（96）S__ M03 T__，按下 OUTPUT 键，调取所需对的刀具；使主轴带着对刀用的毛坯一起正转（调取刀具时，应注意刀盘要有足够的换刀旋转空间，卡盘、工件、尾座顶尖、刀架之间不要发生干涉现象）。

④ 模式选择开关置为手动进给、点动进给或快速进给几种状态中的任意一种状态。

⑤ 采用试切法。移动 Z 轴，使刀具切削一小段（长度 5mm 左右）对刀用的毛坯工件外圆，如图 2-37a 所示，然后沿 Z 轴负方向移出工件，停车测量所车外圆的直径，按 MENU OFFSET 键及 PAGE ↓ 键后，使屏幕出现如 2-36 所示画面。

工具补正 / 形状　　O0001　N0003

番号	X	Z	R	T
G01	0.0000	0.0000	0.0000	0
G02	0.0000	0.0000	0.0000	0
G03	0.0000	0.0000	0.0000	0
G04	0.0000	0.0000	0.0000	0
⋮				
G09	0.0000	0.0000	0.0000	0

现在位置（相对坐标）

U　0.0000　　　　W　0.0000

ADRS　　　　　　S　OT

[磨耗]　[形状]　[工件移]　[MACRO]　[选尺]

图 2-36　参数设置画面

移动光标至与之对应的刀具几何补偿号，如图 2-36 所示画面中的 G02（2 号刀），输入 MX（测量的直径值 $\phi\delta$）INPUT；再移动 X 轴，使刀具切削一点工件坐标原点所在的端面，如图 2-37b 所示，然后在该刀具补偿号位置中输入 MZ 0 INPUT。

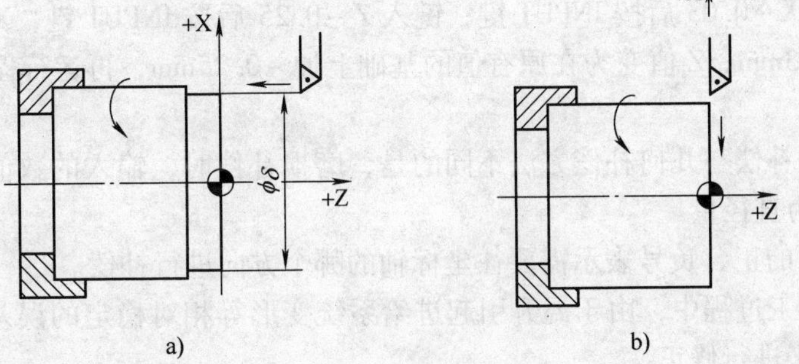

图 2-37　试切法对刀

a）对 X 方向　b）对 Z 方向

例如，通过测量，当前刀尖所在工件坐标系中的坐标位置值为 X =45.5，Z =0，则在刀具几何补偿画面中的对应刀号位置分别输入 MX 45.5 INPUT 和 MZ 0 INPUT 即可。

⑥ 依次对程序中其他所需用的刀具按②～⑤步骤进行刀具几何补偿，然后移开刀架回归至机械原点。

⑦ 确认刀具的刀尖圆弧半径（通常为0.4mm、0.8mm、1.2mm）并输入给数据库中相对应的刀具补偿号。

⑧ 确认刀具的刀尖圆弧假想位置编号（例如车外圆用左偏刀为T3），确认方法见前面编程部分，并输入给刀具数据库中的相对的刀具补偿号。

注意事项：

a）试切时，选择的背吃刀量、进给量及切削速度，应尽量和精加工接近，以保证切削变形一致，提高对刀精度；输入MX值前，刀不能沿X轴方向移动，输入MZ值前，刀不能沿Z轴方向移动。

b）对刀时，应先对基准刀，再依次对程序中需要使用的其他刀具。其他刀具可以直接移至基准刀试切时加工出来的精基准面，输入该位置的坐标值即可。

（2）磨损补偿　由于刀具在使用一段时间后，都会出现不同程度的磨损，从而引起刀尖位置发生变化，使得加工的工件尺寸出现偏差，当该偏差超出尺寸公差范围时，就需要对刀具的磨损量进行补偿，具体操作步骤如下：

①按OFFSET键后按PAGE↓键，使屏幕出现图2-38所示画面。

② 将光标移至所需进行磨损补偿的刀具补偿号位置。输入X（补偿值）INPUT或Z（补偿值）INPUT。

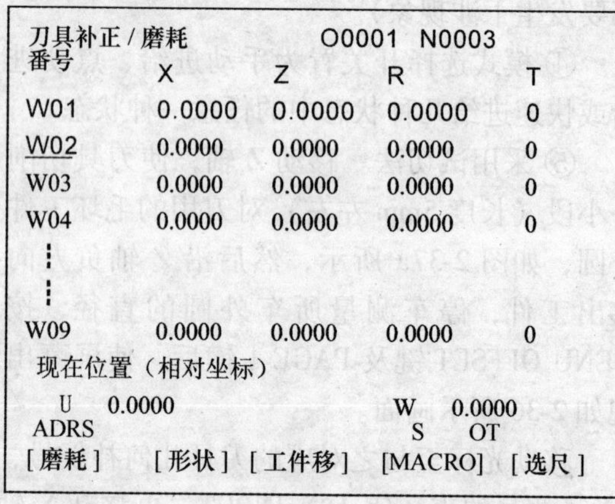

图2-38　刀具补正画面

例如，要求用2号刀具加工工件外圆直径为ϕ45mm，长度为20mm。而经测量得知，实际加工后的直径为ϕ45.03mm，长度为20.25mm。实测直径值比要求值大0.03mm、长度值大0.25mm。应进行磨损补偿：将光标移至W02，键入X－0.03后按INPUT键，键入Z－0.25后按INPUT键，X值变为在原有值的基础上加－0.03mm；Z值变为在原有值的基础上加－0.25mm，再运行程序即可。

注意事项：

a）刀具磨损补偿与几何补偿方法不同的是，磨损补偿时，输入的数值即为需要补偿的量，X轴方向值为直径量。

b）数值前面的正、负号表示需要往坐标轴的哪个方向进行补偿。

c）在实际加工过程中，由于温升引起进给系统变形等相对稳定的误差，也可以通过刀具磨损补偿功能来进行修正。

10. 程序的执行

1）手动或自动回归机械原点。

2）模式开关处于"EDIT"状态，调出所需程序进行检查、修改、确认完全正确，并按RESET键使光标移至程序最前端。

3）模式开关置于"AUTO"状态。

① 将快速进给开关置为不同倍率25%、50%或100%，此进给速度为程序运行中G00速度，X轴的最快速度为8000mm/min。

② 选择“SINGLE BLOCK”按钮为有效或无效。

③ 刀具进给速率选择旋钮和主轴转速倍率选择旋钮调至为适当的倍率。

4）按循环启动“CYCLE START”按钮，程序即开始运行，运行时可以调节进给速率选择旋钮以调节进给速度，主轴转速可以在设定值的50%～120%中进行倍率变换。刀具的实际进给量、转速及设置的进给量、转速在图2-38所示画面中均有显示。

5）程序执行完毕后，X轴、Z轴均将自动回归机械原点。

6）工作加工结束，测量、检验合格后卸下工件。

2.6　数控车床加工典型零件的编程方法

1. 圆柱面加工

粗车时，把需要去除的材料根据毛坯尺寸和精加工留量分为若干刀次，如图2-39a所示，每一次切削的走刀过程如图2-39b所示，包括$A \to B$进刀、$B \to C$切削、$C \to D$退刀。

【例题2-16】 加工图示2-39中直径为D、长度为L的外圆柱面。

程序如下：

…

…

G00 X_B Z_B；	刀具从点A快速移动至点B
G99 G01 X_C Z_C F0.2；	刀具从点B以每转0.2mm的速度切削至点C
G00 X_D Z_D；	刀具从点C快速移动至点D

…

…

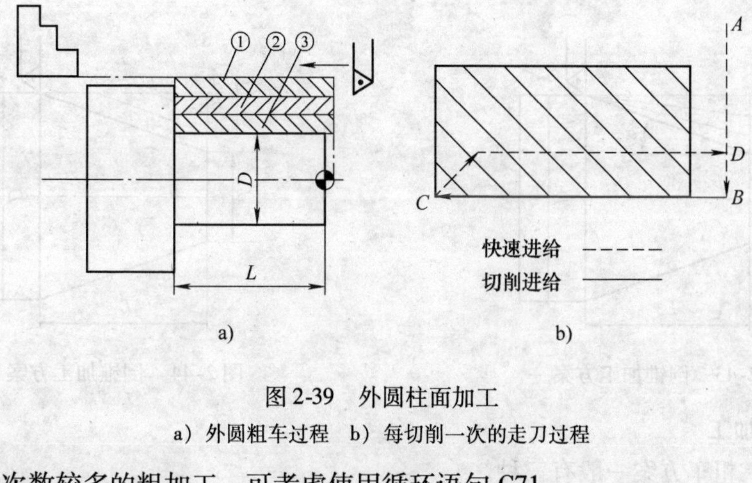

图2-39　外圆柱面加工

a）外圆粗车过程　b）每切削一次的走刀过程

如果走刀次数较多的粗加工，可考虑使用循环语句G71。

2. 圆锥面的加工

对于圆锥面加工来说，粗加工时，切削余量的分配问题需要考虑。

顺锥粗加工的方案有三种。方案一如图 2-40 所示，编程时的基点（几何元素的连接点）计算简单，但每刀切削过程中的背吃刀量是变化的，且加工路线较长；方案二、方案三如图 2-41 和图 2-42 所示，加工路线短，切削也均匀，加工工艺合理，但 E、F 等基点的计算较为繁琐，需通过与锥度的几何关系求得。

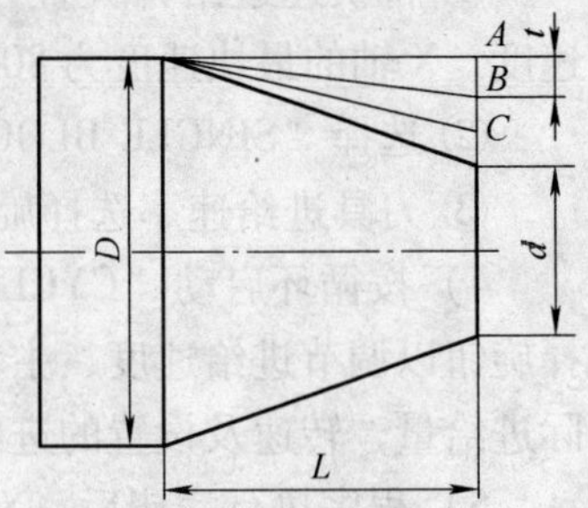

图 2-40　顺锥粗车方案一

在图 2-41 中，AE 的长度 S 可根据关系式

$$\frac{S}{t} = \frac{2L}{D - d}$$

得

$$S = \frac{2Lt}{D - d}$$

即可得出 E 点的坐标。图 2-42 所示的方案三，虽然 E、F 等点求值不方便，但采用 G71 粗加工轴向循环语句，可避免这类问题。

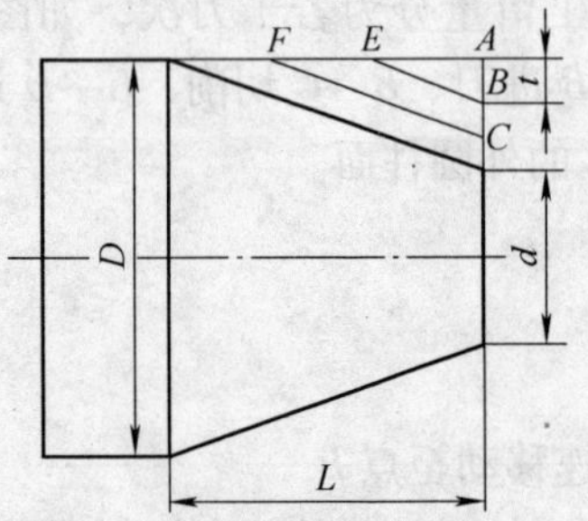

图 2-41　顺锥粗车方案二

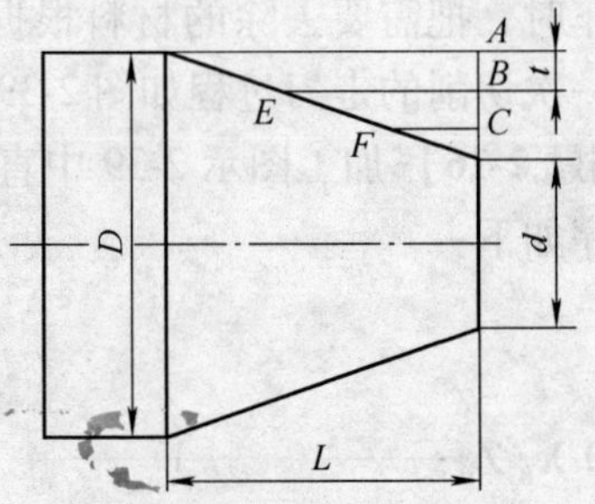

图 2-42　顺锥粗车方案三

倒锥的粗加工一般采用图 2-43 或图 2-44 所示的两种方案，它们的优缺点和顺锥同类情况相似，还有一个问题是刀具的副偏角必须大于锥度母线与工件轴线的夹角 α，如图 2-43 所示，否则，就会出现副切削刃破坏已加工面的现象。

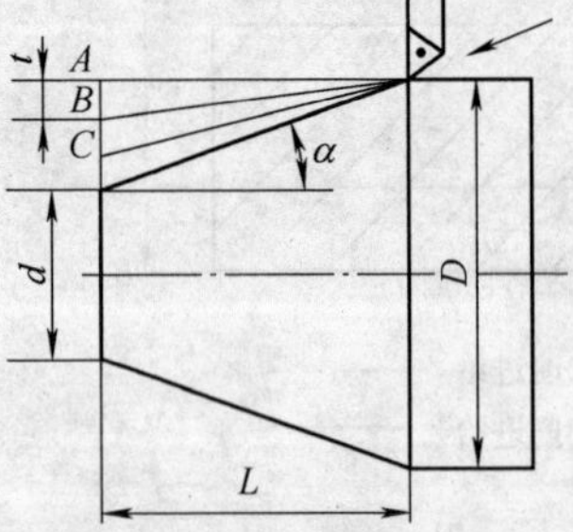

图 2-43　倒锥加工方案一

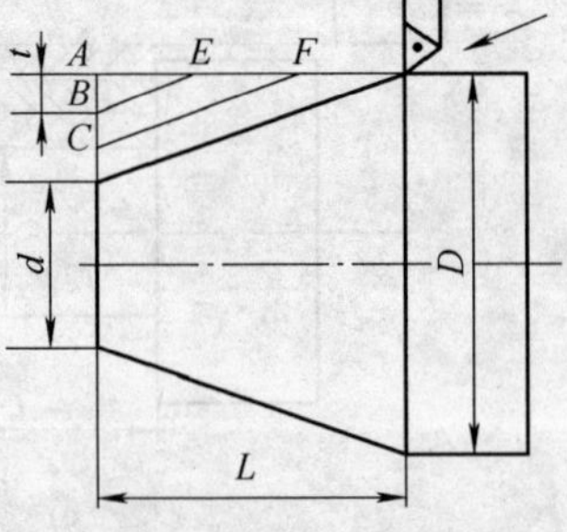

图 2-44　倒锥加工方案二

3. 圆弧的加工

加工圆弧，粗车方案一般有三种。

图 2-45 所示方案是采用车锥度的方法粗车多余材料，该法切削路径短、生产效率高，但最后给精加工的留量分布不均匀，且 A、B 两点若控制不好，则有可能给精加工留太多余量，或导致点 S 超过圆弧线，而使工件成为废品，所以加工前应根据切削深度 t 确定好 A、B 两基点的位

置。通过图示关系可算出，$CA=CB=\sqrt{2}CS=\sqrt{2}(OC-OS)=\sqrt{2}(\sqrt{2}R-R)=0.586R$，从而确定 A、B 两点在工件坐标系中的位置。它的计算较繁琐，当 R 不太大时，可近似取 $CA=AB=0.5R$。

图 2-46 所示方案是采用车圆弧的方法来粗车多于材料。它的基点计算简便，给精加工的留量分布均匀，但通过图示可知，刀具加工路线的空行程较长，严重影响加工效率。

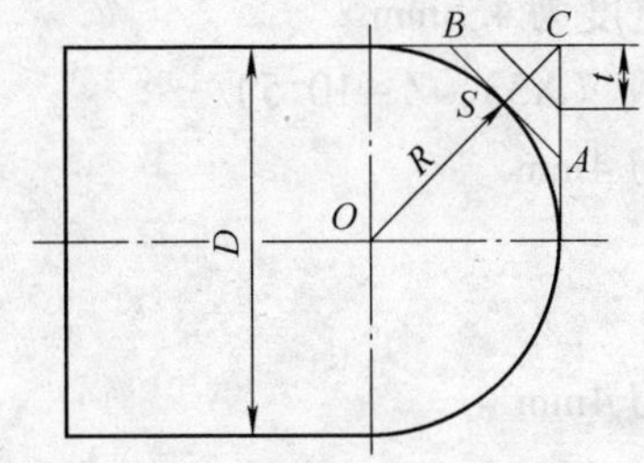

图 2-45　车锥度方法粗车圆弧

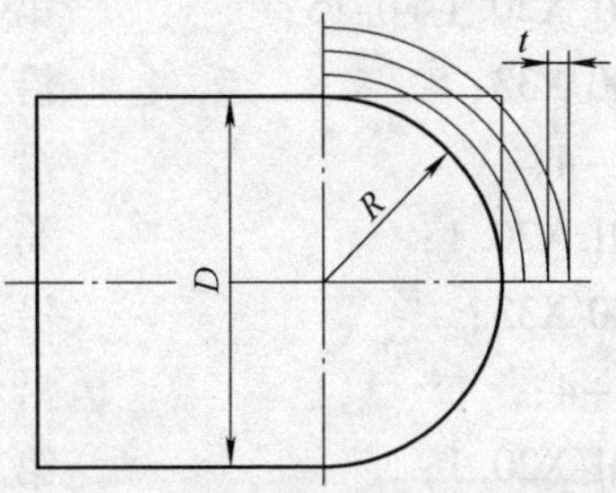

图 2-46　车圆弧方法粗车圆弧

方案三是采用图 2-47 所示车圆柱的方法粗车圆弧。它的工艺安排合理，但 E、F 等基点的计算繁琐，此时，使用 G71 粗车轴向循环指令的效果明显。

对于从大端往小端车削图 2-48 所示凹圆弧时，情况基本与车削凸圆弧相似，但这种情况，必须让刀具的副偏角大于圆弧最大斜率的切线与轴线之间的夹角 α，才能保证已加工圆弧面不被副切削刃破坏。

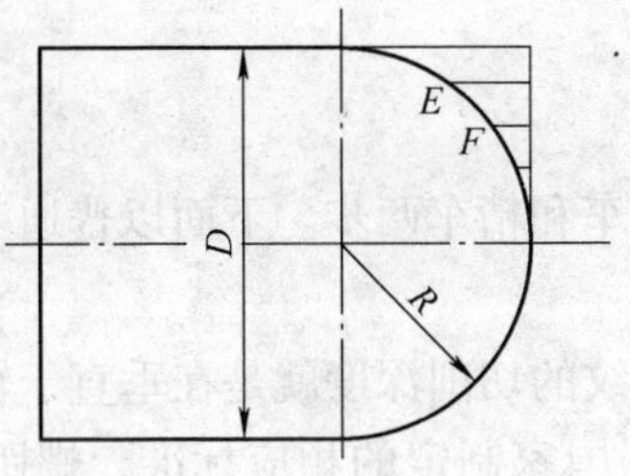

图 2-47　车圆柱方法粗车圆弧

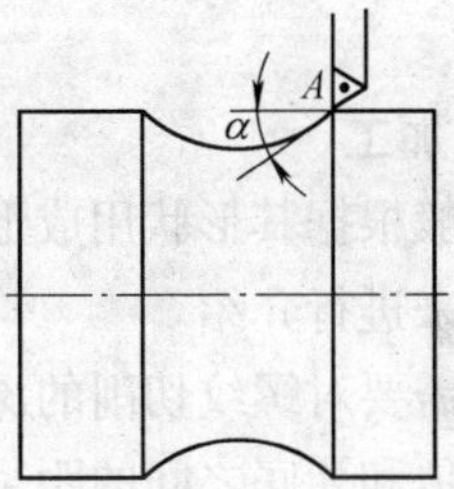

图 2-48　车凹圆弧的刀具极限副偏角

4. 加工环形槽

加工环形槽时所使用的切断刀与其他刀具不一样，它有两个刀尖，考虑到对刀操作时的方便，一般情况下都使用左刀尖来进行编程和对刀操作。窄槽（宽度等于切断刀刀宽的槽）的加工，一般不分粗、精车，一刀成形，靠切断刀的刀宽保证槽宽，槽底是靠主切削刃的成形加工。它的编程简单，值得注意的是，切断刀的刃磨和安装要正确；编程和对刀操作所使用的刀尖（刀位点）要统一；如槽底精度要求高，须让刀具在槽底暂停工件至少转一圈的时间，以便对槽底进行光整切削。

对于宽度大于切断刀刀宽的宽槽而言，其加工一般要分为粗车和精车两次加工成形，粗车时，用切窄槽的方法逐刀切至槽宽，考虑到最后还得使用切断刀沿轴向在槽底表面精车一刀，而切断刀轴向的强度较差，所以，槽底给精加工留量 0.1~0.3mm。

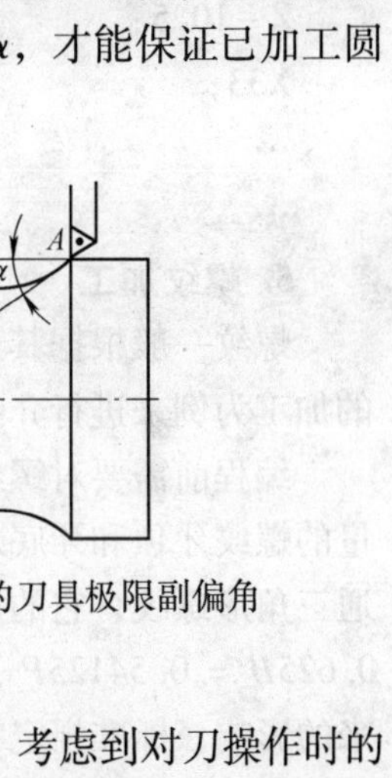

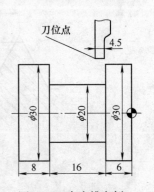

图 2-49　车宽槽实例

【**例题 2-17**】加工图 2-49 所示宽槽。

编程如下：

…

…

G00 X33 Z－10.5；	刀具快速移动至切削起点
G01 X20.1 F0.15；	第一刀径向切削，宽度为4.5mm
G00 X33；	沿X方向快速退刀到（X33，Z－10.5）
W－4；	沿Z负方向快速进刀4mm
G01 X20.1；	第二刀径向切削
G00 X33；	沿X方向快速退刀
W－4；	沿Z负方向快速进刀4mm
G01 X20.1；	第三刀径向切削
G00 X33；	沿X方向快速退刀
W－3.5；	沿Z负方向快速进刀3.5mm
G01 X20 F0.08；	第四刀径向切削，此时宽度为16mm（4.5mm＋4mm＋4mm＋3.5mm），开始精加工，进给量减小为0.08mm/min
Z－10.5；	沿Z方向精车槽底
X33；	按精车速度退刀，槽侧光刀

…

…

5. 螺纹加工

螺纹一般根据其形状用成形车刀进行加工，分粗车和精车两步。下面以普通三角形螺纹的加工为例来进行介绍。

编程前需要对螺纹切削的深度进行计算，所谓螺纹的切削深度就是在垂直于轴线方向测量的螺纹牙顶和牙底之间的距离，即牙形高度。根据国家制定的相应标准，螺距为 P 的普通三角形螺纹，它的原始三角形高度 $H=0.866P$，牙型的理论高度 $h=H-H/8-H/4=0.625H=0.54125P$，如图2-50a所示。而考虑到实际加工中，螺纹车刀的刀尖圆弧半径带来的影响，标准规定在牙底最小削平高度 $H/8$ 处倒圆或削平，如图2-50b所示，所以，螺纹实际牙型的高度 h 为

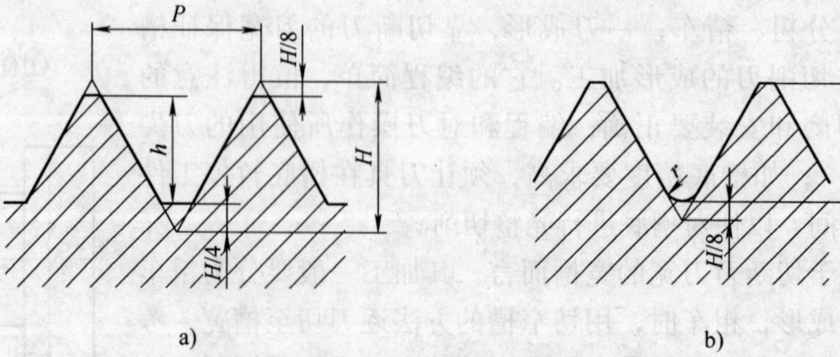

图2-50　普通三角形螺纹牙型高度

a）理论牙型高度　b）实际牙型高度

$$h = H - \frac{H}{8} - \frac{H}{8} = 0.6495P$$

编程时，X 方向总的进给量为 1.299P。加工塑性材料一般采用经验公式计算，X 方向总进给量为 1.3P。

加工螺纹的进刀方式一般有直进法和斜进法两种，直进法即是每一刀只在原来基础上沿 X 方向进给背吃刀量，它的两个切削刃同时参与切削，如图 2-51a 所示；斜进法是每一刀在 X 方向进给背吃刀量的同时，沿 Z 方向也进给，第一刀除外，它只有一个切削刃参与切削，图 2-51b 所示。相同情况下的切削力，直进法比斜进法要大，所以直进法只适用于小螺距（或导程）的螺纹加工，对于螺距大于 3mm 的大螺距（或导程）螺纹，一般采用斜进法加工。

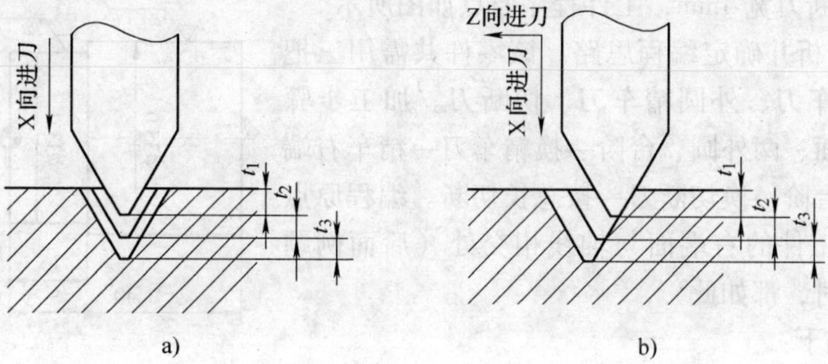

图 2-51　车螺纹的进刀方法

a）直进法　b）斜进法

螺纹总切削深度分配到每一刀的背吃刀量有两种方案，一是等值法，使每一刀的背吃刀量一样，如图 2-51 所示的 $t_1 = t_2 = t_3$，使用该方案时，由于刀尖强度较差的螺纹刀限制了切削力较大的最后一刀背吃刀量，使得切削的走刀次数较多，影响加工效率；二是递减法，使每一刀的背吃刀量随切削刀次的增加而减小，如图 2-51 所示的 $t_1 > t_2 > t_3$，因为前面的刀次切削时，切削刃与工件接触长度短，切削力小，切深可加大，随着切削刀次的增加，切削刃与工件接触长度变长，切削力递增，所以，背吃刀量应减小，该方案的走刀次数少，程序量小，加工效率高。

【例题 2-18】 采用直进法，每刀递减车削如图 2-52 所示螺纹部分，螺纹总切削深度为 1.3 ×2mm = 2.6mm。

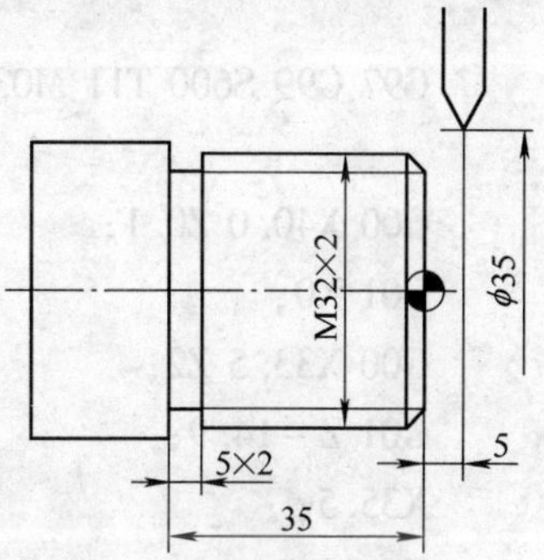

图 2-52　车螺纹实例

编程如下：

```
…
…
G00 X35 Z5;                 刀具快速移动至螺纹切削循环起点
G92 X31.2 Z-32.5 F2;        循环切削第一刀，背吃刀量为 0.8mm
X30.6;                      循环切削第二刀，背吃刀量为 0.6mm
X30.1;                      第三刀，背吃刀量为 0.5mm
X29.7;                      第四刀，背吃刀量为 0.4mm
```

X29. 5；	第五刀，背吃刀量为 0. 2mm
X29. 4；	第六刀，背吃刀量为 0. 1mm
…	
…	

2.7 实例分析

【**例题 2-19**】加工图 2-53 所示零件，选用毛坯 ϕ37mm 棒料，45 钢。粗加工每刀背吃刀量小于 2mm，进给量为 0. 15mm/r；精加工留量为 X 向 0. 5mm，Z 向 0. 1mm，进给量为 0. 08mm/r，切断刀宽 4mm，工件程序原点如图所示。

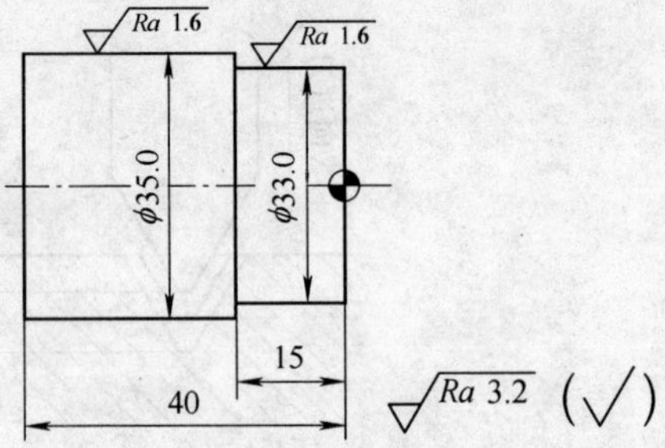

图 2-53　编程实例 1

解：1）分析并确定编程思路。该零件共需用三把刀具：外圆粗车刀、外圆精车刀、切断刀。加工步骤为：粗车右端面、两外圆、台阶→换精车刀→精车右端面、两外圆、台阶→换切断刀→按总长切断。编程原点设在加工好后工件的右端面与轴线相交处（后面例题没有特殊说明时，都如此）。

2）程序如下：

%	程序开始标记
O0001；	程序号
G50 S1500；	限制主轴最高转速 1500r/min
N1；	粗车工序段号，它是为了以后再进行编辑时方便查找，对机床加工无任何意义
G97 G99 S600 T11 M03 F0. 15；	主轴转速 600r/min，进给量 0. 15mm/r，换外圆粗车刀
G00 X40. 0 Z0. 1；	刀具快速移动至粗车端面的起点
G01 X0；	粗车端面
G00 X33. 5 Z2；	快速退刀至粗车 ϕ33mm 外圆的起点
G01 Z－14. 9；	粗车 ϕ33mm 外圆至 ϕ33. 5mm，长 15mm
X35. 5；	粗车台阶
Z－44. 0；	粗车 ϕ35mm 外圆至 ϕ35. 5mm，长 44mm，此时利用外圆粗车刀的高强度，车去强度较差的切断刀需要切断部分的毛坯表面硬皮
X38. 0；	按 G01 方式退刀至毛坯外
G28 U0 W0 M05；	X 轴、Z 轴自动返回机械原点，主轴停，为下一步换刀做准备。选该点换刀较为安全，但它的空行程较远，影响效率。主轴停，是为了方便检查该工序的加工尺寸
N2；	精车工序段号
G97 G99 S800 T22 M03 F0. 08；	主轴转速 800r/min，进给量 0. 08mm/r，换外圆精

	车刀
G00 X35.0 Z0；	刀具快速移动至精车端面的起点
G01 X0；	精车端面
G00 X33.0 Z2；	快速退刀至精车 ϕ33mm 外圆的起点
G01 Z－15；	精车 ϕ33mm 外圆，长 15mm
X35.0；	精车台阶面
Z－40.0；	精车 ϕ35mm 外圆，长 40mm
X38.0；	按 G01 方式退刀至毛坯外
G28 U0 W0 M05；	X 轴、Z 轴自动返回机械原点，主轴停，为下一步换刀作准备
N3；	切断工序段号
G97 G99 S300 T33 M03 F0.05；	主轴转速 300r/min，进给量 0.05mm/r，换 3 号切断刀
G00 X40.0 Z－44.0；	刀具快速移动至切断循环起点
G75 R0.5；	切断循环指令，每次退刀量为 0.5mm
G75 X0 P2000；	切断终点至 X0，每次背吃刀量 2000μm
G00 X40.0；	径向退刀至 X40.0，以防止刀尖与工件轴线不等高，即使刀已切至 X0，但工件与毛坯还没有脱离
G28 U0 W0 T30 M05；	X 轴、Z 轴自动返回机械原点，主轴停。程序结束前，必须让主轴停，可以装卸工件；刀具返回机械原点，不但可以装卸工件，同时还可为下一个零件加工时换第一把刀做准备
M30；	程序结束，返回到最前面

【例题 2-20】加工图 2-54 所示零件，毛坯 ϕ42mm 棒料，粗车每次背吃刀量为 1.5mm。进给量为 0.15mm/r。精车余量 X 向 0.5mm，Z 向 0.1mm。切刀深 4mm。工件程序原点如图所示。

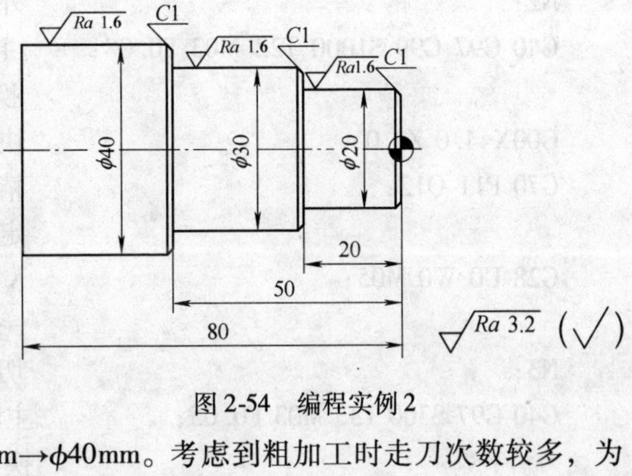

图 2-54　编程实例 2

解：1）分析并确定编程思路。该零件共需用三把刀具，外圆粗车刀、外圆精车刀、切断刀。加工步骤为：粗车右端面、三外圆、两台阶→换精车刀→精车右端面、外圆、台阶→换切断刀→按总长切断，三外圆的加工顺序应为 ϕ20mm→ϕ30mm→ϕ40mm。考虑到粗加工时走刀次数较多，为了简化程序，宜采用轴向复合循环语句。

2）程序如下：

%	程序开始
O0002；	程序名
M41；	齿轮高速挡

G50 S1500;	限制主轴最高转速1500r/min
N1;	外圆粗车，工序（一）
G40 G97 S600 T11 M03 F0.15;	主轴按转速600r/min正转，进给量0.15mm/r，调用1号外圆粗车刀，取消刀具半径补偿
G00X44.0 Z1.0;	刀具快速运动至粗加工循环起点
G71 U1.5 R0.5;	外圆粗车纵向循环指令，每次切深1.5mm，退刀量为0.5mm
G71 P11 Q12 U0.5 W0.1;	按N11~N12指定的精加工路径，X向留精加工余量为0.5mm，Z向留精加工余量为0.1mm，进行粗车循环加工
N11 G00 G42 X0;	精加工程序起始序号N11，刀具以G00速度运动至X0，进行右刀补
G01 Z0;	刀具切削运动至Z0
X20.0 C-1.0;	车右端面、倒角
Z-20.0;	车ϕ20mm外圆，长20mm
X30.0 C-1.0;	车台阶面、倒角
Z-50.0;	车ϕ30mm外圆，长50mm
X40.0 C-1.0;	车台阶面、倒角
Z-84.0;	车ϕ40mm外圆，长84mm
N12 G01 G40 X43.0;	精加工程序结束序号N12，刀至ϕ43mm，取消刀补
G28 U0 W0 M05;	X轴、Z轴自动返回机械原点，主轴停，为下一步换刀做好准备
N2;	外圆精车，工序（二）
G40 G97 G99 S1000 T22 M03 F0.08;	主轴按转速1000r/min正转，进给量0.08mm/r，换2号外圆精车刀，取消刀具半径补偿
G00X44.0 Z1.0;	快速移动至外圆精车循环起点
G70 P11 Q12;	精车外圆循环指令，执行N11~N12程序段指定的精加工路径
G28 U0 W0 M05;	X轴、Z轴自动返回机械原点，主轴停，为下一步换刀做好准备
N3;	切断工序（三）
G40 G97 S300 T33 M03 F0.05;	主轴按转速300r/min正转，进给量0.05mm/r，换3号切断刀，取消刀具半径补偿
G00X42.0 Z-84.0;	刀具快速移动至切断循环起点
G75 R0.5;	切断循环指令，每次退刀量为0.5mm
G75 X0 P2000;	切断终点至X0，每次背吃刀量2000μm
G00 X60.0;	径向退刀至X60.0
G28 U0 W0 M05;	X轴、Z轴自动返回机械原点，主轴停，为下

一个零件加工时换第一把刀做准备

M30; 程序结束

【例题 2-21】加工图 2-55 所示零件，毛坯为 ϕ72mm 棒料，粗加工每次背吃刀量为 1.5mm，进给量为 0.15mm/r，精加工留量 X 向 0.5mm，Z 向 0.1mm，切断刀宽 4mm，工件程序原点如图所示。

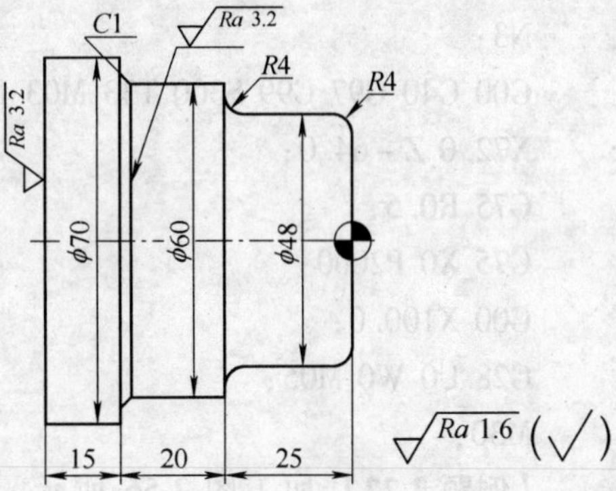

图 2-55 编程实例 3

解：1）分析并确定编程思路。该零件共需用三把刀具，外圆粗车刀、外圆精车刀和切断刀。加工步骤为：粗车右端面、三外圆、倒两圆弧角、倒 45°角、两台阶面→换精车刀→精车右端面、外圆、倒圆弧角及倒 45°角、两台阶→换切断刀→按总长切断，加工顺序应为右端面→凸圆弧→ϕ48mm→凹圆弧→台阶→ϕ60mm→倒角→台阶→ϕ70mm。

考虑到粗加工时走刀次数较多，且每一刀切削的终点坐标在圆弧处计算不方便，为了简化计算和精简程序，宜采用轴向复合循环语句。

2）程序如下：

```
%
O0003;
G50 S1500;
N1;
G00 G40 G97 G99 S500 T11 M03 F0.15;
X75.0 Z1.0;
G71 U1.5 R0.5;
G71 P10 Q11 U0.5 W0.1;
N10 G00 G42 X0;
G01 Z0;
X40.0;                        }
G03 X48.0 Z-4.0 R4.0;         }   或 X48.0 R-4.0;
G01 Z-21.0;                   }
G02 X56.0 Z-25.0 R4.0;        }   或 Z-25.0 R4.0;
G01 X60.0;
Z-44.0;
X62.0 W-1;
X70.0;
Z-64.0;
N11 G01 G40 X73.0;
G28 U0 W0 M05;
N2;
G00 G40 G97 G99 S800 T22 M03 F0.08;
```

```
X75.0 Z1.0;
G70 P10 Q11;
G28 U0 W0 M05;
N3;
G00 G40 G97 G99 S300 T33 M03 F0.05;
X72.0 Z-64.0;
G75 R0.5;
G75 X0 P2000;
G00 X100.0;
G28 U0 W0 M05;
M30;
```

【例题 2-22】加工图 2-56 所示零件，毛坯为 ϕ82mm 棒料，粗加工每次背吃刀量为 1.5mm，进给量为 0.15mm/r，精加工留量 X 向 0.5mm，Z 向 0.1mm，切断刀宽 4mm，工件程序原点如图所示。

解：1）分析并确定编程思路。该零件共需用四把刀具，外圆粗车刀、外圆精车刀、切断刀和 60°螺纹刀。加工步骤为：粗车右端面、倒角、外圆、圆弧、台阶→换精车刀→精车右端面、外圆、圆弧、台阶→换切断刀→切槽→换螺纹刀→车螺纹→换切断刀→按总长切断。

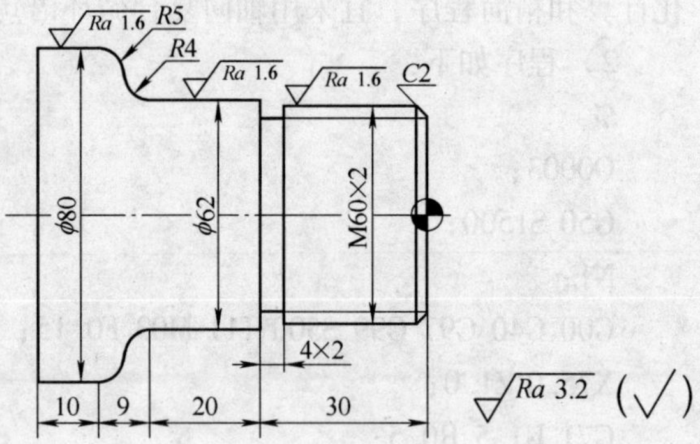

图 2-56 编程实例 4

轴向复合循环语句车削右端面、倒角、螺纹大径、台阶、ϕ62mm 外圆、两段圆弧、ϕ80mm 外圆柱面。螺纹直径量的总深度，根据经验公式 1.3 倍螺距计算为 2.6mm，螺纹采用直进法切削，考虑到随切削刃与工件接触长度的增加，切削力递增的因素，每刀背吃刀量应逐减。

2）程序如下：

```
%
O0004;
M41;
G50 S1500;
N1;
G00 G40 G97 G99 S500 T11 M03 F0.15;
X84.0 Z2.0;
G71 U1.5 R0.5;
G71 P10 Q11 U0.5 W0.01;
N10 G00 G42 X0;
G01 Z0;
```

```
X60.0 C-2.0;
Z-30.0;
X62.0;
Z-50.0;
G02 X70.0 Z-54.0 R4.0;
G03 X80.0 Z-59.0 R5.0;
Z-73.0;
N11 G01 G40 X82.0;
G28 U0 W0 M05;
N2;
G00 G40 G97 G99 S800 T22 M03 F0.08;
X84.0 Z2.0;
G70 P10 Q11;
G28 U0 W0 M05;
N3;
G00 G40 G97 G99 S200 T33 M03 F0.05;
X64.0 Z-30.0;
G01 X56.0;
X62.0 F0.2;
G00 X100.0;
G28 U0 W0 M05;
N4;
G00 G40 G97 G99 S300 T44 M03;
X62.0 Z5.0;                         螺纹车削循环起点
G92 X59.2 Z-28.0 F2.0;              单一循环车削螺纹，螺距为2mm，运行完该
                                    语句后，车刀又回到了循环起点
X58.5;
X58.0;
X57.7;
X57.5;
X57.4;
G00 X100.0;
G28 U0 W0 M05;
N5;
G0 G40 G97 G99 S200 T33 M03;
X82.0 Z-73.0;
G75 R0.5;
G75 X0 P2000;
G00 X82.0;
```

G28 U0 W0 M05；

M30；

【例题 2-23】加工图 2-57 所示零件，毛坯为 ϕ50mm 棒料，粗加工每次背吃刀量为 1.5mm，进给量为 0.15mm/r，精加工留量 X 向 0.5mm，Z 向 0.1mm，切断刀宽 4mm，工件程序原点如图所示。

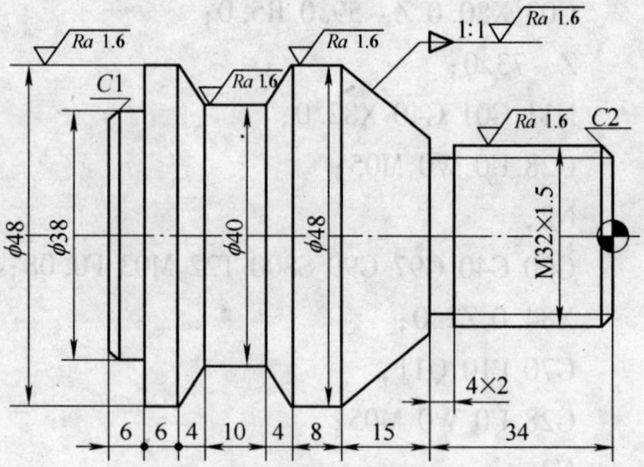

图 2-57　编程实例 5

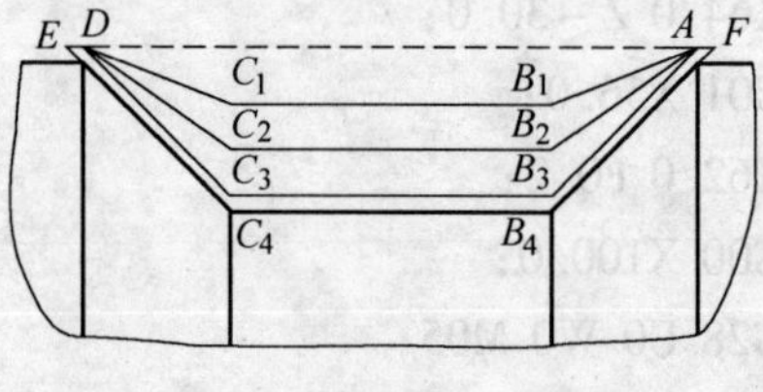

图 2-58　加工宽槽的刀具路径

解： 1）分析并确定编程思路。零件图中与 ϕ40mm 的槽相连接的倒锥，经计算，它与轴线的夹角为 45°，考虑到外圆车刀的副偏角小于 45°的问题，而螺纹车刀的副切削刃与工件轴线的夹角为 60°，所以宜用螺纹车刀加工，同样道理，顺锥亦可用螺纹车刀加工，为保证锥度与槽底连接性好，故该槽也用同一把螺纹车刀加工，此处的走刀路径如图 2-58 所示；ϕ38mm 外圆若考虑在一次装夹中加工好，则只能使用切断刀，这些部位应放在后面加工，以保证其他部分加工时工件所需的刚性。共需用四把刀具，外圆粗车刀、外圆精车刀、切断刀和 60°螺纹车刀。加工步骤为：粗车右端面、倒角、外圆（ϕ32mm 和 ϕ48mm）、1:1锥度、台阶→换精车刀→精车右端面、倒角、外圆（ϕ32mm 和 ϕ48mm）、1:1 锥度、台阶→换切断刀→切退刀槽→换螺纹车刀→车螺纹、ϕ40mm 的槽及与之连接的两个锥度→换切断刀→用切槽的方法车 ϕ38mm 外圆和倒角→按总长切断。

用轴向复合循环语句车削右端面、倒角、螺纹大径、台阶、1:1 锥度、ϕ48mm 外圆。螺纹直径量的总背吃刀量，根据经验公式 1.3 倍螺距计算为 1.95mm，螺纹采用直进递减法切削。

2）程序如下：

%

O0005；

M41；

G50 S1500；

G00 G40 G97 G99 M03 S500 T11；

X52 Z2；

G71 U1.5 R0.3；

G71 P11 Q12 U0.5 W0.1 F0.2；

N11 G00 G42 X0；

G01 Z0；

X28；

X32 Z-2；

```
Z-34;
X33;
X48 W-15;
Z-91;
N12 G40 X52;
G28 U0 W0 M05;
G00 G40 G97 G99 M03 S1000 T22;
X52 Z2;
G70 P11 Q12 F0.1;
G28 U0 W0 M05;
G00 G40 G97 G99 M03 S500 T33 F0.1;
X35 Z-34;
G01 X28;
G04 X2;
X35;
G28 U0 W0 M05;
G00 G40 G97 G99 M03 S800 T44;
X35 Z5;
G92 X31.3 Z-32 F1.5;
X30.8;
X30.4;
X30.2;
X30.1;
X30.05;
G00 X48.5;
Z-57;                          螺纹车刀快速移动至点 A
G01 X45.5 W-4 F0.15;           A→B1 粗车倒锥
W-10;                          B1→C1 粗车槽底
X48.5 W-4;                     C1→D 粗车顺锥
G00 Z-57;                      D→A 快速回刀
G01 X43 W-4;                   A→B2 粗车倒锥
W-10;                          B2→C2 粗车槽底
X48.5 W-4;                     C2→D 粗车顺锥
G00 Z-57;                      D→A 快速回刀
G01 X40.5 W-4;                 A→B3 粗车倒锥
W-10;                          B3→C3 粗车槽底
X48.5 W-4;                     C3→D 粗车顺锥
G00 Z-56.75;                   D→F 快速回刀
S1000 F0.08;
```

```
G01 X40 Z-61;                          F→B4精车倒锥
W-10;                                  B4→C4精车槽底
X48.5 W-4.25;                          C4→E 精车顺锥
G28 U0 W0 M05;
G00 G40 G97 G99 M03 S500 T33;
X50 Z-85;
G01 X38.1 F0.15;
G00 X50;
W-3;
G01 X38.1;
G00 X50;
W-3;
G01 X35;                               在切断部位先切槽是为了后面用右刀尖倒角
G00 X50;
Z-85;
S800 F0.08;
G01 X38;
W-5;
X36 W-1;
X0;
G00 X50;
G28 U0 W0 M05;
M30;
```


【例题 2-24】 加工图 2-59 所示零件，毛坯为 ϕ55mm 棒料。内孔粗车每次背吃刀量 1mm，进给量为 0.15mm/r，精加工留量 X 向 0.5mm，Z 向 0.1mm，切断刀宽 4mm，麻花钻直径为 ϕ30mm，工件程序原点如图所示。

解： 1）分析并确定编程思路。假定机床为六工位刀架，该零件共需用五把刀具，外圆粗车刀、外圆精车刀、切断刀、粗镗孔刀、精镗孔刀。加工步骤为：粗车右端面、外圆→换外圆精车刀→精车右端面、倒角、外圆→换切断刀→切宽槽→钻底孔→换粗镗孔刀→粗车内孔→换精镗孔刀→精镗内孔→换切断刀→按总长切断，加工顺序遵守先粗后精、先外后内的原则。

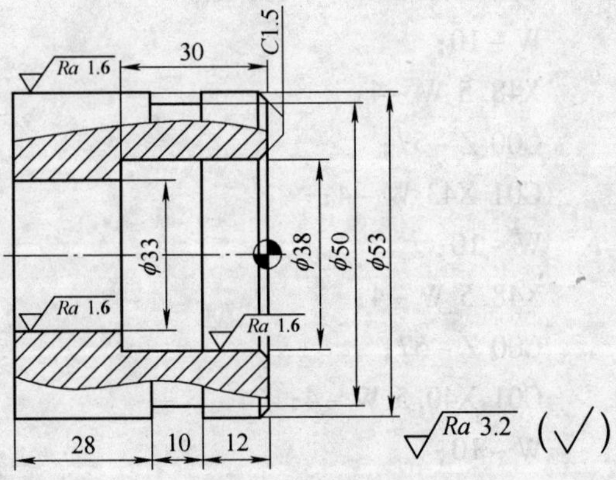

图 2-59　编程实例 6

外圆粗车只需一刀，从简化程序角度考虑，不需使用复合循环语句，如钻削底孔需手动进给，这时，可用 M00 指令让程序暂停（主轴转，而机床动作停止），待底孔钻好后，再按循环启动按钮，继续运行程序。内孔粗加工时走刀次数较多，为了简化程序，宜采用轴向复合循环语句，另外，由于镗孔刀的强度较外圆车刀差，所以，镗孔时的背吃刀量比相应外圆刀的背吃刀量要适当选小点。

2）程序如下：

```
%
O0006;
M41;
G50 S1500;
N1;
G00 G40 G97 G99 S500 T11 M03 F0.15;
X58.0 Z0.1;
G01 X0;
G00 Z1;
X53.5;
G01 Z-54;
X58.0;
G00 X100 Z100 M05;
G40 G97 G99 S1000 T22 M03 F0.08;
G00 G42 X55.0 Z3;
X0;
G01 Z0;
X53.0 C-1.5;
Z-50.0;
G00 G40 X100 Z100 M05;
G00 G40 G97 G99 S400 T33 M03 F0.15;
X54 Z-16;
G01 X50.1;
G00 X54;
W-3;
G01 X50.1;
G00 X54;
Z-22;                         宽槽加工宽度为4mm+3mm+3mm=10mm
G01 X50 F0.08;
Z-16;
X54;
G00 X100 Z100;                考虑到下一步需要使用尾座钻孔，所以，选择换刀点不能离工件太远
S500;
M00;                          程序运行到此处停下来，这时可以使尾座手动进给钻φ30mm底孔，深54mm，完成后，退开尾座，按
```

循环启动按钮继续运行程序

G40 G97 G99 S500 T55 M03 F0.15;	
G00X28 Z2;	粗镗孔刀快速移动至内孔粗车循环起点
G71 U1 R0.3;	内孔粗车纵向循环指令，每次背吃刀量1mm，退刀量为0.3mm
G71 P11 Q12 U -0.5 W0.1;	按N11～N12指定的精加工路径，X向留精加工余量为0.5mm，Z向留精加工余量为0.1mm，进行内径粗车循环加工，此时，应注意比较G71在内径和外径加工使用的不同之处

```
N11 G00 G41 X43;
G01 Z1;
X38 Z -1.5;
Z -30;
X33;
Z -52;
N12 G01 G40 X28;
G00 X100 Z100 M05;
G00 G40 G97 G99 S800 T66 M03 F0.1;
X28 Z2;
G70 P11 Q12;
G00 X100 Z100 M05;
G00 G40 G97 G99 S400 T33 M03 F0.1;
X60 Z -54;
G75 R0.5;
G75 X0 P2000;
G00 X60.0;
G28 U0 W0 M05;
M30;
```


2.8 数控车床加工典型零件的方法

实际生产中，由于机床定位误差、刀具磨损误差、切削变形误差和操作对刀误差等随机因素，直接影响到加工零件的精度，而这些不可预见的因素，往往在程序编制时无法去预先进行考虑，这时，只有通过机床的相应功能和操作方法在试切或批量加工过程中进行调试，使加工出来的零件尺寸精度合乎图样的要求。

加工前的首件试切，应该尽可能保证试切件合格，从而降低废品率，提高经济效益。实训中针对的主要是单件生产，它一般要求从程序试切、调试到加工合格工件都使用同一毛坯。为防止运行程序后加工出来的尺寸超差（因为没有修改余量而成废品），基本方法是一般在启动程序前，预先通过刀具参数菜单给相应刀具输入一定磨耗量，保证试切后表面能有修改的余量，待程序运行结束后，实测加工尺寸，根据其误差修改刀具磨耗量或程序中的数值，然后再运行程序。

如果一把刀加工的是一个表面，试切后的尺寸误差既可以通过刀具磨耗量进行修改，也可以在程序中来修改，此时应该优先考虑修改刀具磨耗量的方法。当一把刀加工两个或两个以上的表面，试切后的尺寸偏差一样时，一般通过刀具磨耗修改；若试切后的尺寸偏差不一样，通过修改磨耗量不能同时满足这把刀加工的几个表面时，一般还要修改程序中的数值。

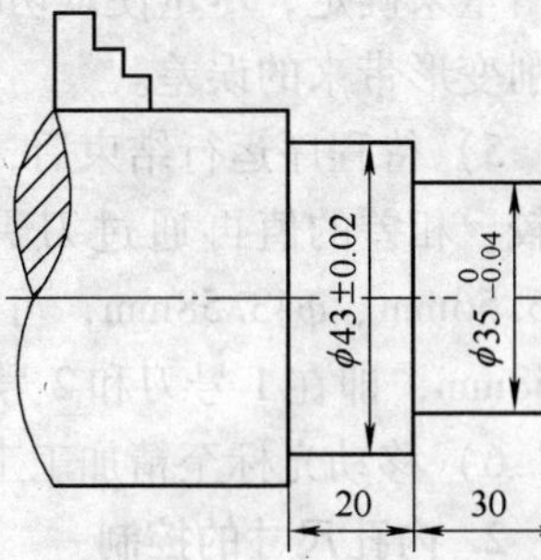

图 2-60 圆柱体加工实例

1. 外圆尺寸的控制

加工图 2-60 所示圆柱体，已知毛坯为 ϕ45mm 铝棒，步骤如下：

1）编制程序：

```
%
O0007;
G50 S2000;
N1;                                         粗加工工序
G00 G40 G97 G99 M03 S500 T11 F0.15;
X48.0 Z0.1;
G71 U1.5 R0.3;
G71 P10 Q11 U0.5 W0.1;
N10 G00 X0;
G01 Z0;
X34.98;
Z-30;
X43;
W-20;
N11 G01 X46;
G28 U0 W0 M05;
N2;                                         精加工工序
G00 G40 G97 G99 M03 S1000 T22 F0.08;
X48.0 Z0.1;
G70 P10 Q11;
G28 U0 W0 M05;
M30;
```

2）输入并通过图形模拟、校核程序。

3）安装刀具，外圆粗车刀装在 1 号刀位，外圆精车刀装在 2 号刀位。使用三爪自定心卡盘装夹棒料，保证伸出来的长度为工件总长加 15 ~ 20mm，即 65 ~ 70mm。

4）按前面介绍的对刀方法进行对刀，然后在刀具参数菜单的 1 号和 2 号刀具磨耗中分别输入 X0.5，如图 2-61 所示，确保试切后能有余量进行修改。输入的 X 值根据程序中精加工留量来确定，尽量使试切时的切削力与校对误差去掉磨耗后加工时的切削力相近，以减小切削变形带来的误差。

5）待程序运行结束后，测量加工好的两外圆直径，拿实测尺寸与图样要求的尺寸进行比较，相差的值再通过刀具磨耗量或程序数值来进行修改，例如，试切后实测尺寸为 ϕ35.56mm、ϕ43.58mm，可知两尺寸都比要求大 0.58mm，此时可在原磨耗量的基础上减 0.58mm，即在 1 号刀和 2 号刀的磨耗位置分别输入“X－0.08”即可。

6）移动光标至精加工工序 N2 处，再运行精加工程序即可。

2. 内孔尺寸的控制

内孔加工与外圆加工的尺寸控制方法基本相似，但应注意的是，内孔加工时，输入的 X 方向磨耗值为“＋”，是使孔的加工余量减少；输入的 X 方向磨耗值为“－”，是使孔的加工余量增大，这点与外圆加工相反，输入时不能弄错。

工具补正 / 磨耗　　O0001　N0003

番号	X	Z	R	T
W01	0.5000	0.0000	0.0000	0
W02	0.5000	0.0000	0.0000	0
W03	0.0000	0.0000	0.0000	0
W04	0.0000	0.0000	0.0000	0
⋮				
⋮				
W09	0.0000	0.0000	0.0000	0

现在位置（相对坐标）

U　0.0000　　　W　0.0000

ADRS　　　S　OT

［磨耗］［形状］［工件移］[MACRO]［选尺］

图 2-61　预先输入磨耗量

3. 锥度尺寸的控制

锥度尺寸加工有两方面需要考虑：

1）试切时，如果用万能量角器检测角度有误差，可通过程序修改大端或小端的尺寸来改变锥度的斜角，再运行程序即可。

2）如果试切中发现锥度的斜角正确，而轴向的配合间隙有误差，则可通过修改加工锥度所用刀具 Z 方向的磨耗进行控制。

加工如图 2-62 所示锥度，试切后检测得知，与标准件的轴向间隙 s 比图样要求的间隙大 0.5mm，此时，在刀具磨耗菜单中，加工锥度所用刀具（与加工端面非同一把刀具）位置，输入 Z－0.5，然后再运行程序即可，如果要输入 X 方向的磨耗量，则应根据已知锥度值和 Z 方向误差计算出 X 方向需补偿的磨耗量。

4. 螺纹尺寸的控制

螺纹尺寸可采用中径千分尺、三针、环规等方法检测，加工螺纹时，一般常用环规进行检测，由于环规表示的只是两个极限尺寸，没有具体的尺寸量，所以，在加工过程中，只能凭借经验一点点地试切，直至合格。

加工图 2-63 所示螺纹，已知毛坯为 ϕ35mm 铝棒，步骤如下：

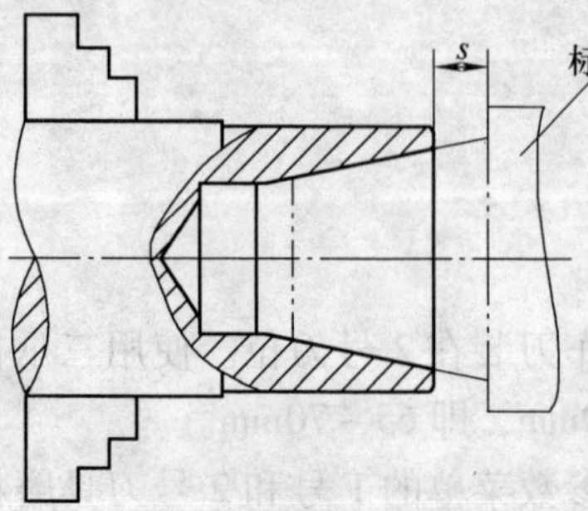

图 2-62　圆锥体加工实例

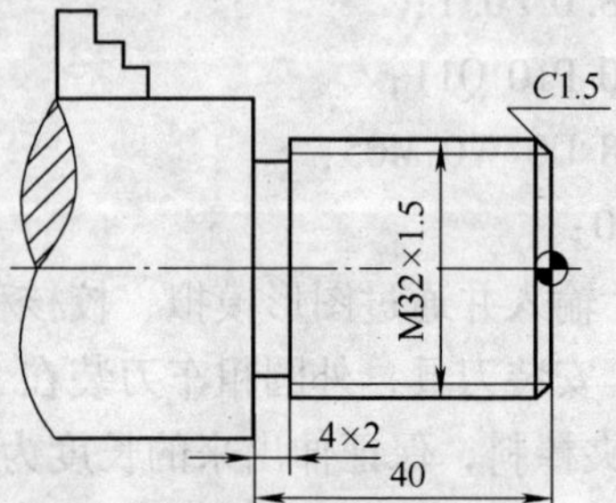

图 2-63　螺纹加工实例

1）编制程序：

```
%
O0007;
G50 S2000;
N1;                                  外圆加工工序
G00 G40 G97 G99 M03 S500 T11;
X38 Z0;
G01 X0 F0.15;
G00 Z1;
X32.5;
G01 Z-40;
G00 X34 Z1;
X27;
S1000 F0.08;
G01 X32 Z-1.5;
Z-40;
X36;
G28 U0 W0 M05;
N2;                                  槽加工工序
G00 G40 G97 G99 M03 S500 T33 F0.1;
X37 Z-40;
G01 X28;
G04 X2;
X33;
G28 U0 W0 M05;
N3;                                  螺纹加工工序
G00 G40 G97 G99 M03 S800 T44;
X33 Z5;
G92 X31.3 Z-38 F1.5;
X30.8;
X30.5;
X30.3;
X30.1;
X30.05;
G28 U0 W0 M05;
M30;
```

2）输入并通过图形模拟、校核程序。

3）安装刀具，外圆粗车刀装在1号刀位，切断刀装在3号刀位，螺纹刀装在4号刀位。使用三爪自定心卡盘装夹毛坯，伸出来的长度为55～60mm。

4）按前面介绍的对刀方法进行对刀，然后在刀具参数菜单的 4 号刀具磨耗中输入 X0.1。此时输入的 X 值主要是考虑保证有修改余量。

5）待程序运行结束后，用通规检验螺纹，如通规过不去，根据松紧情况，磨耗量适当改小。为防止过量，每次去掉 0.05 ~ 0.03mm 较为合适。

6）移动光标至螺纹加工工序 N3 处，运行螺纹加工程序。再按上一步骤操作，直至通规能过，而止规不能过，证明螺纹合格。这里需要说明的是，当每次修改磨耗后，移动光标至 N3 处，运行螺纹加工程序时，前面有若干刀次螺纹切削运动是空运行，严重影响了加工效率，此时，可在上一步骤进行后，先在 MDI 方式或手动方式下让主轴正转，再把光标移至螺纹切削的最后一刀处，即运行螺纹切削最后一刀的程序段，较为省时。

2.9 数控车床编程与操作实训

严格按照要求在 FANUC 系统数控车床上依次对下面课题进行实训。数控车床上常用的刀具见表 2-4。

表 2-4 数控车床上常见的刀具

刀号	名　称	形　状	作　用
1	90°外圆粗车刀		粗车外圆、锥度、台阶、端面
2	90°外圆精车刀		精车外圆、锥度、台阶、端面、圆弧
3	切断刀	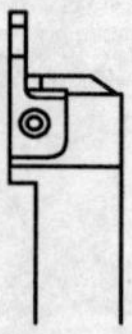	切槽、切断（刀宽为 4mm）
4	60°外螺纹刀		车外螺纹
5	粗镗孔刀	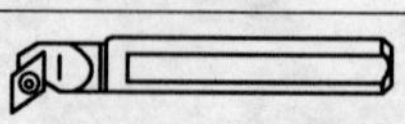	粗镗内孔
6	精镗孔刀	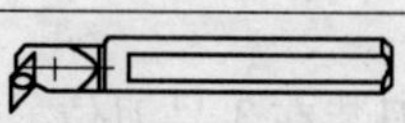	精镗内孔
7	60°内螺纹刀	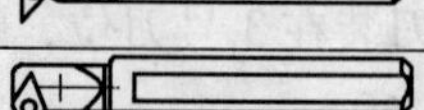	车内螺纹

2.9.1　课题一：车外圆、端面、台阶及倒角

1. 实训目的和要求

1）熟悉 G00、G01 等指令的正确使用，以及利用 G01 倒角的方法。

2）学会分析简单轴类零件加工的工艺方法。

3）熟练掌握外圆车刀和切断刀的安装及对刀方法。

4）掌握利用刀补来控制尺寸精度的基本方法。

2. 实训内容

加工如图 2-64 所示零件。毛坯为 ϕ35mm 的棒料，使用直线插补指令 G01 车端面、外圆、倒角，编制其粗加工和精加工程序，并加工出合格零件。

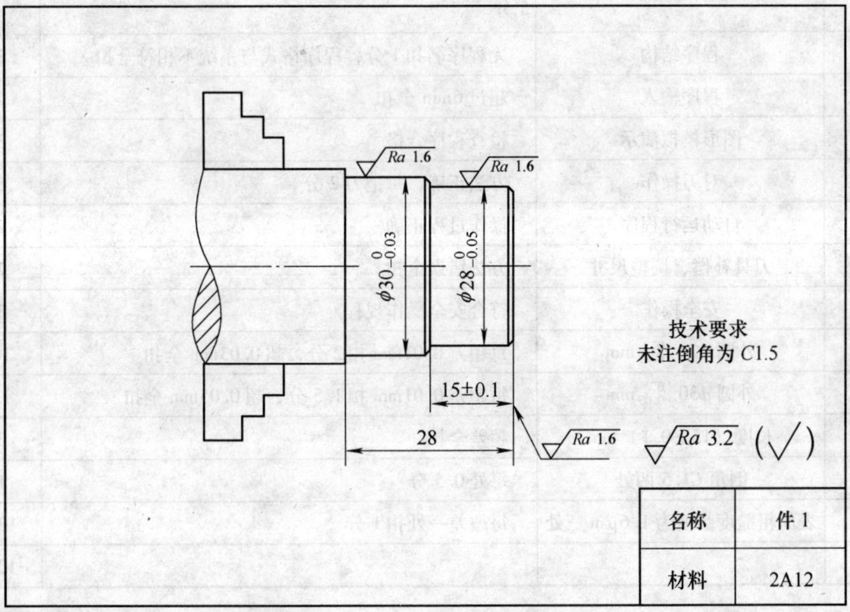

图 2-64　课题一图

1）分析图样，确定加工工艺过程，计算刀尖运动轨迹。

2）编写零件加工程序单，输入数控装置；图形模拟演示，检查程序是否合格。

3）准备好加工必需的工、夹、量具，检查并装夹毛坯，安装好与程序对应的刀具。

4）依次在工件毛坯上对好每一把刀在 X、Z 方向的坐标值。

5）修改刀具的磨耗，留余量；自动运行程序。

6）测量尺寸，根据工件图样要求的尺寸精度修改刀具磨耗量；再次运行程序，加工出合格的工件。

3. 注意事项

1）切断刀编程与对刀的刀尖要对应，以防 Z 方向值相差刀宽。

2）编制车削螺纹的程序时，选择的背吃刀量应逐刀减少。

3）根据工件图样要求的尺寸精度修改刀具磨耗量时，要考虑前面所留余量的磨耗值，

且注意“+”、“-”方向不能弄反。

4. 检验与考核（表2-5）

表2-5 检验与考核

	序号	考核内容	考核标准	满分	成绩
编程	1	设置工件坐标系	没有设定工件坐标原点则此考核为0分 原点位置设定不合理扣3分	3	
	2	刀具布置	每把不合理刀扣1分	4	
	3	工艺路线 工艺参数	工艺路线不合理扣10分 工艺参数选择不合理扣10分	20	
	4	换刀点的选择	与工件等发生干涉全扣	5	
	5	数控指令的使用	一般性指令错一处扣1分，出现一处危险性指令扣5分	15	
	6	程序结构	无程序名扣1分，程序格式与系统不相符全扣	3	
操作	1	程序输入	超过6min全扣	2	
	2	图形模拟演示	检查程序合格	3	
	3	对刀操作	方法正确，每把刀2分	8	
	4	自动运行程序	操作过程正确	2	
	5	刀具补偿、调整尺寸	方法错误全扣	2	
	6	安全操作	符合安全操作规程	3	
工件	1	外圆 $\phi28_{-0.05}^{0}$mm	每超差0.01mm扣2分，超0.03mm全扣	10	
	2	外圆 $\phi30_{-0.03}^{0}$mm	每超差0.01mm扣1.5分，超0.05mm全扣	13	
	3	长度（15±0.1）mm	超差全扣	3	
	4	倒角C1.5两处	每处0.5分	1	
	5	表面粗糙度数值为1.6μm三处	每超差一处扣1分	3	
	总计			100	

2.9.2 课题二：车外锥

1. 实训目的和要求

1）在掌握正确使用G00、G01指令的基础上，熟悉G70、G71等指令的使用。

2）学会数控车削锥度的工艺方法，注意区别它与普通车床加工锥度的不同工艺。

3）掌握锥度的计算和编程时所需基点的计算方法。

4）掌握锥度加工的方法及其精度控制的技巧。

2. 实训内容

加工如图2-65所示的零件。毛坯为ϕ35mm的棒料，使用G01指令车锥度，利用复合循环指令G70、G71编制其粗、精加工程序，并加工出合格零件。

1）分析图样，确定加工工艺过程，计算刀尖运动轨迹。

2）编写零件加工程序单；输入数控装置；图形模拟演示，检查程序是否合格。

3）准备好加工必需的工、夹、量具，检查并装夹毛坯，安装好与程序对应的刀具。

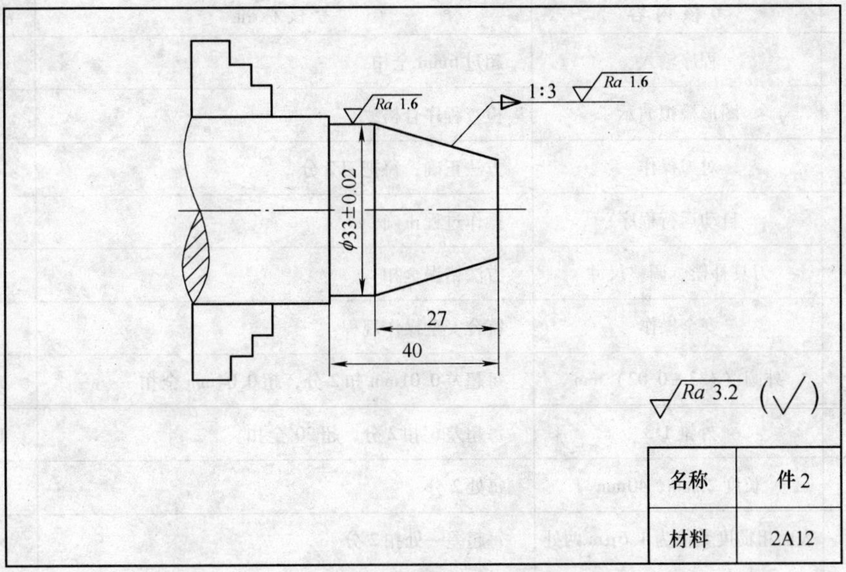

图 2-65 课题二图

4）依次在工件毛坯上对好每一把刀在 X、Z 方向的坐标值。

5）修改刀具的磨耗，留余量；自动运行程序。

6）测量尺寸，根据工件图样要求的尺寸精度修改刀具磨耗量；再次运行程序，加工出合格的工件。

3. 注意事项

1）切断刀编程与对刀的刀尖要对应，以防 Z 方向值相差刀宽。

2）编制车削螺纹的程序时，选择的背吃刀量应逐刀减少。

3）根据工件图样要求的尺寸精度修改刀具磨耗量时，要考虑前面所留余量的磨耗值，且注意“+”、“-”方向不能弄反。

4. 检验与考核（表 2-6）

表 2-6 检验与考核

	序号	考核内容	考核标准	满分	成绩
编程	1	设置工件坐标系	没有设定工件坐标原点则此考核为 0 分 原点位置设定不合理扣 3 分	3	
	2	刀具布置	每把不合理刀扣 1 分	4	
	3	工艺路线 工艺参数	工艺路线不合理扣 10 分 工艺参数选择不合理扣 10 分	20	
	4	换刀点的选择	与工件等发生干涉全扣	5	
	5	数控指令的使用	一般性指令错一处扣 1 分，出现一处危险性指令扣 5 分	15	
	6	程序结构	无程序名扣 1 分，程序格式与系统不相符全扣	3	

（续）

	序号	考核内容	考核标准	满分	成绩
操作	1	程序输入	超过 6min 全扣	2	
	2	图形模拟演示	检查程序合格	3	
	3	对刀操作	方法正确，每把刀 2 分	8	
	4	自动运行程序	操作过程正确	2	
	5	刀具补偿、调整尺寸	方法错误全扣	2	
	6	安全操作	符合安全操作规程	3	
工件	1	外圆（$\phi 33\pm0.02$）mm	每超差 0.01mm 扣 2 分，超 0.04mm 全扣	10	
	2	外锥 1:3	每超差 6′扣 2 分，超 20′全扣	12	
	3	长度 27mm、40mm	每处 2 分	4	
	4	表面粗糙度数值为 1.6μm 两处	每超差一处扣 2 分	4	
	总计			100	

2.9.3 课题三：车圆弧

1. 实训目的和要求

1）熟悉 G02、G03 等指令的使用，并能正确区别它们的顺逆方向。

2）掌握数控车床加工圆弧的方法与技巧，体会它与普通机床加工圆弧方法的优势。

3）掌握基点计算常用的几种基本方法。

2. 实训内容

加工如图 2-66 所示的零件。毛坯为 ϕ40mm 的棒料，使用圆弧插补指令 G02、G03 分别车削顺、逆时针圆弧，并用 G70 和 G71 指令来编制其粗、精加工程序，并加工出合格零件。

1）分析图样，确定加工工艺过程，计算刀尖运动轨迹。

2）编写零件加工程序单；输入数控装置；图形模拟演示，检查程序是否合格。

3）准备好加工必需的工、夹、量具；检查并装夹毛坯；安装好与程序对应的刀具。

4）依次在工件毛坯上对好每一把刀在 X、Z 方向的坐标值。

5）修改刀具的磨耗，留余量；自动运行程序。

6）测量尺寸，根据工件图样要求的尺寸精度修改刀具磨耗量；再次运行程序，加工出合格的工件。

3. 注意事项

1）切断刀编程与对刀的刀尖要对应，以防 Z 方向值相差刀宽。

2）编制车削螺纹的程序时，选择的背吃刀量应逐刀减少。

3）根据工件图样要求的尺寸精度修改刀具磨耗量时，要考虑前面所留余量的磨耗值，且注意“+”、“-”方向不能弄反。

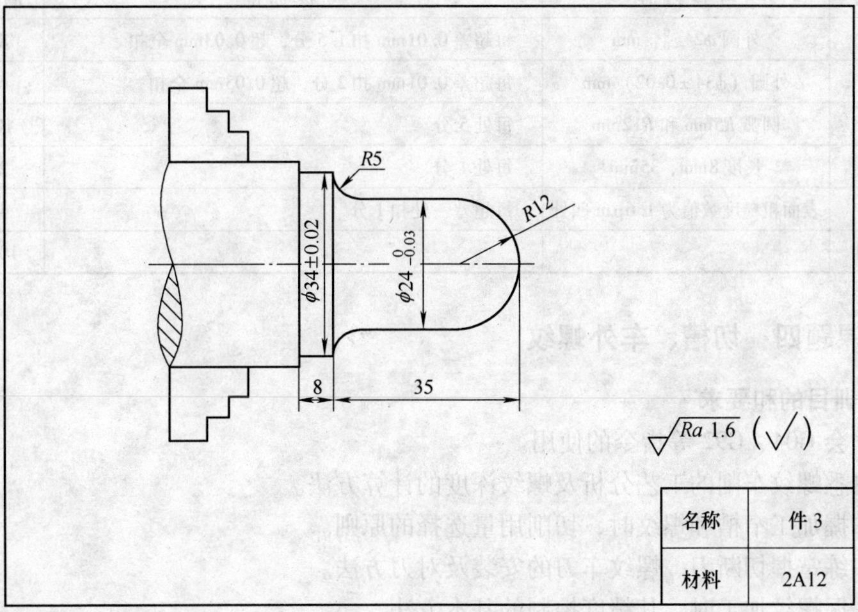

图 2-66　课题三图

4. 检验与考核（表 2-7）

表 2-7　检验与考核

	序号	考核内容	考核标准	满分	成绩
编程	1	设置工件坐标系	没有设定工件坐标原点则此考核为 0 分 原点位置设定不合理扣 3 分	3	
	2	刀具布置	每把不合理刀扣 1 分	4	
	3	工艺路线 工艺参数	工艺路线不合理扣 10 分 工艺参数选择不合理扣 10 分	20	
	4	换刀点的选择	与工件等发生干涉全扣	5	
	5	数控指令的使用	一般性指令错一处扣 1 分，出现一处危险性指令扣 5 分	15	
	6	程序结构	无程序名扣 1 分，程序格式与系统不相符全扣	3	
操作	1	程序输入	超过 6min 全扣	2	
	2	图形模拟演示	检查程序合格	3	
	3	对刀操作	方法正确，每把刀 2 分	8	
	4	自动运行程序	操作过程正确	2	
	5	刀具补偿、调整尺寸	方法错误全扣	2	
	6	安全操作	符合安全操作规程	3	

（续）

	序号	考核内容	考核标准	满分	成绩
工件	1	外圆 $\phi 24_{-0.03}^{0}$mm	每超差 0.01mm 扣 1.5 分，超 0.03mm 全扣	8	
	2	外圆（$\phi 34 \pm 0.02$）mm	每超差 0.01mm 扣 2 分，超 0.03mm 全扣	6	
	3	圆弧 R5mm 和 R12mm	每处 5 分	10	
	4	长度 8mm、35mm	每处 1 分	2	
	5	表面粗糙度数值为 1.6μm 四处	每超差一处扣 1 分	4	
	总计			100	

2.9.4 课题四：切槽、车外螺纹

1. 实训目的和要求

1）学会 G04、G92 等指令的使用。

2）熟悉螺纹车削的工艺分析及螺纹深度的计算方法。

3）掌握加工窄槽和螺纹时，切削用量选择的原则。

4）熟练掌握切断刀、螺纹车刀的安装及对刀方法。

5）掌握螺纹加工时，其精度控制的基本方法。

2. 实训内容

加工如图 2-67 所示的零件。毛坯为 ϕ40mm 的棒料，使用暂停指令 G04 对槽底光整，螺纹固定循环指令 G92 车削螺纹，编制其粗、精加工程序，并加工出合格零件。

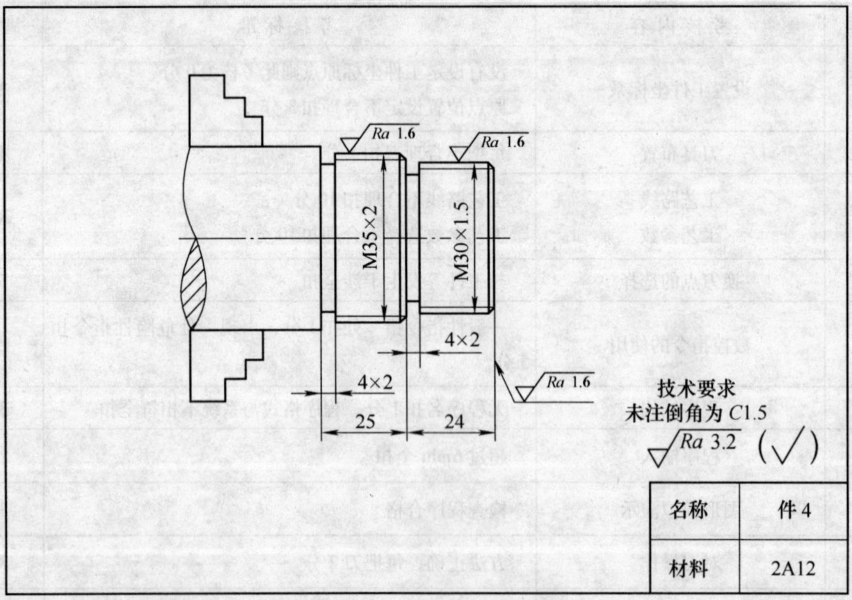

图 2-67 课题四图

1）分析图样，确定加工工艺过程，计算刀尖运动轨迹。

2）编写零件加工程序单；输入数控装置；图形模拟演示，检查程序是否合格。

3）准备好加工必需的工、夹、量具，检查并装夹毛坯，安装好与程序对应的刀具。

4）依次在工件毛坯上对好每一把刀在 X、Z 方向的坐标值。

5）修改刀具的磨耗，留余量；自动运行程序。

6）测量尺寸，根据工件图样要求的尺寸精度修改刀具磨耗量；再次运行程序，加工出合格的工件。

3. 注意事项

1）切断刀编程与对刀的刀尖要对应，以防 Z 方向值相差刀宽。

2）编制车削螺纹的程序时，选择的背吃刀量应逐刀减少。

3）根据工件图样要求的尺寸精度修改刀具磨耗量时，要考虑前面所留余量的磨耗值，且注意“+”、“-”方向不能弄反。

4. 检验与考核（表 2-8）

表 2-8　检验与考核

	序号	考核内容	考核标准	满分	成绩
编程	1	设置工件坐标系	没有设定工件坐标原点则此考核为 0 分 原点位置设定不合理扣 3 分	3	
	2	刀具布置	每把不合理刀扣 1 分	4	
	3	工艺路线 工艺参数	工艺路线不合理扣 10 分 工艺参数选择不合理扣 10 分	20	
	4	换刀点的选择	与工件等发生干涉全扣	5	
	5	数控指令的使用	一般性指令错一处扣 1 分，出现一处危险性指令扣 5 分	15	
	6	程序结构	无程序名扣 1 分，程序格式与系统不相符全扣	3	
操作	1	程序输入	超过 6min 全扣	2	
	2	图形模拟演示	检查程序合格	3	
	3	对刀操作	方法正确，每把刀 2 分	8	
	4	自动运行程序	操作过程正确	2	
	5	刀具补偿、调整尺寸	方法错误全扣	2	
	6	安全操作	符合安全操作规程	3	
工件	1	螺纹 M32×1.5	① 大径 $\phi32^{-0.10}_{-0.20}$mm，超差无分，2 分 ② 环规检查中径合格，6 分 ③ 螺纹牙型正确，2 分	10	
	2	螺纹 M35×2	① 大径 $\phi35^{-0.15}_{-0.25}$mm，超差无分，2 分 ② 环规检查中径合格，6 分 ③ 螺纹牙型正确，2 分	10	
	3	退刀槽 4×2 两处	每处 2 分	4	
	4	倒角 *C*1.5 两处	每处 0.5 分	1	
	5	表面粗糙度数值 1.6μm 五处	每超差一处扣 1 分	5	
	总计			100	

2.9.5 课题五：车内孔

1. 实训目的和要求

1）掌握利用 G01 等指令来加工内圆柱面的方法。

2）学习内孔加工的工艺方法和技巧。

3）掌握镗孔刀切削用量选择的原则。

4）熟练掌握镗孔刀等的安装及对刀方法。

5）掌握镗孔刀的刀补方法，正确区别它与外圆刀的刀补方法不同之处。

6）学会加工配合件的常用方法。

2. 实训内容

加工如图 2-68 所示零件。毛坯为 ϕ40mm 的棒料，底孔长 28mm，直径为 25mm，已钻好，编制其粗、精加工程序，并加工出合格零件。

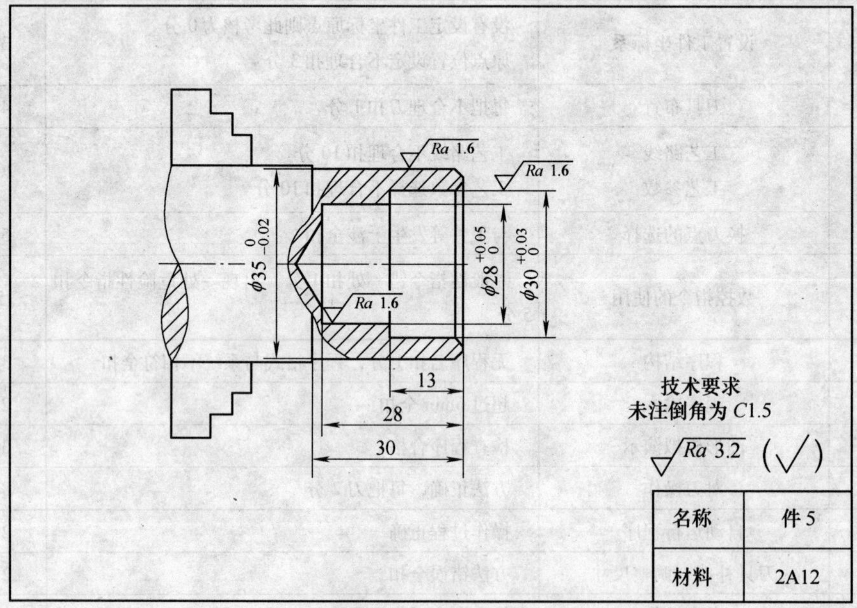

图 2-68 课题五图

1）分析图样，确定加工工艺过程，计算刀尖运动轨迹。

2）编写零件加工程序单；输入数控装置；图形模拟演示，检查程序是否合格。

3）准备好加工必需的工；夹、量具，检查并装夹毛坯，安装好与程序对应的刀具。

4）依次在工件毛坯上对好每一把刀在 X、Z 方向的坐标值。

5）修改刀具的磨耗，留余量；自动运行程序。

6）测量尺寸，根据工件图样要求的尺寸精度修改刀具磨耗量；再次运行程序，加工出合格的工件。在控制内孔尺寸时，可利用已加工好的工件来进行配合加工，直至相配合适为止。

3. 注意事项

1）切断刀编程与对刀的刀尖要对应，以防 Z 方向值相差刀宽。

2）编制车削螺纹的程序时，选择的背吃刀量应逐刀减少。

3）此时的进刀方向和退刀方向与外圆柱面加工刚好相反。

4）根据工件图样要求的尺寸精度修改刀具磨耗量时，要考虑前面所留余量的磨耗值，且注意“+”、“-”方向不能弄反。

4. 检验与考核（表 2-9）

表 2-9 检验与考核

	序号	考核内容	考核标准	满分	成绩
编程	1	设置工件坐标系	没有设定工件坐标原点则此考核为 0 分 原点位置设定不合理扣 3 分	3	
	2	刀具布置	每把不合理刀扣 1 分	4	
	3	工艺路线 工艺参数	工艺路线不合理扣 10 分 工艺参数选择不合理扣 10 分	20	
	4	换刀点的选择	与工件等发生干涉全扣	5	
	5	数控指令的使用	一般性指令错一处扣 1 分，出现一处危险性指令扣 5 分	15	
	6	程序结构	无程序名扣 1 分，程序格式与系统不相符全扣	3	
操作	1	程序输入	超过 6min 全扣	2	
	2	图形模拟演示	检查程序合格	3	
	3	对刀操作	方法正确，每把刀 2 分	8	
	4	自动运行程序	操作过程正确	2	
	5	刀具补偿、调整尺寸	方法错误全扣	2	
	6	安全操作	符合安全操作规程	3	
工件	1	外圆 $\phi35_{-0.02}^{0}$ mm	每超差 0.01mm 扣 1.5 分，超 0.03mm 全扣	4	
	2	内孔 $\phi28_{0}^{+0.05}$ mm	每超差 0.01mm 扣 1 分，超 0.05mm 全扣	8	
	3	内孔 $\phi30_{0}^{+0.03}$ mm	每超差 0.01mm 扣 1 分，超 0.07mm 全扣	6	
	4	长度 13mm、28mm、30mm	每处 1 分	3	
	5	倒角 C1.5 两处	每处 0.5 分	1	
	6	表面粗糙度数值 1.6μm 三处	每超差一处扣 1 分	3	
	7	与件 1 配合	不能相配则全扣	5	
总计				100	

2.9.6 课题六：车内锥

1. 实训目的和要求

1）熟悉内锥车削的工艺方法和基点计算方法。

2）掌握数控加工内锥时，精度的基本控制方法。

3）学会锥度配合加工的方法与要领。

2. 实训内容

加工如图2-69所示零件。毛坯为 ϕ40mm 的棒料，底孔长32mm，直径为22mm，已钻好，编制其粗、精加工程序，并加工出合格零件。

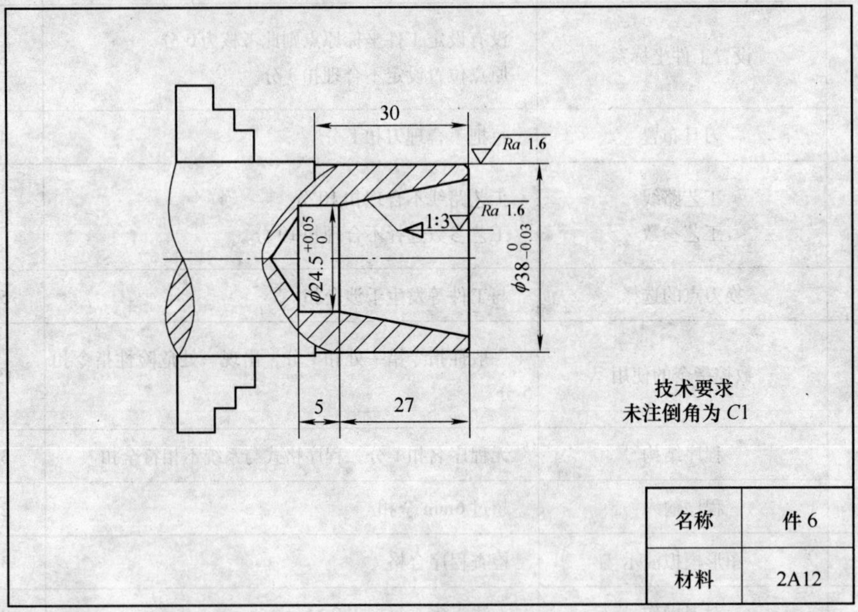

图2-69 课题六图

1）分析图样，确定加工工艺过程，计算刀尖运动轨迹。

2）编写零件加工程序单；输入数控装置；图形模拟演示，检查程序是否合格。

3）准备好加工必需的工、夹、量具；检查并装夹毛坯；安装好与程序对应的刀具。

4）依次在工件毛坯上对好每一把刀在X、Z方向的坐标值。

5）修改刀具的磨耗，留余量；自动运行程序。

6）测量尺寸，根据工件图样要求的尺寸精度修改刀具磨耗量；再次运行程序，加工出合格的工件。在控制内锥尺寸时，可利用已加工好的工件来进行配合加工，直至相配合适为止。

3. 注意事项

1）切断刀编程与对刀的刀尖要对应，以防Z方向值相差刀宽。

2）编制车削螺纹的程序时，选择的背吃刀量应逐刀减少。

3）根据工件图样要求的尺寸精度修改刀具磨耗量时，要考虑前面所留余量的磨耗值，且注意“+”、“-”方向不能弄反。

4. 检验与考核（表 2-10）

表 2-10 检验与考核

	序号	考核内容	考核标准	满分	成绩
编程	1	设置工件坐标系	没有设定工件坐标原点则此考核为 0 分 原点位置设定不合理扣 3 分	3	
	2	刀具布置	每把不合理刀扣 1 分	4	
	3	工艺路线 工艺参数	工艺路线不合理扣 10 分 工艺参数选择不合理扣 10 分	20	
	4	换刀点的选择	与工件等发生干涉全扣	5	
	5	数控指令的使用	一般性指令错一处扣 1 分，出现一处危险性指令扣 5 分	15	
	6	程序结构	无程序名扣 1 分，程序格式与系统不相符全扣	3	
操作	1	程序输入	超过 6min 全扣	2	
	2	图形模拟演示	检查程序合格	3	
	3	对刀操作	方法正确，每把刀 2 分	8	
	4	自动运行程序	操作过程正确	2	
	5	刀具补偿、调整尺寸	方法错误全扣	2	
	6	安全操作	符合安全操作规程	3	
工件	1	外圆 $\phi38_{-0.03}^{\ 0}$ mm	每超差 0.01mm 扣 1 分，超 0.03mm 全扣	4	
	2	内孔 $\phi24.5_{\ 0}^{+0.05}$ mm	每超差 0.01mm 扣 1.5 分，超 0.03mm 全扣	6	
	3	内锥 1:3	每超差 6′扣 2 分，超 20′全扣	8	
	4	倒角 $C1$	超差无分	1	
	5	长度 5mm、27mm、30mm	每处 1 分	3	
	6	表面粗糙度数值 1.6μm 两处	每超差一处扣 1 分	2	
	7	与件 2 配合	锥度配合接触面积少于 70% 无分	6	
总计				100	

2.9.7 课题七：车内螺纹

1. 实训目的和要求

1）熟悉内螺纹车削的工艺分析及内螺纹深度的计算方法。

2）熟练掌握镗孔刀和内螺纹车刀的安装及对刀方法。

3）掌握内螺纹加工时，其精度控制的基本方法。

2. 实训内容

加工如图 2-70 所示零件。毛坯为 ϕ45mm 的棒料，底孔长 50mm，直径为 26mm，已钻好，编制其粗、精加工程序，并加工出合格零件。

1）分析图样，确定加工工艺过程，计算刀尖运动轨迹。

2）编写零件加工程序单；输入数控装置；图形模拟演示，检查程序是否合格。

3）准备好加工必需的工、夹、量具；检查并装夹毛坯；安装好与程序对应的刀具。

4）依次在工件毛坯上对好每一把刀在 X、Z 方向的坐标值。

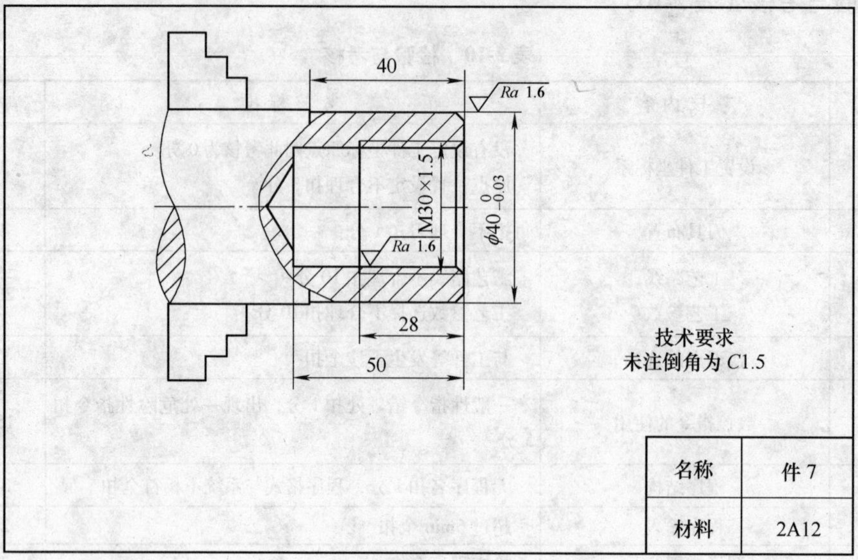

图2-70 课题七图

5）修改刀具的磨耗，留余量；自动运行程序。

6）测量尺寸，根据工件图样要求的尺寸精度修改刀具磨耗量；再次运行程序，加工出合格的工件。在加工内螺纹时，可利用已加工好的课题四完成的工件来进行配合加工，直至相配合适为止。

7）M30内螺纹加工合格后，可接着使用该材料练习加工M35内螺纹，亦可与课题四完成的工件配做。

3. 注意事项

1）切断刀编程与对刀的刀尖要对应，以防Z方向值相差刀宽。

2）编制车削螺纹的程序时，选择的背吃刀量应逐刀减少。

3）根据工件图样要求的尺寸精度修改刀具磨耗量时，要考虑前面所留余量的磨耗值，且注意"+"、"-"方向不能弄反。

4. 检验与考核（表2-11）

表2-11 检验与考核

	序号	考核内容	考核标准	满分	成绩
编程	1	设置工件坐标系	没有设定工件坐标原点则此考核为0分 原点位置设定不合理扣3分	3	
	2	刀具布置	每把不合理刀扣1分	4	
	3	工艺路线 工艺参数	工艺路线不合理扣10分 工艺参数选择不合理扣10分	20	
	4	换刀点的选择	与工件等发生干涉全扣	5	
	5	数控指令的使用	一般性指令错一处扣1分，出现一处危险性指令扣5分	15	
	6	程序结构	无程序名扣1分，程序格式与系统不相符全扣	3	

（续）

	序号	考核内容	考核标准	满分	成绩
操作	1	程序输入	超过 6min 全扣	2	
	2	图形模拟演示	检查程序合格	3	
	3	对刀操作	方法正确，每把刀 2 分	8	
	4	自动运行程序	操作过程正确	2	
	5	刀具补偿、调整尺寸	方法错误全扣	2	
	6	安全操作	符合安全操作规程	3	
工件	1	外圆 $\phi40_{-0.03}^{\ 0}$mm	每超差 0.01mm 扣 1 分，超 0.03mm 全扣	4	
	2	内螺纹 M30×1.5	① 螺纹塞规检查中径合格，8 分 ② 螺纹牙型正确，4 分	12	
	3	长度 28mm、50mm、40mm	每处 1 分	3	
	4	倒角 $C1.5$ 两处	每处 0.5 分	1	
	5	表现粗糙度数值 1.6μm 两处	每超差一处扣 1 分	2	
		与件 4 配合		8	
	总计			100	

2.9.8 课题八：综合练习

1. 实训目的和要求

1）学习宽槽的加工方法。

2）学会独立分析较为复杂的综合类型零件的加工工艺。

3）掌握较复杂零件装夹、定位时，常用的一些基本方法。

2. 实训内容

加工如图 2-71 所示零件。毛坯为长 108mm，直径 40mm 的棒料，底孔长 47mm，直径 26mm，已钻好，编制其粗、精加工程序，并加工出合格零件。

1）分析图样，确定加工工艺过程，计算刀尖运动轨迹。

2）编写零件各工序加工程序单；输入数控装置；图形模拟演示，检查程序是否合格。

3）按工序准备好本工序加工时必需的工、夹、量具；检查并装夹毛坯或半成品；安装好与本工序加工程序对应的刀具。

4）对好本工序每一把刀在 X、Z 方向的坐标值。

5）修改刀具的磨耗，留余量；自动运行程序。

6）测量尺寸，根据工件图样要求的尺寸精度修改刀具磨耗量；再次运行程序，加工本工序所要加工的表面。

7）依次加工所有工序，直至产品合格。

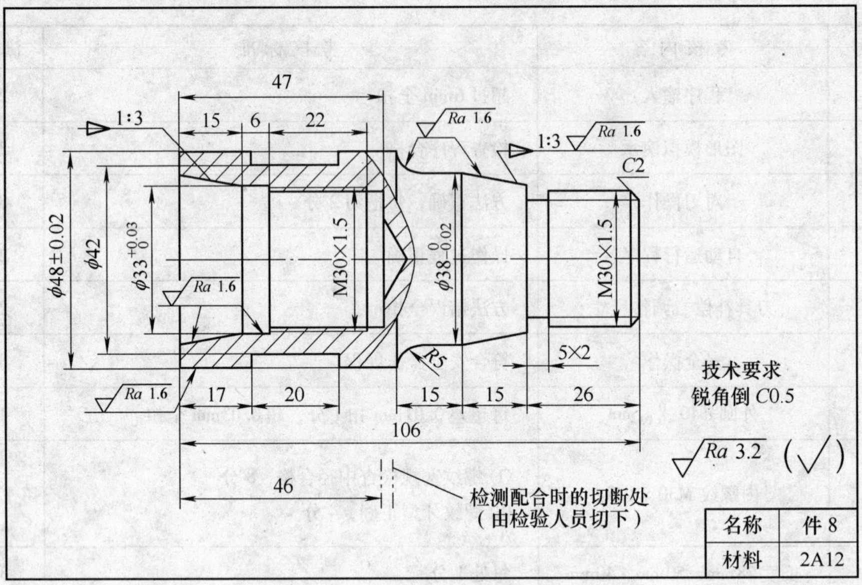

图 2-71　课题八图

3. 注意事项

1）切断刀编程与对刀的刀尖要对应，以防 Z 方向值相差刀宽。

2）编制车削螺纹的程序时，选择的背吃刀量应逐刀减少。

3）根据工件图样要求的尺寸精度修改刀具磨耗量时，要考虑前面所留余量的磨耗值，且注意“+”、“-”方向不能弄反。

4. 检验与考核（表 2-12）

表 2-12　检验与考核

	序号	考核内容	考核标准	满分	成绩
编程	1	设置工件坐标系	没有设定工件坐标原点则此考核为 0 分 原点位置设定不合理扣 3 分	3	
	2	刀具布置	每把不合理刀扣 1 分	4	
	3	工艺路线 工艺参数	工艺路线不合理扣 10 分 工艺参数选择不合理扣 10 分	20	
	4	换刀点的选择	与工件等发生干涉全扣	5	
	5	数控指令的使用	一般性指令错一处扣 1 分，出现一处危险性指令扣 5 分	15	
	6	程序结构	无程序名扣 1 分，程序格式与系统不相符全扣	3	
操作	1	程序输入	超过 6min 全扣	2	
	2	安全操作	符合安全操作规程	3	

（续）

	序号	考核内容	考核标准	满分	成绩
工件	1	外圆 ϕ（48 ±0.02）mm	超差全扣	2	
	2	外圆 $\phi38\ _{-0.02}^{\ 0}$ mm	超差全扣	3	
	3	宽槽 ϕ42mm	公差为 ±0.1mm，超差全扣	3	
	4	外锥 1:3	每超差 6′扣 1 分，超 20′全扣	4	
	5	外螺纹 M30 ×1.5	① 大径 $\phi30\ _{-0.25}^{-0.15}$ mm，超差无分，2 分 ② 环规检查中径合格，6 分 ③ 螺纹牙型正确，2 分	5	
	6	圆弧 R5mm	不合格全扣	2	
	7	内锥 1:3	每超差 6′扣 1 分，超 20′全扣	5	
	8	内孔 $\phi33\ _{\ 0}^{+0.03}$ mm	每超差 0.01mm 扣 1 分，超 0.03mm 全扣	4	
	9	内螺纹 M30 ×1.5	① 螺纹塞规检查中径合格，6 分 ② 螺纹牙型正确，2 分	6	
	10	退刀槽 5mm ×2mm	不合格全扣	1	
	11	倒角 C2 两处	超差无分	1	
	12	表面粗糙度数值为 1.6μm 六处	每超差一处扣 0.5 分	3	
	13	盲配	不能配合无分（锥度配合接触面积应大于 70%）	6	
总计				100	

思考与练习题

1. 在 FANUC 0-TD 系统的数控车床上加工图 2-72 所示工件，已知毛坯是 ϕ62mm 的棒料，材质为 2A12，请确定其加工工艺、所用刀具和编程原点，编制粗、精加工程序并进行加工。

2. 在 FANUC 0-TD 系统的数控车床上加工图 2-73 所示工件，已知毛坯是 ϕ40mm 的棒料，材质为 2A12，请确定其加工工艺、所用刀具和编程原点，编制粗、精加工程序并进行加工。

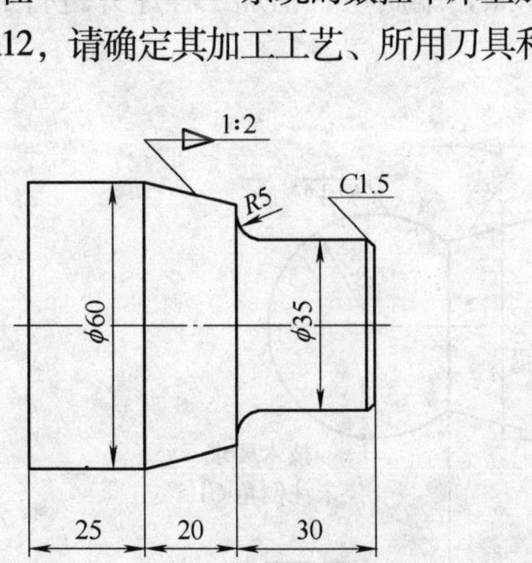

图 2-72 习题 1

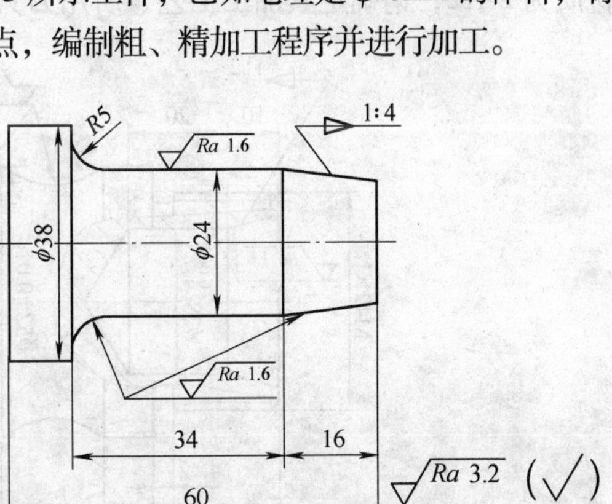

图 2-73 习题 2

3. 在FANUC 0-TD系统的数控车床上加工图2-74所示工件，已知毛坯是ϕ42mm的棒料，材质为2A12，请确定其加工工艺、所用刀具和编程原点，编制粗、精加工程序并进行加工。

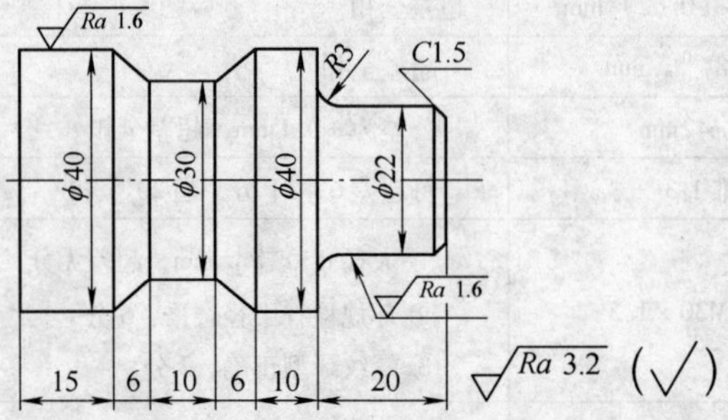

图2-74　习题3

4. 在FANUC 0-TD系统的数控车床上加工图2-75所示工件，已知毛坯是ϕ62mm的棒料，材质为2A12，请确定其加工工艺、所用刀具和编程原点，编制粗、精加工程序并进行加工。

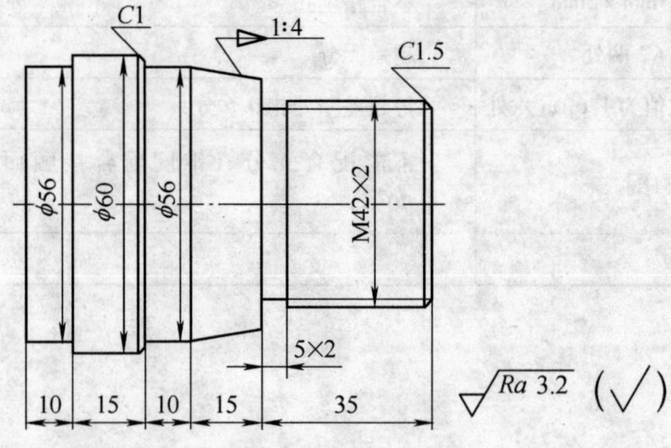

图2-75　习题4

5. 在FANUC 0-TD系统的数控车床上加工图2-76所示工件，已知毛坯是ϕ55mm的棒料，材质为2A12，请确定其加工工艺、所用刀具和编程原点，编制粗、精加工程序并进行加工。

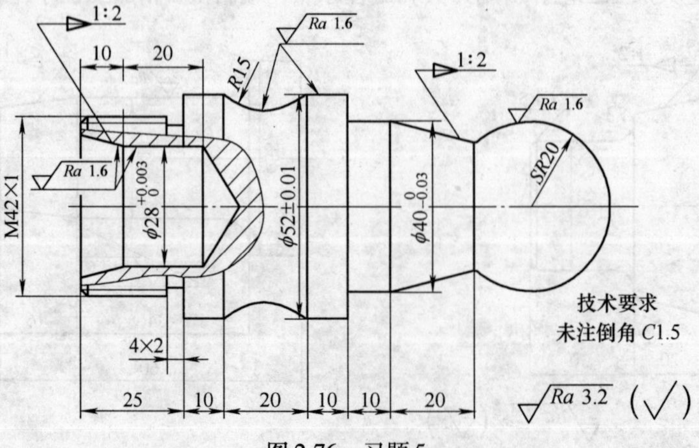

图2-76　习题5

6. 在FANUC 0-TD系统的数控车床上加工图2-77所示工件，已知毛坯是ϕ50mm的棒料，材质为2A12，请确定其加工工艺、所用刀具和编程原点，编制粗、精加工程序并进行加工。

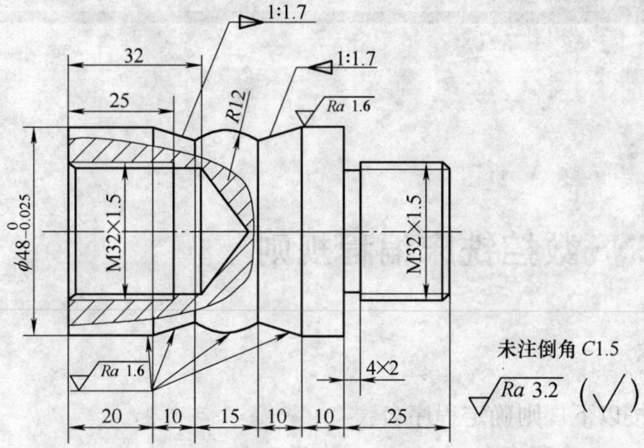

图2-77 习题6

第 3 章 数控铣床编程与操作

3.1 SIEMENS 数控铣床编程规则

3.1.1 程序名称

在编制程序时按以下规则确定程序名：

1）每个程序均有一个程序名。

2）开始的两个符号必须是字母。

3）其后的符号可以是字母，数字或下划线。

4）最多为 16 个字符。

5）不得使用分隔符。

例如，TYLGSK1 就是一个程序名。

3.1.2 程序结构和内容

NC 程序由若干个程序段组成，所采用的程序段格式属于可变程序段格式，见表 3-1，具体规则如下：

1）每一个程序段执行一个加工步骤。

2）程序段由若干个字符组成。

3）最后一个程序段包含程序结束符 M2 或 M30。

表 3-1 程序段格式

程序段	程序字	程序字	程序字	…	注释
程序段	N10	G0	X10	…	第一程序段
程序段	N20	G1	Z37	…	第二程序段
程序段	N30	G91	…	…	…
程序段	N40	…	…	…	…
程序段	N50	M2	…	…	程序结束

3.1.3 程序字结构及地址符

程序字是组成程序段的元素，由程序字构成控制器的指令，见表 3-2。程序字（如功能字 G0、G1、F10，坐标字 X100.0 Y23.0 等）由以下几部分组成：

1）地址符。地址符一般是一个字母。

2）数值。数值是一个数字串，它可以带正负号和小数点，正号可以省略不写。

表 3-2　程序字

	程　序　字	程　序　字	程　序　字
举例	地址值	地址值	地址值
	G1	X100.0	F100
说明	直线插补运行	X 轴位移或终点位置：100.0mm	进给率：100mm/min

3）多个地址符。一个字可以包含多个字母，数值与字母之间用符号“=”隔开。

例如，CR=12.5，表示圆弧半径=12.5mm。

此外，G 功能也可以通过一个符号名进行调用。例如，“SCALE;”打开比例系数。

4）扩展地址。对于如下地址：R（计算参数），H（H 功能），I、J、K（插补参数/中间点），地址可以通过 1 到 4 个数字进行地址扩展。在这种情况下，其数值可以通过“=”进行赋值。

例如：R10=5.321　H6=12.1　I1=30.67　J1=12.34。

3.1.4　程序段结构

一个程序段中含有执行一个工序所需的全部数据。程序段由若干个程序字和段结束符“LF”组成。在程序编写过程中进行换行时或按输入键时可以自动产生段结束符，例如：

N10 __字 1 __字 2 __… __字 ；注释__ LF

其中，“N10”表示程序段号，主程序段中可以由字符“:”取代地址符“N”；“__”表示中间空格；“字 1…”表示程序段指令；“注释”表示对程序段进行说明，位于最后，用“;”分开；“LF”表示程序段结束，不可见。

程序段中有很多指令时建议按如下顺序：

N__ G__ X__ Y__ Z__ F__ S__ T__ D__ M__ H__

1）程序字顺序。以 5 或 10 为间隔选择程序段号，以便以后插入程序段时不会改变程序段号的顺序。

2）程序段号说明。那些不需在每次运行中都执行的程序段可以被跳过，为此应在这样的程序段的段号字之前输入斜线符“/”。

3）几个连续的程序段可以通过在其所有的程序段段号之前输入斜线符“/”被跳过。

在程序运行过程中，一旦跳跃程序段功能生效，则所有带“/”符的程序段都不予执行，当然这些程序段中的指令也不予考虑。程序从下一个没带斜线符的程序段开始执行。

4）利用加注释的方法可在程序中对程序段进行说明。注释以“;”符号开始，和程序段一起结束。

【例题 3-1】 编程举例。

TYLGSK2;	程序名
N10 T1 D1;	选用 1 号刀，使用 1 号刀补
N20 G17 G54 G94 F100 S1200 M3;	主程序（选择 X/Y 平面设定工件原点，进给率 F，单位为 mm/min，主轴正转，转速为 1200r/min）
N30 G0 Z2;	抬刀到安全高度
N40 G54 X10.0 Y5.0;	将编程原点从点 0 偏置到点 01

```
N50 G0 X0.0 Y0.0 ;           刀具快进到点 01
N60 G1 Z-2 F100;             Z 向工进，进给速度为 100mm/min
N70/N80 X15.0 F50;           程序段可以被跳跃
N90 X20.0 Y13.0;
N100 M2;                     程序结束
```

3.1.5 程序字符集

在编程中可以使用以下字符，它们按一定的规则进行编译。

1）字母 A、B、C、D、E、F、G、H、I、J、K、L、M、N、O、P、Q、R、S、T、U、V、W、X、Y、Z。大写字母和小写字母没有区别。

2）数字 0、1、2、3、4、5、6、7、8、9。

3）可打印的特殊字符“（”圆括号开，“）”圆括号闭，“［”方括号开，“］”方括号闭，“<”小于，“>”大于，“:”主程序，标志符结束，“=”赋值，相等部分，“/”除号，跳跃符，“*”乘号，“+”加号，正号，“-”减号，负号，““””引号，“_”字母下划线（与字母联系在一起），“.”小数点，“,”逗号，分隔符，“;”注释标志符。

4）不可打印的特殊字符，“LF”程序段结束符；空格，字之间的分隔符，空白字；制表键预定，没用。

3.1.6 SIEMENS 系统指令表

1）SIEMENS 系统数控铣床 G 功能格式见表 3-3。

表 3-3 G 功能格式

地址	含义	赋值	说明	编程
D	刀具补偿号	0~9 整数，不带符号	用于某个刀具 T…的补偿参数；D0 表示补偿值 =0，一个刀具最多有 9 个 D 号	D__;
F	进给率	0.001~99 999.999	刀具/工件的进给速度，对应 G94 或 G95，单位分别为 mm/min 或 mm/r	F__;
F	进给率（与 G4 一起可以编程停留时间）	0.001~99 999.999	停留时间，单位为 s	G4F…；单独程序段
G	G 功能（准备功能字）	仅为整数，已事先规定	G 功能按 G 功能组划分，一个程序段中只能有一个 G 功能组中的一个 G 功能指令。G 功能按模态有效（直到被同组中其他功能替代），或者以程序段方式有效。G 功能组代码见以下各列	G…或者符号名称，例如，CIP

（续）

地址	含 义	赋 值	说 明	编 程
G0	快速移动		运动指令	G0 X…Y…Z…；直角坐标系在极坐标系中：G0 AP = …RP…或 G0 AP = …RP = …Z…；
G1 *	直线插补			G1 X…Y…Z…F…在极坐标系中：G1 AP = …RP…F…或 G1 AP = …RP = …Z…F…；
G2	顺时针圆弧插补		（插补方式）	G2 X…Y…I…J…F…；圆心或终点 G2 X…Y…CR = …F…；半径和终点 G2 AR = …I…J…F…；张角和圆心 G2 AR = …X…Y…F…；张角和终点在极坐标系中：G2 AP = …RP…F…或 G2 AP = …RP = …Z…F…；
G3	逆时针圆弧插补			G3…；其他同 G2
CIP	中间点圆弧插补			CIP X…Y…Z…I1 = …K1 = …F…
G33	恒螺距的螺纹切削		模态有效	S…M…；主轴速度，方向 G33Z…K…；带有补偿夹具的锥螺纹切削，如在 Z 轴方向
G331	螺纹插补			N10 SPOS = 主轴处于位置调节状态 N20 G331 Z…K… S…；在 Z 轴方向不带补偿夹具攻螺纹；右旋螺纹或左旋螺纹通过螺距的符号（比如 K + ）确定： “ + ”同 M3 “ - ”同 M4
G332	不带补偿夹具切削内螺纹。退刀			G332 Z… K…；不带补偿夹具切削螺纹。Z 退刀；螺距符号同 G331
CT	带切线过渡的圆弧插补			N10… N20 CT Z… X… F… ；圆弧，与前一段轮廓为切线过渡
G4	暂停时间		特殊运行，程序段方式有效	G4 F…或 G4 S…；单独程序段
G63	带补偿夹具攻螺纹			G63 Z…F…S…M…
G74	回参考点			G74 X1 = 0 Y1 = 0 Z1 = 0；单独程序段（机床轴名称）
G75	回固定点			G75 X1 = 0 Y1 = 0 Z1 = 0；单独程序段（机床轴名称）

（续）

地址	含　义	赋　值	说　明	编　程
TRANS	可编程偏置		写存储器，程序段方式有效	TRANS X… Y…Z…；单独程序段
ROT	可编程旋转			ROT RPL =…；在当前的平面中旋转 G17 到 G19
SCALE	可编程比例系数			SCALE X…Y…Z…；在所给定轴方向的比例系数；单独程序段
MIRROR	可编程镜像功能			MIRROR X0；改变方向的坐标轴；单独程序段
ATRANS	附加的编程偏置			ATRANS X…Y…Z…；单独程序段
AROT	附加的可编程旋转			AROT RPL =…；在当前的平面中附加到 G19；单独程序段
ASCALE	附加的可编程比例系数			ASCALE X…Y…Z…；在所给定轴方向的比例系数；单独程序段
AMIRROR	附加的可编程镜像功能			AMIRROR X0；改变方向的坐标轴；单独程序段
G25	主轴转速下限或工作区域下限			G 25S…；单独程序段 G25 X…Y…Z…；单独程序段
G26	主轴转速上限或工作区域上限			G 26S…；单独程序段 G26 X…Y…Z…；单独程序段
G110	极点尺寸，相对于上次编程的设定位置			G110X…Y…；极点尺寸，直角坐标，比如带 G17 G110RP =…AP =…极点尺寸，极坐标；单独程序段
G111	极点尺寸，相对于当前工件坐标系的零点			G111X…Y…；极点尺寸，直角坐标，比如带 G17 G111RP =…AP =…极点尺寸，极坐标；单独程序段
G112	极点尺寸，相对于上次有效的极点			G112X…Y…；极点尺寸，直角坐标，比如带 G17 G112RP =…AP =…极点尺寸，极坐标；单独程序段
G17*	X/Y 平面		平面选择模态有效	G17…；该平面上的垂直轴为刀具长度补偿轴
G18	Z/X 平面			
G19	Y/Z 平面			
H H0 = To H9999	H 功能		± 0.0000001 ~ 999999 99（8个十进制数据位）或使用指数形式：±（10^{-300} ~ 10^{+300}）	H0 =… H9999 =… 例如，H7 = 23.456

100

（续）

地址	含　义	赋　值	说　明	编　程
L	子程序名及子程序调用		7位十进制整数，无符号	L…；单独程序段
RET	子程序结束		代替M2使用，保证路径连续运行	RET；单独程序段
T	刀具号		可以用T指令直接更换刀具，也可由M6进行，这可由机床数据设定	T…
G40 *	刀尖半径补偿方式的取消		刀尖半径补偿，模态有效	
G41	调用刀尖半径补偿，刀具在轮廓左侧移动			
G42	调用刀尖半径补偿，刀具在轮廓右侧移动			
G500 *	取消可设定零点偏置		可设定零点偏置模态有效	
G54	第一可设定零点偏置			
G55	第二可设定零点偏置			
G56	第三可设定零点偏置			
G57	第四可设定零点偏置			
G58	第五可设定零点偏置			
G59	第六可设定零点偏置			
G53	按程序段方式取消可设定零点偏置		取消可设定零点偏置，段方式有效	
G153	按程序段方式取消可设定零点偏置，包括基本框架			
G60 *	准确定位		定位性能，模态有效	
G64	连续路径方式			
G9	准确定位，单程序段有效		程序段方式准停，段方式有效	
G601 *	在G60、G9方式下精准确定位		准停窗口，模态有效	
G602	在G60、G9方式下粗准确定位			
G70	英制尺寸		英制/公制尺寸，模态有效	
G71 *	公制尺寸			
G700	英制尺寸，也用于进给率F			
G710	公制尺寸，也用于进给率F			
G90 *	绝对尺寸		绝对尺寸/增量尺寸，模态有效	
G91	增量尺寸			
G94	进给率F，单位为mm/min		进给/主轴，模态有效	
G95 *	主轴进给率F，单位为mm/r			

（续）

地址	含　义	赋　值	说　明	编　程
G450 *	圆弧过渡		刀尖半径补偿时拐角特性，模态有效	
WALIMON *	工作区域限制生效		工作区域限制，模态有效	
WALIMOF	工作区域限制取消			
X	坐标轴		位移信息	
Y	坐标轴		位移信息	
Z	坐标轴		位移信息	
I	插补参数	±0.001 ~ 99 999.999 螺纹：0.001 ~ 2000.000	X 轴尺寸，在 G2 和 G3 中为圆心坐标；在 G33、G331、G332 中则表示螺距大小	参见 G2，G3，G331 和 G332
J	插补参数	±0.001 ~ 99 999.999 螺纹：0.001 ~ 2000.000	Y 轴尺寸，在 G2 和 G3 中为圆心坐标；在 G33、G331、G332 中则表示螺距大小	参见 G2、G3、G331 和 G332
K	插补参数	±0.001 ~ 99 999.999 螺纹：0.001 ~ 2000.000	Z 轴尺寸，在 G2 和 G3 中为圆心坐标；在 G33 中则表示螺距大小	参见 G2、G3 和 G33
I1 =	圆弧插补的中间点	±0.001 ~ 99 999.999	属于 X 轴，用 CIP 进行圆弧插补的参数	参见 CIP
J1 =	圆弧插补的中间点	±0.001 ~ 99 999.999	属于 Y 轴，用 CIP 进行圆弧插补的参数	参见 CIP
K1 =	圆弧插补的中间点	±0.001 ~ 99 999.999	属于 Z 轴，用 CIP 进行圆弧插补的参数	参见 CIP
S	主轴转速	0.001 ~ 99 999.999	主轴转速单位是 r/min，G4 中作为暂停时间	S…
S	在 G4 的程序段中为停留时间	0.001 ~ 99 999.999	主轴旋转停留时间	G4 S… 单独程序段
AC	绝对坐标	—	对于某个进给轴，其终点或中心点可以按程序段方式输入，可以不同于在 G90/G91 中的定义	N10 G91 X10 Z = AC（920）； X 为增量尺寸 Z 为绝对尺寸
ACP	绝对坐标，在正方向靠近（用于回转轴和主轴）	—	对于回转轴，带 ACP（…）的终点坐标的尺寸可以不同于 G90/G91；同样也可以用于主轴的定位	N10 A = ACP（45.3）；在正方向逼近绝对位置 N20 SPOS = ACP（33.1）；定位主轴

(续)

地址	含 义	赋 值	说 明	编 程
ACN	绝对坐标，在负方向靠近（用于回转轴和主轴）	—	对于回转轴，带 ACP（…）的终点坐标的尺寸可以不同于 G90/G91；同样也可以用于主轴的定位	N10 A = ACN（45.3）；在负方向逼近绝对位置 N20 SPOS = ACN（33.1）；定位主轴
AP	极坐标	0 ~ ±359.99999	单位为度；以极坐标移动；极点定义；此外：RP 极坐标半径	参见 G0、G2、G3、G110、G111、G112
AR	圆弧插补张角	0.00001 ~ 359.99999	单位是（°），用于在 G2/G3 中确定圆弧大小	参见 G2、G3
CR	圆弧插补半径	0.010 ~ 99 999.999 大于半圆的圆弧带负号“-”	在 G2/G3 中确定圆弧	参见 G2、G3
CYCLE... HOLES... POCKET... SLOT...	加工循环	仅为给定值	调用加工循环时要求一个独立的程序段，事先给定的参数必须要赋值	
CYCLE81 CYCLE82	钻削、中心钻孔 中心钻孔			N5 RTP = 110 RFP = 100…；赋值 N10 CYCLE81（RTP，RFP，…）；单独程序段 N5 RTP = 110 RFP = 100…；赋值 N10 CYCLE81（RTP，RFP，…）；单独程序段
CYCLE83	深孔钻削			N10 CALL CYCLE83（…）单独程序段
CYCLE840	带补偿夹具攻螺纹			N10 CALL CYCLE840（…）单独程序段
CYCLE84	刚性攻螺纹			N10 CALL CYCLE84（…）单独程序段
CYCLE85	绞孔			N10 CALL CYCLE85（…）单独程序段
CYCLE86	镗孔			N10 CALL CYCLE86（…）单独程序段
CYCLE87	镗孔 3			N10 CALL CYCLE87（…）单独程序段
CYCLE88	钻孔时停止			N10 CALL CYCLE88（…）单独程序段

（续）

地址	含　义	赋　值	说　明	编　程
CYCLE89	镗孔 5			N10 CALL CYCLE89（…）单独程序段
CYCLE90	螺纹铣削			N10 CALL CYCLE90（…）单独程序段
HOLES1	钻削直线排列的孔			N10 CALL HOLES1（…）单独程序段
HOLES2	钻削圆弧排列的孔			N10 CALL HOLES2（…）单独程序段

2）SIEMENS 系统数控铣床 M 功能格式见表 3-4。

表 3-4　M 功能格式

地　址	含　义	说　明
M0	程序停止	用 M0 停止程序的执行，按“启动键”加工继续执行
M1	程序有条件停止	与 M0 一样，但仅在出现专门信号后才生效
M2	程序结束	在程序的最后一段被写入
M3	主轴顺时针旋转	
M4	主轴逆时针旋转	
M5	主轴停	
M6	更换刀具	在机床数据有效时用 M6 更换刀具，其他情况下直接用 T 指令进行
M40	自动变换齿轮级	
M41 到 M45	齿轮级 1 到齿轮级 5	
M07、M08	打开 1、2 号切削液	
M09	关闭切削液	

3.2　SIEMENS 数控铣床编程指令的使用

3.2.1　SIEMENS 802D 系统指令

（1）平面选择　G17 到 G19 在数控铣床上常用 G17、G18、G19 指令确定机床在哪个平面内进行直线、圆弧等插补运动。如图 3-1 所示，G17 选择 XY 平面，G18 选择 ZX 平面，G19 选择 YZ 平面。该组指令为模态指令，一般开机初始状态为 G17 状态，故 G17 在初始状态可以省略不写。

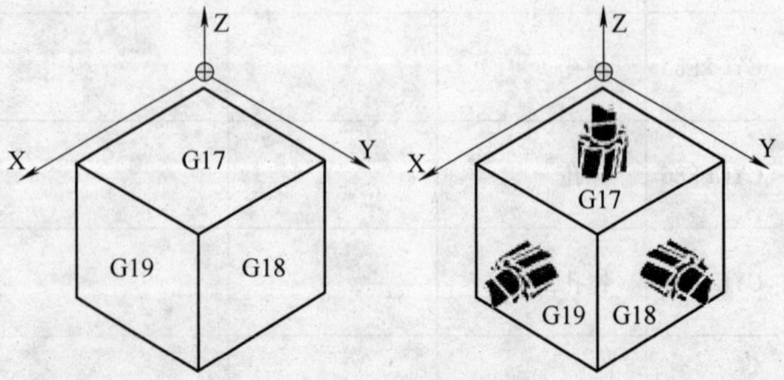

图 3-1　插补平面选择

在计算刀具长度补偿和刀具半径

补偿时，必须首先确定一个平面，即确定一个两坐标轴的坐标平面，在此平面中可以进行刀具半径补偿。

同样，平面选择的不同也影响圆弧插补时圆弧方向的定义：顺时针方向和逆时针方向。在圆弧插补的平面中规定横坐标和纵坐标，由此也就确定了顺时针和逆时针旋转方向。也可以在非当前平面 G17 至 G19 的平面中运行圆弧插补。

（2）绝对和增量位置数据　这类指令主要有 G90、G91、AC、IC，其功能如下：

G90；　　　　　　　　绝对尺寸

G91；　　　　　　　　增量尺寸

X = AC（…）；　　　　某轴以绝对尺寸输入，程序段方式

Y = IC（…）；　　　　某轴以相对尺寸输入，程序段方式

G90 和 G91 指令分别对应着绝对位置数据输入和增量位置数据输入。其中 G90 表示坐标系中目标点的坐标尺寸，G91 表示待运行的位移量。G90/G91 适用于所有坐标轴，如图3-2所示。

在位置数据不同于 G90/G91 的设定时，可以在程序段中通过 AC/IC 以绝对尺寸/相对尺寸方式进行设定。这两个指令不决定到达终点位置的轨迹，轨迹由 G 功能组中的其他 G 功能指令决定。

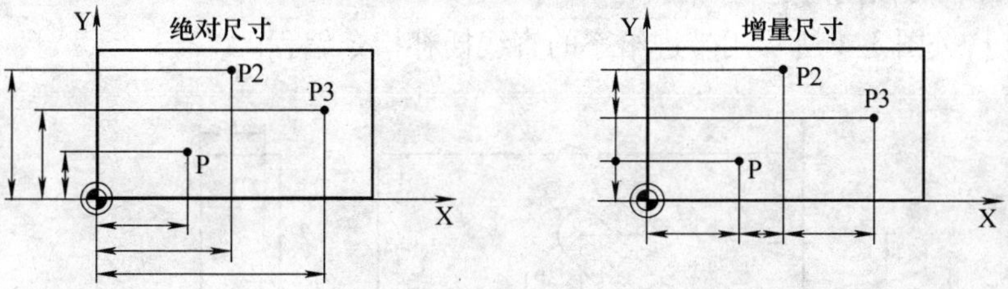

图 3-2　G90/G91 数据位置

绝对位置数据输入指令 G90 在绝对位置数据输入中，尺寸取决于当前坐标系（工件坐标系或机床坐标系）的零点位置。程序启动后，G90 适用于所有坐标轴，并且一直有效，直到在后面的程序段中由 G91（增量位置数据输入）替代为止（模态有效）。

增量位置数据输入指令 G91 在增量位置数据输入中，尺寸表示待运行的轴位移。移动的方向由符号决定。G91 适用于所有坐标轴，并且可以在后面的程序段中由 G90 替换。用“ = AC（…）”，“ = IC（…）”定义赋值时必须要有一个等于符号。数值要写在圆括号中。圆心坐标也可以以绝对尺寸用“ = AC（…）”定义。

【例题 3-2】 G90 和 G91 编程举例。

N10 G90 X10 Z80；　　　　　　　绝对尺寸

N20 X75 Z = IC（ - 30）；　　　　X 仍然是绝对尺寸，Z 是增量尺寸

N180 G91 X20 Z10 ；　　　　　　转换为增量尺寸

N190 X - 12Y = AC（17）；　　　X 仍然是增量尺寸，Y 是绝对尺寸

（3）快速直线移动　指令为 G0。

指令格式：G0　X__　Y__　Z__；

G0 指令使刀具以点位控制方式从刀具所在点快速移动到指令给出的目标点，又称点定

位。G0 指令是模态指令代码，X、Y、Z 为目标点坐标，不动的坐标可以不写。

G0 指令用于快速定位刀具，没有对工件进行加工。可以在几个轴上同时执行快速移动，由此产生一线性轨迹。机床数据中规定了每个坐标轴快速移动速度的最大值，一个坐标轴运行时就以此速度快速移动。如果快速移动同时在两个轴上执行，则移动速度为考虑所有参与轴的情况下所能达到的最大速度，如图 3-3 所示。

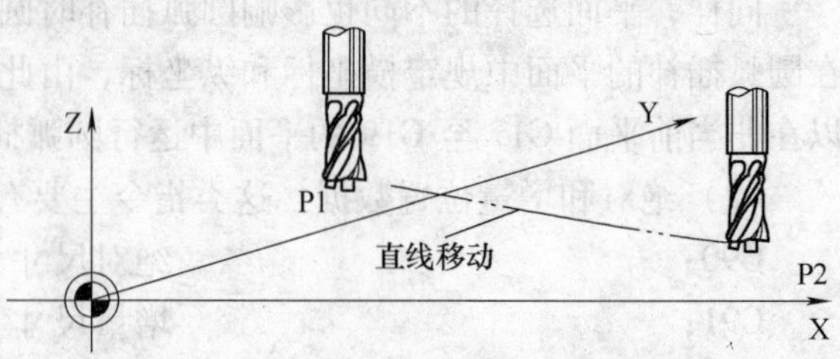

图 3-3　快速直线移动指令

用 G0 快速移动时在地址 F 下编程的进给率无效。G0 一直有效，直到被 G 功能组中的其他指令（G1、G2、G3…）取代为止。

（4）带进给率的线性插补　指令为 G1。

指令格式：G1　X__　Y__　Z__　F__；

G1 指令使刀具以一定的进给速度，从所在点出发，做直线插补移动到目标点。G1 指令是模态指令代码，一直有效，直到被 G 功能组中其他的指令（G0、G2、G3…）取代为止。F 指令是进给速度。刀具以直线从起始点移动到目标位置，以 F 编程所指定的进给速度运行。所有的坐标轴可以同时运行。

【例题 3-3】 按图 3-4 所示用带进给率的直线插补指令编程。

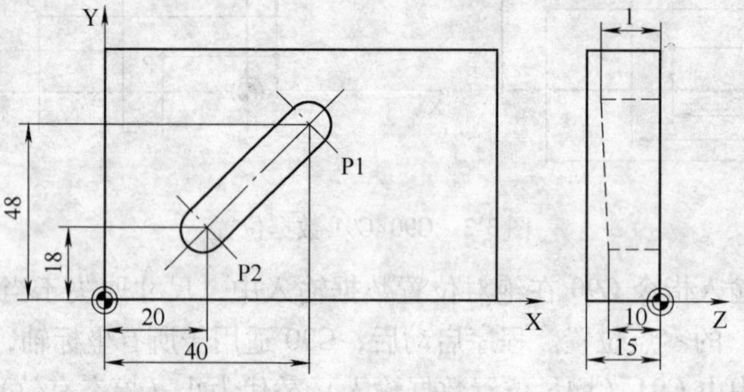

图 3-4　线性插补指令

N5 G0 G90 X40 Y48 Z2 S500 M3；	刀具快速移动到 P1，三轴同时运动，主轴转速 =500r/min，顺时针旋转
N10 G1 Z－12 F100；	进刀到 Z－12，进给速度 100mm/min
N15 X20 Y18 Z－10；	刀具在空中沿直线运行到 P2
N20 G0 Z100；	快速移动抬刀
N25 X－20 Y80；	
N30 M2；	程序结束

（5）圆弧插补　指令为 G2、G3、CT、CIP。

用 G2、G3 指定圆弧插补。G2 表示顺时针圆弧插补，G3 表示逆时针圆弧插补。所要求的圆弧可以用不同的方式进行描述，如图 3-5 所示。G2/G3 一直有效，直到被 G 功能组中的其他指令（G0、G1…）取代为止。进给速度由编程的进给率 F 决定。

CIP 用于指定通过中间点的圆弧。如果已经知道圆弧轮廓上三个点而不知道圆弧的圆心，半径和圆心角，则建议使用功能 CIP。此时，圆弧方向由中间点的位置确定（中间点位于起始点和终点之间）。对应着不同的坐标轴，中间点定义如下："I1 =__" 用于 X 轴，"J1 =__" 用于 Y 轴，"K1 =__" 用于 Z 轴，CIP 一直有效，直到被 G 功能组中的其他指令（G0、G1、G2…）取代为止。

CT 用于指定切线过渡圆弧。在当前平面 G17 至 G19 中，使用 CT 和编程的终点可以使圆弧与前面的轨迹（圆弧或直线）进行切向连接。圆弧的半径和圆心可以从前面的轨迹与编程的圆弧终点之间的几何关系中得出。

指令格式为：

G2/G3 X__ Y__ I__ J__;	圆心和终点
G2/G3 CR =__ X__ Y__;	半径和终点
G2/G3 AR =__ I__ J__;	张角和圆心
G2/G3 AR =__ X__ Y__;	张角和终点
G2/G3 AP =__ RP =__;	极坐标和极点圆弧
CIP X__ Y__ I1 =__ J1 =__;	通过中间点的圆弧
CTX__ Y__;	圆弧用切线连接

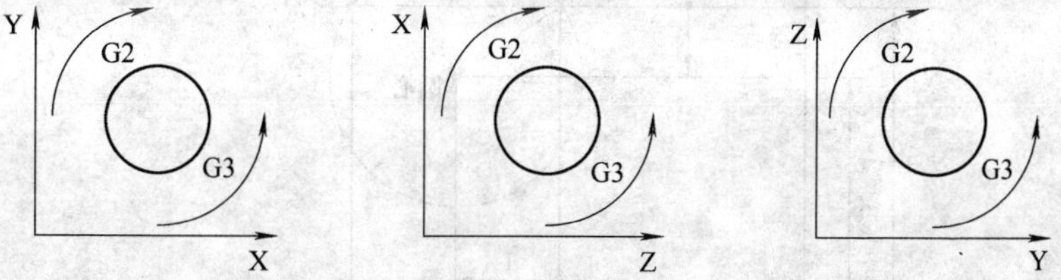

图 3-5　圆弧插补

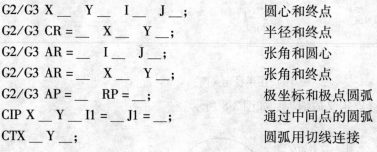

所要求的圆弧可以以不同的方式进行描述，如图 3-6 所示。

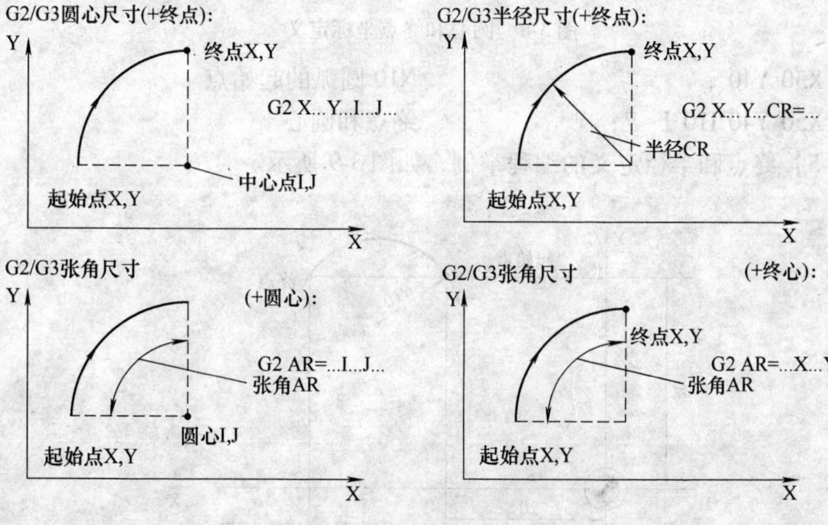

图 3-6　用 G2/G3 进行圆弧编程的方法（X/Y 轴）

如图 3-7 所示，用半径定义的圆弧中，“CR = __”的符号用于选择正确的圆弧。使用同样的起始点、终点、半径和相同的方向，可以编程两个不同的圆弧。“CR = -__”中的负号说明圆弧段大于半圆；“CR = +__”中的正号说明圆弧段小于或等于半圆。

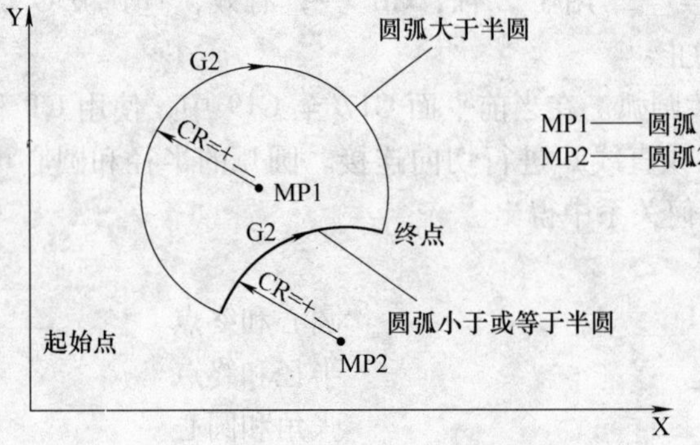

图 3-7　用半径定义圆弧

【**例题 3-4**】圆心和终点定义的编程，如图 3-8 所示。

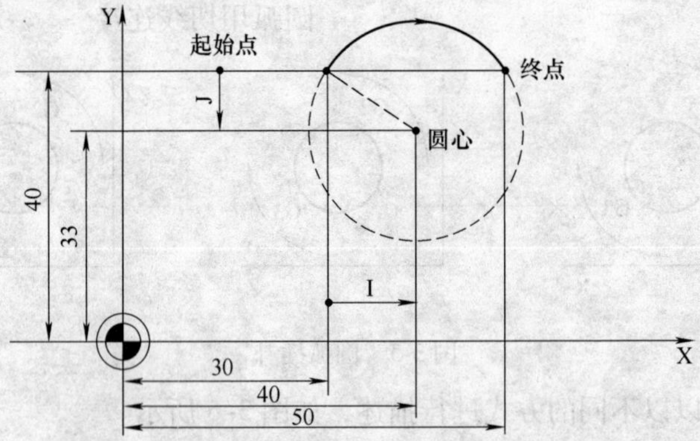

图 3-8　圆心和终点坐标定义

N5 G90 X30 Y40 ;	N10 圆弧的起始点
N10 G2 X50 Y40 I10 J -7;	终点和圆心

【**例题 3-5**】终点和半径定义的编程举例，如图 3-9 所示。

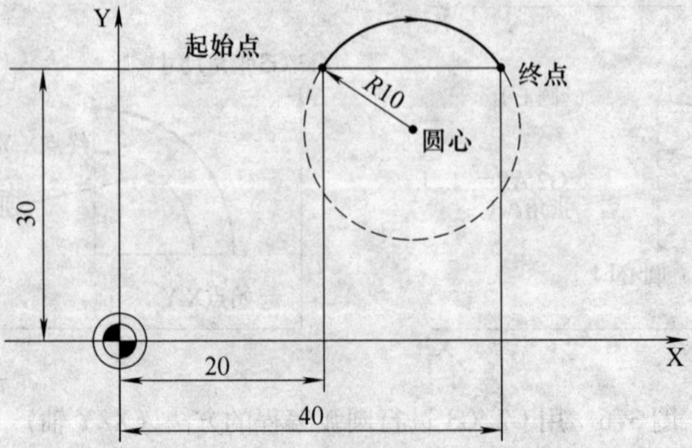

图 3-9　终点和半径的定义

N5 G90 X20.0 Y30.0；　　　　　　　　圆弧的起始点

N10 G2 X40.0 Y30.0 CR = 10.0；　　　终点和半径

【例题 3-6】终点和圆心角定义的编程举例，如图 3-10 所示。

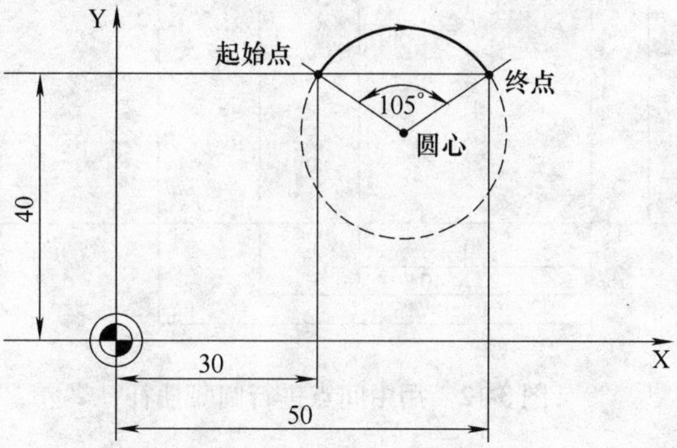

图 3-10　终点和圆心角的定义

N5 G90 X30 Y40；　　　　　　　　圆弧的起始点

N10 G2 X50 Y40 AR = 105；　　　　终点和圆心角

【例题 3-7】圆心和圆心角定义的编程举例，如图 3-11 所示。

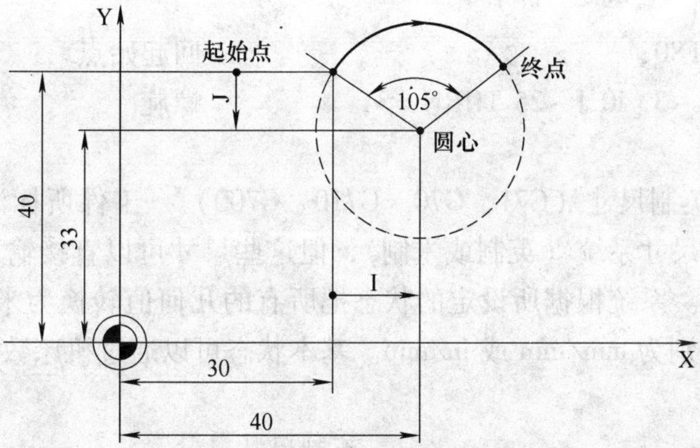

图 3-11　圆心和圆心角定义

N5 G90 X30 Y40；　　　　　　　　圆弧的起始点

N10 G2 I10 J－7 AR = 105；　　　　圆心和圆心角

【例题 3-8】通过中间点进行圆弧插补编程举例，如图 3-12 所示。

N5 G90 X30 Y40；　　　　　　　　N10 的圆弧起始点

N10 CIP X50 Y40 I1 = 40 J1 = 45；　　终点和中间点

（6）螺旋插补（G2/G3、TURN）　螺旋插补由两种运动组成，即在 G17、G18 或 G19 平面中进行的圆弧运动和垂直该平面的直线运动，此外用指令“TURN = __”编程整圆循环的个数，这将附加到圆弧编程中。

指令格式为：

G2/G3 X __ Y __ I __ J __ TURN = __；　　　圆心和终点

G2/G3 CR = __ X __ Y __ TURN = __；　　　圆半径和终点

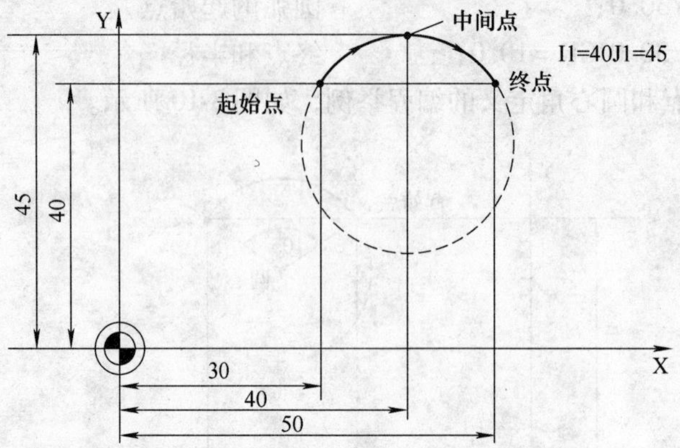

图 3-12　用中间点进行圆弧插补

G2/G3 AR = __ I __ J __ TURN = __;　　　　圆心角和圆心
G2/G3 AR = __ X __ Y __ TURN = __;　　　　圆心角和终点
G2/G3 AP = __ RP = __ TURN = __;　　　　极坐标系，极点圆弧

【例题 3-9】 用螺旋插补指令编程举例。

N10 G17;　　　　X/Y 平面，Z －垂直于该平面
N20 G1 Z0 F300;
N30 G1 X0 Y50 F80;　　　　回起始点

N40 G3 X0 Y0 Z－33 I0 J－25 TURN＝3;　　　　螺旋
…

（7）公制尺寸/英制尺寸（G71、G70、G710、G700）　工件所标注尺寸的尺寸系统可能不同于系统设定的尺寸系统（英制或米制），但这些尺寸可以直接输入到程序中，系统会完成尺寸的转换工作。系统根据所设定的状态把所有的几何值转换为米制尺寸或英制尺寸。进给速度 F 的单位分别为 mm/min 或 in/min。基本状态可以通过机床数据设定。

功能说明如下：

G70;　　　　英制尺寸
G71;　　　　米制尺寸
G700;　　　　英制尺寸，也适用于进给率 F
G710;　　　　米制尺寸，也适用于进给率 F

所有其他与工件没有直接关系的几何数值，诸如进给率、刀具补偿、可设定的零点偏置，它们与 G70/G71 的编程无关。但是 G700/G710 用于设定进给率 F 的尺寸系统（in/min, in/r 或者 mm/min、mm/r）。

（8）极坐标、极点定义（G110、G111、G112）　通常情况下一般使用直角坐标系（X，Y，Z），但工件上的点也可以用极坐标定义。

1）极坐标平面选择。同样以所使用的平面 G17 至 G19 为基准平面。也可以设定垂直于该平面的第三根轴的坐标值，在此情况下，可以作为柱面坐标系编程三维的坐标尺寸。

2）极坐标参数如：

极坐标半径“RP＝__”，用于定义该点到极点的距离。该值一直保存，只有当极点发生

变化或平面更改后才需重新编程。

极坐标角度“AP = __”，极角是指与所在平面中的横坐标轴之间的夹角（例如 G17 中 X 轴）。该角度可以是正角，也可以是负角。该值一直保存，只有当极点发生变化或平面更改后才需重新编程。

图 3-13 所示为不同平面中正方向的极坐标参数。

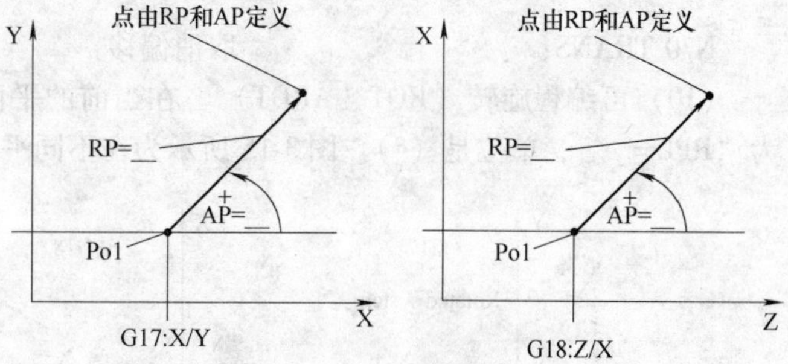

图 3-13 不同平面中正方向的极坐标参数

指令功能：

G110；	极点定义，相对于上次编程的设定位置（在平面中，例如 G17 ）
G111；	极点定义，相对于当前工件坐标系的零点（在平面中，例如 G17 ）
G112；	极点定义，相对于最后有效的极点，平面不变

当一个极点已经存在时，极点也可以用极坐标定义。如果没有定义极点，则当前工件坐标系的零点就作为极点使用。

【例题 3-10】 编程举例。

N10 G17；	X/Y 平面
N20 G111 X17 Y36；	在当前工件坐标系中的极点坐标
N80 G112 AP = 45 RP = 27. 8；	新的极点，相对于上一个极点，作为一个极坐标
N90…AP = 12. 5 RP = 47. 679；	极坐标
N100…AP = 26. 3 RP = 7. 344 Z4；	极坐标和 Z 轴（ = 柱面坐标）

（9）可编程的零点偏置指令（TRANS、ATRANS） 如果工件上在不同的位置有重复出现的形状或结构，或者选用了一个新的参考点，在这种情况下就需要使用可编程零点偏置。由此就产生一个当前工件坐标系，新输入的尺寸均是在该坐标系中的数据尺寸。零点偏移可以在所有坐标轴中进行，可编程零点偏移如图 3-14 所示。

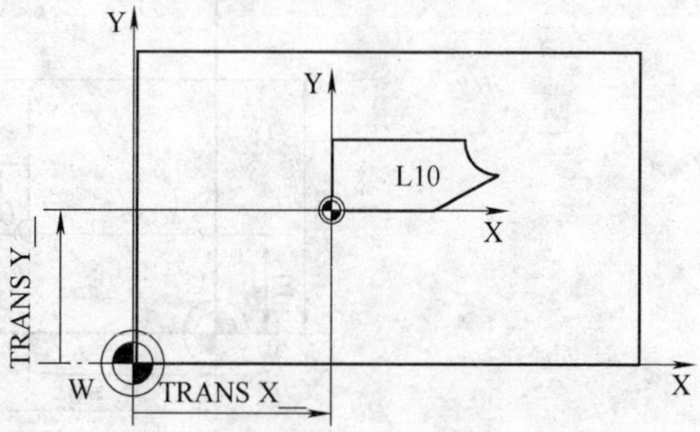

图 3-14 可编程零点偏移举例

指令格式如下：

TRANS X __ Y __ Z __；	可编程的偏移清除所有有关偏移、旋转、比例系数、镜像的指令
ATRANS X __ Y __ Z __；	可编程的偏移附加于当前的指令
TRANS；	不带数值清除所有有关偏移、旋转、比例系数、镜像的指令
TRANS/ATRANS；	指令要求一个独立的程序段

【例题 3-11】 用零点偏置指令编程举例。

N20 TRANS X30. 0 Y20. 0…；	可编程零点偏移
N30 L10；	子程序调用，其中包含待偏移的几何量

…

N70 TRANS;　　　　　　　　　取消偏移

（10）可编程旋转（ROT、AROT）　在当前的平面 G17、G18 或 G19 中执行旋转，值为“RPL = __”，单位是（°）。图 3-15 所示为在不同平面中旋转角正方向的定义。

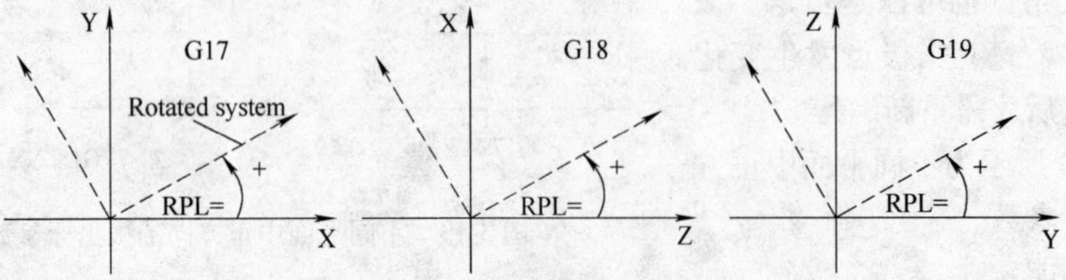

图 3-15　不同平面中旋转角正方向的定义

指令格式如下：

ROT RPL = __;　　　　可编程旋转，删除以前的偏移、旋转、比例系数和镜像指令

AROT RPL = __;　　　可编程旋转，附加于当前的指令

ROT;　　　　　　　　没有设定值，删除以前的偏移、旋转、比例系数和镜像

ROT/AROT;　　　　　指令要求一个独立的程序段

【例题 3-12】可编程的偏移和旋转程序举例，如图 3-16 所示。

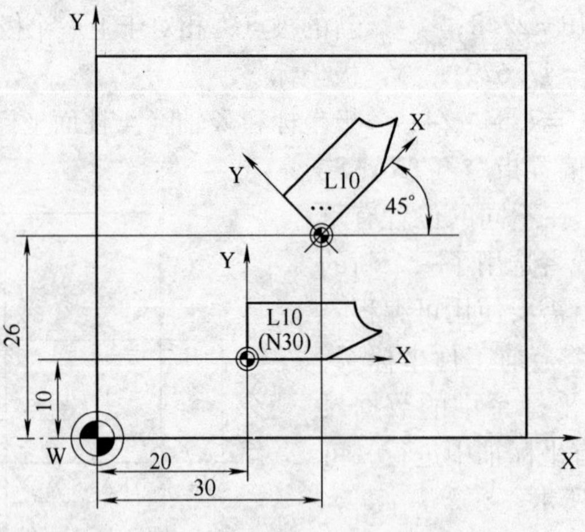

图 3-16　可编程的偏移和旋转程序

N10 G17…;　　　　　　　　X/Y 平面

N20 TRANS X20Y10;　　　　可编程的偏置

N30 L10;　　　　　　　　　子程序调用，含有待偏移的几何量

N40 TRANS X30 Y26;　　　　新的偏移

N50 AROT RPL = 45;　　　　附加旋转 45°

N60 L10;　　　　　　　　　子程序调用

N70 TRANS;　　　　　　　　删除偏移和旋转

…

（11）可编程的比例系数（SCALE、ASCALE）　用 SCALE、ASCALE 可以为所有坐标轴编程一个比例系数，按此比例使所给定的轴放大或缩小。当前设定的坐标系用作比例缩放的基准。图形为圆时，两个轴的比例系数必须一致。如果在 SCALE/ASCALE 有效时编程 ATRANS，则偏移量也同样被比例缩放。

指令格式如下：

SCALE X __ Y __ Z __；	可编程的比例系数，清除所有有关偏移、旋转、比例系数、镜像的指令
ASCALE X __ Y __ Z __；	可编程的比例系数，附加于当前的指令
SCALE；	不带数值：清除所有有关偏移、旋转、比例系数、镜像的指令
SCALE，ASCALE	指令要求一个独立的程序段

【例题 3-13】 如图 3-17 所示，用比例缩放指令编程。

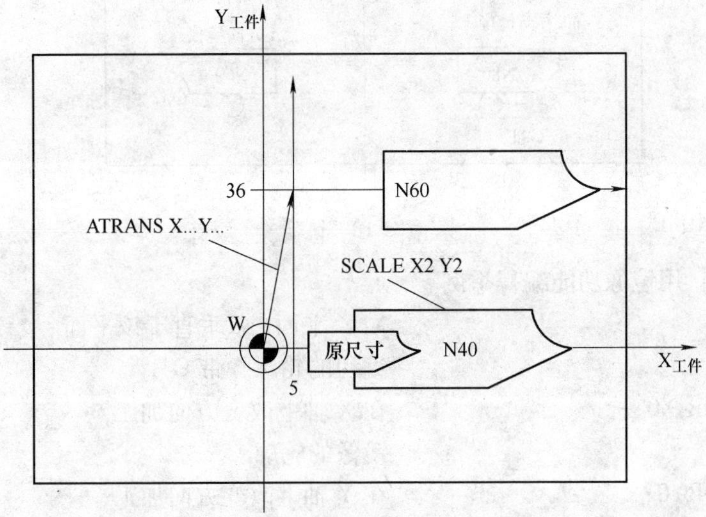

图 3-17　比例缩放指令

N10 G17；	X/Y 平面
N20 L10；	编程的轮廓——原尺寸
N30 SCALE X2 Y2；	X 轴和 Y 轴方向的轮廓放大 2 倍
N40 L10；	
N50 ATRANS X2. 5 Y18；	值也按比例放大
N60 L10 ；	轮廓放大和偏置

（12）可编程的镜像（MIRROR、AMIRROR）　用 MIRROR 和 AMIRROR 可以以坐标轴镜像工件的几何尺寸。编制了镜像功能的坐标轴，其所有运动都以反向运行。MIRROR/AMIRROR 指令要求一个独立的程序段。坐标轴的数值没有影响，但必须要定义一个数值。在镜像功能有效时，已经使用的刀具半径补偿（G41/G42）自动反向。在镜像功能有效时旋转方向 G2/G3 自动反向，如图 3-18 所示。

指令格式如下：

MIRROR X0Y0 Z0；　　可编程的镜像功能，清除所有有关偏移、旋转、比例系数、镜像的指令。

AMIRROR X0Y0 Z0；　　可编程的镜像功能，附加于当前的指令

MIRROR；　　不带数值：清除所有有关偏移、旋转、比例系数、镜像的指令

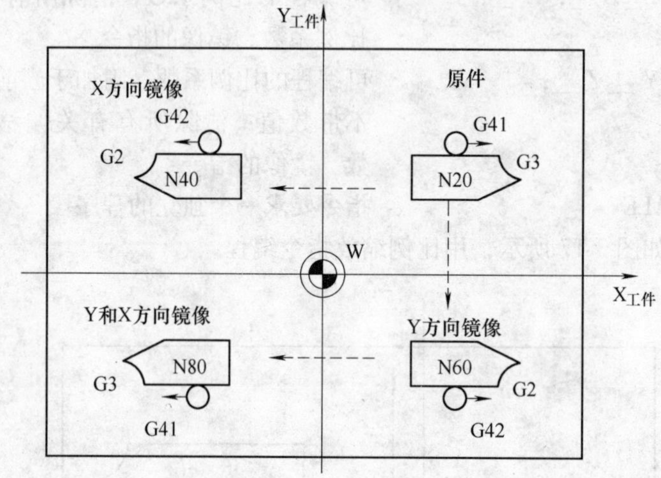

图 3-18　镜像

【例题 3-14】用镜像功能编程举例。

N10 G17；　　X/Y 平面，Z 垂直于该平面

N20 L10；　　编程的轮廓，带 G41

N30 MIRROR X0；　　在 X 轴上改变方向加工

N40L10；　　镜像的轮廓

N50 MIRRORY0；　　在 Y 轴上改变方向加工

N60 L10；

N70 AMIRROR X0；　　再次镜像

N80L10；　　轮廓镜像两次加工

N90 MIRROR；　　取消镜像功能

…

（13）工件装夹可设定的零点偏置（G54 ~ G59、G500、G53、G153）　可根据设定的零点偏置给出工件零点在机床坐标系中的位置（工件零点以机床零点为基准偏移）。当工件装夹到机床上后求出偏移量，并通过操作面板输入到规定的数据区。程序可以通过选择相应的 G 功能 G54 ~ G59 激活此值。如图 3-19 和图 3-20 所示。可以通过对某机床轴设定一个旋转角，使工件成一角度夹装。该旋转角可以在 G54 ~ G59 激活时同时有效。

指令功能如下：

G54；　　第一可设定零点偏置

G55；　　第二可设定零点偏置

G56；　　第三可设定零点偏置

G57；	第四可设定零点偏置
G58；	第五可设定零点偏置
G59；	第六可设定零点偏置
G500；	取消可设定零点偏置——模态有效
G53；	取消可设定零点偏置——程序段方式有效。可编程的零点偏置也一起取消
G153；	如同 G53，取消附加的基本框架

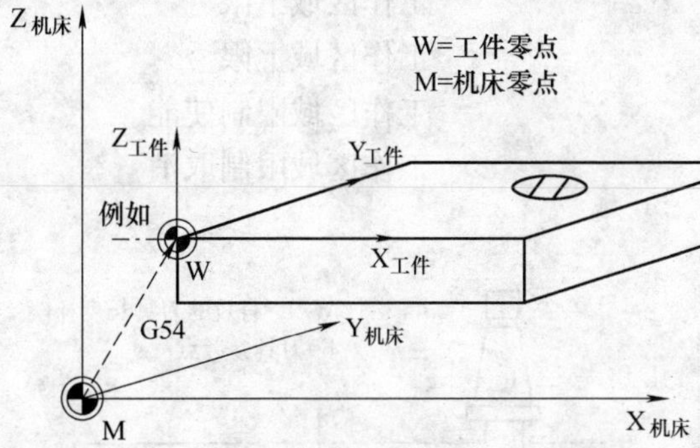

图 3-19 可设定的零点偏置

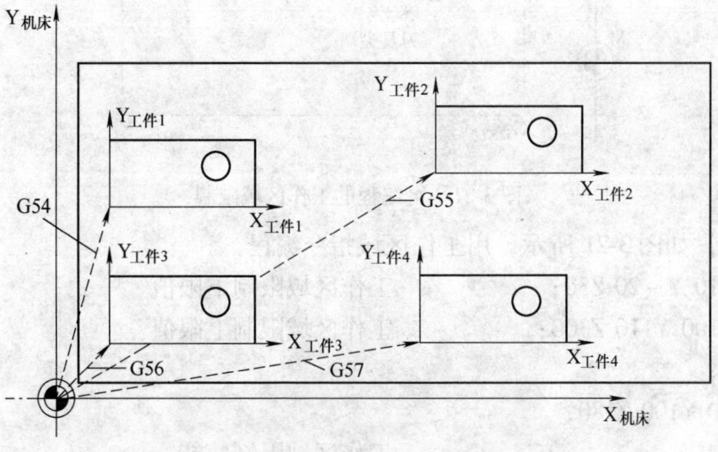

图 3-20 钻削/铣削时几个可能的夹紧方式

【例题 3-15】 如图 3-19 所示，用可设定的零点偏置指令编程。

N10 G54 __；	调用第一可设定零点偏置
N20 L10；	加工工件 1，在此作为 L10
N30 G55 __；	调用第二可设定零点偏置
N40 L10；	加工工件 2，在此作为 L10
N50 G56 __；	调用第三可设定零点偏置
N60 L10；	加工工件 3，在此作为 L10
N70 G57 __；	调用第四可设定零点偏置
N80 L10；	加工工件 4，在此作为 L10

N90 G500 G0 X __;　　　　　　取消可设定零点偏置

（14）可编程的工作区域限制（G25、G26、WALIMON、WALIMOF）　可以用 G25/26 定义所有轴的工作区域，规定哪些区域可以运行，哪些区域不可以运行。当刀具长度补偿有效时，指刀尖必须要在此区域内，否则，刀架参考点必须在此区域内。如图 3-21 所示，G25/G26 可以与地址 S 一起，用于限定主轴转速。坐标轴只有在回参考点之后工作区域限制才有效。

指令格式如下：

G25 X… Y…Z…;　　　　　　工作区域下限

G26 X… Y…Z…;　　　　　　工作区域上限

WALIMON;　　　　　　工作区域限制使能

WALIMOF;　　　　　　工作区域限制取消

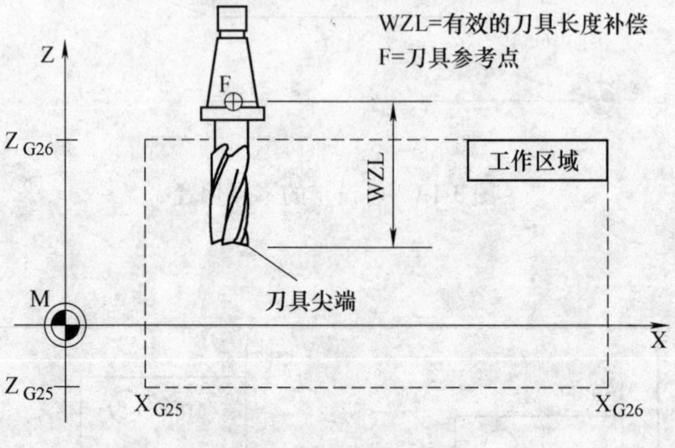

图 3-21　可编程的工作区域限制

【**例题 3-16**】如图 3-21 所示，用工作区域指令编程。

N10 G25 X10 Y－20 Z30;　　　　　　工作区域限制下限值

N20 G26 X100 Y110 Z300;　　　　　　工作区域限制上限值

N30 T1 M6;

N40 G0 X90 Y100 Z180;

N50 WALIMON;　　　　　　工作区域限制使能

…　　　　　　仅在工作区域内

N90 WALIMOF;　　　　　　工作区域限制取消

（15）恒螺距螺纹切削（G33）　该功能要求主轴有位置测量系统，可以用来加工带恒定螺距的螺纹。如果刀具合适，可以使用带补偿夹具的攻螺纹。在这种情况下，补偿夹具补偿一定范围内出现的位移差值。钻削深度由坐标轴 X、Y 或 Z 定义，螺距由相应的 I、J 或 K 值决定。G33 一直保持有效，直到被 G 组中的其他指令取代为止（G0、G1、G2、G3…）。

指令格式如下：

G33 Z __ K __;　　　　　　Z 为螺纹深度，K 为螺距，单位 mm/r

（16）带补偿夹具攻螺纹（G63）　G63 可以用于带补偿夹具的螺纹加工，编程的进给率 F 必须与主轴速度（S 编程或速度设定）和螺距相匹配：F（mm/min）＝S（r/min）×

螺距（mm/r），在这种情况下，用补偿夹具补偿在一定的范围之内所出现的位移差值。也可用 G63 指令退出钻削，但主轴运行方向相反 M3↔M4。G63 以程序段方式有效，在 G63 之后的程序段中，以前的插补 G 指令（G0、G1、G2…）再次生效。

指令格式如下：

G63 Z __ F __ S __ M __;

（17）螺纹插补（G331、G332）　要求主轴必须是位置控制的主轴，且具有位置测量系统。如果主轴和坐标轴的动态性能许可，可以用 G331/G332 进行不带补偿夹具的螺纹切削。如果在这种情况下还是使用了补偿夹具，则由补偿夹具接受的位移差会减少，从而可以进行高速主轴攻螺纹。用 G331 加工螺纹，用 G332 退刀。

攻螺纹深度由一个轴指令 X、Y 或 Z 轴定义；螺距则由相应的 I、J 或 K 指令定义。

在 G332 中编程的螺距与在 G331 中编程的螺距一样，主轴自动反向。主轴转速用 S 编程，不带 M3/M4。在攻螺纹之前，必须用“SPOS = __”指令使主轴处于位置控制运行状态。右旋螺纹或左旋螺纹螺距的符号确定主轴方向，正号表示右旋（同 M3），负号表示左旋（同 M4）。坐标轴速度 G331/G332 中在加工螺纹时，坐标轴速度由主轴转速和螺距确定，而与进给率 F 则没有关系，进给率 F 处于存储状态。

指令格式如下：

G331/332 Z __ K __ S __;

（18）返回固定点（G75）　用 G75 可以返回到机床中某个固定点，例如换刀点。固定点位置固定地存储在机床数据中，它不会产生偏移。每个轴的返回速度就是其快速移动速度。G75 需要一独立程序段，并按程序段方式有效。机床坐标轴的名称必须要编程。在 G75 之后的程序段中，原“插补方式”组中的 G 指令（G0、G1、G2…）将再次生效。

指令格式如下：

G75 X1 = __ Y1 = __ Z1 = __;

编程举例：

N10 G75　X1 = 0　Y1 = 0　Z1 = 0;

程序段中 X1、Y1 和 Z1 下编程的数值（这里为 0）不识别。

（19）回参考点（G74）　用 G74 指令实现 NC 程序中回参考点功能，每个轴的方向和速度存储在机床数据中。G74 需要一独立程序段，并按程序段方式有效。机床坐标轴的名称必须编程。在 G74 之后的程序段中，原“插补方式”组中的 G 指令（G0、G1、G2…）将再次生效。

指令格式如下：

G74 X1 = __ Y1 = __ Z1 = __;

编程举例：

N10 G74 X1 = 0　Y1 = 0　Z1 = 0;

程序段中 X1、Y1 和 Z1（这里为 0）下编程的数值不识别，必须写入。

（20）进给率（F）　进给率 F 是刀具轨迹速度，它是所有移动坐标轴速度的矢量和。坐标轴速度是刀具轨迹速度在坐标轴上的分量。进给率 F 在 G1、G2、G3、CIP、CT 插补方式中生效，并且一直有效，直到被一个新的地址 F 取代为止。

指令格式如下：

F __；　　进给率 F 的单位由 G 功能确定，G94 进给速度，单位为 mm/min；G95 进给量，单位为 mm/r（只有主轴旋转才有意义）。

这些数值以米制尺寸给出，如前文所述，这里也可以采用英制。G94 和 G95 更换时要求写入一个新的地址 F。

编程举例：

N10 G94 F310；　　进给速度 mm/min

N20 S200 M3；　　主轴旋转

N30 G95 F15.5；　　进给量 mm/r

（21）准确定位/连续路径加工（G9、G60、G64）　针对程序段转换时不同的性能要求，802D 提供一组 G 功能用于进行最佳匹配的选择。

指令功能如下：

G60；　　准确定位——模态有效

G64；　　连续路径加工

G9；　　准确定位——单程序段有效

G601；　　精准确定位窗口

G602；　　粗准确定位窗口

G60 或 G9 功能生效时，当到达定位精度后，移动轴的进给速度减小到零。如果一个程序段的轴位移结束并开始执行下一个程序段，则可以设定下一个模态有效的 G 功能：

1）G601 精准确定位窗口。所有的坐标轴都到达“精准确定位窗口”（机床数据中设定值）后，开始进行程序段转换。

2）G602 粗准确定位窗口。当所有的坐标轴都到达“粗准确定位窗口”（机床数据中设定值）后，开始进行程序段转换。

在执行多次定位过程时，“准确定位窗口”如何选择将对加工运行总时间影响很大，精确调整需要较多时间。

（22）暂停（G4）　通过在两个程序段之间插入一个 G4 程序段，可以使加工中断给定的时间，例如切削退刀槽。

指令格式如下：

G4 F __；　　暂停时间（s）

G4 S __；　　暂停主轴转数

编程举例：

N5 G1 F50 Z－30 S1000 M3；　　进给率 F，主轴速度 S

N10 G4 F3.5；　　暂停 3.5s

N20 Z80

N30 G4 S100；　　主轴暂停 100 转，相当于在 S＝1000r/min 和转速修调 100% 时暂停 t＝0.1min

N40 X __；　　进给率和主轴转速继续有效

说明：G4 S __只有在受控主轴情况下才有效（当转速给定值同样通过“S __”编程时）。

（23）主轴转速（S）及旋转方向控制指令（M3、M4、M5）　当机床具有受控主轴时，主轴的转速可以用编程地址 S，单位为 r/min。旋转方向和主轴运动起始点和终点通过 M 指令规定。

功能说明：

M3；	主轴正转
M4；	主轴反转
M5；	主轴停止

如果在程序段中不仅有 M3 或 M4 指令，而且还写有坐标轴运行指令，则 M 指令在坐标轴运行之前生效。

缺省设定：当主轴运行之后（M3、M4），坐标轴才开始运行。如程序中有 M5，也应在坐标轴运行之前给出，但主轴停止无需等待，坐标轴在主轴停止之前就开始运动。可以通过程序结束或复位停止主轴。程序开始时主轴转速为零有效。

编程举例：

N10 G1 X80 Z1000 F300 S1000 M3；	在 X，Z 轴运行之前，主轴以 1000r/min 启动，旋转方向顺时针
N20 S500 …；	改变转速为 500r/min
N30 G0 Z180 M5；	Z 轴运行，主轴停止

（24）主轴转速极限（G25，G26）　通过在程序中写入 G25 或 G26 指令和地址 S 下的转速，可以限制特定情况下主轴的极限值范围。与此同时，原来设定的数据被覆盖。G25 或 G26 指令均要求一独立的程序段。原先编程的转速 S 保持存储状态。主轴转速的最高极限值在机床数据中设定。通过面板操作可以激活用于其他极限情况的设定参数。

指令格式如下：

G25 S __；	主轴转速下限
G26 S __；	主轴转速上限

编程举例：

N10 G25 S10；	主轴转速下限：10r/min
N20 G26 S1000；	主轴转速上限：1000r/min

3.2.2 刀具和刀具补偿

在对工件的加工进行编程时，无需考虑刀具长度或切削半径，可以直接根据图样对工件尺寸进行编程。刀具参数会单独输入到一专门的数据区。程序中只要调用所需的刀具号及其补偿参数，控制器利用这些参数执行所要求的轨迹补偿，从而加工出所要求的工件。

（1）刀具选择指令（T）　用 T 指令编程可以选择刀具。在此，是用 T 指令直接更换刀具还是仅仅进行刀具的预选，这必须在机床数据中确定。用 T 指令预选刀具，另外还要用 M6 指令才可进行刀具的更换。

指令格式如下：

T __；	刀具号：1 ~ 32000，T0 表示没有刀具

（2）刀具补偿号（D）　一个刀具可以匹配从 1 到 9 几个不同补偿的数据组（用于多个切削刃）。用 D 及其相应的序号可以编程一个专门的切削刃。如果没有编写 D 指令，则 D1 自动生效。如果编程 D0，则刀具补偿值无效。刀具调用后，刀具长度补偿立即生效。刀具

中刀具补偿号匹配如图 3-22 所示。先编程的长度补偿先执行，对应的坐标轴也先运行。刀具半径补偿必须与 G41/G42 一起执行。

指令格式如下：

D __；　　　　　　　　　　刀具补偿号：1 ~ 9

D0；　　　　　　　　　　　没有补偿值有效

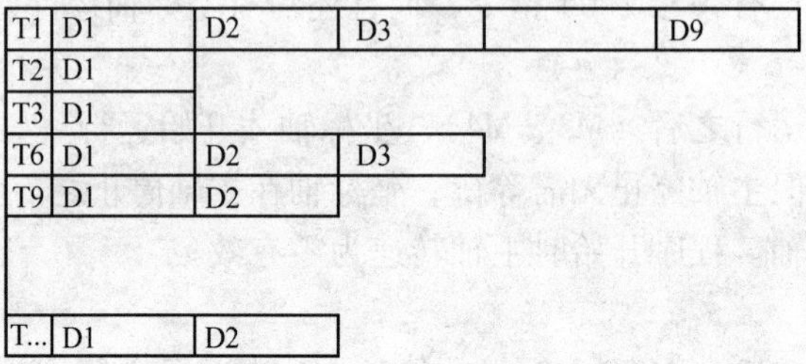

图 3-22　刀具中刀具补偿号匹配

编程举例（不用 M6 指令更换刀具，只用 T 指令）：

N5 G17；　　　　　　　　确定待补偿的轴

N10 T1；　　　　　　　　刀具 1，D1 值生效

N20 G0 Z __；　　　　　　在 G17 平面中，Z 是刀具长度补偿，长度补偿在此覆盖

N50 T4 D2；　　　　　　　更换成刀具 4，T4 中 D2 值生效

…

N70 G0 Z __ D1；　　　　刀具 4 中 D1 值生效，在此仅更换切削刃

用 M6 指令更换刀具：

N5 G17；　　　　　　　　确定待补偿的轴

N10 T1；　　　　　　　　预选刀具

N20 M6；　　　　　　　　更换刀具，T1 中 D1 值生效

N30 G0 Z __；　　　　　　在 G17 平面中，Z 是刀具长度补偿，长度补偿在此覆盖

N40 G0 Z __ D2；　　　　刀具 1 中 D2 值生效，D1→D2 长度补偿的差值在此覆盖

N50 T4；　　　　　　　　刀具预选 T4，注意：T1 中，D2 仍然有效

N60 D3 M6；　　　　　　更换刀具，T4 中 D3 值生效

（3）刀尖半径补偿（G41、G42）　刀具在所选择的平面 G17 ~ G19 中带刀具半径补偿工作。刀具必须有相应的 D 号才能有效。刀尖半径补偿通过 G41/G42 生效。控制器自动计算出当前刀具运行所产生的、与编程轮廓等距离的刀具轨迹，如图 3-23 所示。

指令格式如下：

G41 X __ Y __；　　　　　在工件轮廓左侧刀补有效（图 3-24）

G42 X __ Y __；　　　　　在工件轮廓右侧刀补有效（图 3-24）

说明：只有在线性插补时（G0、G1）才可以进行 G41/G42 的选择。如果只给出一个坐标轴的尺寸，则第二个坐标轴自动以最后编程的尺寸赋值。

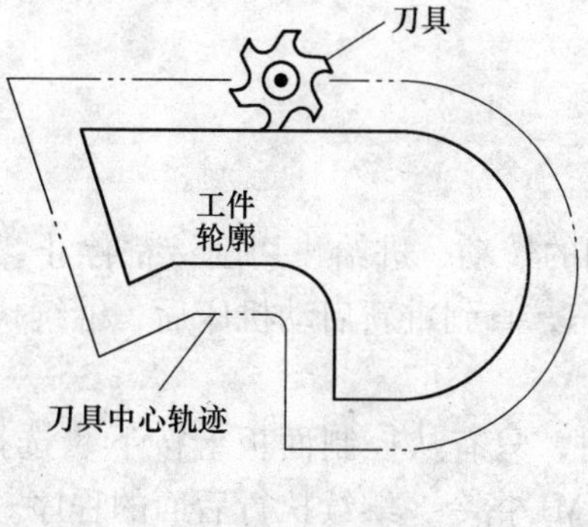

图 3-23 刀尖半径补偿

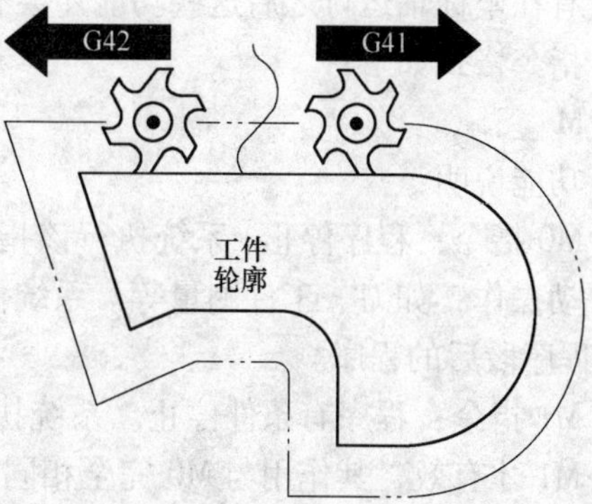

图 3-24 工件轮廓左边/右边补偿

进行补偿刀具以直线回轮廓，并在轮廓起始点处与轨迹切向垂直。在通常情况下，在 G41/G42 程序段之后紧接着工件轮廓的第一个程序段。但轮廓描述可以由其中 5 个没有轮廓位移定义（比如只有 M 指令或进给动作）的程序段中断。

（4）取消刀尖半径补偿（G40） 用 G40 可取消刀尖半径补偿，此状态也是编程开始时所处的状态。G40 指令之前的程序段，刀具以正常方式结束，结束时补偿矢量垂直于轨迹终点处切线，与起始角无关。在运行 G40 程序段之后，刀尖到达编程终点。在选择 G40 程序段编程终点时要始终确保运行不会发生碰撞，如图 3-25 所示。

指令格式如下：

G40 X __ Y __; 取消刀尖半径补偿

只有在线性插补（G0、G1）情况下才可以取消补偿运行。

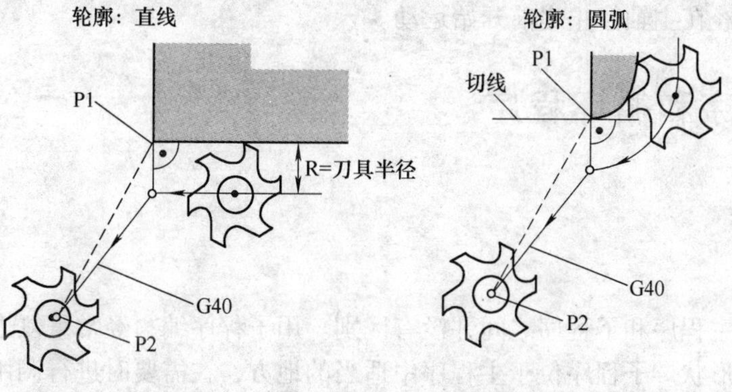

图 3-25 取消刀尖半径补偿

编程举例：

N10 X __ Y __; 最后程序段轮廓，圆弧或直线，P1

N20 G40 G1 X __ Y __; 取消刀尖半径补偿，P2

3.2.3 辅助功能 M

利用辅助功能 M 可以设定一些开关操作，如“打开/关闭切削液”等。在一个程序段中最多可以有 5 个 M 功能。如果 M0、M1、M2 功能位于一个有坐标轴运行指令的程序段中，则只有在坐标轴运行之后这些功能才会有效。

指令格式如下：

M __；

功能说明：

M0 指令：程序停止。系统执行该指令时，主轴的转动、进给、切削液都停止，进行某一手动操作，如刀、工件测量等。系统保持这种状态，直到重新启动机床后，继续执行含有 M0 程序段后的程序。

M1 指令：程序有条件停止。系统执行该指令时，只有从控制面板上按下“选择停止”键，M1 才有效，其作用与 M0 完全相同，否则跳过 M1 指令，继续执行后面的程序。该指令一般用于抽查关键尺寸等情况。

M2 指令：程序结束。该指令表示执行完程序内所有指令后，主轴停止、进给停止、切削液关闭、机床处于复位状态。

M3 指令：主轴正转。该指令表示主轴按照给定的转速进行正转。

M4 指令：主轴反转。该指令表示主轴按照给定的转速进行反转。

M5 指令：主轴停止转动。

M07、M08 指令：打开 1、2 号切削液。

M09 指令：关闭切削液。

M40 指令：自动变换齿轮级。

M41 ~ M45 指令：齿轮级 1 到齿轮级 5。

对于 M3、M4、M5 功能，则在坐标轴运行之前信号就传送到内部的接口控制器中。只有当受控主轴按 M3 或 M4 启动之后，才开始坐标轴运行。在执行 M5 指令时并不等待主轴停止，坐标轴已经在主轴停止之前开始运动。

3.3 子程序和循环程序

3.3.1 子程序

1. 概述

原则上讲，主程序和子程序之间并没有区别。用子程序编写经常重复进行的加工，例如某一确定的轮廓形状。子程序位于主程序中适当的地方，在需要时进行调用、运行可简化程序编制。子程序的一种形式就是加工循环，加工循环包含一般通用的加工工序，诸如螺纹切削、坯料切削加工等，如图 3-26 所示。

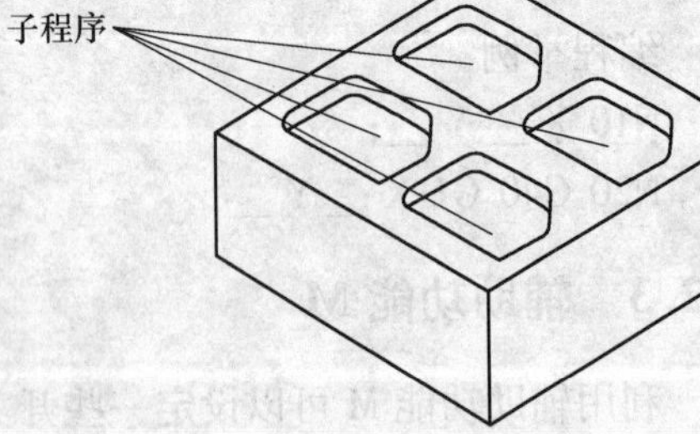

图 3-26　一个工件中 4 次使用子程序

子程序的结构与主程序的结构一样，在子程序中也是在最后一个程序段中用 M2 结束子程序运行。子程序结束后返回主程序。除了用 M2 指令程序结束外，还可以用 RET 指令结束子程序。RET 要求占用一个独立的程序段。用 RET 指令结束子程序、返回主程序时不会中断 G64 连续路径运行方式，用 M2 指令则会中断 G64 运行方式，并进入停止状态。图 3-27 所示为两次调用子程序。

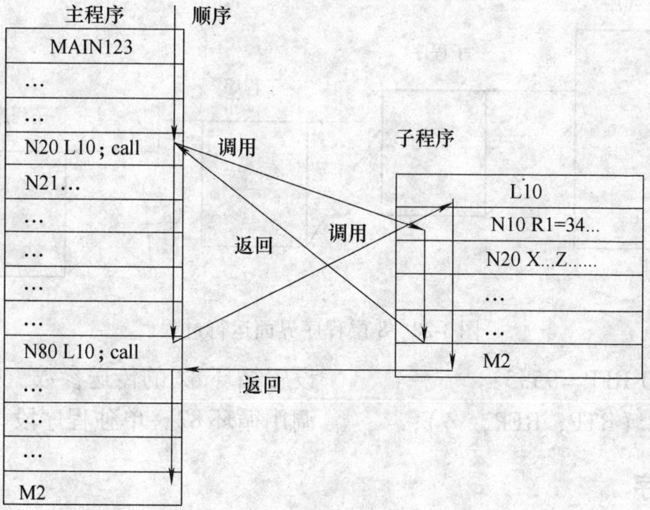

图 3-27 两次调用子程序

为了方便地选择某一子程序，必须给子程序取一个程序名。程序名可以自由选取，但必须符合以下规定：

1）开始两个符号必须是字母。

2）其他符号为字母、数字或下划线。

3）最多 16 个字符。

4）没有分隔符。

5）其方法与主程序中程序名的选取方法一样。

在子程序中，还可以使用地址字“L…”，其后的值可以有 7 位（只能为整数）。地址字 L 之后的每个零均有意义，不可省略。在一个程序中（主程序或子程序），可以直接用程序名调用子程序。子程序调用要求占用一个独立的程序段。

程序重复调用次数“P __”，如果要求多次连续地执行某一子程序，则在编程时必须在所调用子程序的程序名后地址 P 下写入调用次数，最大次数可以为 9999（P1 ~ P9999）。

编程举例：

N10 L123 P3;　　　　　　　　　调用子程序 L123，运行 3 次

子程序不仅可以从主程序中调用，也可以从其他子程序中调用，这个过程称为子程序的嵌套。子程序的嵌套深度可以为 8 层，也就是 4 级程序界面（包括主程序界面），如图 3-28 所示。在子程序中可以改变模态有效的 G 功能，例如 G90 到 G91 的变换。

2. 调用加工循环

循环是指用于特定加工过程的工艺子程序，例如用于钻削、坯料切削或螺纹切削等。循环在用于各种具体加工过程时只要改变参数就可以。

编程举例：

N10 CYCLE83（110，90，…）;　　　　调用循环 83，单独程序段

…

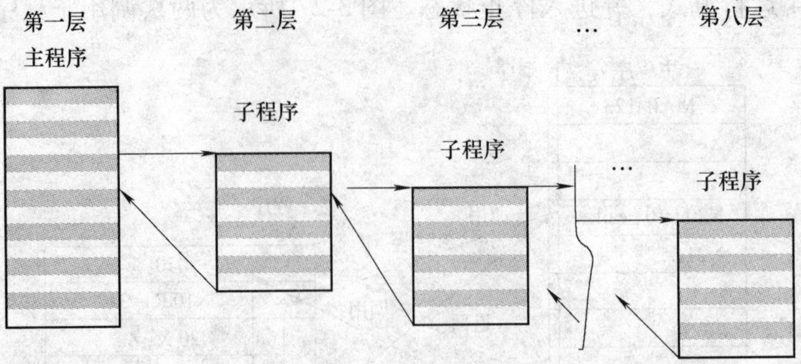

图 3-28　8 层程序界面运行过程

N40 RTP = 100 RFP = 95.5；	设置循环 82 的传送参数
N50 CYCLE82（RTP，RFP，…）；	调用循环 82，单独程序段

3.3.2　循环程序

1. 概述

循环是指用于特定加工过程的工艺子程序，例如用于攻螺纹或凹槽铣削等。循环在用于各种具体加工过程时，只要改变参数就可以。编辑程序时在面板上调用相应的循环指令，根据图形显示修改参数即可。

钻孔循环、钻孔样式循环和铣削循环 SINUMERIK 802D 控制系统中可以使用以下循环：

（1）钻孔循环　主要指令如下：

CYCLE81	钻孔，中心钻孔
CYCLE82	中心钻孔
CYCLE83	深度钻孔
CYCLE84	刚性攻螺纹
CYCLE840	带补偿卡盘攻螺纹
CYCLE85	铰孔 1（镗孔 1）
CYCLE86	镗孔（镗孔 2）
CYCLE87	铰孔 2（镗孔 3）
CYCLE88	镗孔时可以停止 1（镗孔 4）
CYCLE89	镗孔时可以停止 2（镗孔 5）

（2）钻孔样式循环　主要指令如下：

HOLES1	加工一排孔
HOLES2	加工一圈孔

（3）铣削循环　主要指令如下：

CYCLE71	端面铣削
CYCLE72	轮廓铣削
CYCLE76	矩形过渡铣削
CYCLE77	圆弧过渡铣削
LONGHOLE	槽

SLOT1 圆上切槽
SLOT2 圆周切槽
POCKET3 矩形凹槽
POCKET4 圆形凹槽
CYCLE90 螺纹铣削

2. 循环编程

调用/返回条件 G 功能和可编程偏移在循环调用前后一直有效。循环调用前，必须定义加工平面（G17、G18、G19）。在当前平面中，循环使用以下轴运行：

1）平面的第一轴（横坐标）。

2）平面的第二轴（纵坐标）。

3）钻孔轴/进给轴，垂直于平面的第三轴（applicate）。

对于钻孔循环，钻孔操作由垂直于当前平面的坐标轴来完成。铣削时，深度进给也由该轴完成。

在一些循环过程中，系统屏幕上会出现表示加工状态的信息。这些信息不会影响程序执行并将持续显示，直至下一条信息出现。信息内容和含义与它所表示的循环列在一起。

3. 钻孔循环

（1）钻孔、中心孔（CYCLE81） 刀具按照编程的主轴速度和进给率钻孔直至到达输入的最后钻孔深度。钻孔位置是所选平面的两个坐标轴中的位置。

指令格式如下：

CYCLE81（RTP，RFP，SDIS，DP，DPR）

CYCLE81 的参数说明：

1）RFP 和 RTP 指令表示参考平面和返回平面。通常，参考平面（RFP）和返回平面（RTP）具有不同的值。在循环中，返回平面定义在参考平面之前。这说明从返回平面到最后钻孔深度的距离大于参考平面到最后钻孔深度间的距离。

2）SDIS 指令表示安全间隙。安全间隙作用于参考平面，参考平面由安全间隙产生。安全间隙作用的方向由循环自动决定。

3）DP 和 DPR 指令表示最后钻孔深度。最后钻孔深度可以定义成参考平面的绝对值或相对值。如果是相对值定义，循环会采用参考平面和返回平面的位置自动计算相应的深度。

（2）中心钻孔（CYCLE82） 刀具按照编程的主轴转速和进给率钻孔，直至到达输入的最后钻孔深度。到达最后钻孔深度时允许停顿一段时间。钻孔位置是所选平面的两个坐标轴中的位置。

指令格式如下：

CYCLE82（RTP，RFP，SDIS，DP，DPR，DTB）

CYCLE82 的参数说明：

RTP：（Real）后退平面（绝对）。

RFP：（Real）参考平面（绝对）。

SDIS：（Real）安全间隙（无符号输入）。

DP：（Real）最后钻孔深度（绝对）。

DPR：（Real）相当于参考平面的最后钻孔深度（无符号输入）。

DTB：（Real）最后钻孔深度时的停顿时间（断屑）。

（3）深孔钻孔（CYCLE83）　刀具以编程的主轴转速和进给率开始钻孔，直至定义的最后钻孔深度。深孔钻削是通过多次执行最大可定义的深度并逐步增加，直至到达最后钻孔深度来实现的。钻头可以在每次进给深度完以后退回到参考平面并加上安全间隙用于排屑，或者每次退回1mm用于断屑。钻孔位置在所选平面的两个进给轴中。

指令格式如下：

CYCLE83（RTP，RFP，SDIS，DP，DPR，FDEP，FDPR，DAM，DTB，DTS，FRF，VARI）

CYCLE83 的参数说明：

1）参数 RTP、RFP、SDIS、DP、DPR，参见 CYCLE82 相关说明。

2）参数 DP（或 DPR）、FDEP（或 FDPR）和 DAM 中央钻孔深度是以最后钻孔深度，首次钻孔深度和递减量为基础。

3）参数 FDPR 和 DPR 在循环中有相同的作用。如果参考平面和返回平面的值相等，首次钻深则可以定义为相对值。

4）DTB 指令表示停顿时间。指定了到达最终钻深的停顿时间（断屑），单位为 s。

5）DTS 指令表示停顿时间。起始点的停顿时间只在 VARI=1（排屑）时执行。

6）FRF 指令表示进给率系数。对于此参数，可以输入一个有效进给率的缩减系数，该系数只适用于循环中的首次钻孔深度。

7）VARI 指令表示加工类型。如果参数 VARI=0，钻头在每次到达钻深后退回 1mm 用于断屑。如果 VARI=1（用于排屑），钻头每次移动到安全间隙之前的参考平面。

（4）刚性攻螺纹（CYCLE84）　刀具以编程的主轴转速和进给率进行钻削，直至定义的最终螺纹深度。

指令格式如下：

CYCLE84（RTP，RFP，SDIS，DP，DPR，DTB，SDAC，MPIT，PIT，POSS，SST，SST1）

CYCLE84 的参数说明：

RTP：（Real）返回平面（绝对值）。

RFP：（Real）参考平面（绝对值）。

SDIS：（Real）安全间隙（无符号输入）。

DP：（Real）最后钻孔深度（绝对值）。

DPR：（Real）相对于参考平面的最后钻孔深度（无符号输入）。

DTB：（Real）螺纹深度时的停顿时间（断屑）。

SDAC：（Int）循环结束后的旋转方向，其值为 3、4、或 5（用于 M3，M4 或 M5）。

MPIT：（Real）螺距由螺纹尺寸决定（有符号），数值范围为 3（用于 M3）~48（用于 M48），符号决定了在螺纹中的旋转方向。

PIT：（Real）螺距由数值决定（有符号），数值范围为 0.001~2000.000mm，符号决定了在螺纹中的旋转方向。

POSS：（Real）循环中定位主轴的位置（以度为单位）。

SST：（Real）攻螺纹速度。

SST1：(Real) 退回速度。

(5) 带补偿夹具攻螺纹（CYCLE840） 刀具以编程的主轴转速和进给率钻孔，直至到达所定义的最后螺纹深度。

指令格式如下：

CYCLE840（RTP，RFP，SDIS，DP，DPR，DTB，SDR，SDAC，ENC，MPIT，PIT）

CYCLE840 的参数说明：

1）对于参数 RTP、RFP、SDIS、DP、DPR，参见 CYCLE82 相关说明。

2）DTB 指令表示停顿时间。停顿时间以 s 为单位，只在无编码器攻螺纹时有效。

3）SDR 指令表示退回时的旋转方向。如果要使主轴方向自动颠倒，必须设置 SDR = 0。

4）SDAC 指令表示旋转方向。因为循环模式可以调用，所以需要一个旋转方向用于钻削更多的螺纹孔。参数 SDAC 下编程了此方向，该方向和首次调用前在前部程序中编程的旋转方向一致。如果 SDR = 0，SDAC 的值在循环中没有意义，可以在参数化时忽略。

5）ENC 指令用于攻螺纹。尽管有编码器存在，如果要进行无编码器攻螺纹，参数 ENC 的值必须设为 1。如果没有安装编码器且参数值为 0，循环中不考虑编码器。

6）MPIT 和 PIT 指令用于以公称螺纹直径为值和以数为值。如果带编码器进行攻螺纹，丝杠螺距参数只是相对的。循环通过主轴速度和丝杠螺距计算出进给率。

(6) 铰孔 1（镗孔 1，CYCLE85） 刀具按编程的主轴转速和进给率钻孔，直至到达定义的最后钻孔深度。向内向外移动的进给率分别是参数 FFR 和 RFF 的值。

指令格式如下：

CYCLE85（RTP，RFP，SDIS，DP，DPR，DTB，FFR，RFF）

CYCLE85 的参数说明：

RTP：(Real) 退回平面（绝对值）。

RFP：(Real) 参考平面（绝对值）。

SDIS：(Real) 安全间隙（无符号输入）。

DP：(Real) 最后钻孔深度（绝对值）。

DPR：(Real) 相对于参考平面的最后钻孔深度（无符号输入）。

DTB：(Real) 最后钻孔深度时的停顿时间（断屑）。

FFR：(Real) 进给率。

RFF：(Real) 退回进给率。

(7) 镗孔（镗孔 2，CYCLE86） 刀具按照编程的主轴转速和进给率进行钻孔，直至达到最后钻孔深度。

指令格式如下：

CYCLE86（RTP，RFP，SDIS，DP，DPR，DTB，SDIR，RPA，RPO，RPAP，POSS）

CYCLE86 的参数说明：

RTP：(Real) 返回平面（绝对值）。

RFP：(Real) 参考平面（绝对值）。

SDIS：(Real) 安全间隙（无符号输入）。

DP：(Real) 最后钻孔深度（绝对值）。

DPR：(Real) 相对于参考平面的最后钻孔深度（无符号输入）。

DTB：（Real）到达最后钻孔深度处的停顿时间（断屑）。

SDIR：（Int）旋转方向值：3（用于 M3）4（用于 M4）。

RPA：（Real）平面中第一轴上的返回路径（增量，带符号输入）。

RPO：（Real）平面中第二轴上的返回路径（增量，带符号输入）。

RPAP：（Real）镗孔轴上的返回路径（增量，带符号输入）。

POSS：（Real）循环中定位主轴停止的位置（以度为单位）。

（8）带停止镗孔（镗孔 3，CYCLE87）　刀具按照编程的主轴转速和进给率进行钻孔，直至达到最后钻孔深度。

指令格式如下：

CYCLE87（RTP，RFP，SDIS，DP，DPR，DTB，SDIR）

CYCLE87 的参数说明：

RTP：（Real）返回平面（绝对值）。

RFP：（Real）参考平面（绝对值）。

SDIS：（Real）安全间隙（无符号输入）。

DP：（Real）最后钻孔深度（绝对值）。

DPR：（Real）相对于参考平面的最后钻孔深度（无符号输入）。

DTB：（Real）到达最后钻孔深度处的停顿时间（断屑）。

SDIR：（Int）旋转方向值：3（用于 M3）4（用于 M4）。

（9）带停止钻孔 2（镗孔 4，CYCLE88）　刀具按编程的主轴转速和进给率钻孔，直至到达定义的最后钻孔深度。在进行带停止钻孔时，到达最后钻孔深度时会产生无方向 M5 的主轴停止和已编程的停止。按 NCSTART 键在快速移动时持续退回动作，直到到达退回平面。

指令格式如下：

CYCLE88（RTP，RFP，SDIS，DP，DPR，DTB，SDIR）

CYCLE88 的参数说明：

RTP：（Real）退回平面（绝对值）。

RFP：（Real）参考平面（绝对值）。

SDIS：（Real）安全间隙（无符号输入）。

DP：（Real）最后钻孔深度（绝对值）。

DPR：（Real）相对于参考平面的最后钻孔深度（无符号输入）。

DTB：（Real）最后钻孔深度时的停顿时间（断屑）。

SDIR：（Int）旋转方向值：3（用于 M3）、4（用于 M4）。

（10）铰孔 2（镗孔 5，CYCLE89）　刀具按编程的主轴转速和进给率钻孔，直至到达定义的最后钻孔深度。如果到达了最后的钻孔深度，可以编程停顿时间。

指令格式如下：

CYCLE89（RTP，RFP，SDIS，DP，DPR，DTB）

CYCLE89 的参数说明：

RTP：（Real）退回平面（绝对值）。

RFP：（Real）参考平面（绝对值）。

SDIS：（Real）安全间隙（无符号输入）。

DP：(Real) 最后钻孔深度（绝对值）。

DPR：(Real) 相对于参考平面的最后钻孔深度（无符号输入）。

DTB：(Real) 最后钻孔深度时的停顿时间（断屑）。

(11) 排孔（HOLES1）　此循环可以用来铣削一排孔，即沿直线分布的一些孔，或网格孔。孔的类型由已被调用的钻孔循环决定。

指令格式如下：

HOLES1 (SPCA, SPCO, STA1, FDIS, DBH, NUM)

HOLES1 的参数说明：

SPCA：(Real) 直线（绝对值）上，第一参考点所在平面的第一坐标轴（横坐标）。

SPCO：(Real) 此参考点（绝对值）平面的第二坐标轴（纵坐标）。

STA1：(Real) 与平面第一坐标轴（横坐标）所夹的角度 $-180° < STA1 \leqslant 180°$。

FDIS：(Real) 第一个孔到参考点的距离（无符号输入）。

DBH：(Real) 孔间距（无符号输入）

NUM：(Int) 孔的数量。

SPCA 和 SPCO 平面的第一坐标轴和第二坐标轴的参考点。排孔形成的直线上的某一点定义成参考点，用于计算孔之间的距离。定义了从这一点到第一个孔的距离。

STA1 角度。直线可以是平面中的任何位置。它是由 SPCA 和 SPCO 定义的点以及直线和循环调用时有效的工件坐标系平面中的第一坐标轴间形成的角度来确定的。角度值以度(°) 为单位输入 STA1 下。

FDIS 和 DBH 距离。使用 FDIS 来编程第一孔和由 SPCA 和 SPCO 定义的参考点间的距离 DBH 定义了任何两孔间的距离。

NUM 数量。参数 NUM 用来定义孔的数量。

(12) 圆周孔（HOLES2）　使用此循环可以加工圆周孔。加工平面必须在循环调用前定义。孔的类型由已经调用的钻孔循环决定。

指令格式如下：

HOLES2 (CPA, CPO, RAD, STA1, INDA, NUM)

HOLES2 的参数说明：

CPA：(Real) 圆周孔的中心点（绝对值），平面的第一坐标轴。

CPO：(Real) 圆周孔的中心点（绝对值），平面的第二坐标轴。

RAD：(Real) 圆周孔的半径（无符号输入）。

STA1：(Real) 起始角范围值：$-180° < STA1 \leqslant 180°$。

INDA：(Real) 增量角。

NUM：(Int) 孔的数量。

CPA、CPO 和 RAD 中心点位置和半径。加工平面中的圆周孔位置是由中心点（参数 CPA 和 CPO）和半径（参数 RAD）决定的。半径的值只允许为正。

STA1 和 INDA 这些参数定义孔的分布。参数 STA1 定义了循环调用前有效的工件坐标系中第一坐标轴的正方向（横坐标）与第一孔之间的旋转角。参数 INDA 定义了从一个孔到下一个孔的旋转角。如果参数 INDA 的值为零，循环则会根据孔的数量内部算出所需的角度。

NUM 数量。参数 NUM 定义了孔的数量。

4. 铣削循环

（1）端面铣削（CYCLE71）　使用 CYCLE71 可以切削任何矩形端面，循环识别粗加工（分步连续加工端面，直至精加工）和精加工（端面的最后一步加工），可以定义最大宽度和深度进给量。循环运行时不带刀具半径补偿。深度进给在开口处进行。

指令格式如下：

CYCLE71（_RTP，_RFP，_SDIS，_DP，_PA，_PO，_LENG，_WID，_STA，_MID，_MIDA，_FDP，_FALD，_FFP1，_VARI，_FDP1）

CYCLE71 的参数说明：

_RTP：(Real) 返回平面（绝对值）。

_RFP：(Real) 参考平面（绝对值）。

_SDIS：(Real) 安全间隙（添加到参考平面，无符号输入）。

_DP：(Real) 深度（绝对值）可以将深度定义为到参考平面的绝对值（_DP）。

_PA：(Real) 起始点（绝对值），平面的第一轴。

_PO：(Real) 起始点（绝对值），平面的第二轴。

_LENG：(Real) 第一轴上的矩形长度，增量。尺寸的起始角由符号产生。

_WID：(Real) 第二轴上的矩形长度，增量。尺寸的起始角由符号产生。

_STA：(Real) 纵向轴和平面的第一轴间所夹的角度（无符号输入），取值范围：0°≤STA<180°。

_MID：(Real) 最大进给深度（无符号输入）。

_MIDA：(Real) 平面中连续加工时作为数值的最大进给宽度（无符号输入）。

_FDP：(Real) 精加工方向上的返回行程（增量，无符号输入）。

_FALD：(Real) 深度的精加工大小（增量，无符号输入）。

_FFP1：(Real) 端面加工进给率。

_VARI：(Integer) 加工类型（无符号输入）。

_FDP1：(Real) 在平面的进给方向上越程（增量，无符号输入）。

_PA、_PO 用于定义起始点。使用参数_PA 和_PO 定义在平面的轴中的起始点。

_LENG、_WID 用于定义长度。使用此参数可以定义平面中矩形的长和宽。参照_PA 和_PO 的矩形位置来自符号。

_MIDA 用于定义最大进给宽度。此参数可以用来定义在平面中连续加工时的最大进给宽度。类似于已知的计算进给深度的方法（使用最大可能的值平均划分总深度），使用_MIDA 下编程的最大值平均划分宽度。如果此参数未编程或编程值为零，循环内部将使用铣刀直径的 80% 作为最大进给深度。

_FDP 用于定义返回行程。此参数用于定义在平面中返回行程的大小。此参数的值必须始终大于零。

_FDP1 用于定义超出行程。此参数可以定义在平面的进给方向（_MIDA）上的超出行程，这样可以补偿当前刀具半径和刀尖半径（如刀具半径或在某一角度的刀尖）。这样最后的刀具中心点路径始终为_LENG（或_WID）+_FDP1－刀具半径（来自补偿表）。

（2）轮廓铣削（CYCLE72）　使用 CYCLE72 可以铣削定义在子程序中的任何轮廓。循环运行时可以有或没有刀具半径补偿。该指令不要求轮廓一定是封闭的，通过刀具半径补偿的位置（轮廓中央，左或右）来定义内部或外部加工。

指令格式如下：

CYCLE72（_ KNAME，_ RTP，_ RFP，_ SDIS，_ DP，_ MID，_ FAL，_ FALD，_ FFP1，_ FFD，_ VARI，RL，_ AS1，_ LP1，_ FF3，_ AS2，_ LP2）

CYCLE72 的参数说明：

_ KNAME：（String）轮廓子程序名称。

_ RTP：（Real）返回平面（绝对值）。

_ RFP：（Real）参考平面（绝对值）。

_ SDIS：（Real）安全间隙（添加到参考平面；无符号输入）。

_ DP：（Real）深度（绝对值）。

_ MID：（Real）最大进给深度（增量，无符号输入）。

_ FAL：（Real）边缘轮廓的精加工余量（增量，无符号输入）。

_ FALD：（Real）槽底的精加工余量（增量，无符号输入）。

_ FFD：（Real）深度进给率（无符号输入）。

_ VARI：（Integer）加工类型（无符号输入）。

_ RL：（Integer）沿轮廓中心，向右或向左进给量（使用 G40、G41 或 G42，无符号输入）。

_ AS1：（Integer）接近方向/接近路径的定义（无符号输入）。

_ LP1：（Real）接近路径的长度（使用直线）或接近圆弧的半径（使用圆，无符号输入），其他参数用作选项。

_ FF3：（Real）返回进给率和平面中中间位置的进给率（在开口处）。

_ AS2：（Integer）返回方向/返回路径的定义（无符号输入）。

_ LP2：（Real）返回路径的长度（使用直线）或返回圆弧的半径（使用圆），无符号输入。

（3）矩形凸台铣削（CYCLE76）　使用该循环加工加工平面上的矩形凸台。对于精加工，需要一个面铣刀。深度方向的进给在靠近轮廓半圆的逆向位置处进行。

指令格式如下：

CYCLE76（_ RTP，_ RFP，_ SDIS，_ DP，_ DPR，_ LENG，_ WID，_ CRAD，_ PA，_ PO，_ STA，_ MID，_ FAL，_ FALD，_ FFP1，_ FFD，_ CDIR，_ VARI，_ AP1，_ AP2）

CYCLE76 参数说明：

_ RTP：（实数）退刀平面（绝对值）。

_ RFP：（实数）退刀平面（绝对值）。

_ SDIS：（实数）安全间隙（输入无符号）。

_ DP：（实数）最终钻孔深度（绝对值）。

_ DPR：（实数）与参考平面相关的钻孔深度（输入无符号）。

_ LENG：（实数）凸台长度（输入无符号）。

_ WID：（实数）凸台长度（输入无符号）。

_ CARD：（实数）凸台边角半径（输入无符号）。

_ PA：（实数）凸台的参考点，横坐标（绝对值）。

__ PO：（实数）凸台的参考点，纵坐标（绝对值）。
__ STA：（实数）纵向轴和平面第一轴之间的夹角。
__ MID：（实数）最大进给深度（增量式；输入无符号）。
__ FAL：（实数）空白轮廓处的最终加工许可量（增量的）。
__ FALD：（实数）基部的精加工余量（增量的，输入无符号）。
__ FFP1：（实数）轮廓处的进给率。
__ FFD：（实数）深度方向进给的进给率。
__ CDIR：（整数）铣削方向（输入无符号）。
__ VARI：（整数）技术值：粗加工至最终加工余量、精加工（余量 X/Y/Z =0）。
__ AP1：（实数）空白凸台的长度。

（4）圆形凸台铣削（CYCLE77）　使用该循环加工加工平面中的圆形凸台。

指令格式如下：

CYCLE77（__ RTP，__ RFP，__ SDIS，__ DP，__ DPR，__ PRAD，__ PA，__ PO，__ MID，__ FAL，__ FALD，__ FFP1，__ FFD，__ CDIR，__ VARI，__ AP1）

CYCLE77 的参数说明：

__ RTP：（实数）退刀面（绝对值）。
__ RFP：（实数）参考面（绝对值）。
__ SDIS：（实数）安全空隙（输入无符号）。
__ DP：（实数）深度（绝对值）。
__ DPR：（实数）与参考面相关的深度（输入无符号）。
__ PRAD：（实数）凸台直径（输入无符号）。
__ PA：（实数）凸台的中心点，横坐标（绝对值）。
__ PO：（实数）凸台的中心点，纵坐标（绝对值）。
__ MID：（实数）最大深度方向的进给（增量的，输入无符号）。
__ FAL：（实数）轮廓边缘处的最终加工余量（增量的）。
__ FALD：（实数）基部的精加工余量（增量的，输入无符号）。
__ FFP1：（实数）轮廓处的进给率。
__ FFD：（实数）深度方向进给的进给率（空间的进给）。
__ CDIR：（整数）铣削方向（输入无符号）。
__ VARI：（整数）技术值：粗加工至最终加工余量处、精加工（余量 X/Y/Z =0）。
__ AP1：（实数）未加工的凸台的长度。

（5）圆弧槽（LONGHOLE）　使用此循环可以加工按圆弧排列的槽。槽的纵向轴按轴向调准。和凹槽相比，该槽的宽度由刀具直径确定。在循环内部，会计算出最优化的刀具进给路径，排除不必要的停顿。如果加工一个槽需要几次深度切削，则在终点交替进行切削。沿槽的纵向轴的进给路径在每次切削后改变方向。进行下一个槽的切削时，循环会搜索最短的路径。

指令格式如下：

LONGHOLE（RTP，RFP，SDIS，DP，DPR，NUM，LENG，CPA，CPO，RAD，STA1，INDA，FFD，FFP1，MID）

LONGHOLE 的参数说明：

RTP：(Real) 退回平面（绝对值）。

RFP：(Real) 参考平面（绝对值）。

SDIS：(Real) 安全间隙（无符号输入）。

DP：(Real) 槽深（绝对值）。

DPR：(Real) 相对于参考平面的槽深（无符号输入）。

NUM (Integer) 槽的数量。

LENG：(Real) 槽长（无符号输入）。

CPA：(Real) 圆弧圆心（绝对值），平面的第一轴。

CPO：(Real) 圆弧圆心（绝对值），平面的第二轴。

RAD：(Real) 圆弧半径（无符号输入）。

STA1：(Real) 起始角度。

INDA：(Real) 增量角度。

FFD：(Real) 深度切削进给率。

FFP1：(Real) 表面加工进给率。

MID：(Real) 每次进给时的进给深度（无符号输入）。

(6) 圆上切槽（SLOT1）　SLOT1 循环是一个综合的粗加工和精加工循环。使用此循环可以加工环形排列槽，槽的纵向轴按放射状排列。和加长孔不同，该指令定义了槽宽的值。

指令格式如下：

SLOT1 (RTP, RFP, SDIS, DP, DPR, NUM, LENG, WID, CPA, CPO, RAD, STA1, INDA, FFD, FFP1, MID, CDIR, FAL, VARI, MIDF, FFP2, SSF)

SLOT1 的参数说明：

RTP：(Real) 返回平面（绝对值）。

RFP：(Real) 参考平面（绝对值）。

SDIS：(Real) 安全间隙（无符号输入）。

DP：(Real) 槽深（绝对值）。

DPR：(Real) 相当于参考平面的槽深（无符号输入）。

NUM：(Integer) 槽的数量。

LENG：(Real) 槽长（无符号输入）。

WID：(Real) 槽宽（无符号输入）。

CPA：(Real) 圆弧中心点（绝对值），平面的第一轴。

CPO：(Real) 圆弧中心点（绝对值），平面的第二轴。

RAD：(Real) 圆弧半径（无符号输入）。

STA1：(Real) 起始角。

INDA：(Real) 增量角。

FFD：(Real) 深度进给进给率。

FFP1：(Real) 端面加工进给率。

MID：(Real) 一次进给最大深度（无符号输入）。

CDIR：(Integer) 加工槽的铣削方向。

FAL：（Real）槽边缘的精加工余量（无符号输入）。

VARI：（Integer）加工类型。

MIDF：（Real）精加工时的最大进给深度。

FFP2：（Real）精加工进给率。

SSF：（Real）精加工速度。

（7）圆周切槽（SLOT2）　SLOT2 循环是一个综合的粗加工和精加工循环。使用此循环可以加工分布在圆上的圆周槽。

指令格式如下：

SLOT2（RTP，RFP，SDIS，DP，DPR，NUM，AFSL，WID，CPA，CPO，RAD，STA1，INDA，FFD，FFP1，MID，CDIR，FAL，VARI，MIDF，FFP2，SSF）

SLOT2 的参数说明：

RTP：（Real）返回平面（绝对值）。

RFP：（Real）参考平面（绝对值）。

SDIS：（Real）安全间隙（无符号输入）。

DP：（Real）槽深（绝对值）。

DPR：（Real）相当于参考平面的槽深（无符号输入）。

NUM：（Integer）槽的数量。

AFSL：（Real）槽长的角度（无符号输入）。

WID：（Real）圆周槽宽（无符号输入）。

CPA：（Real）圆中心点（绝对值），平面的第一轴。

CPO：（Real）圆中心点（绝对值），平面的第二轴。

RAD：（Real）圆半径（无符号输入）。

STA1：（Real）起始角。

INDA：（Real）增量角。

FFD：（Real）深度进给进给率。

FFP1：（Real）端面加工进给率。

MID：（Real）最大进给深度（无符号输入）。

CDIR：（Integer）加工圆周槽的铣削方向。

FAL：（Real）槽边缘的精加工余量（无符号输入）。

VARI：（Integer）加工类型。

MIDF：（Real）精加工时的最大进给深度。

FFP2：（Real）精加工进给率。

SSF：（Real）精加工速度。

（8）矩形凹槽（POCKET3）　此循环可以用于粗加工和精加工。精加工时，要求使用带端面齿的铣刀。深度进给始终从槽中心点开始并在垂直方向上执行，这样才能在此位置完成预铣削。

指令格式如下：

POCKET3（_RTP，_RFP，_SDIS，_DP，_LENG，_WID，_CRAD，_PA，_PO，_STA，_MID，FAL，FALD，_FFP1，_FFD，CDIR，_VARI，_MIDA，

_ AP1，_ AP2，_ AD，_ RAD1，_ DP1）

POCKET3 的参数说明：

_ RTP：（Real）返回平面（绝对值）。

_ RFP：（Real）参考平面（绝对值）。

_ SDIS：（Real）安全间隙（无符号输入）。

_ DP：（Real）槽深（绝对值）。

_ LENG：（Real）槽长，带符号从拐角测量。

_ WID：（Real）槽宽，带符号从拐角测量。

_ CRAD：（Real）槽拐角半径（无符号输入）。

_ PA：（Real）槽参考点（绝对值），平面的第一轴。

_ PO：（Real）槽参考点（绝对值），平面的第二轴。

_ STA：（Real）槽纵向轴和平面第一轴间的角度（无符号输入），范围值：0°≤STA<180°。

_ MID：（Real）最大进给深度（无符号输入）。

_ FAL：（Real）槽边缘的精加工余量（无符号输入）。

_ FALD：（Real）槽底的精加工余量（无符号输入）。

_ FFP1：（Real）端面加工进给率。

_ FFD：（Real）深度进给进给率。

_ CDIR：（Integer）铣削方向（无符号输入）。

_ VARI：（Integer）加工类型。

_ MIDA：（Real）在平面的连续加工中作为数值的最大进给宽度。

_ AP1：（Real）槽长的空白尺寸。

_ AP2：（Real）槽宽的空白尺寸。

_ AD：（Real）距离参考平面的空白槽深尺寸。

_ RAD1：（Real）插入时螺旋路径的半径（相当于刀具中心点路径）或者摆动时的最大插入角。

_ DP1：（Real）沿螺旋路径插入时每转（360°）的插入深度。

（9）圆形凹槽（POCKET4） 此循环用于加工平面中的圆形槽。精加工时，需使用带端面齿的铣刀。深度进给始终从槽中心点开始并垂直执行，这样可以在此位置适当地进行预钻削。

指令格式如下：

POCKET4（_ RTP，_ RFP，_ SDIS，_ DP，_ PRAD，_ PA，_ PO，_ MID，_ FAL，_ FALD，_ FFP1，_ FFD，_ CDIR，_ VARI，_ MIDA，_ AP1，_ AD，_ RAD1，_ DP1）

POCKET4 的参数说明：

_ RTP：（Real）返回平面（绝对值）。

_ RFP：（Real）参考平面（绝对值）。

_ SDIS：（Real）安全间隙（添加到参考平面，无符号输入）。

_ DP：（Real）槽深（绝对值）。

_ PRAD：（Real）槽半径。

__ PA：（Real）槽中心点（绝对值），平面的第一轴。

__ PO：（Real）槽中心点（绝对值），平面的第二轴。

__ MID：（Real）最大进给深度（无符号输入）。

__ FAL：（Real）槽边缘的精加工余量（无符号输入）。

__ FALD：（Real）槽底的精加工余量（无符号输入）。

__ FFP1：（Real）端面加工进给率。

__ FFD：（Real）深度进给进给率。

__ CDIR：（Integer）铣削方向（无符号输入）。

__ VARI：（Integer）加工类型。

__ MIDA：（Real）在平面的连续加工中作为数值的最大进给宽度。

__ AP1：（Real）槽半径的空白尺寸。

__ AD：（Real）距离参考平面的空白槽深尺寸。

__ RAD1：（Real）插入时螺旋路径的半径（相当于刀具中心点路径）。

__ DP1：（Real）沿螺旋路径插入时每转（360°）的插入深度。

（10）螺纹铣削（CYCLE90）　使用 CYCLE90 可以加工内螺纹或外螺纹。铣削螺纹的路径需要螺旋插补。加工时，需使用循环调用前定义的当前平面中的三个几何轴。

指令格式如下：

CYCLE90（RTP，RFP，SDIS，DP，DPR，DIATH，KDIAM，PIT，FFR，CDIR，TYPTH，CPA，CPO）

CYCLE90 的参数说明：

RTP：（Real）退回平面（绝对值）。

RFP：（Real）参考平面（绝对值）。

SDIS：（Real）安全间隙（无符号输入）。

DP：（Real）最后钻孔深度（绝对值）。

DPR：（Real）相对于参考平面的最后钻孔深度（无符号输入）。

DIATH：（Real）额定直径，螺纹外直径。

KDIAM：（Real）中心直径，螺纹内直径。

PIT：（Real）螺纹螺距，范围值：0.001～2000.000mm。

FFR：（Real）螺纹铣削进给率（无符号输入）。

CDIR：（Int）螺纹铣削时的旋转方向。

TYPTH：（Int）螺纹类型。

CPA：（Real）圆心，平面的第一轴（绝对值）。

CPO：（Real）圆心，平面的第二轴（绝对值）。

3.4 SIEMENS 数控铣床操作功能及按钮介绍

3.4.1 系统面板介绍

（1）数控系统面板　数控系统面板如图 3-29 所示，各按键功能见表 3-5。

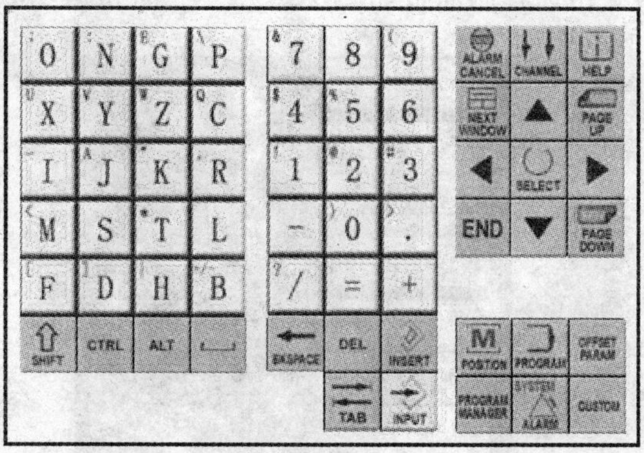

图 3-29　数控系统面板

表 3-5　按键功能

按　键	功　能	按　键	功　能
ALARM CANCEL	报警应答键	CHANNEL	通道转换键
HELP	信息键	NEXT WINDOW	未使用
PAGE UP　PAGE DOWN	翻页键	END	未使用
◀ ▲ ▶ ▼	光标移动键	SELECT	选择/转换键
POSITION	加工操作区域键	PROGRAM	程序操作区域键
OFFSET PARAM	参数操作区域键	PROGRAM MANAGER	程序管理操作区域键
SYSTEM ALARM	报警/系统操作区域键	CUSTOM	未使用
0	字母键，上档键转换对应字符	7	数字键 上档键转换对应字符
SHIFT	上档建	CTRL	控制键
ALT	替换键	⎵	空格键
BKSPACE	退格删除键	DEL	删除键
INSERT	插入键	TAB	制表键
INPUT	回车/输入键		

（2）机床控制面板　机床控制面板如图 3-30 所示，各按键功能见表 3-6。

图 3-30　机床控制面板

表 3-6　按键功能

按　键	功　能	按　键	功　能
	增量选择键		主轴转速修调
	参考点		点动
	单段		自动方式
	主轴正转		手动数据输入
	主轴停		主轴翻转
	Z 轴点动	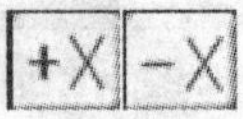	X 轴点动
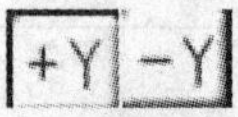	Y 轴点动		快进键
	复位键		数控停止
	数控启动		进给速度修调
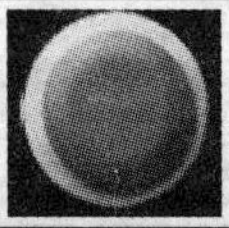	急停键		

（3）屏幕显示区 屏幕显示区如图 3-31 所示。

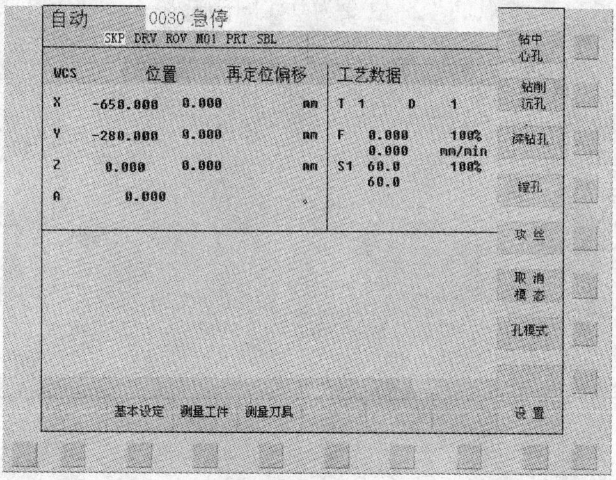

图 3-31 屏幕显示区

显示屏右侧和下方的灰色方块为菜单软键，按下软键，可以进入软键左侧或上方对应的菜单。

有些菜单下有多级子菜单，当进入子菜单后，可以通过点击“返回”软键，返回上一级菜单。

3.4.2 手动操作

返回参考点是重要的手动操作方式，其操作过程如下：

1）进入系统后，显示屏上方显示文字：“0030：急停”，点击急停键，使急停键抬起。这时该行文字消失。

2）按下机床控制面板上的点动键，再按下参考点键，这时显示屏上 X、Y、Z 坐标轴后出现空心圆（图 3-32）。

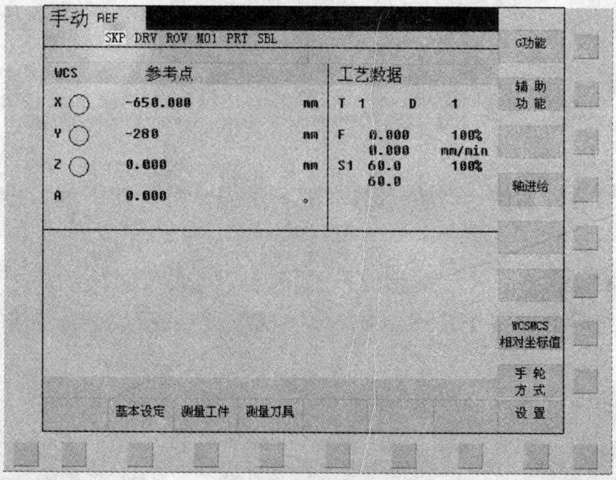

图 3-32 坐标屏幕显示

3）分别按下+X、+Y、+Z键，机床上的坐标轴移动回参考点，同时显示屏上坐标轴后的空心圆变为实心圆，参考点的坐标值变为0（图3-33）。

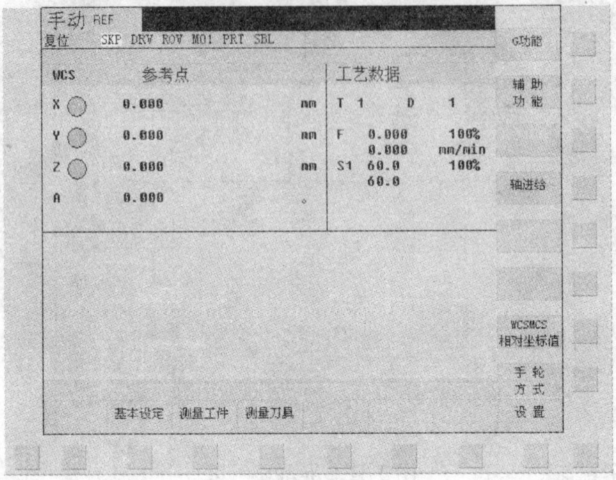

图3-33　返回参考点屏幕显示

3.4.3　JOG运行方式

（1）JOG运行

1）按下机床控制面板上的点动键。

2）选择进给速度。

3）按下坐标轴方向键，机床在相应的轴上发生运动。只要按住坐标轴键不放，机床就会以设定的速度连续移动。

（2）JOG进给速度选择　使用机床控制面板上的进给速度修调旋钮（图3-34）选择进给速度。

图3-34　进给速度修调旋钮

右键点击该旋钮，修调倍率递增；左键点击该旋钮，修调倍率递减。用右键每点击一下，增加5%；用左键每点击一下，修调倍率递减5%。

（3）快速移动　先按下快进按键，然后再按坐标轴按键，则该轴将产生快速运动。

（4）增量进给

1）按下机床控制面板上的“增量选择”按键，系统处于增量进给运行方式。

2）设定增量倍率。

3）按一下“+X”或“-X”按键，X轴将向正向或负向移动一个增量值。

4）依同样方法，按下“+Y”、“-Y”、“+Z”、“-Z”按键，使Y、Z轴向正向或负向移动一个增量值。

5）再按一次点动键可以去除步进增量方式。

（5）设定增量值

1）点击“设置”下方的软键。

2）显示如图 3-35 所示窗口，可以在这里设定 JOG 进给率、增量值等。

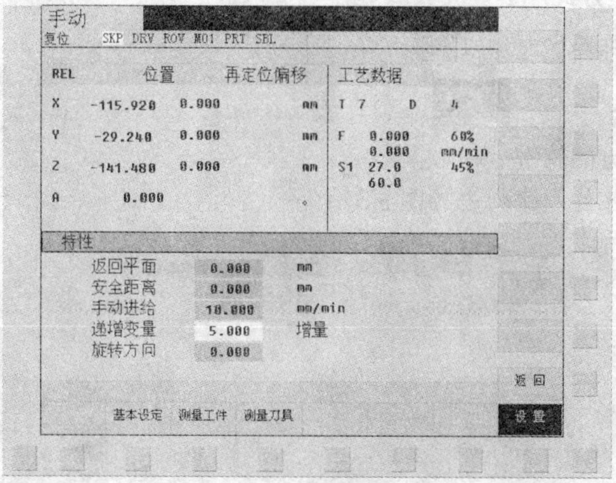

图 3-35 手动窗口

3）使用光标键移动光标，将光标定位到需要输入数据的位置。光标所在区域为白色高光显示。如果刀具清单多于一页，可以使用翻页键进行翻页。

4）点击数控系统面板上的数字键，输入数值。

5）点击输入键确认。

3.4.4 MDA 运行方式

1）按下机床控制面板上的 MDA 键，系统进入 MDA 运行方式。

2）使用数控系统面板上的字母、数字键输入程序段。例如，点击字母键、数字键，依次输入 G00X0Y0Z0，屏幕上显示输入的数据如图 3-36 所示。

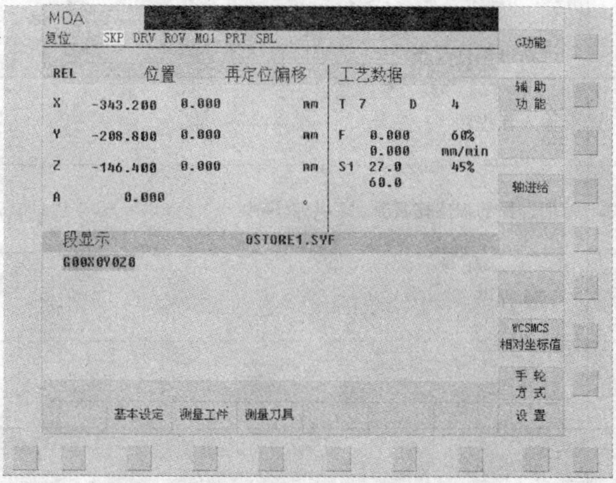

图 3-36 MDA 数控显示

3）按数控启动键 ，系统执行输入的指令。

3.4.5 机床程序编辑

1. 进入程序管理方式

1）点击程序管理操作区域键 。

2）点击程序下方的软键 。

3）显示屏显示零件程序列表（图3-37）。

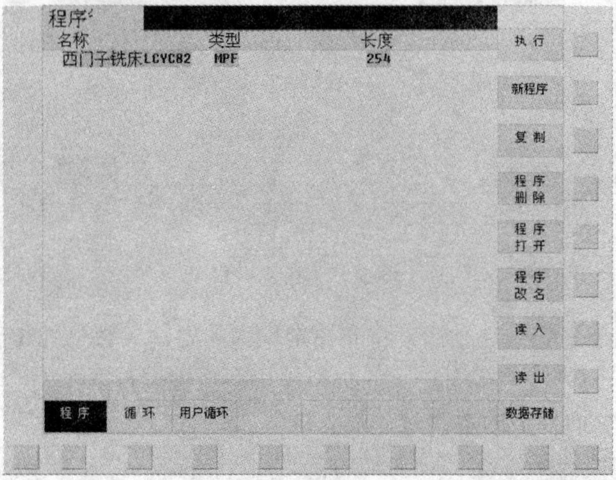

图3-37 零件程序列表

2. 软键

各软键功能见表3-7。

表3-7 软键功能

软　键	功　能
执 行	如果零件清单中有多个零件程序，按下该键可以选定待执行的零件程序，再按下数控启动键就可执行程序
新程序	输入新程序
复 制	把选择的程序拷贝到另一个程序中
程 序 删 除	删除程序
程 序 打 开	打开程序
程 序 改 名	更改程序名

3. 输入新程序

1）按下 新程序 软键。

2）用字母键输入程序名，例如输入字母 JI。

3）按“确认”软键。如果按“中断”软键，则刚才输入的程序名无效。

4）这时零件程序清单中显示新建立的程序（图3-38）。

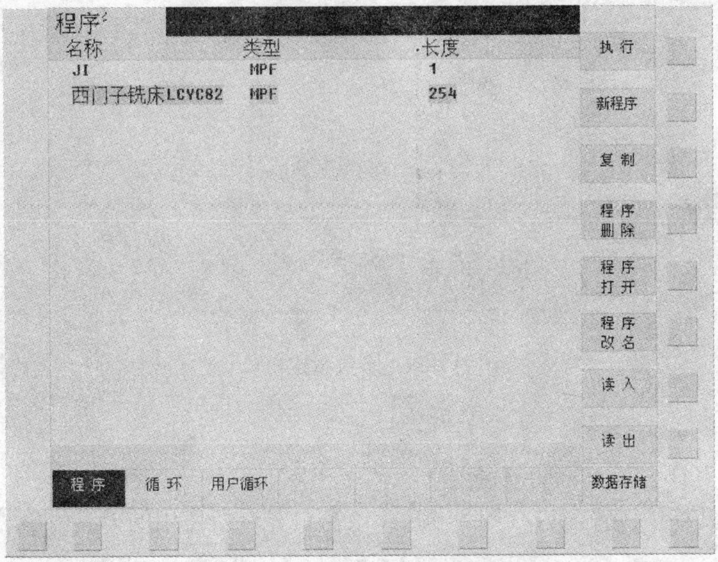

图3-38 新建程序的显示

4. 编辑当前程序

当零件程序不处于执行状态时，就可以进行编辑。

1）点击程序操作区域键 PROGRAM。

2）点击编辑下方的软键。

3）打开当前程序。

4）使用面板上的光标键和功能键来进行编辑。

5）要删除程序时，可使用光标键，将光标落在需要删除的字符前，按删除键 DEL 删除错误的内容。或者将光标落在需要删除的字符后，按退格删除键 BACKSPACE 进行删除。

3.4.6 数据设置

1. 进入参数设定窗口

1）按下系统控制面板上的参数操作区域键 OFFSET PARAM，显示屏显示参数设定窗口（图3-39）。

2）点击软键，可以进入对应的菜单进行设置。用户可以在这里设定刀具参数、零点偏置等参数。

2. 设置刀具参数及刀补参数

（1）设置刀具参数的基本方法

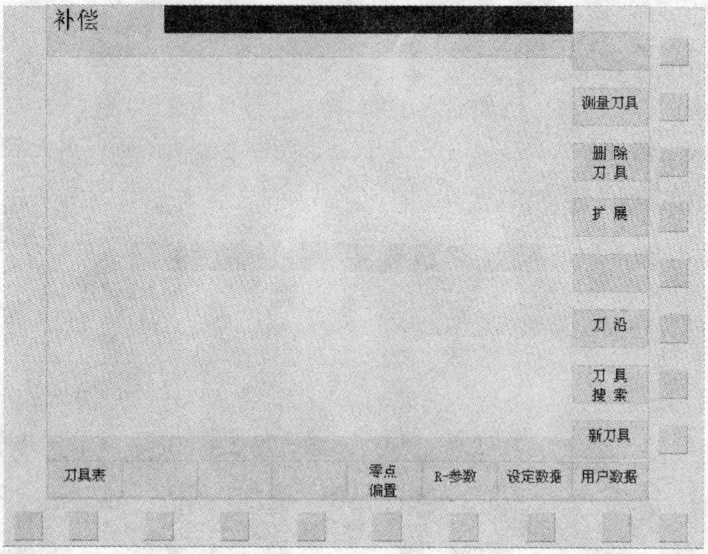

图 3-39　参数设定窗口

1）点击“刀具表”下方的软键。

2）打开刀具补偿设置窗口（图 3-40），该窗口显示所使用的刀具清单。

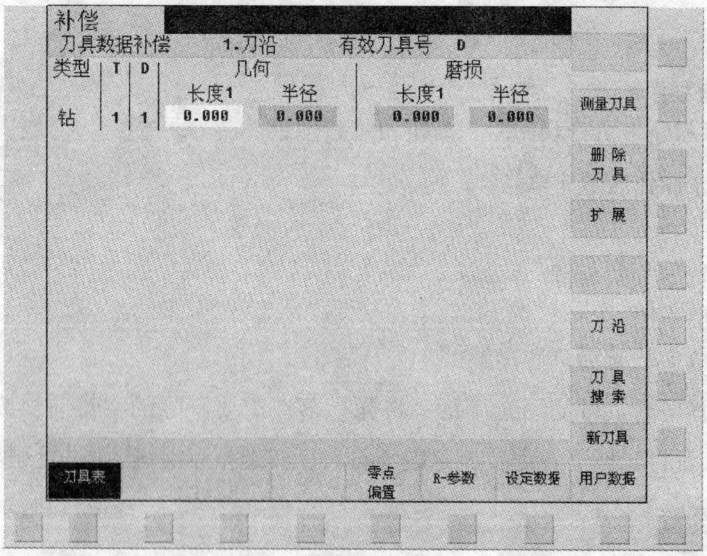

图 3-40　刀具补偿设置窗口

3）使用光标键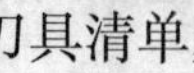移动光标，将光标定位到需要输入数据的位置，光标所在区域白色高光显示。如果刀具清单多于一页，可以使用翻页键进行翻页。

4）点击数控系统面板上的数字键，输入数值。

5）点击输入键确认。

3. 软键

各软键功能见表3-8。

表3-8　软键功能

一级菜单	二级菜单	功　能
测量刀具		手动确定刀具补偿参数
删除刀具		清除刀具所有刀沿的刀具补偿参数
扩展		显示刀具的所有参数
刀沿		点击该键，进入下一级菜单，用于显示和设定其他刀沿
	D>>	选择下一级较高的刀沿号
	<<D	选择下一级较低的刀沿号
	新刀沿	建立一个新刀沿
	复位刀沿	复位刀沿的所有补偿参数
刀具搜索		输入刀具号，搜索特定刀具（暂未开通）
新刀具		建立新刀具的刀具补偿
	钻削	设定钻刀刀具号
	铣刀	设定铣刀刀具号

4. 建立新刀具

点击新刀具软键，显示屏右侧出现钻削和铣刀两个菜单项，可以设定两种类型刀具的刀具号，例如，要建立刀具号为6的铣刀，其操作步骤如下：

1）点击 新刀具 软键。

2）点击 铣刀 软键，显示屏如图3-41显示。

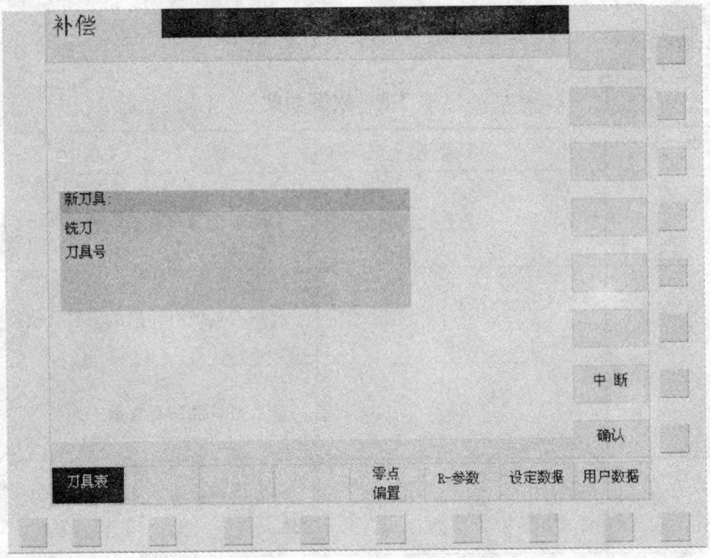

图 3-41　建立新铣刀

3）使用数控系统面板上的数字键，输入数字 6。

4）点击右下方的“确认”软键，完成建立。这时刀具清单里会出现新建立的刀具（图 3-42）。

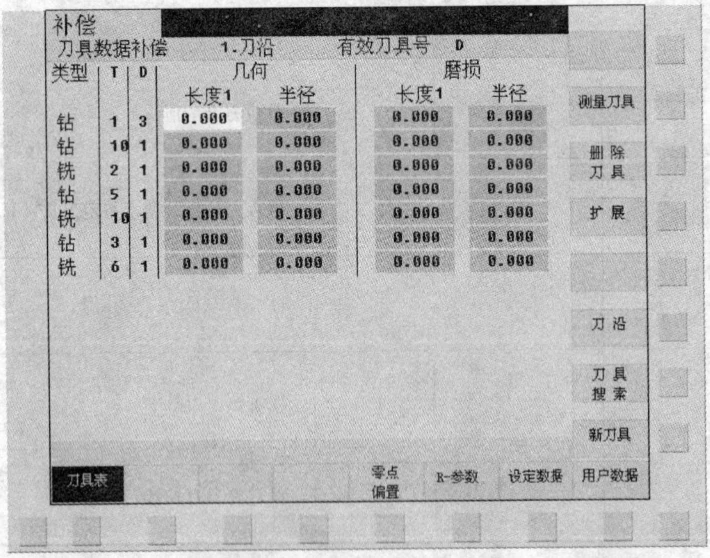

图 3-42　刀具清单

5. 设置零点偏置值

1）点击“零点偏置”下方的软键

。

2）屏幕上显示可设定零点偏置的情况（图 3-43）。

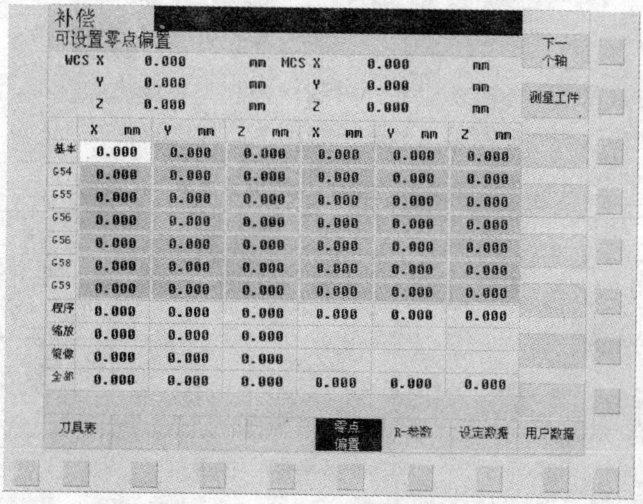

图3-43　可设定零点偏置情况

3）使用光标键◀ ▶移动光标，将光标定位到需要输入数据的位置。光标所在区域为白色高光显示。

4）点击数控系统面板上的数字键，输入数值。

5）点击输入键INPUT确认。

3.4.7　自动运行操作

1. 进入自动运行方式

1）按下系统控制面板上的自动方式键，系统进入自动运行方式。

2）显示屏上显示自动方式窗口（图3-44），显示位置、主轴值、刀具值以及当前的程序段。

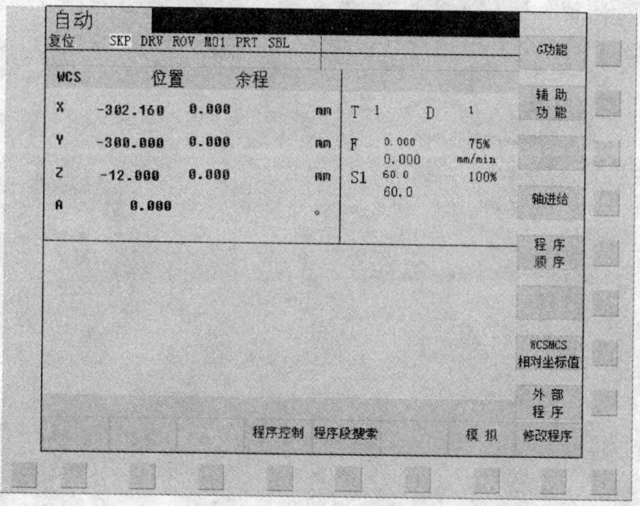

图3-44　自动方式窗口

2. 软键

1）点击自动方式窗口下方菜单栏上的“程序控制”软键 程序控制 。

2）显示屏右侧出现程序控制菜单的下一级菜单，其功能见表3-9。

表3-9　程序控制软键及功能

按　键	功　能
测试	按下该键后，所有到进给轴和主轴的给定值被禁止输出，此时给定值区域显示当前运行数值
空运行进给	进给轴以空运行设定数据中的设定参数运行
有条件停止	程序在运行到有M01指令的程序段时停止运行
跳过	前面有“/”标志的程序段将跳过不予执行
单一程序段	每运行一个程序段，机床就会暂停
ROV有效	按快速修调键，修调开关对于快速进给也生效

3. 选择和启动零件程序

1）按下自动方式键。

2）选择系统主窗口菜单栏“数控加工”—“加工代码”—“读取代码”，弹出打开文件窗口，在电脑中选择事先做好的程序文件，选中并按下窗口中的“打开”键将其打开，这时显示窗口会显示该程序的内容（图3-45）。

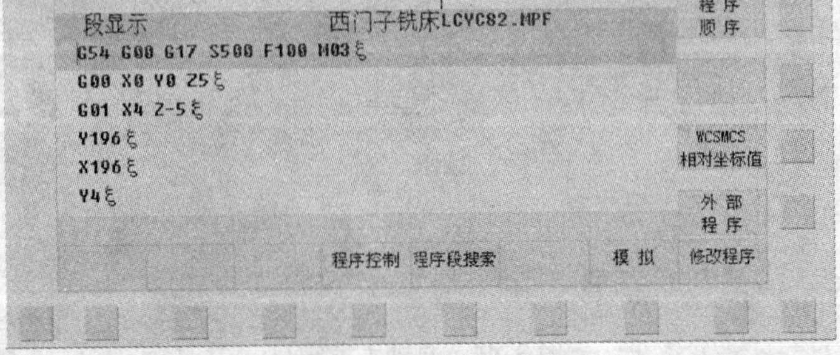

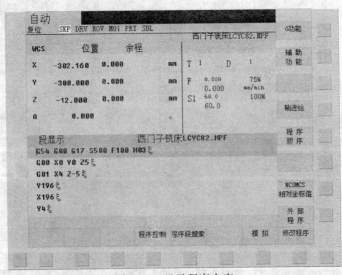

图3-45　显示程序内容

3）按数控启动键，系统执行程序。

4. 停止、中断零件程序

1）停止：按数控停止键，可以停止正在加工的程序，再按数控启动键，就能恢复被停止的程序。

2）中断：按复位键，可以中断程序加工，再按按数控启动键，程序将从头开始执行。

3.5 实例分析

1. 刀尖半径补偿举例（图3-46）

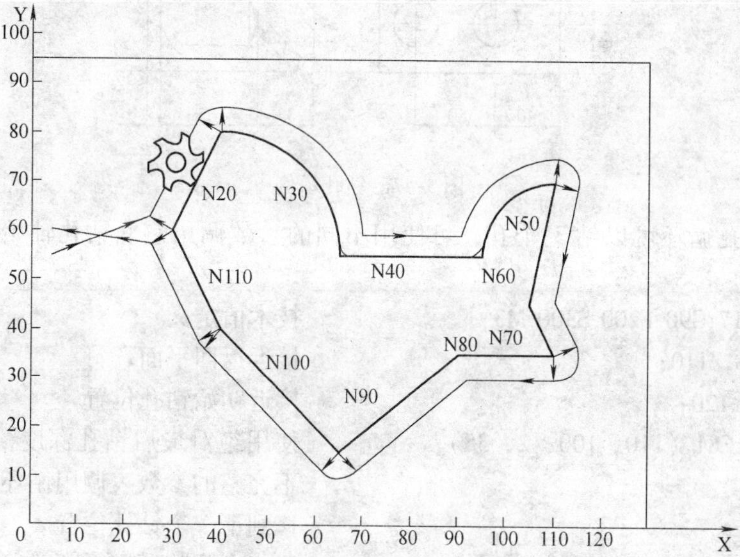

图3-46 刀尖半径补偿举例

编程举例：

N1 T1；	刀具1 补偿号 D1
N5 G0 G17 G90 X5 Y55 Z50；	回起始点
N6 G1 Z0 F200 S80 M3；	
N10 G41 G450 X30 Y60 F400；	轮廓左边补偿，过渡圆弧
N20 X40 Y80；	
N30 G2 X65 Y55 I0 J－25；	
N40 G1 X95；	
N50 G2 X110 Y70 I15 J0；	
N60 G1 X105 Y45；	
N70 X110 Y35；	
N80 X90；	
N100 X65 Y15；	

N110 X40 Y40；

N120 G40 X5 Y60；　　退出补偿方式

N130 G0 Z50 M2；

2. 编程举例：钻孔、中心孔（图 3-47）

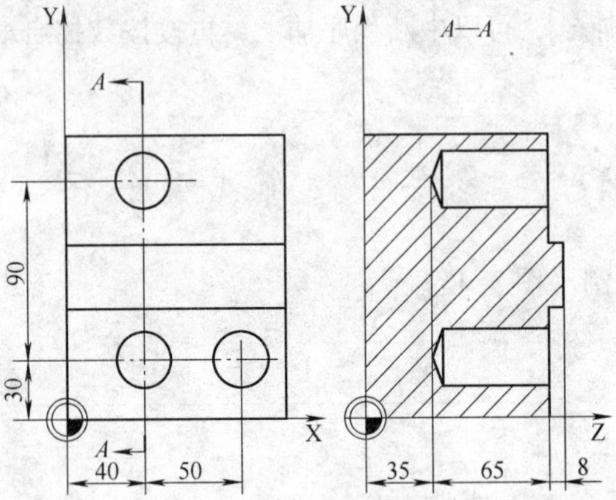

图 3-47　钻孔示例

使用此钻孔循环可以钻 3 个孔，可使用不同的参数调用它。钻孔轴始终为 Z 轴。程序如下：

N10 G0 G17 G90 F200 S300 M3；	技术值定义
N20 D3 T3 Z110；	接近返回平面
N30 X40 Y120；	接近初始钻孔位置
N40 CYCLE81（110，100，2，35）；	使用绝对最后钻孔深度，安全间隙以及不完整的参数表调用循环
N50 Y30；	移到下一个钻孔位置
N60 CYCLE81（110，102，，35）；	无安全间隙调用循环
N70 G0 G90 F180 S300 M03；	技术值定义
N80 X90；	移到下一个位置
N90 CYCLE81（110，100，2，，65）；	使用相对最后钻孔深度，安全间隙调用循环
N100 M02；	程序结束

3.6　数控铣床编程与操作实训

3.6.1　实训目的和要求

1）了解数控铣削编程的特点，学习典型铣削数控系统的常用指令代码。

2）掌握数控铣床典型数控系统常用指令的编程规则及编程方法。

3）掌握数控铣床典型数控系统固定循环指令的编程格式及编程方法。

4）能够根据现有数控铣床的数控系统配置，编制典型零件的铣削加工程序。

3.6.2　数控编程课题

1. 课题一：加工样板零件

图3-48所示为一个样板零件，此零件已经粗加工，单边余量2mm，工件厚度10mm，要求：精铣外轮廓、钻9×ϕ10mm孔、镗ϕ100mm的孔，工件零点设在左下角。*A*点和*B*点坐标：*A*（X153.46，Y171.69）、*B*（X275.19，Y99.77）。

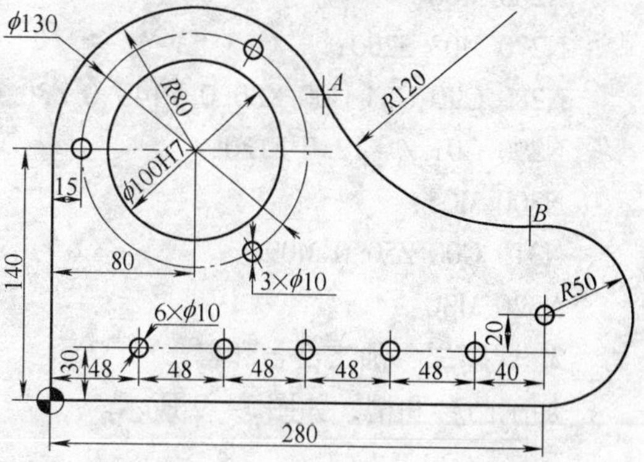

图3-48　课题一图

工艺分析：

1）精铣外轮廓，选用T1号刀，铣刀直径16mm，选用刀具补偿号D1。

2）钻孔，先钻排孔，选用T2号刀。

3）镗ϕ100mm孔，选用T3号刀。

程序如下：

```
GFY66;
N10 T1;                                              φ16mm立铣刀
N20 M06;                                             换刀
N30 M03 S700;
N40 G90 G54 G00X-20.0 Y-20.0 Z25.0 D1;
N50 G01 Z-12.0 F100 M08;
N60 G01 G41 X0 Y-10.0 F150;
N70 G01 Y140.0;
N80 G02 X153.46 Y171.69 CR=80.0;
N90 G03 X275.19 Y99.77 CR=120.0;
N100 G02 X280.0 Y0 I4.81 J-49.773;
N110 G01 X-10.0 Y0;
N120 G00 G40 X-20.0 Y-20.0;
N130 G00 Z50.0 M09;
N140 M05;
N150 T2;
N160 M06;                                            换φ10mm钻头，钻孔
N170 M03 S500;
N180 G90 G54 G00 X0 Y0 Z50.0 M08;
N190 MCALL CYCLE82 (20, 0, 5, -12, 0, 0.1);          钻孔循环
N200 HOLES1 (48, 30, 0, 0, 48, 5)                    钻排孔
N210 X280.0 Y50.0;
N220 HOLES2 (80, 140, 65, 60, 120, 3);               钻圆周孔
N230 MCALL;
```

N240 G00 Z50.0 M05 M09;
N250 T3; 换镗孔刀
N260 M06;
N270 M03 S200;
N280 G90 G54 G00 X80.0 Y140.0 Z30.0 M08;
N290 G01 Z－12.0 F120;
N300 M05;
N310 G00 Z50.0 M09;
N320 M30;

2. 课题二：加工凸台和槽

加工凸台和槽，如图3-49所示。

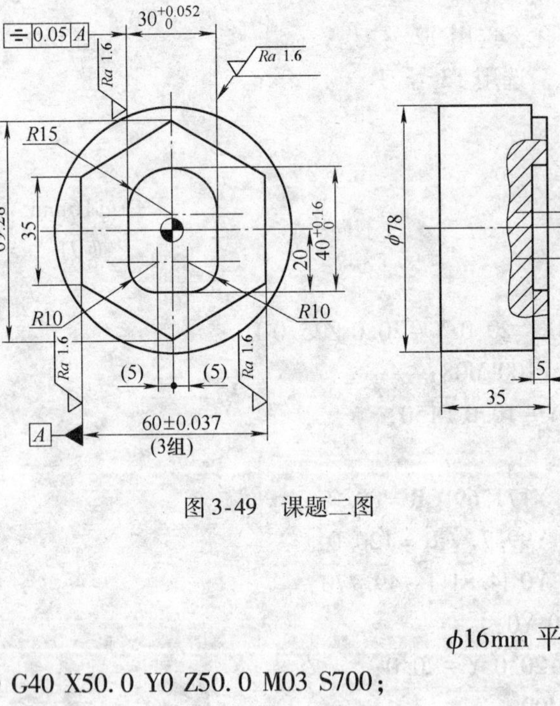

图3-49 课题二图

程序如下：
GFY67;
N10T01 M06; φ16mm平底刀
N20 G90 G54 G00 G40 X50.0 Y0 Z50.0 M03 S700;
N30Z10.0;
N40 G01 Z－5.0 F100;
N50 G41 Y－20.0 D1; D1刀具补偿
N60 G03 X30.0 Y0 CR＝20.0;
N70 G01 Y17.5;
N80X0 Y34.64;
N90X30.0 Y17.5;
N100Y－17.5;
N110X0 Y－34.64;
N120X30.0 Y－17.5;

N130Y0；
N140 G03 X50.0 Y20.0 CR=20.0；
N150 G01 G40 Y0；
N160 G00 Z50.0；
N170X0 Y-10.0；
N180 G01 Z-5.0 F100；
N190Y 5.0；
N200 G41 X10.0 Y10.0 D2；　　D2 刀具补偿
N210 G03 X0 Y20.0 CR=10.0；
N220 G03 X-15.0 Y5.0 CR=15.0；
N230 G01 Y-10.0；
N240 G03 X-5.0 Y-20.0 CR=10.03；
N250 G01 X5.0；
N260 G03 X15.0 Y-10.0 CR=10.0；
N270 G01Y5.0；
N280 G03 X0 Y20.0 CR=15.0；
N290 G03 X-10.0 Y10.0 CR=10.0；
N300 G01 G40 X0 Y5.0；
N310 G00 Z50.0；
N320 G00 X50.0 M05；
N330 M30；

3. 课题三：加工型腔

加工如图3-50所示的型腔。

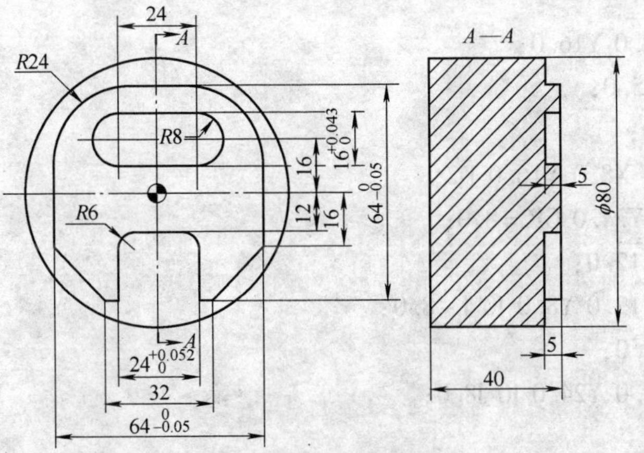

图3-50　课题三图

程序如下：

ZLX1；
N10 T1 D1；
N20 G90 G54 G00 X4.0 Y-47.0 M03；

```
N30 Z5.0;
N40 G01 Z-5.0 F150;
N50 Y-19.0;
N60 X-4.0;
N70 Y-41.0;
N80 X0;
N90 G02 X0 Y-41.0 I0 J41.0;
N100 G01 G41 X12.0 Y-35.0;
N110 Y-18.0;
N120 G03 X6.0 Y-12.0 CR=6.0;
N130 X-6.0;
N140 G03 X-12.0 Y-18.0 CR=6.0;
N150 G01 Y-32.0;
N160 X-16.0;
N170 X-32.0 Y-16.0;
N180 Y8.0;
N190 G02 X-8.0 Y32.0 CR=24.0;
N200 G01 X8.0;
N210 G02 X32.0 Y8.0 CR=24.0;
N220 G01 Y-16.0;
N230 X16.0 Y-32.0;
N240 X10.0;
N250 G40 X0 Y-41.0;
N260 Z10.0;
N270 G00 X12.0 Y16.0;
N280 G01 Z-5.0;
N290 X-12.0;
N300 G01 G41 X8.0 Y16.0 D2;
N310 G03 X0 Y24.0 CR=8.0;
N320 G01 X-12.0;
N330 G03 X-12.0 Y8.0 I0 J-8.0;
N340 G01 X12.0;
N350 G03 X12.0 Y24.0 I0 J8.0;
N360 G01 X0;
N370 G03 X-8.0 Y16.0 CR=8.0;
N380 G01 G40 X0;
N390 G00 Z50.0;
N400 G00 X0 Y0 M05;
N410 M30;
```

4. 课题四：加工封闭槽

利用子程序加工如图 3-51 所示的 8 个封闭槽，槽深 5mm。零点在工件左下角处。

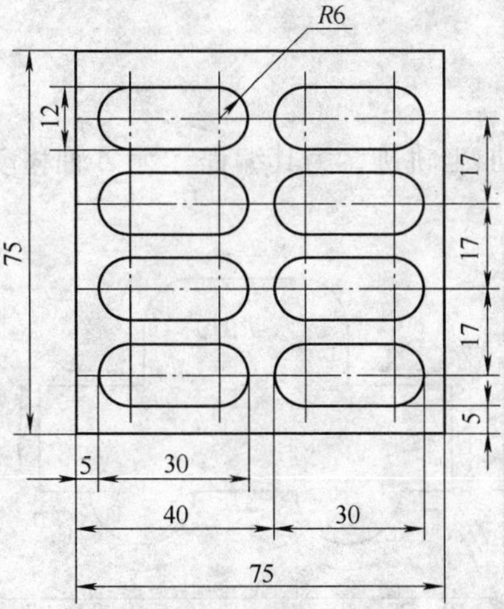

图 3-51　课题四图

程序如下：

```
ZLX2;
N10 T01 M06;
N20 G90 G54 G00 X29.0 Y11.0 M03;
N30 G01 Z10.0 F80;
N40 LALAN P4;                              调用 LALAN 子程序 4 次
N50 G90 X64.0 Y11.0;
N60 LALAN P4;                              调用 LALAN 子程序 4 次
N70 G90 X0 Y0 M05;
N80 M30;
N90 LALAN;
N100 G91 G01 Z-15.0;
N110 G01 X-18.0;
N120 G01 G41 X15.0;
N130 G03 X-6.0 Y6.0 CR=6.0;
N140 G01 X-9.0;
N150 G03 X0 Y-12.0 I0 J-6.0;
N160 G01 X18.0;
N170 G03 X0 Y12.0 I0 J6.0;
N180 G01 X-9.0;
N190 G03 X-6.0 Y-6.0 CR=6.0;
N200 G01 G40 X15.0;
N210 G00 Z15.0;
```

N220 Y17. 0;

N230 M17;

思考与练习题

1. 根据如图 3-52 所示的加工轨迹，为其编程（无 Z 轴移动，无刀具补偿）。

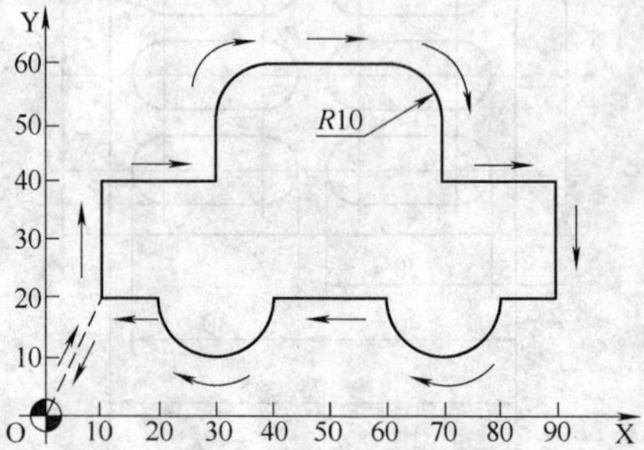

图 3-52　习题 1

2. 根据如图 3-53 所示的加工轨迹，为其编程。工件切削深度 10mm，起刀点在工件上方 50mm 处，无刀具半径补偿。

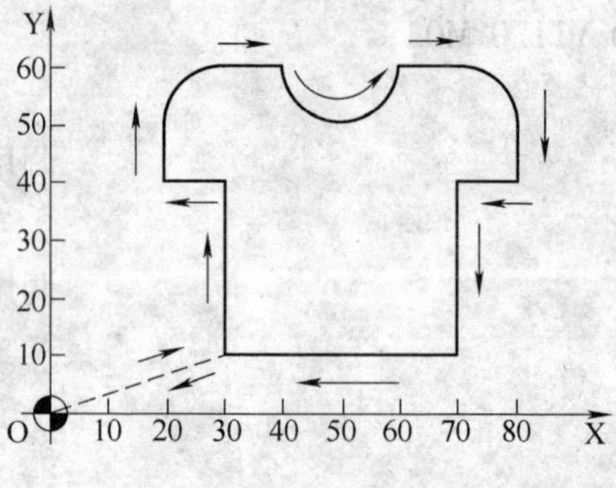

图 3-53　习题 2

3. 根据如图 3-54 所示的加工轨迹，为其编程。工件切削深度 10mm，起刀点在工件上方 50mm 处，无刀具半径补偿。

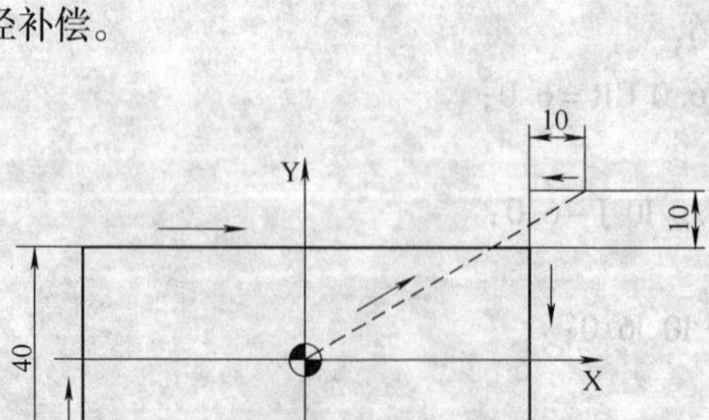

图 3-54　习题 3

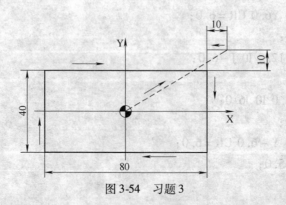

4. 根据如图 3-55 所示的加工型腔，为其编程。

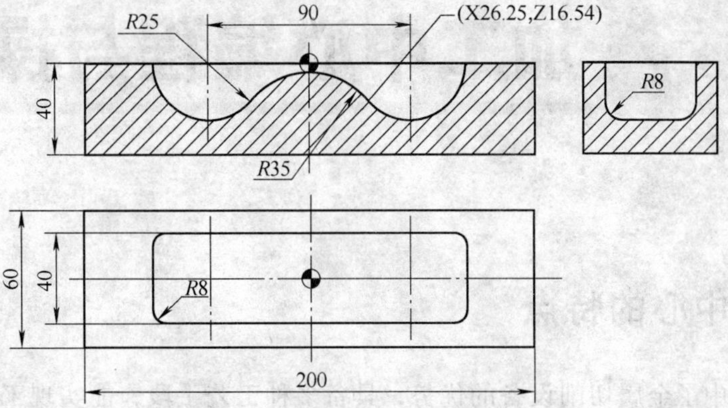

图 3-55　习题 4

5. 编程完成图 3-56 所示零件的加工（凸台、槽、孔的加工）。

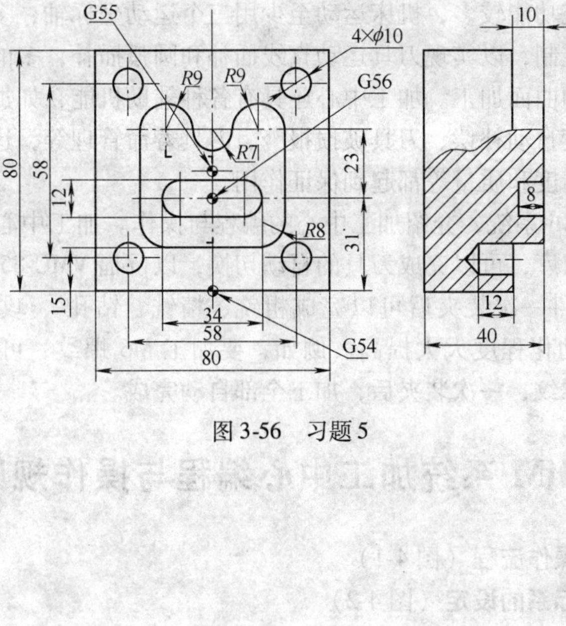

图 3-56　习题 5

第4章 加工中心编程与操作

4.1 加工中心的特点

加工中心集中了金属切削设备的优势，具备多种工艺手段，能实现工件一次装夹后的铣、镗、钻、铰、锪、攻螺纹等综合加工，对中等加工难度的批量工件，其生产效率是普通设备的5~10倍。加工中心对形状复杂、精度要求高的单件加工或中小批量生产更为适用。而且还有节省工装，调换工艺时体现出相对的柔性。

加工中心控制系统功能较多，机床运动至少用三个运动坐标轴，多的达十几个。其控制功能最少要两轴联动控制，以实现刀具运动直线插补和圆弧插补，多的可进行五轴联动、六轴联动，完成更复杂的曲面加工。加工中心还具有各种辅助机能，如加工固定循环、刀具半径自动补偿、刀具长度自动补偿、刀具破损报警、刀具寿命管理等，这对提高设备的加工效率，保证产品的加工精度和质量等都起到保证作用。

本书针对FANUC-0i系统，介绍加工中心的编程与操作。加工中心与数控机床加工设备相比，在于它附加有刀库，可以完成刀具的自动切换，以侨福VMC-850立式加工中心为例，它附带24把刀具，工件一次装夹后可以完成粗铣、精铣、钻孔 、攻螺纹、镗孔等多道工序，使生产效率和自动化程度大大提高。例如，要加工M6螺纹，可以在一个程序内先点孔，后作预孔，再攻螺纹，一次装夹后，加工全部自动完成。

4.2 FANUC-0iM系统加工中心编程与操作规则

1. 加工中心作业操作流程（图4-1）

2. 工件安装及坐标系的设定（图4-2）

3. 刀柄在主轴上的安装与拆卸（图4-3）

4. 测量工件侧面位置（图4-4）

5. 刀具装夹（图4-6）

6. 方向位置测定（图4-7）

Z轴的方向定位方法有两种，图4-7采用的是以工件上表面为基准的方法。还有一种方法以机床工作面为基准，两种方法各有所长。第一种方法比较容易理解实用；第二种方法可以直接使用刀库中所有工具，不需要二次对刀，而通过坐标系Z值平移换算的方法来完成 。数控操作者可以通过个人体会，根据工件情况决定采用哪种方法。另外，程序刀具号与加工中心刀库应保持一致，避免因刀具号不同造成反复更改刀具号或更改刀具在刀具库中的位置，例如，通常规定T1为中心钻，T20为寻边器等，这样便于反复使用工具。

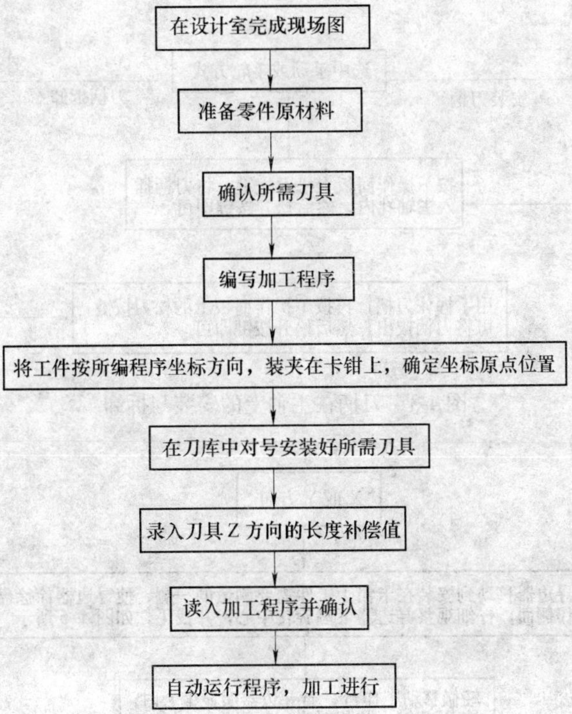
在设计室完成现场图
准备零件原材料
确认所需刀具
编写加工程序
将工件按所编程序坐标方向，装夹在卡钳上，确定坐标原点位置
在刀库中对号安装好所需刀具
录入刀具Z方向的长度补偿值
读入加工程序并确认
自动运行程序，加工进行

图4-1　加工中心作业操作流程图

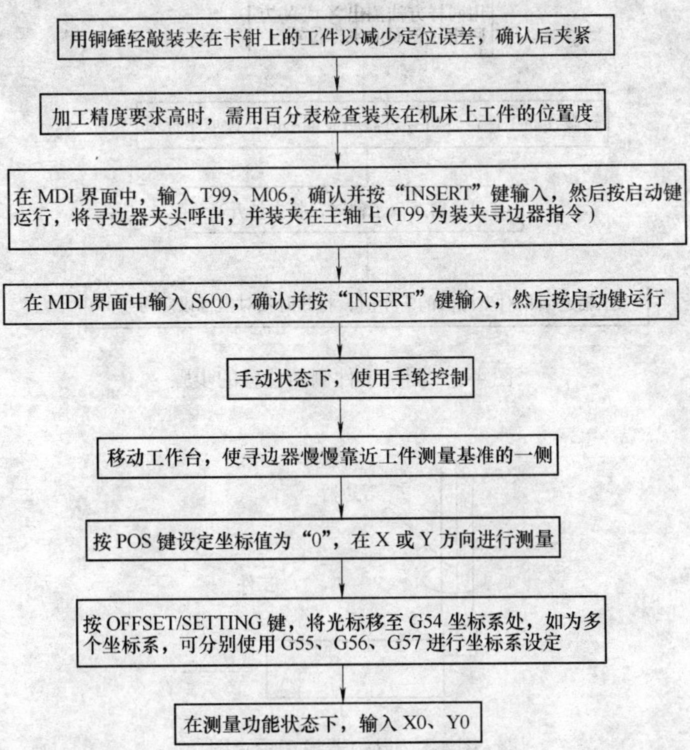
用铜锤轻敲装夹在卡钳上的工件以减少定位误差，确认后夹紧
加工精度要求高时，需用百分表检查装夹在机床上工件的位置度
在MDI界面中，输入T99、M06，确认并按“INSERT”键输入，然后按启动键运行，将寻边器夹头呼出，并装夹在主轴上(T99为装夹寻边器指令)
在MDI界面中输入S600，确认并按“INSERT”键输入，然后按启动键运行
手动状态下，使用手轮控制
移动工作台，使寻边器慢慢靠近工件测量基准的一侧
按POS键设定坐标值为“0”，在X或Y方向进行测量
按OFFSET/SETTING键，将光标移至G54坐标系处，如为多个坐标系，可分别使用G55、G56、G57进行坐标系设定
在测量功能状态下，输入X0、Y0

图4-2　工件安装及坐标系的设定步骤

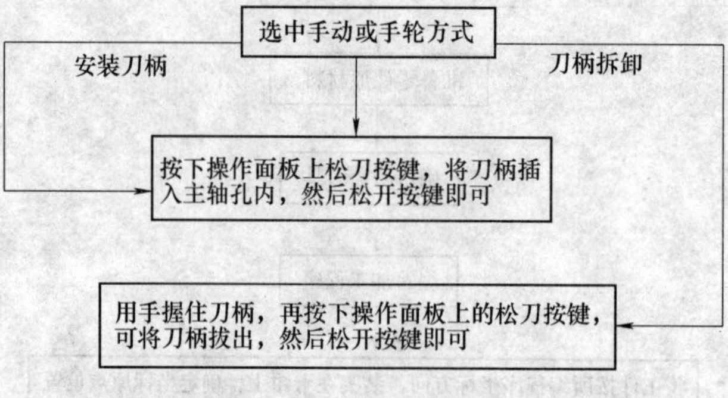

图 4-3　刀柄在主轴上的安装与拆卸

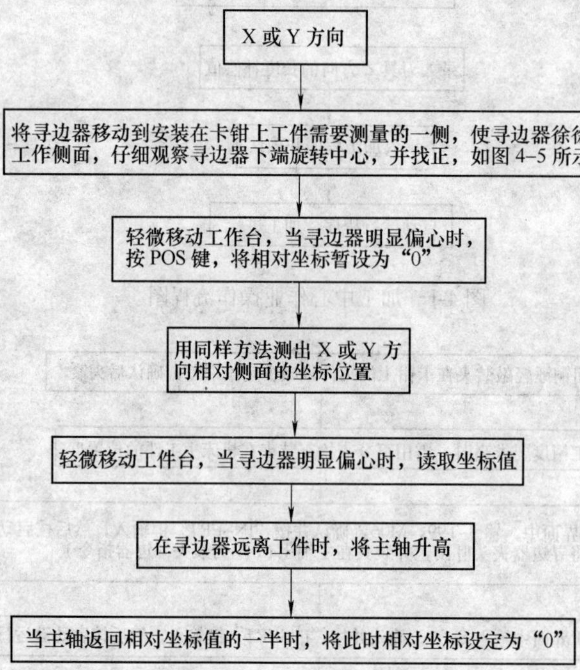

图 4-4　测量工件侧面位置的步骤

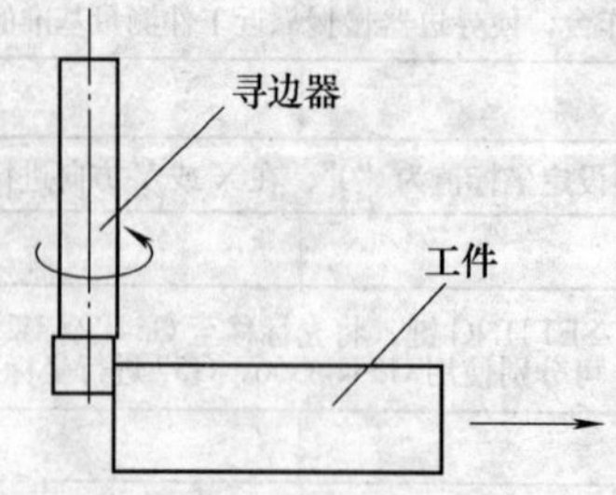

图 4-5　寻边器找正示意图

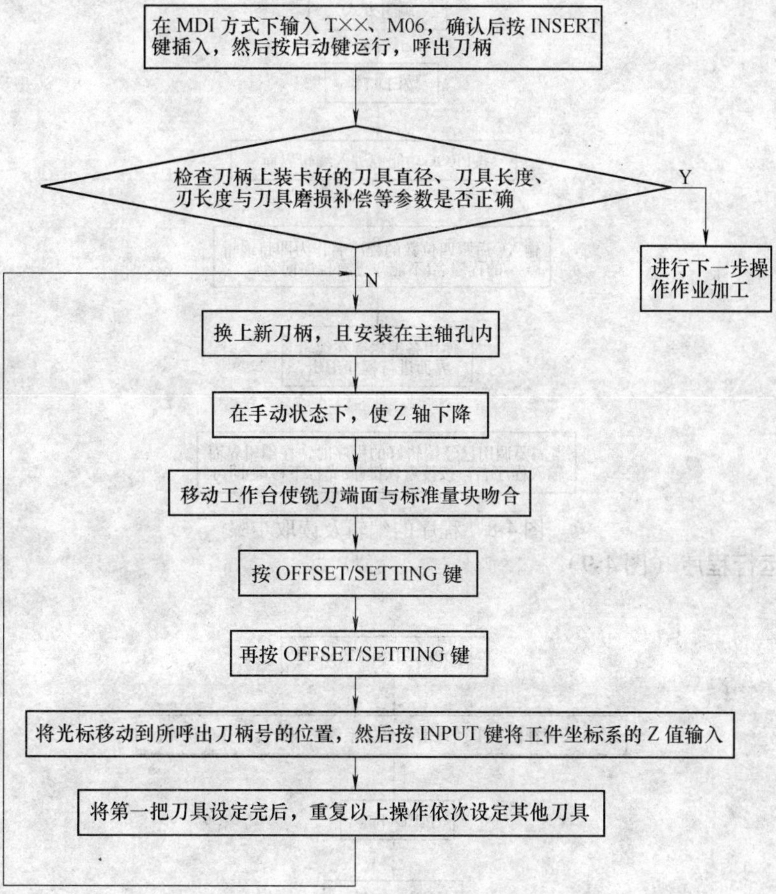

图4-6　刀具装夹的步骤

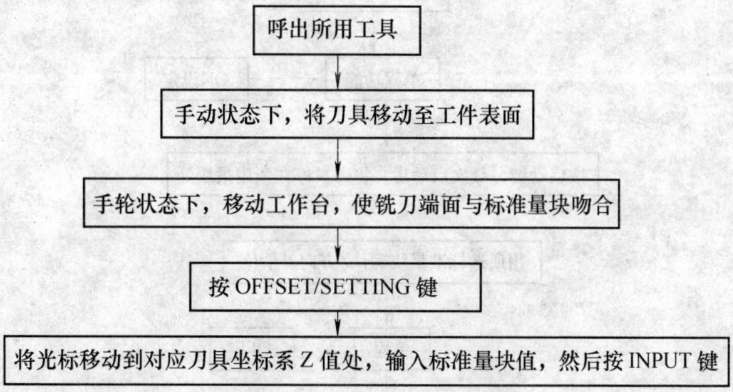

图4-7　方向位置测定的步骤

7. 程序的编辑及读取（图 4-8）

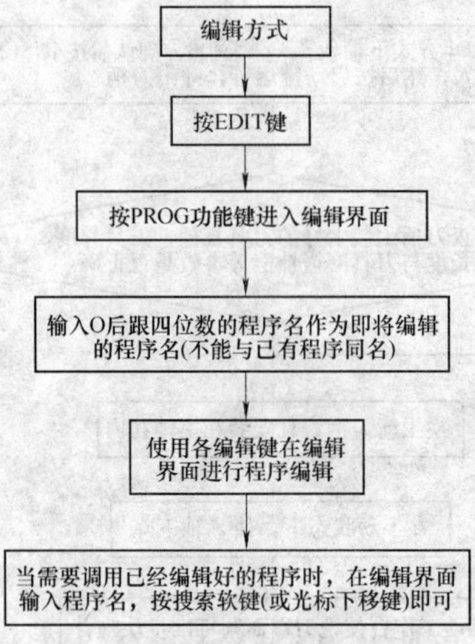

图 4-8　程序的编辑及读取步骤

8. 自动运行程序（图 4-9）

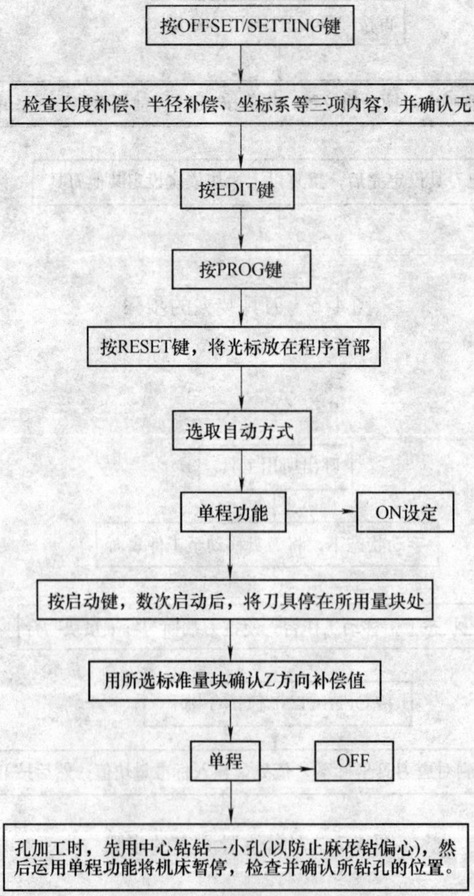

图 4-9　自动运行程序的步骤

4.3　系统指令及编程规则

现在以加工中心数控系统 FANUC-0iM 为例，介绍 G 代码。G 代码分为非模态代码和模态代码，如模态 G 代码被指定，则直到同组的另一个 G 代码被指令后，原代码才无效。而非模态 G 代码仅在其被指令的程序中有效，在统一程序段中同时指定同组 G 代码时，仅最后一个指定的 G 代码有效，不同数控系统的 G 代码会有差别。FANUC-0i 系统 G 代码介绍如下：

1. G 代码

G 代码的功能见表 4-1。

表 4-1　G 代码功能

G 代码	群	功　能
G00	01	快速定位（快速进给）
G01		直线切削（切削进给）
G02		圆弧切削（CW）
G03		圆弧切削（CCW）
G04	00	暂停（时间控制）
G05		高速轮廓精加工控制
G09		正确停止
G10		工具补正量设定
G11		工具补正量设定取消
G15	17	极坐标指令取消
G16		极坐标指令
G17	02	X Y 平面
G18		Z X 平面
G19		Y Z 平面
G20	06	英制输入
G21		米制输入
G22	未定义	内藏行程检查功能 ON
G23	未定义	内藏行程检查功能 OFF
G27	未定义	原点复位检查
G28	00	原点复位
G29		从参考点复位
G30		第 2（3、4）原点复位
G31	未定义	跳跃功能
G33	01	螺纹功能
G39	00	转角工具半径补正

（续）

G代码	群	功　能
G40	07	刀具半径补正取消
G41		刀具半径补正左侧
G42		刀具半径补正右侧
G43	未定义	刀具长补正＋方向
G44	未定义	刀具长补正－方向
G45	00	刀具位置补正伸长
G46		刀具位置补正缩短
G47		刀具位置补正2倍伸长
G48		刀具位置补正2倍缩短
G49	08	刀具长补正取消
G50	11	缩放比例取消
G51		缩放比例
G52	14	特定坐标系设定
G53		机械坐标系选择
G54		工件坐标系1选择
G55		工件坐标系2选择
G56		工件坐标系3选择
G57		工件坐标系4选择
G58		工件坐标系5选择
G59		工件坐标系6选择
G60	00	单方向定位
G61	15	确定停止模式
G62		自动拐角进给率调整模式
G63		攻螺纹模式
G64		切削模式
G65	12	自设程式群呼出
G66		自设程式群呼出
G67		自设程式群呼出取消
G68	16	坐标系旋转
G69		坐标系旋转取消
G73	循环09	啄式钻孔循环
G74		攻左旋螺纹循环
G76		精镗孔循环
G80		钻孔循环取消

（续）

G代码	群	功　能
G81	09	钻孔循环，钻、镗孔
G82		钻孔循环，反镗孔（有停顿动作）
G83		啄式钻孔循环
G84		攻螺纹循环
G85		镗孔循环
G86		镗孔循环速退镗孔
G87		反镗孔循环
G88		镗孔循环（停，手动）
G89		镗孔循环（停）
G90	03	绝对指令
G91		增量指令
G92	00	坐标系设定
G94	05	每分钟进给
G95		未使用
G96	13	周速一定控制
G97		周速一定控制取消
G98	04	周定循环中起始点复位
G99		周定循环中R点复位

2. 辅助功能

M功能也称为辅助功能，它可以控制机床功能及状态。合理地在程序中加以使用，可以起到良好效果。M功能代码常因机床生产厂家，以及机床结构的差异和规格的不同而有所差别。这类指令的作用是控制机床或系统的辅助功能，如冷却泵的开关、主轴的正反转、程序结束等。下面介绍FANUC-0i系统的M功能。

M00　　程序停止
M01　　程序选择停止
M02　　程序结束
M03　　主轴正转
M05　　主轴反转
M06　　自动换刀（只用于甩臂式换刀）
M07　　喷雾开
M08　　切削液开
M09　　切削液关喷雾停止
M10　　中空刀具起动
M11　　中空刀具停止
M12　　喷雾停止
M13　　主轴正转及切削液开

M14	主轴反转及切削液开
M15	主轴停止及切削液关
M16	自动门开（追加）
M17	自动门关（追加）
M19	主轴定位
M20	夹头闭（追加）
M21	夹头开（追加）
M22	进给率调整无效
M23	进给率调整有效
M24	排屑机起动
M25	排屑机停止
M26	分度盘旋转轴
M27	第四轴夹（追加）
M28	第四轴松（追加）
M29	刚性攻螺纹功能开
M30	程序结束并重置
M31	第五轴夹
M32	第五轴松
M33	第六轴夹
M34	第六轴松
M37	冲屑开
M38	冲屑关
M70	镜像取消
M71	X 轴镜像
M72	Y 轴镜像
M74	第四轴镜像
M75	第五轴镜像
M76	第六轴镜像
M77	主轴吹气开
M78	主轴吹气关
M80	寻找主轴刀杯（斗笠式刀库）
M81	刀库前进/刀臂前进
M82	刀库后退
M83	刀库下/刀杯下
M84	刀库上/刀杯上
M85	刚性攻螺纹功能关
M86	主轴刀库设定/刀库重整
M87	主轴松刀
M88	主轴夹刀

3. 其他功能

除了 G 指令和 M 辅助功能之外，加工中心还有其他一些功能，简要介绍如下：

1）主轴转速一般以 S 表示，程序如 S500 M03 表示主轴以 500r/min 正转。

2）刀具功能也称为 T 功能，它是用来选择刀具的功能，如 T5 表示第五号刀具。

3）进给功能也称为 F 功能，它是用来指令速度的功能，单位为 mm/min 或 in/min。

以上 F 功能、T 功能、S 功能均为模态代码。

4.4　加工中心操作面板

加工中心将数控机床、数控镗床、数控钻床等各机床功能组合起来，并具备自动换刀装置，是综合加工设备。加工中心的操作系统多种多样，各有特点，而且各种新功能不断出现，操作方法也翻新。由于加工中心具有上述功能，因此加工程序编制过程中，应考虑到工艺加工的合理性和加工路线的安排，为此作为数控加工人员要具备的知识包括：①制图、识图能力，②机械加工知识，③对金属材料有一定了解，④机加工设备结构原理的知识，⑤电工学，⑥质量管理知识，⑦工业安全知识。下面以侨福 VMC-850 加工中心为例，介绍有关知识。其数控系统为 FANUC-0iMB，各种功能通过控制面板操作来完成，其控制面板分为 CNC 系统操作面板和显示器。

4.4.1　显示屏各键功能

显示屏各键的功能含义见表 4-2。

表 4-2　显示屏各键的功能

	名　称	功　能
1	RESET	复位键重新设定 CNC 状态、取消警报
2	DELETE	编辑删除
3	INPUT	当接位址或数字时，文字或数字一旦键入，会显示在屏幕下方，按 INPUT 键，将资料设定输入记忆
4	CAN	消除字符
5	SHIFT	上档键
6	光标移动键	使光标上下左右移动
7	PAGE	翻页
8	POS	现在位置表示
9	PROG	程序画面
10	OFFSET SETTING	偏移设定画面刀具长度，刀具半径补偿值设定画面，坐标系功能画面
11	SYSTEM	系统参数
12	MESSAGE	机床运转状况记录
13	GRAPH	程序校对（加工轨迹）
14	ALTER	程序编辑字符更改
15	INSERT	程序编辑字符插入
16	HELP	基本操作知识介绍

4.4.2 操作面板介绍及功能使用

操作面板如图 4-10 所示。

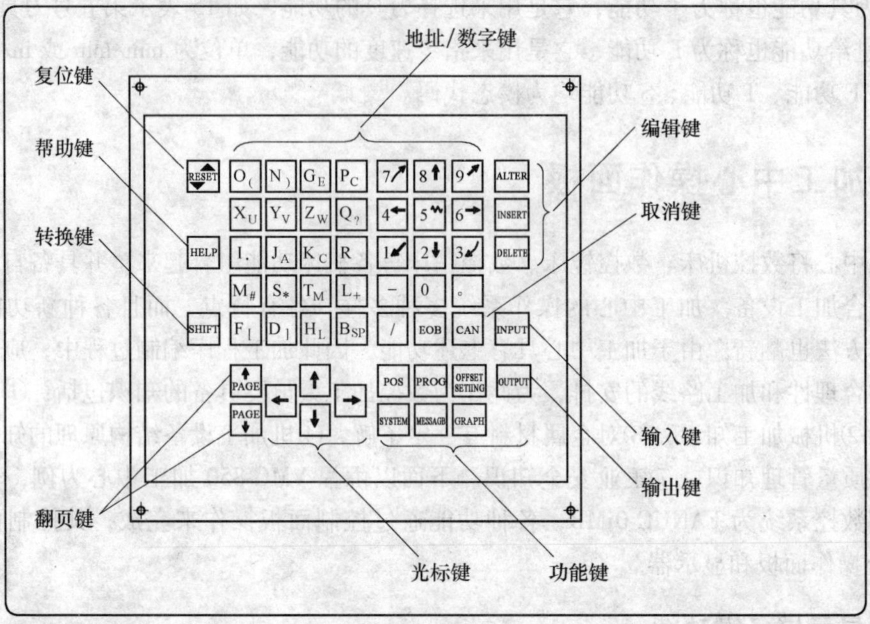

图 4-10 操作面板示意图

4.4.3 程序编辑

1. 输入程序

1）完成计算机程序，设置为发送待机状态。

2）操作面板设置为 EDIT 状态。

3）点击 PROG 键（用带边框的字母表示的键为显示屏下方的软键，具体含义因当前操作状态的不同而不同，其位置如图 4-11 所示。下文同），屏幕显示程序画面。

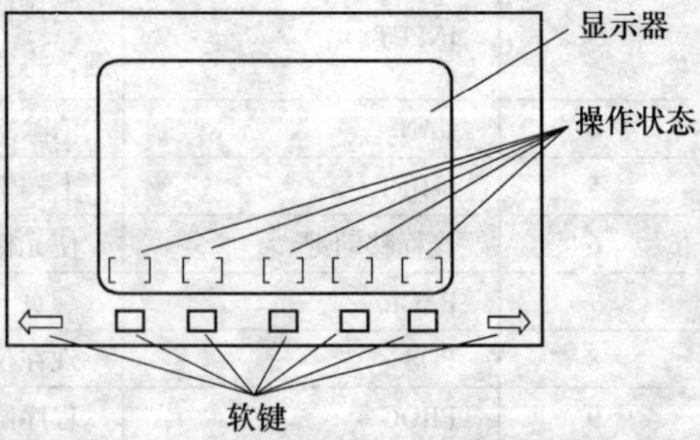

图 4-11 软键位置

4）点击 OPRT（操作）软键。

5）点击 BG-EDT 软键。

6）键入 Oxxxx（程序号），注意程序号应确认为空号。

7）点击右侧 → 软键。

8）点击 READ 键之后，再点击 EXEC 键。

9）退出程序 EG-EDT 状态。

注意：

① 输入程序号时，需要确认空号及机床是否有足够内存。若程序号及内存已满，要及时消除程序号和删除占用内存，以加工中心侨福 VWC-850 为例，程序号最多为 200 个，当加工程序容量大于内存时，要选择计算机与加工中心连机的方式自动加工（占线加工）。

② 以上输入程序的方法是在程序自动加工状态中，若机床未在自动加工状态中，可省去 4、5 项操作，直接进行 1、2、3、6、7、8 这六项操作。

2. 输出程序

1）完成计算机程序，设置为发送待机状态。

2）操作面板设置为 EDIT 状态。

3）点击 PROG 软键。

4）点击 OPRT 软键。

5）点击 BG-EDT 软键。

6）键入 Oxxxx（要输出的程序号）。

7）点击右侧 → 软键。

8）点击 PUNCH 软键之后，再点击 EXEC 软键。

9）退出程序 EG-EDT 状态。

注意：输入程序号时，如果是 O9999，则所有程序的输出，如果以 Oxxxx，Oyyyy 形式输入，则 Oxxxx 到 Oyyyy 程序均被输出。

3. 在程序内寻找字符

例如，寻找如图 4-12 所示的“S12”，操作步骤如下：

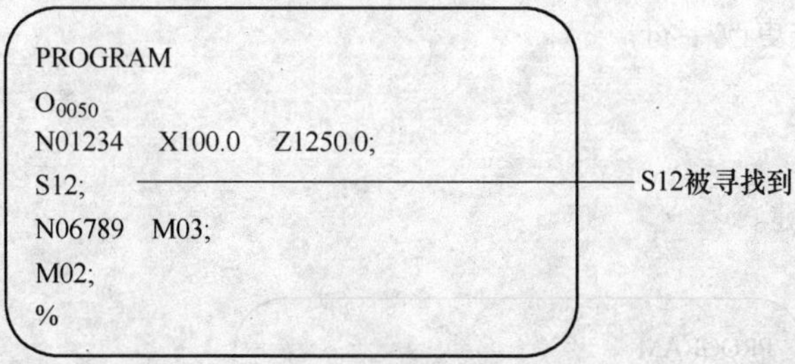

图 4-12　寻找字符

1）键入“S”。

2）键入“12”。

3）运用箭头 ↓ ↑，在程序内向后或向前查找。

4. 插入字符

例如，要插入字符，操作步骤如下：

1）寻找或扫描要插入的位置，如图 4-13 所示。

2）键入地址。

3）键入数值。

4）键入 INSET 指令。

```
PROGRAM
O0050
N01234    X100.0    [Z1250.0];  ———— 寻找到
S12;
N06789    M03;
M02;
%
```

图 4-13　插入的位置

5）键入“T15”。

6）点击 INSERT 软键，字符被插入，如图 4-14 所示。

```
PROGRAM
O0050
N01234    X100.0    Z1250.0    T15;  ———— T15被插入
S12;
N06789    M03;
M02;
%
```

图 4-14　插入结果

5. 更改字符

例如，如图 4-15 所示的字符“M15”原为字符“T15”，更改的步骤如下：

1）寻找或扫描被更改字符。

2）键入地址。

3）键入数值。

4）点击 ALTER 键。

```
PROGRAM
O0050
N01234    X100.0    Z1250.0    M15;  ———— T15被改为M15
S12;
N05678  M06;
M02;
%
```

图 4-15　更改字符

6. 删除字符

例如，删除如图 4-16 所示的字符“X100. 0”，步骤如下：

1）寻找或扫描欲删除字符。

2）点击 DELETE 键。

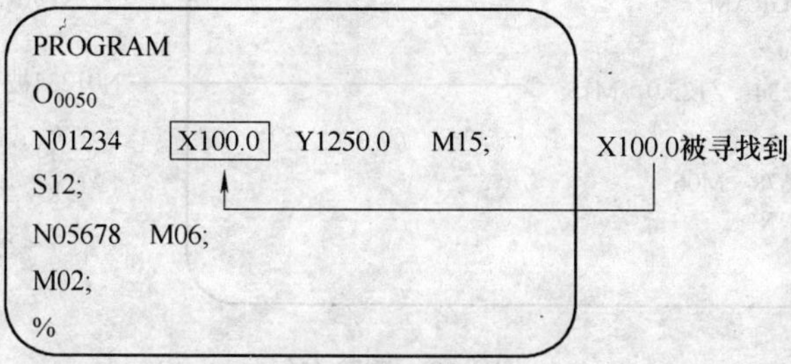

图 4-16 删除字符

7. 删除一行

例如，删除如图 4-17 所示的一行程序，步骤如下：

1）寻找 N01234 所在行将光标留在行首。

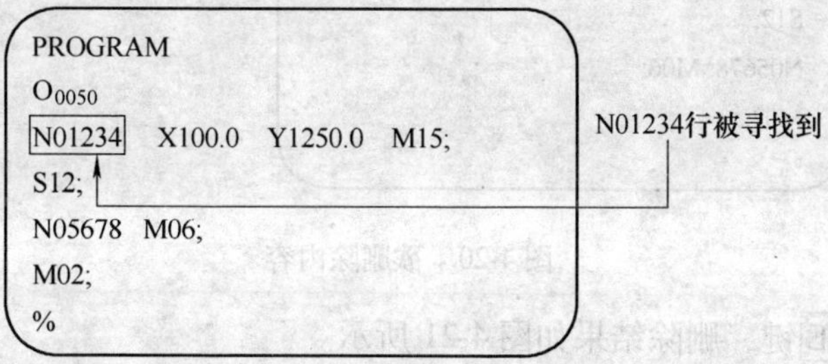

图 4-17 删除一行

2）点击EOB键。

3）点击DELETE键，删除效果如图 4-18 所示。

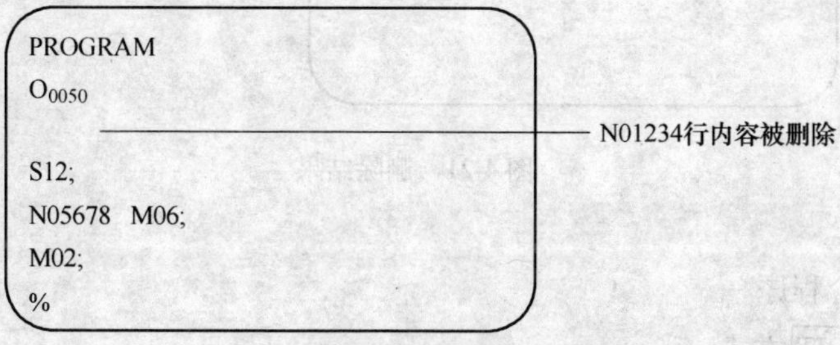

图 4-18 删除效果

8. 删除多行内容

1）寻找欲删除各行的第一行，将光标留在第一行行首。

2）键入需要删除部分，最后一行行号。

3）键入DELETE键。

例如，删除从 N01234 行到 N56789 行之间内容，如图 4-19 所示。

1）寻找 N01234 行。

图 4-19 删除多行

2）键入“N5678”（需删除的最后一行行号），如图 4-20 所示。

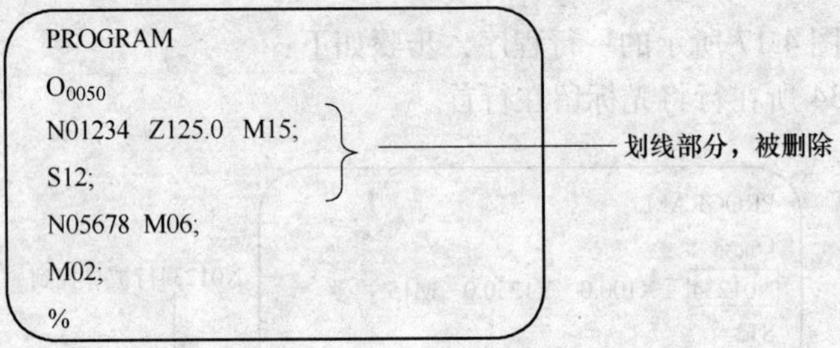

图 4-20 欲删除内容

3）点击 DELETE 键，删除结果如图 4-21 所示。

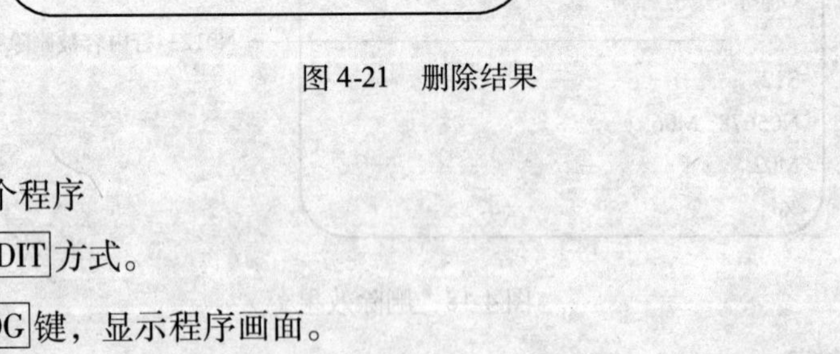

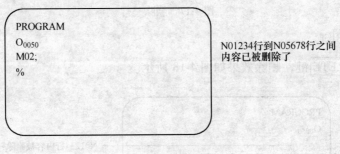

图 4-21 删除结果

9. 程序删除

（1）删除一个程序

1）设置为 EDIT 方式。

2）点击 PROG 键，显示程序画面。

3）键入 O。

4）键入程序号。

5）点击 DELETE 键。

通过以上五步操作，描述的程序将被删除。

（2）删除所有程序

1）设置为EDIT方式。

2）点击PROG键，显示程序画面。

3）键入O

4）键入-9999。

5）点击DELETE键，则所有程序被删除。

（3）删除部分程序

1）设置为EDIT方式。

2）点击PROG键，显示程序画面。

3）键入Oxxxx，Oyyyy。

4）点击DELETE键，则从xxxx到yyyy所有程序被删除。

10. 字符或地址更换

1）设置为EDIT方式。

2）点击PROG键，显示程序画面。

3）点击［OPRT］键。

4）继续点击右侧→键。

5）点击EX-EDT软键。

6）点击CHANGE软键。

7）输入被替换字符后，点击BEFORE键。

8）输入新字符后，点击AFTER键。

9）点击EXEC键，执行替换。

11. 用EDIT状态创建程序

前文所述的输入程序方式，是在其他程序加工的过程中进行的。如果在机床停止的状态下输入程序，可直接按如下方法输入：

1）设为EDIT方式。

2）点击PROG键，显示程序画面。

3）键入"O"及程序号。

4）点击INSERT键。

5）依次输入程序内容。

4.4.4　POS、PROG、OFFSET、CUSTOM等功能界面介绍

1. 用POS功能键显示位置有关内容

1）点击POS软键，显示如图4-22所示，即为与当前位置相关的信息。

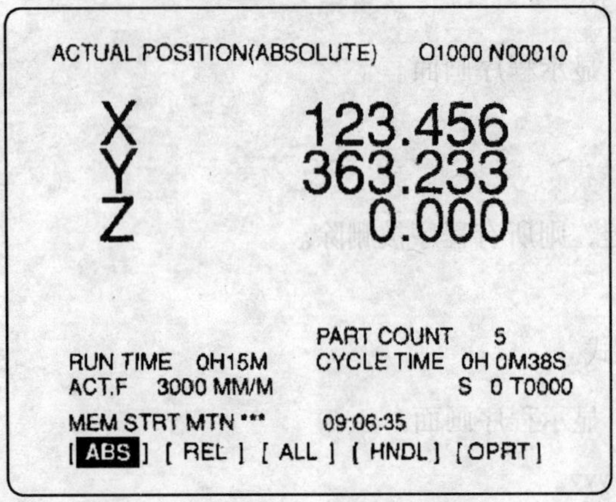

图 4-22　POS 键使用示例

2）点击 ABS 软键。

此画面可以表示：

① 显示绝对值、相对值、综合坐标系、残余量等 4 种数值。

② 通过此画面，操作者可以随时监控坐标位置、实际加工速度、程序运行加工时间、加工工件个数等情况。

2. 用 PROG 功能键显示程序有关内容

点击 PROG 软键，显示如图 4-23 所示。

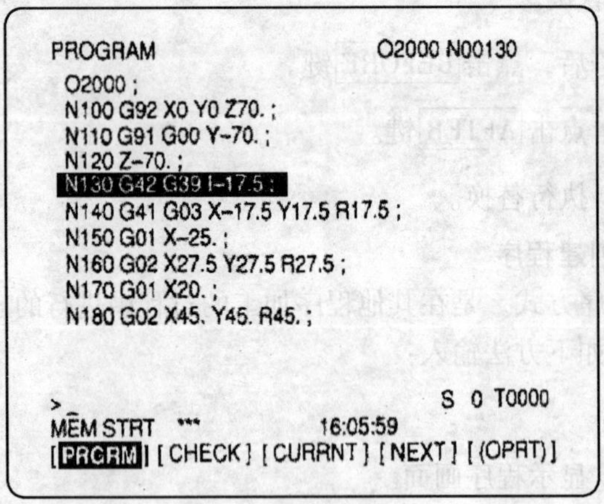

图 4-23　PROG 键使用示例

当依次选择屏面下方，PRGRM、CHECK、CURRINT、NEXT、OPRT 等功能键后，可以监控程序运转情况、校核程序、现在运行段指令情况、下段指令情况等。

3. 显示内存使用情况及现在输入程序情况

1）选择 EDIT 方式。

2）点击 PROG 方式。

3）点击DIR软键，显示如图4-24所示。

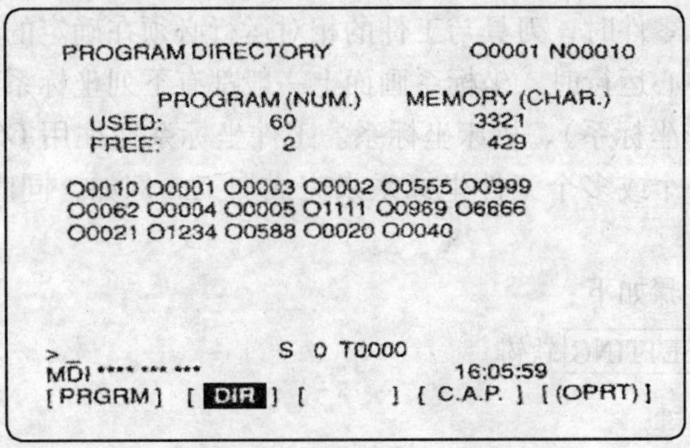

图4-24 显示内存及存储程序情况

通过如图4-24所示画面可以看到已经有60个程序被输入，还有2个空程序号可以使用，内存已经被占用3321KB，还可以使用内存429KB，已经被输入的程序名全部显示出来。如果想更加了解被输入程序的情况，可以再点击一下DIR软键，则程序的大小、日期、修改时间将详细显示出来，便于操作者寻找某一程序时，通过时间和程序名两种方法来查询。当修改时间不详时，通过缩小程序名范围可以方便查询，具体方法是：

1）选择EDIT方式。

2）点击PRIG软键。

3）点击PRIG键之后，点击DIR，通过DIR功能来显示所有程序。

4）点击OPRT软键。

5）点击GROUP软键。

6）输入主程序名，例如“A-1000. *”。

7）执行EXEC指令，则画面只将与“A-1000”有关的程序显示出来。

4. 设置、显示刀具补偿值

程序加工运行过程中，要用到刀具半径补偿、刀具长度补偿值，一般用D值和H值来表示。输入和设定D值和H值的具体操作如下，当点击OFFSET SETTING软键，进入如图4-25所示画

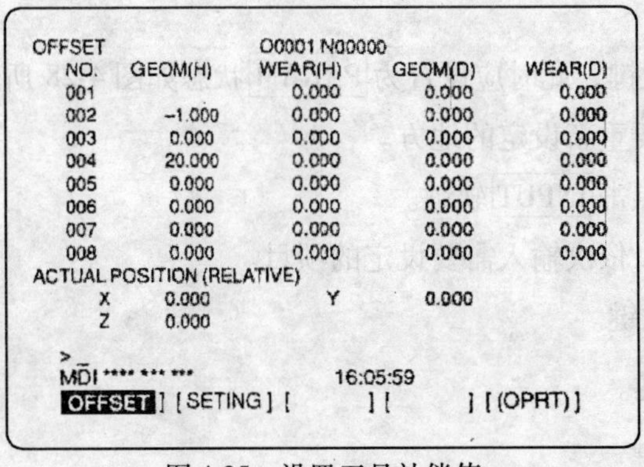

图4-25 设置刀具补偿值

面，根据程序所需设定的D值、H值，将光标移动到相应位置，依次输入相应的补偿值。

5. 显示设定工件坐标系原点

在加工中心上加工零件时，刀具与工件的相对运行必须在确定的坐标系中，才能按程序正常进行加工。加工中心运行时，坐标系画面上一般都有下列坐标系显示、相对坐标系、绝对坐标系（也就是工作坐标系）、机床坐标系。工件坐标系往往用G54～G59来表示。根据加工需要，有时选用一个或多个工件坐标系来完成加工。例如，同时设定G54 、G55或更多坐标系。

工件坐标系设定步骤如下：

1）点击[OFFSET SETTING]软键。

2）点击[WORK]软键。

3）通过[↑]或[↓] 软键，找到相应的位置，将光标移动到（G54）X值处，输入X0后，点击[MEASUR]，如图4-26、图4-27所示，则机床自动将现在机床主轴所处的机械坐标系值测量并输入G54的X坐标中，当然手动将数值直接输入也可以。

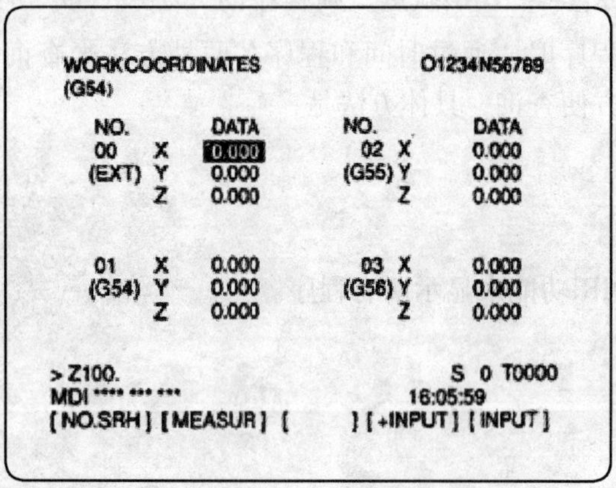

图4-26　显示画面一

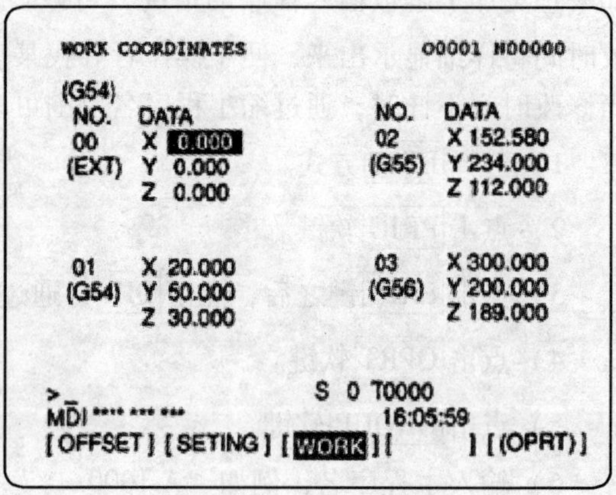

图4-27　显示画面二

6. 程序图形校核

（1）程序加工路线校核　为提高程序的正确性，减少加工错误，将程序输入到机床内存后，在实际加工之前，必须进行模拟校核。FANUC-0iMB系统设计了加工路线模拟及加工动画模拟两种形式。

1）点击[GRAPH]软键，此时应设置为[PARAM]状态如图4-28所示。

2）移动光标到需要重新设定的地方。

3）输入数据，再点击[INPUT]软键。

4）重复以上步骤，依次输入需要设定的项目。

5）点击[GRAPH]软键。

6）点击[OPRT]软键。

7）点击[AUTO]软键。

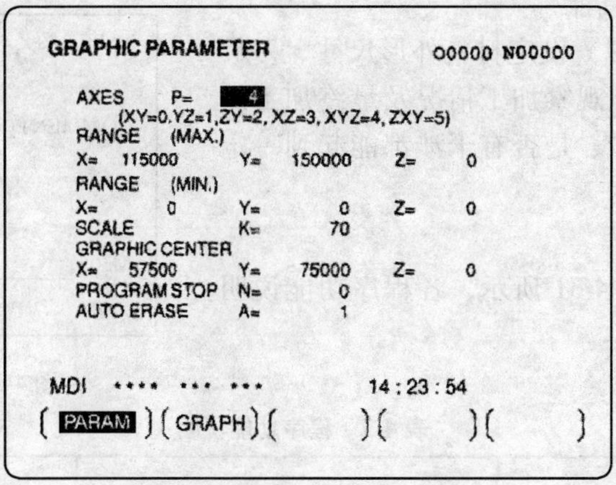

图 4-28 显示设定

8）点击EXEC软键模拟加工路线的界面如图 4-29 所示。

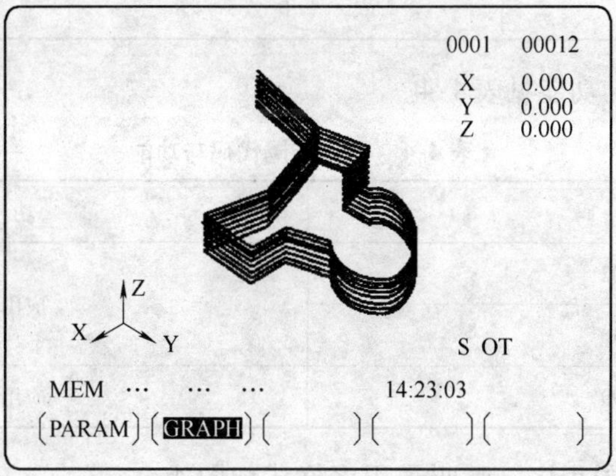

图 4-29 模拟加工路线界面

一般情况，只需设定视图方向，就可以达到校核目的，其他几项通过自动换算，就可以看到运行轨迹（图 4-29）。下面主要介绍第一项内容，当运行 1 到 5 数字后，就可以观察各方向刀具运行路径情况（图 4-30），数据 5 表示轴向视图，数据 6 表示平面和侧面同时校核

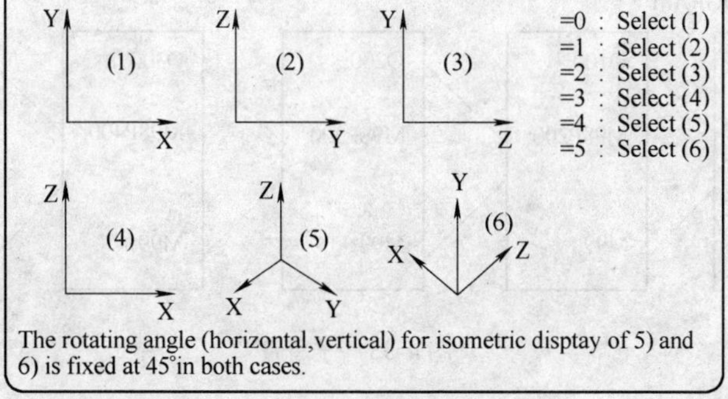

图 4-30 显示画面

（有的机械系统没有此功能）。

（2）立体动画模拟　设定材料外形尺寸、刀具尺寸后，通过动画模拟观察加工情况及最终加工效果，对于是否有残余量、是否有干涉都能起到一定检验作用。

7. 程序成分

1）程序成分如图 4-31 所示，各程序功能说明见表 4-3。

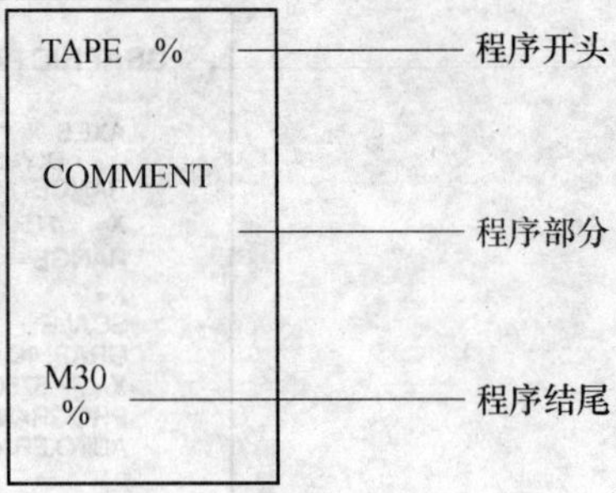

图 4-31　程序成分

表 4-3　程序功能说明

功　能	地　址	数　值
程序号	O	1～9999
顺序号	N	1～99999
子程序号	P	1～999

2）程序结尾代码与功能见表 4-4。

表 4-4　程序结尾代码与功能

代　码	功　能
M02	应用主程序
M30	
M99	应用子程序

3）子程序与呼叫子程序。呼叫子程序格式如图 4-32 所示。

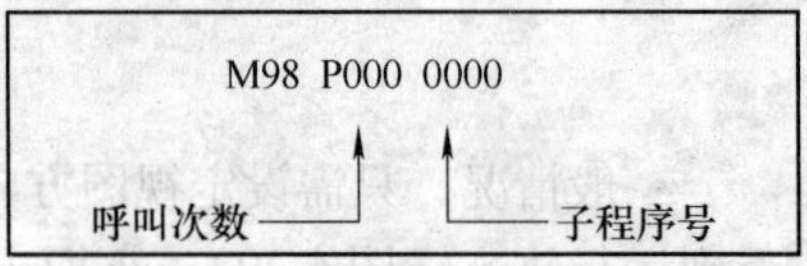

图 4-32　呼叫子程序格式

当没有重复数值设定时，子程序只呼叫一次。

当主程序呼叫子程序时，可以实现多层呼叫（图 4-33）。这种层数可以达到 999 次。

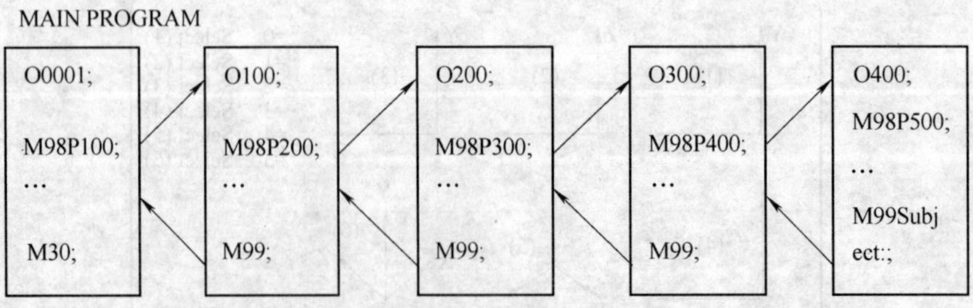

图 4-33　子程序

4.5　实例分析

4.5.1　轮廓外形铣

【例题 4-1】编制图 4-34 所示零件的加工程序。程序如下：

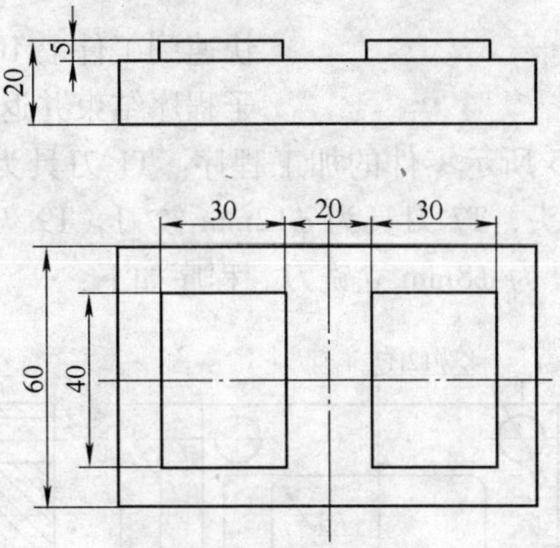

图 4-34　轮廓外形一

```
O100;
G28 G91 Z0;                    Z 轴回参考点
G54 G90 G0 X0 Y0;              快速移动到 G54 坐标系原点
T1 M06;                        调用一号刀具，φ8mm 铣刀
G43 H1 Z100;                   长度补偿
S600M03;
X25 Y-40;                      快速到下刀点
M98 P200;                      调子程序
X-25 Y-40;                     快速到下刀点
M98 P200;                      调子程序
G0Z100;
G0X0 Y0;
M05;                           主轴停车
G28 G91 Z0;                    Z 轴回参考点
G28 G91 Y0;                    Y 轴回参考点
M30;                           程序结束

O200;                          子程序
G90 G0 Z5;                     快速到工件上 5mm 处
G91 G01 Z-10 F200;             以 200mm 切削速度下降到 -5mm 处
G41 X20 D1;                    偏移量 D1 为 4mm
G03 X-20 Y20 R20;
```

G01 X－15；
Y40；
X30；
Y－40；
X－15；
G03 X－20 Y－20 R20；
G01 G40 X20；
G90 G0 Z10；　　快速到工件上 10mm 处
M99；　　子程序结束并返回主程序

【例题 4-2】 编制图 4-35 所示零件的加工程序。T1 刀具为中心钻，T3 刀具为 ϕ8mm 钻头，T5 刀具为 ϕ11.8mm 钻头，T7 刀具为 ϕ12mm 铰刀，T9 刀具为 ϕ16mm 铣刀，T11 刀具为 ϕ12mm 立铣刀，T13 刀具为 ϕ8mm 立铣刀。程序如下：

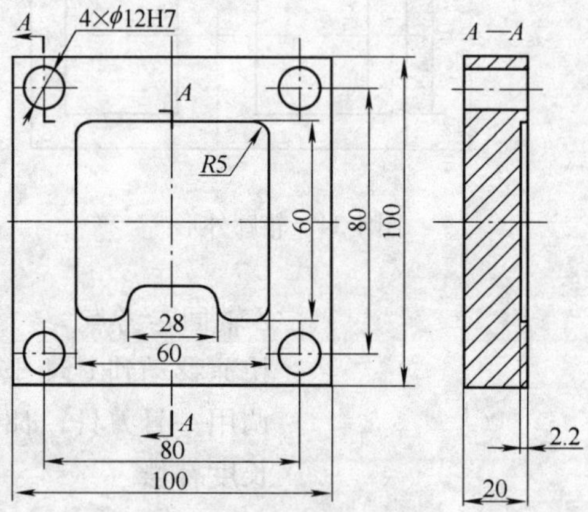

图 4-35　轮廓外形二

G28 G91 Z0；　　Z 轴回参考点
G54 G90 G0 X0 Y0；　　快速移动到 G54 坐标系原点
T1；　　调用 T1 刀具
G43 H1 Z100；　　长度补偿
M03 S1000；
G98 G81 Z－2 R3 F50；　　用中心钻划窝
X－40 Y－40；
Y40；
X40；
Y－40；
G80；　　固定程序结束
M05；　　主轴停车
G0 X0 Y0；
T3；　　换 T3 刀具
G43 H3 Z100；　　长度补偿

```
M03 S600;
G98 G83 Z-2.1 Q1 R3 F50;              中心处钻孔，2.1mm深
X-40 Y-40 Z-25;                       4处12mm孔，钻25mm深
Y40;
X40;
Y-40;
G80;                                  固定程序结束
M05;                                  主轴停车
G0 X0 Y0;
T5;                                   换T5刀具
G43 H5 Z100;                          长度补偿
M3 S550;
G98 G83 Z-2.1 Q1 R3 F50;              中心处钻孔，2.1mm深
X-40 Y-40 Z-25;                       4处12mm孔，钻25mm深
Y40;
X40;
Y-40;
G80;
M05;                                  主轴停车
T7;                                   换T7刀具
G43 H7 Z100;                          长度补偿
M03 S140;
G98 G85 X-40 Y-40 Z-24 R3 F15;        4处12mm孔，铰24mm深
Y40;
X40;
Y-40;
G80;
M05;                                  主轴停车
G0 X0 Y0;
T13;                                  T13=φ8mm立铣刀
G43 H13 Z100;                         长度补偿
M03 S600;
Z5;                                   快速到工件上5mm处
G01 Z-2.2 F40;                        以40mm切削速度下降到负2.2处
G41 X30 D1 F100;                      偏移量D1=4
Y25;
G03 X25 Y30 R5;
G01 X-25;
G03 X-30 Y25 R5;
```

```
G01 Y-25;
G03 X-25 Y-30 R5;
G01X-19;
G03 X-14 Y-25 R5;
G02 X-9 Y-20 R5;
G01 X9;
G02 X14 Y-25 R5;
G03 X19 Y-30 R5;
G01 X25;
G03 X30 Y-25 R5;
G01 Y0;
G40 X0;
G0 Z100;                    快速到工件上100mm处
M05;                        主轴停车
G28 G91 Z0;                 Z轴回参考点
G28 G91 Y0;                 Y轴回参考点
M30;                        程序结束
```

4.5.2 钻孔及攻螺纹

【例题4-3】编制图4-36所示零件的加工程序。T1刀具为中心钻，T2刀具为ϕ2mm钻头，T3刀具为ϕ16mm钻头，T4刀具为ϕ16mm立铣刀。程序如下：

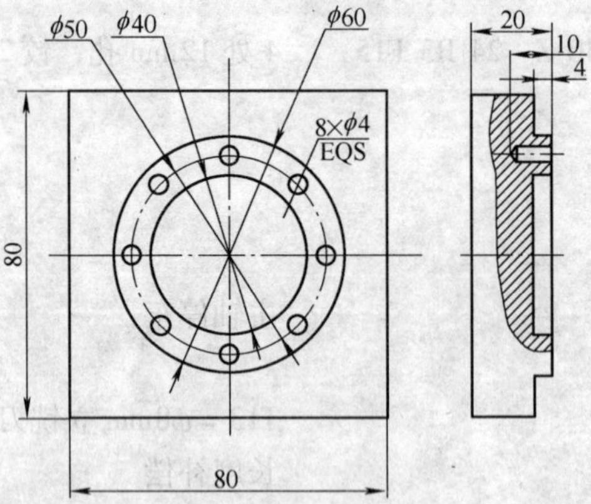

图4-36 钻孔零件

```
G28 G91 Z0;
G54 G90 G0 X0 Y0;
T1;                         调用T1刀具
G43 H1 Z100;                长度补偿
M03 S1000;
G98 G81 Z-2 R3 K1 F50;      用中心钻划窝
```

```
M98 P555;
T2;                              换 T2 刀具
G43 H2 Z100;
M03 S600;
G98 G83 Z-10 Q1 K0 F50;          中间孔不做
M98 P555;
T3;                              换 T3 刀具
G43 H3 Z100;                     长度补偿
M03 S500;
G98 G83 Z-4 Q1 R3 K1 F40;
G80;                             固定循环结束
M05;                             主轴停车
T4;                              换 T4 刀具
G43 H4 Z100;
M03 S800;
G0 Z5;                           快速移动到工件上方正 5.0mm 处
G01 Z-4 F40;                     以 40mm/min 切削速度下降到 -4mm 处
G41 X20 D20;                     偏移量 8.10mm，粗铣一遍
M98 P666;
G41 X20 D21;                     偏移量 8.00mm，精铣一遍
M98 P666;
G0 Z100;                         快速移动到工件上 100mm 处
Y-55;
Z5;                              快速移动到工件上方正 5.0mm 处
G01 Z-4 F100;                    以 100mm/min 切削速度下降到 -4mm 处
G41 X25 D30;                     偏移量 8.10mm，粗铣一遍
M98 P777;
G41 G01 X25 D32;                 偏移量 8.00mm，精铣一遍
M98 P777;
G0 Z100;                         快速移动到工件上 100mm 处
M05;                             主轴停车
G28 G91 Z0;                      Z 轴回参考点
M30;                             程序结束

O555;                            八孔位置
G90 X25 Y0;
X17.678 Y17.678;
Y25 X0;
X-17.678 Y-17.678;
```

```
X-25 Y0;
X-17.678 Y17.678;
Y-25 X0;
X17.678 Y-17.678
G80 X0 Y0;                        固定程序结束
M05;                              主轴停车
M99;                              子程序结束返回主程序

O666;                             铣内圆
G03 X20 Y0 I-20 J0;
G01 G40 X0 F300;
M99;

O777;                             铣外圆
G03 X0 Y-30 I-25 J0 F100;
G02 X0 Y-30 I0 J30;
G03 X-25 Y-55 I0 J-25;
G01 G40 X0 Y-55 F300;
M99;
```


【例题 4-4】编制图 4-37 所示零件的加工程序。T1 刀具为中心钻，T2 刀具为 $\phi5.2$mm 钻头，T3 刀具为 $\phi7$mm 钻头，T4 刀具为 $\phi11.8$mm 钻头，T5 刀具为 $\phi12$mm 铰刀，T6 刀具为 M6 丝锥。程序如下：

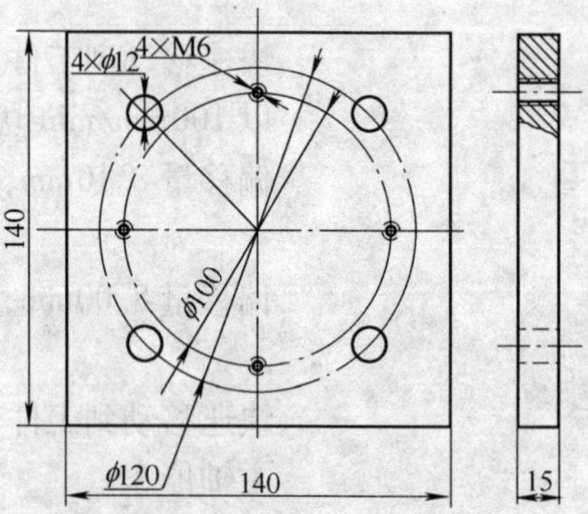

图 4-37　钻孔及攻螺纹

```
G28 G91 Z0;
G54 G90 G90 X0 Y0;
T1;                                   调用 T1 刀具
G43 H1 Z100;                          长度补偿
G98 G81 X50 Y0 Z-2 R3 F50             用中心钻划窝
        X0 Y50
```

```
        X -50 Y0
        X0 Y -50
        X42. 426 Y42. 426
        X -42. 426 Y42. 426;
        X -42. 426 Y -42. 426;
        X42. 4265 Y -42. 426;
        G80 X0 Y0;
M05;                                        主轴停车
T2;                                         调用 T2 刀具
G43 H2 Z100;                                长度补偿
M03 S600;
G98 G83 X50 Y0 Z -18 R3 Q1 F55;             钻孔
        X0 Y50;
        X -50 Y0;
        X0 Y -50;
G80X0 Y0;
M05;
T3;                                         换 T3 刀具
G43 H3 Z100;                                长度补偿
M03 S620;
G98 G83 X42. 426 Y42. 426 Z -18 Q1 R3 F40;  钻孔
        X -42. 426 Y42. 426;
        X -42. 426 Y -42. 426;
        X42. 4265 Y -42. 426;
G80 X0 Y0;
M05;                                        主轴停车
T4;                                         换 T4 刀具
G43 H4 Z100;                                长度补偿
M03 S400;
G98 G83 X42. 426 Y42. 426 Z -18 Q1 R3 F30;  钻孔
        X -42. 426;
        Y -42. 426;
        X42. 426;
G80 X0 Y0;
M05;                                        主轴停车
T5;                                         换 T5 刀具
G43 H5 Z100;                                长度补偿
M03 S120;
G98 G85 X42. 426 Y42. 426 Z -16 R3 F15;     铰孔
```

```
        X -42.426;
        Y -42.426;
        X42.426;
G80 X0 Y0;
M05;                                        主轴停车
T6;
G43 H6 Z100;                                长度补偿
M03 S200;
G98 G84 X50 Y0 Z -15 R3 F200;               攻螺纹
        X0 Y50;
        X -50 Y0;
        X0 Y -50;
G80 X0 Y0;
M05;                                        主轴停车
G28 G91 Z0;                                 Z 轴回参考点
G28 G91 Y0;                                 Y 轴回参考点
M30;                                        程序结束
```

4.5.3 镗孔

【例题 4-5】编制图 4-38 所示零件的加工程序。T1 刀具为 ϕ20mm 镗刀，T2 刀具为 ϕ19.8mm 钻头。程序如下：

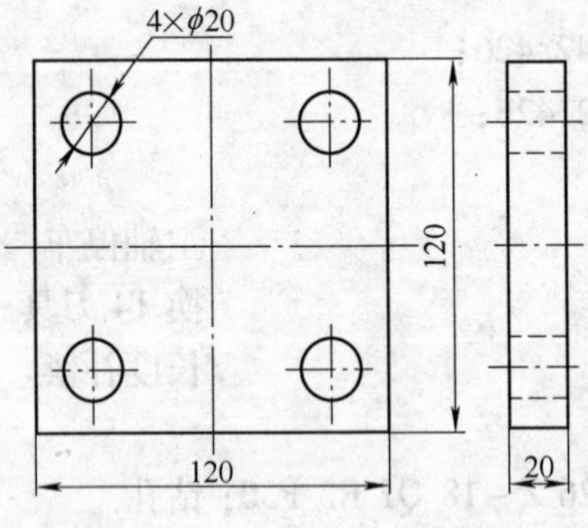

图 4-38　镗孔

```
G28 G91 Z0;
G54 G90 G0 X0 Y0;
T2;                                         调用 T2 刀具
G43 H2 Z100;                                长度补偿
M03 S380;
G98 G83 X40 Y40 Z -30 R3 Q1 F40;            钻预孔
        X -40 Y40;
        X -40 Y -40;
```

```
        X40 Y-40;
G80 X0 Y0;
M05                                  主轴停车
T1;                                  换 T1 刀具
G43 H1 Z100;                         长度补偿
M03 S380;
G98 G76 X40 Y40 Z-30 R3 Q0 F40;      镗孔
        X-40 Y40;
        X-40 Y-40;
G80 X0 Y0;
G0 Z100;                             快速到工件上 100mm 处
M05;                                 主轴停车
G91 G28 Z0;                          Z 轴回参考点
G91 G28 Y0;                          Y 轴回参考点
M30;                                 程序结束
```

4.5.4　铣削内腔形状

【例题 4-6】编制图 4-39 所示零件的加工程序。T1 刀具为中心钻，T2 刀具为 ϕ7mm 钻头，T3 刀具为 ϕ16mm 钻头，T4 刀具为 ϕ16mm 立铣刀，T5 刀具为 ϕ8mm 立铣刀，D20 = 24mm，D21 = 16mm，D22 = 8.1mm，D24 = 4.0mm，程序如下：

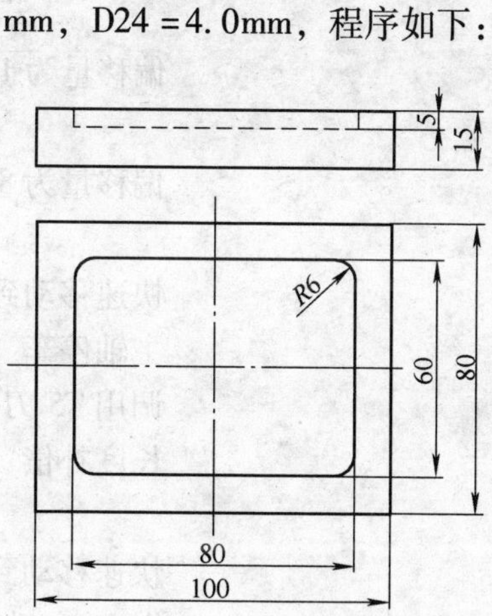

图 4-39　铣内腔

```
G28 G91 Z0;
G54 G90 G0 X0 Y0;
T1;                                  调用 T1 刀具
G43 H1 Z100;                         长度补偿
S1000 M03;
G98 G81 X0 Y0Z-1.5 R3 F45;           用中心钻划窝
G80;
```

```
M05;                              主轴停车
T2;                               调用 T2 刀具
G43 H2 Z100;
M03 S700;                         长度补偿
G98 G83 X0 Y0 Z-5 Q1 R3;          钻孔
G80;
M05;                              主轴停车
T3;                               调用 T3 刀具
G43 H3 Z100;                      长度补偿
S550 M03;
G98 G83 X0 Y0 Z-5 Q1 R3 F45;      钻孔
G80;
M05;                              主轴停车
T4;                               调用 T4 刀具
G43 H4 Z100;                      长度补偿
S450 M03;
G00 Z5;                           快速移动到工件上方正 5.0mm 处
G01 Z-5 F40;                      以 40mm/min 切削速度下降到 -5mm 处
G41 G01 Y-30 D20;                 偏移量为 24mm
M98 P555;
G41 G01 Y-30 D21;                 偏移量为 16mm
M98 P555;
G41 G01 Y-30 D22;                 偏移量为 8.1mm
M98 P555;
G0 Z100;                          快速移动到工件上 100mm 处
M05;                              主轴停车
T5;                               调用 T5 刀具
G43 H5 Z100;                      长度补偿
S650 M03;
G0 Z5;                            快速移动到工件上方正 5.0mm 处
G01 Z-5 F50;                      以 50mm 切削速度下降到 -5mm 处
G41 Y-30 D24;                     偏移量为 4.0mm
X34;
G03 X40 Y-24 I0 J6;
G01 Y24;
G03 X34 Y30 I-6 J0;
G01 X-34;
G03 X-40 Y24 I0 J-6;
G01 Y-24;
```

```
G03 X-34 Y-30 I6 J0;
G01 X0;
G40 G01 Y0 F300;
G0 Z100;                        快速移动到工件上 100mm 处
M05;                            主轴停车
G28 G91 Z0;                     Z 轴回参考点
G28 G91 Z0;                     Y 轴回参考点
M30;                            程序结束

O555 ;                          铣内腔子程序
    X40;
    Y40;
    X-40;
    Y-40;
    X0;
G40 G01 Y0 F300;
M99;
```

【例题 4-7】 编制图 4-40 所示零件的加工程序。T1 刀具为 ϕ8mm 铣刀，D1 = 4mm。程序如下：

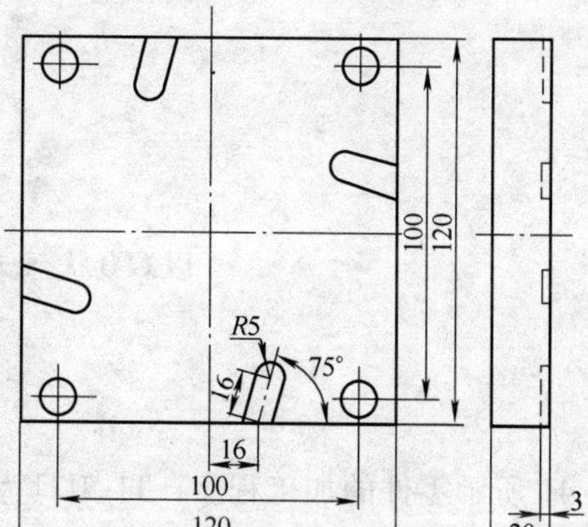

图 4-40　铣腔体

```
G28 G91 Z0;
G54 G90 G0 X0 Y0;
T1;                             调用 T1 刀具
G43 H1 Z100;                    长度补偿
S600 M03;
G90 G0 X16 Y-50;
G68 X16 Y-50 R-15;              以 P (16, -50) 点为旋转中心，旋转 15°
M98 P555;                       呼叫子程序
```

```
G90 G0 X60 Y16;
G68 X60 Y16 R75;                  旋转
M98 P555;
G90 G0 X-16 Y50;
G68 X-16 Y50 R165;                旋转
M98 P555;
G90 G0 X-60 Y-16;
G68 X-60 Y-16 R-105;              旋转
M98 P555;
G90 G0 X0 Y0;
M05;                              主轴停车
G28 G91 Z0;                       Z 轴回参考点
G28 G91 Y0;                       Y 轴回参考点
M30;                              程序结束

O555                              以未旋转状态，编排子程序
G91G0 Y-10;                       以 G91 状态，编排子程序
  Z-95;                           快速移动到工件上方正 5.0mm 处
G01 Z-8F100;                      以 100mm/min 切削速度下降到 -3mm 处
G41 X5 D1;                        偏移量 D1
  Y26;
G03 X-10 Y0 I-5
G01 Y-26;
G40 X5;
G90 G0 Z100;                      以 G90 状态，快速移动到工件上方 100mm 处
M99;
```


4.5.5 综合练习

【例题 4-8】 编制图 4-41 所示零件的加工程序，T1 刀具为 ϕ20mm 立铣刀，T2 刀具为 ϕ8mm 立铣刀，T3 刀具为中心钻，T4 刀具为 ϕ8mm 钻头，T5 刀具为 ϕ11.8mm 钻头，T6 刀具为 ϕ12mm 铰刀。

```
O1;
G28 G91 Z0;
G90 G0 G54 X0 Y-65;               快速移动到 P（0，-65）点处
T1                                调用 T1 刀具
G43 H1 Z100;                      长度补偿
M03 S400;
Z3;                               快速移动到工件上方 3.0mm 处
G01 Z-7.9 F100;                   以 100mm/min 切削速度下降到 -7.9mm 处
```

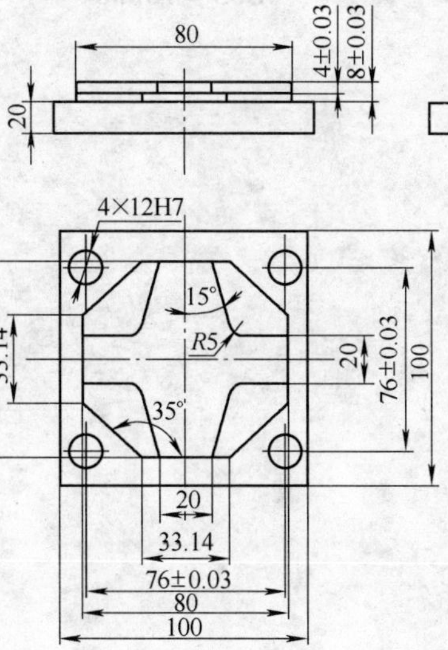

图4-41 综合练习零件

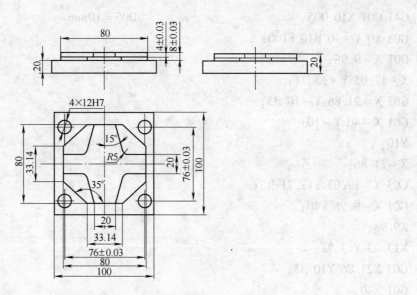

```
M98 P2;
G41G01 X25 D01                          D01 = 15mm
M98 P3;
G41 G01 X25 D02                         D02 = 10.2mm
M98 P3;
G01 Z-8 F100;
M98 P2;
G41G01 X25 D01;                         D01 = 15mm
M98 P3;
G41 G01 X25 D03;                        D03 = 10mm
M98 P3;
G01Z-4F300;
G41G01X25D04;                           D04 = 13mm
M98 P4;
G41 G01 X25 D02;                        D02 = 10.2mm
M98 P4;
G0 Z100;
M05;
T2;                                     换 T2 刀具
G43 H2 Z100;                            长度补偿
M03 S1000;
G0 X0 Y-50;
Z3;                                     快速移动到工件上方 3.0mm 处
G01 Z-4 F200;                           以 200mm/min 切削速度下降到 -4mm 处
```

```
G41 G01 X10 D05;                          D05 = 10mm
G03 X0 Y -40 R10 F100;
G01 X -9.98;
X -17.03 Y -13.71;
G03 X -21.86 Y -10 R5;
G01 X -40 Y -10;
Y10;
X -21.86;
G03 X -17.03 Y13.71 R5;
G01 X -9.98 Y40;
X9.98;
X17.03 Y13.71;
G03 X21.86 Y10 R5;
G01 X40;
Y -10;
G01 X21.86;
G03 X17.03 Y13.71 R5;
G01 X9.98 Y -40;
G01 X0;
G03 X -10 Y -50R10;
G40 G01 X0F500;
G0 Z100;
M05;
T3;                                       换 T3 刀具
G43 H3 Z100;
M03 S1200;
G98 G81 X -38 Y -38 Z -10 R -5 F50;
Y38;
X38;
Y -38;
G80;
M05;
T4;                                       换 T4 刀具
G43 H4 Z100;
M03S800;
G98 G83 X -38 Y -38 Z -25 R -5 Q1 F50;
Y38;
X38;
Y -38;
```

```
G80;
M05;
T5;                                   调用 T5 刀具
G43 H5 Z100;
M03 S600;
G98 G83 X-38 Y-38 Z-25 R-5 Q1 F50;
Y38;
X38;
Y-38;
G80;
M05;
T6;                                   调用 T6 刀具
G43 H6 Z100;
M03 S150;
G98 G85 X-38 Y-38 Z-25 R-5 F50;
Y38;
X38;
Y-38;
G80;
M05;
G28 G91 Z0;
G28 Y0;
M30;

O2;                                   -8mm 处八边形粗去量
G01 Y-51 F80;
X-51;
Y51;
X51;
Y-51;
X0;
Y-65 F400;
M99;

O3;                                   -8mm 处八边形外形铣
G03X0Y-40R25;                         以 R25mm 圆弧切入
G01 X-16.57;
X-40 Y-16.57;
Y16.57;
```

```
X-16.57 Y40;
X16.57;
X40 Y16.57;
Y-16.57;
X16.57 Y-40;
X0;
G03 X-25 Y-65 R25;                    以R25mm圆弧切出
G40 G01 X0 F500;
M99;

O4;                                    -4mm处外形粗铣
G03 X0 Y-40 R25;
G01 X-9.98;
X-18.02 Y-10;
X-40;
Y10;
X-18.02 Y10;
X-9.98 Y40;
X9.98;
X18.02 Y10;
X40;
Y-10;
X18.02;
X9.98 Y-40;
X0;
G03 X-25 Y-65 R25;
G40 G01 X0 F500;
M99;
```


4.6 加工中心实训

4.6.1 课题一：平面轮廓加工

1. 实训目的和要求

1）了解加工中心编程加工的特点，学会常用指令的使用方法。

2）掌握基点计算常用的基本方法，学习刀具、切削用量及进给路径的选取常识。

3）练习对刀仪、寻边器的正确使用方法及加工中心操作技能。

4）掌握使用加工中心加工平面轮廓的方法与技巧。

2. 实训内容

加工如图4-42所示零件。毛坯为长41mm，直径80mm的圆柱体，选择合适的刀具及常用指令，编制其粗、精加工程序，并加工出合格零件。

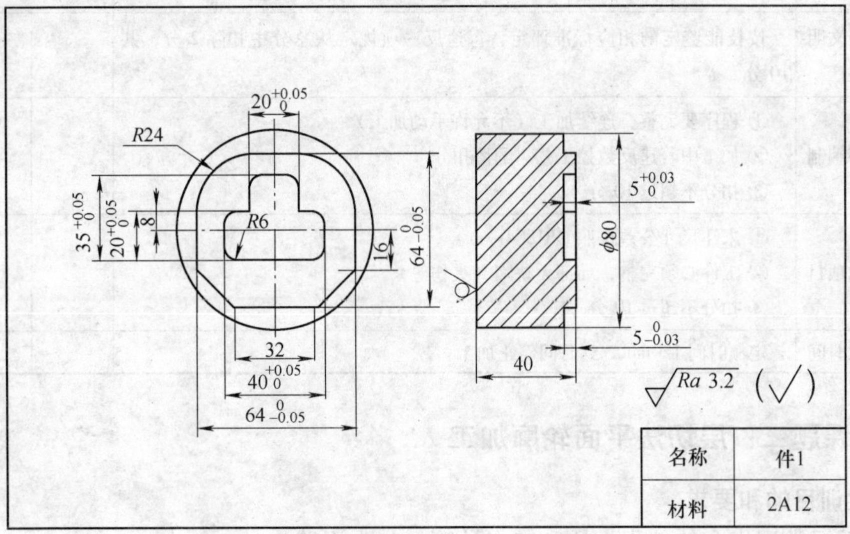

图4-42 课题一图

1）分析图样，确定加工工艺过程，计算刀尖运动轨迹。

2）编写零件加工程序单；输入数控装置；图形模拟演示，检查程序是否合格。

3）准备好加工必需的工、夹、量具，检查并装夹毛坯。

4）使用寻边器设置刀具中心在工件坐标系中的X、Y方向值。

5）依次设置好每把刀具的长度补偿值，并送回到刀库中与程序对应的位置。

6）自动运行程序。测量尺寸，根据工件图样要求的尺寸精度修改刀具补偿量；再次运行程序，加工出合格的工件。

3. 检验与考核（表4-5）

表4-5 检验与考核

序号	考核项目	考核内容及要求		配分	评分标准	检测结果	扣分	得分	备注
1	长度	$5^{+0.03}_{0}$mm	尺寸公差	8	超差0.01mm扣2分				
2		$5^{0}_{-0.03}$mm	尺寸公差	8	超差0.01mm扣2分				
3	外形	$35^{+0.05}_{0}$mm	尺寸公差	10	超差0.01mm扣2分				
4			Ra3.2μm	1	降一级扣2分				
5		$20^{+0.05}_{0}$mm	尺寸公差	10	超差0.01mm扣3分				2处
6			Ra3.2μm	1	降一级扣2分				
7		$64^{0}_{-0.05}$mm	尺寸公差	10	超差0.01mm扣3分				2处
8			Ra3.2μm	1	降一级扣2分				
9		$40^{+0.05}_{0}$mm	尺寸公差	10	超差0.01mm扣3分				
10			Ra3.2μm	1	降一级扣2分				

（续）

序号	考核项目	考核内容及要求		配分	评 分 标 准	检测结果	扣分	得分	备注
11	倒角	*R*6mm	尺寸公差	6	超差0.01mm扣0.5分				6处
12		*R*24mm	尺寸公差	4	超差0.01mm扣0.5分				2处
13	安全文明生产	按技能鉴定的相应标准评定，每违反一项规定从总分中扣除2分，共10分							
14	程序编制	① 程序要完整，连续加工（不允许手动加工） ② 加工中若违反数控工艺，酌情扣分 ③ 扣分不超过10分							
15	其他项目	① 未注尺寸公差按照GB1804—m ② 工件必须完整，局部无缺陷（夹伤等） ③ 扣分不超过10分							
16	加工时间	定额时间120min，到时间停止加工							

4.6.2 课题二：层切法平面轮廓加工

1. 实训目的和要求

1）学习常用指令的编程方法和基点计算的基本思路。

2）练习加工中心操作技能，熟练掌握对刀仪、寻边器的正确使用方法，学会如何选取刀具、切削用量及进给路径。

3）掌握使用加工中心分层加工平面轮廓的方法与技巧。

2. 实训内容

加工如图4-43所示零件。毛坯为长41mm，直径80mm的圆柱体，选择合适刀具及常用指令，编制其粗、精加工程序，并加工出合格零件。

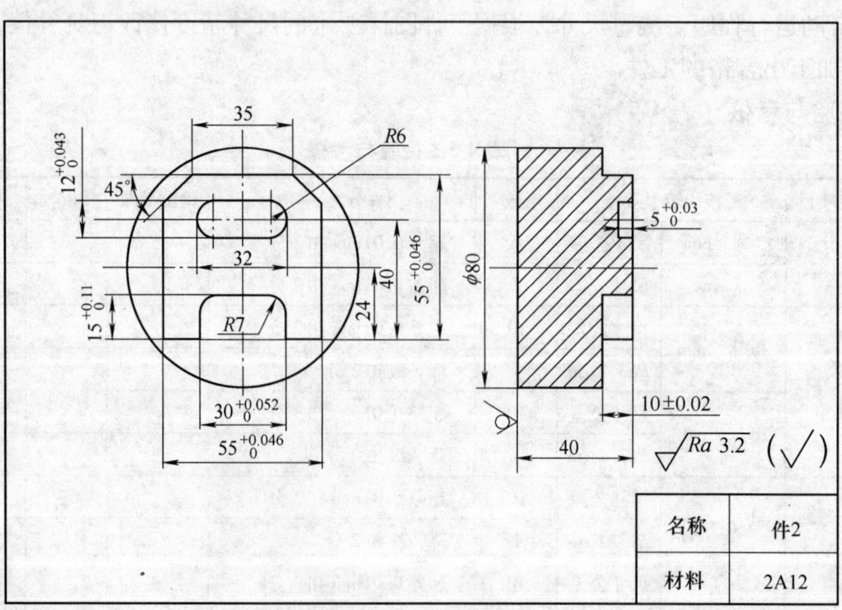

图4-43 课题二图

1）分析图样，确定加工工艺过程，计算刀尖运动轨迹。

2）编写零件加工程序单；输入数控装置；图形模拟演示，检查程序是否合格。

3）准备好加工必需的工、夹、量具，检查并装夹毛坯。

4）使用寻边器设置刀具中心在工件坐标系中的 X、Y 方向值。

5）依次设置好每把刀具的长度补偿值，并送回到刀库中与程序对应的位置。

6）自动运行程序。测量尺寸，根据工件图样要求的尺寸精度修改刀具补偿量；再次运行程序，加工出合格的工件。

3. 检验与考核（表 4-6）

表 4-6　检验与考核

序号	考核项目	考核内容及要求		配分	评分标准	检测结果	扣分	得分	备注
1	长度	10 ± 0.02mm	尺寸公差	8	超差 0.01mm 扣 2 分				
2		$5^{+0.03}_{0}$mm	尺寸公差	8	超差 0.01mm 扣 0.5 分				
3	外形	$55^{+0.046}_{0}$mm	尺寸公差	10	超差 0.01mm 扣 2 分				2 处
4			*Ra*3.2μm	2	降一级扣 0.5 分				
5		$30^{+0.052}_{0}$mm	尺寸公差	10	超差 0.01mm 扣 3 分				
6			*Ra*3.2μm	2	降一级扣 0.5 分				
7		$15^{+0.11}_{0}$mm	尺寸公差	8	超差 0.01mm 扣 2 分				4 处
8		$12^{+0.043}_{0}$mm	尺寸公差	8	超差 0.01mm 扣 0.5 分				
9		35mm	尺寸公差	2	超差 0.01mm 扣 0.5 分				
10		40mm	尺寸公差	2	超差 0.01mm 扣 0.5 分				
11		24mm	尺寸公差	2	超差 0.01mm 扣 0.5 分				
12		32mm	尺寸公差	2	超差 0.01mm 扣 0.5 分				
13	圆弧	*R*6mm	尺寸公差	2	超差 0.01mm 扣 0.5 分				2 处
14		*R*7mm	尺寸公差	2	超差 0.01mm 扣 0.5 分				2 处
15	倒角	*C*10	尺寸公差	2	超差 0.01mm 扣 0.5 分				2 处
16	安全文明生产	按技能鉴定的相应标准评定，每违反一项规定从总分中扣除 2 分，共 10 分							
17	程序编制	① 程序要完整，连续加工（不允许手动加工） ② 加工中有违反数控工艺，酌情扣分 ③ 扣分不超过 10 分							
18	其他项目	① 未注尺寸公差按照 GB1804—m ② 工件必须完整，考件局部无缺陷（夹伤等） ③ 扣分不超过 10 分							
19	加工时间	定额时间 120min，到时间停止加工							

4.6.3 课题三：平面轮廓加工及钻孔

1. 实训目的和要求

1）学习常用指令的编程方法和基点计算的基本思路。

2）熟练掌握对刀仪、寻边器的正确使用方法和加工中心的操作技能，能根据图样要求正确选取刀具、切削用量及进给路径。

3）掌握使用加工中心加工平面轮廓及钻孔的方法与技巧。

2. 实训内容

加工如图 4-44 所示零件。毛坯为 100mm × 100mm × 21mm 的块料，选择合适的刀具及常用指令，编制其粗、精加工程序，并加工出合格零件。

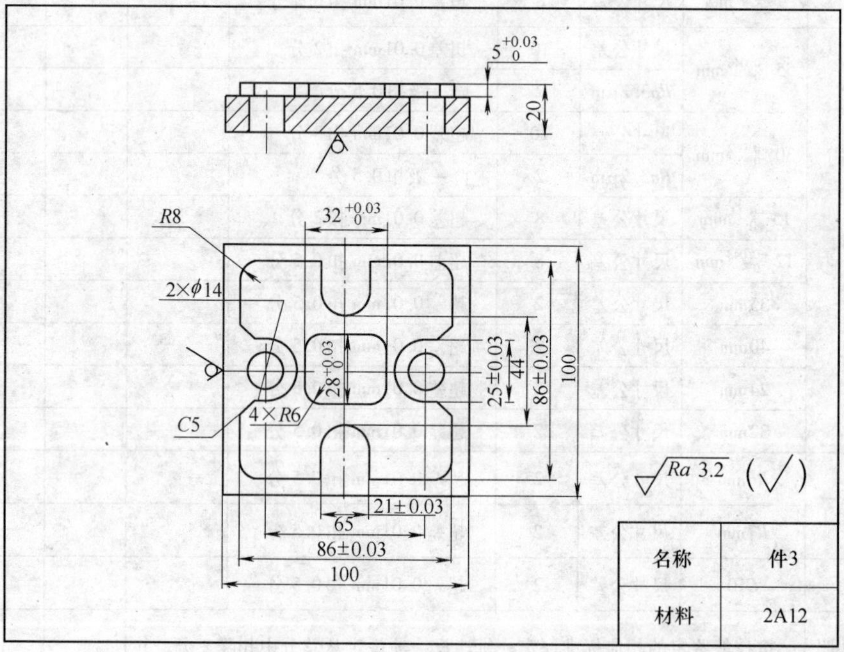

图 4-44 课题三图

1）分析图样，确定加工工艺过程，计算刀尖运动轨迹。

2）编写零件加工程序单；输入数控装置；图形模拟演示，检查程序是否合格。

3）准备好加工必需的工、夹、量具，检查并装夹毛坯。

4）使用寻边器设置刀具中心在工件坐标系中的 X、Y 方向值。

5）依次设置好每把刀具的长度补偿值，并送回到刀库中与程序对应的位置。

6）自动运行程序。测量尺寸，根据工件图样要求的尺寸精度修改刀具补偿量；再次运行程序，加工出合格的工件。

3. 检验与考核（表 4-7）

表 4-7　检验与考核

序号	考核项目	考核内容及要求		配分	评分标准	检测结果	扣分	得分	备注
1	长度	$5^{+0.03}_{0}$ mm	尺寸公差	8	超差 0.01mm 扣 2 分				
2	外形	$32^{+0.03}_{0}$ mm	尺寸公差	8	超差 0.01mm 扣 2 分				
3			*Ra*3.2μm	2	降一级扣 2 分				
4		$28^{+0.03}_{0}$ mm	尺寸公差	10	超差 0.01mm 扣 3 分				
5			*Ra*3.2μm	2	降一级扣 2 分				
6		25 ±0.03mm	尺寸公差	8	超差 0.01mm 扣 2 分				2 处
7			*Ra*3.2μm	2	降一级扣 2 分				
8		86 ±0.03mm	尺寸公差	8	超差 0.01mm 扣 0.5 分				2 处
9			*Ra*3.2μm	2	降一级扣 2 分				
10		21 ±0.03mm	尺寸公差	8	超差 0.01mm 扣 0.5 分				2 处
11			*Ra*3.2μm	2	降一级扣 2 分				
12		65mm	尺寸公差	2	超差 0.01mm 扣 0.5 分				
13	倒角	*R*8mm	尺寸公差	2	超差 0.01mm 扣 0.5 分				4 处
14		*ϕ*14mm	尺寸公差	2	超差 0.01mm 扣 0.5 分				2 处
15		*C*5	尺寸公差	2	超差 0.01mm 扣 0.5 分				4 处
16		*R*6mm	尺寸公差	2	超差 0.01mm 扣 0.5 分				4 处
17	安全文明生产	按技能鉴定的相应标准评定，每违反一项规定从总分中扣除 2 分，共 10 分							
18	程序编制	① 程序要完整，连续加工（不允许手动加工） ② 加工中违反数控工艺，酌情扣分 ③ 扣分不超过 10 分							
19	其他项目	① 未注尺寸公差按照 GB1804—m ② 工件必须完整，考件局部无缺陷（夹伤等） ③ 扣分不超过 10 分							
20	加工时间	定额时间 120min，到时间停止加工							

4.6.4　课题四：分层铣削轮廓及钻孔

1. 实训目的和要求

1）学习常用指令的编程方法和基点计算的基本思路。

2）熟练掌握对刀仪、寻边器的正确使用方法和加工中心的操作技能，能根据图样要求正确选取刀具、切削用量及进给路径。

3）掌握使用加工中心分层加工平面轮廓及钻孔的方法与技巧。

2. 实训内容

加工如图 4-45 所示零件。毛坯为长 45mm，直径为 115mm 的圆柱体，选择合适刀具及常用指令，编制其粗、精加工程序，并加工出合格零件。

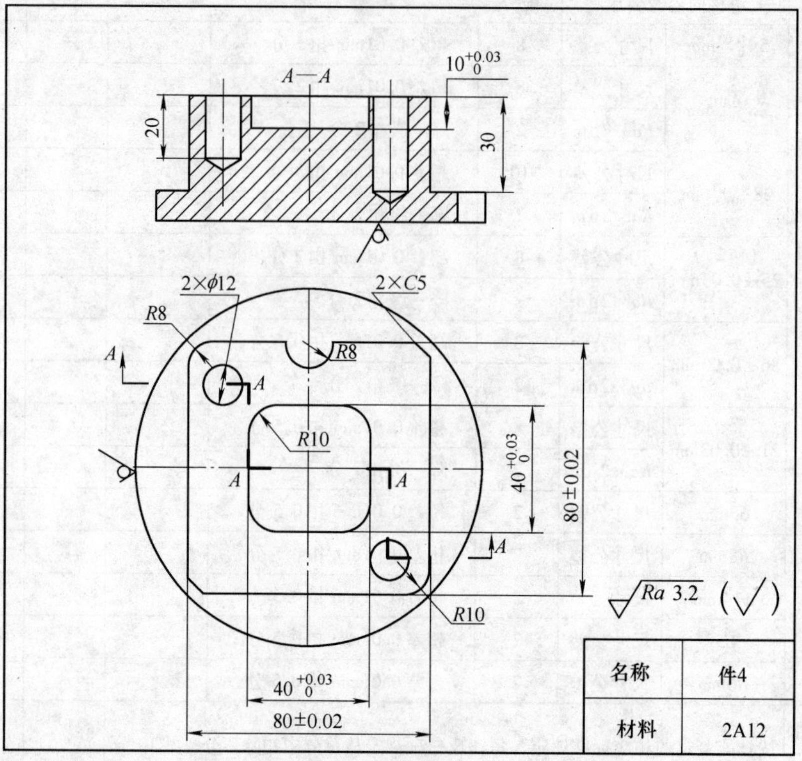

图 4-45　课题四图

1）分析图样，确定加工工艺过程，计算刀尖运动轨迹。

2）编写零件加工程序单；输入数控装置；图形模拟演示，检查程序是否合格。

3）准备好加工必需的工、夹、量具，检查并装夹毛坯。

4）使用寻边器设置刀具中心在工件坐标系中的 X、Y 方向值。

5）依次设置好每把刀具的长度补偿值，并送回到刀库中与程序对应的位置。

6）自动运行程序。测量尺寸，根据工件图样要求的尺寸精度修改刀具补偿量；再次运行程序，加工出合格的工件。

3. 检验与考核（表 4-8）

表 4-8　检验与考核

序号	考核项目	考核内容及要求		配分	评分标准	检测结果	扣分	得分	备注
1	长度	$10^{+0.03}_{0}$mm	尺寸公差	15	超差 0.01mm 扣 2 分				
2		30mm	尺寸公差	2	超差 0.01mm 扣 0.5 分				
3		20mm	尺寸公差	2	超差 0.01mm 扣 0.5 分				
4	圆、圆弧、孔	φ12mm	尺寸公差	4	超差 0.01mm 扣 0.5 分				2 处
5		R8mm	尺寸公差	2	超差 0.01mm 扣 0.5 分				

（续）

序号	考核项目	考核内容及要求		配分	评分标准	检测结果	扣分	得分	备注
6	外形	$40^{+0.03}_{0}$ mm	尺寸公差	11	超差 0.01mm 扣 2 分				2 处
7			*Ra*3.2μm	4	降一级扣 0.5 分				
8		80 ±0.02mm	尺寸公差	10	超差 0.01mm 扣 2 分				2 处
9			*Ra*3.2μm	4	降一级扣 0.5 分				
10	倒角	*R*10 mm	尺寸公差	10	超差 0.01mm 扣 0.5 分				5 处
11		*R*8 mm	尺寸公差	2	超差 0.01mm 扣 0.5 分				
12		*C*5	尺寸公差	4	超差 0.01mm 扣 0.5 分				2 处
13	安全文明生产	按技能鉴定的相应标准评定，每违反一项规定从总分中扣除 2 分，共 10 分							
14	程序编制	① 程序要完整，连续加工（不允许手动加工） ② 加工中违反数控工艺，酌情扣分 ③ 扣分不超过 10 分							
15	其他项目	① 未注尺寸公差按照 GB1804—m ② 工件必须完整，考件局部无缺陷（夹伤等） ③ 扣分不超过 10 分							
16	加工时间	定额时间 120min。到时间停止加工							
	总　分								

4.6.5　课题五：轮廓及孔系加工

1. 实训目的和要求

1）学习常用指令的编程方法和基点计算的基本思路。

2）熟练掌握对刀仪、寻边器的正确使用方法和加工中心的操作技能，能根据图样要求正确选取刀具、切削用量及进给路径。

3）掌握使用加工中心加工平面轮廓及孔系钻削的方法与技巧。

2. 实训内容

加工如图 4-46 所示零件。毛坯为 43mm × 43mm × 20mm 的块料，选择合适刀具及常用指令，编制其粗、精加工程序，并加工出合格零件。

1）分析图样，确定加工工艺过程，计算刀尖运动轨迹。

2）编写零件加工程序单；输入数控装置；图形模拟演示，检查程序是否合格。

3）准备好加工必需的工、夹、量具，检查并装夹毛坯。

4）使用寻边器设置刀具中心在工件坐标系中的 X、Y 方向值。

5）依次设置好每把刀具的长度补偿值，并送回到刀库中与程序对应的位置。

6）自动运行程序。测量尺寸，根据工件图样要求的尺寸精度修改刀具补偿量；再次运行程序，加工出合格的工件。

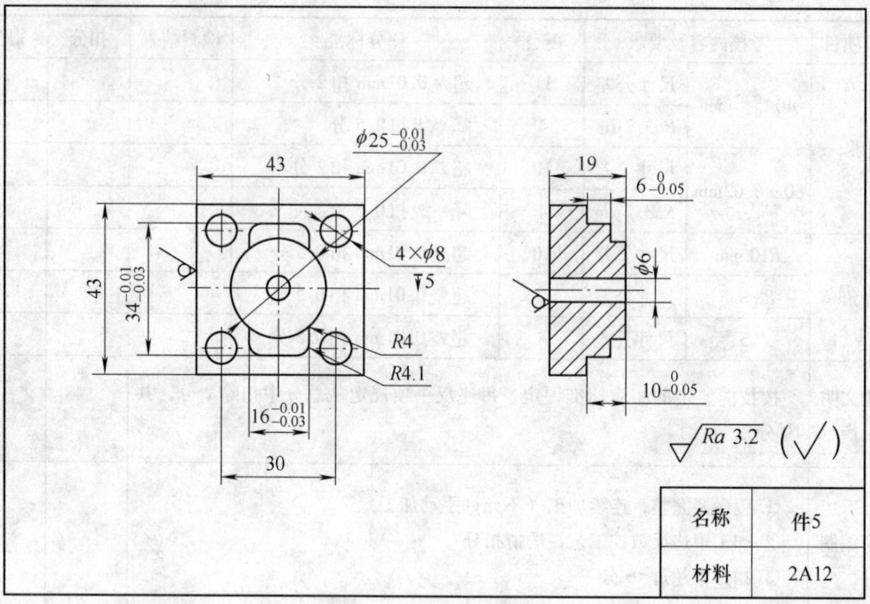

图 4-46　课题五图

3. 检验与考核（表 4-9）

表 4-9　检验与考核

序号	考核项目	考核内容及要求		配分	评分标准	检测结果	扣分	得分	备注
1	长度	$10_{-0.05}^{0}$ mm	尺寸公差	5	超差 0.01mm 扣 2 分				
2		$6_{-0.05}^{0}$ mm	尺寸公差	5	超差 0.01mm 扣 2 分				
3		19mm	尺寸公差	2	超差 0.01mm 扣 0.5 分				
4		5mm	尺寸公差	2	超差 0.01mm 扣 0.5 分				
5	圆、孔	$\phi25_{-0.03}^{-0.01}$ mm	尺寸公差	10	超差 0.01mm 扣 2 分				
6			Ra3.2μm	2	降一级扣 2 分				
7		ϕ8mm	尺寸公差	8	超差 0.01mm 扣 0.5 分				4 处
8		ϕ6mm	尺寸公差	2	超差 0.01mm 扣 0.5 分				
9	外形	$34_{-0.03}^{-0.01}$ mm	尺寸公差	10	超差 0.01mm 扣 2 分				
10			Ra3.2μm	2	降一级扣 2 分				
11		$16_{-0.03}^{-0.01}$ mm	尺寸公差	10	超差 0.01mm 扣 2 分				
12			Ra3.2μm	2	降一级扣 2 分				
13		30mm	尺寸公差	2	超差 0.01mm 扣 0.5 分				
14	倒角	R4 mm	尺寸公差	4	超差 0.01mm 扣 0.5 分				4 处
15		R4.1 mm	尺寸公差	4	超差 0.01mm 扣 0.5 分				4 处
16	安全文明生产	按技能鉴定的相应标准评定，每违反一项规定从总分中扣除 2 分，共 10 分							

（续）

序号	考核项目	考核内容及要求	配分	评 分 标 准	检测结果	扣分	得分	备注
17	程序编制	① 程序要完整，连续加工（不允许手动加工） ② 加工中违反数控工艺，酌情扣分 ③ 扣分不超过10分						
18	其他项目	① 未注尺寸公差按照GB1804—m。 ② 工件必须完整，考件局部无缺陷（夹伤等） ③ 扣分不超过10分						
19	加工时间	定额时间120min，到时间停止加工						
	总　分							

4.6.6　课题六：轮廓铣削及钻铰孔

1. 实训目的和要求

1）学习常用指令的编程方法和基点计算的基本思路。

2）熟练掌握对刀仪、寻边器的正确使用方法和加工中心的操作技能，能根据图样要求正确选取刀具、切削用量及进给路径。

3）掌握使用加工中心铣削外圆柱体及钻铰孔的方法与技巧。

2. 实训内容

加工如图4-47所示零件。毛坯为长31mm，直径80mm的圆柱体，选择合适刀具及常用指令，编制其粗、精加工程序，并加工出合格零件。

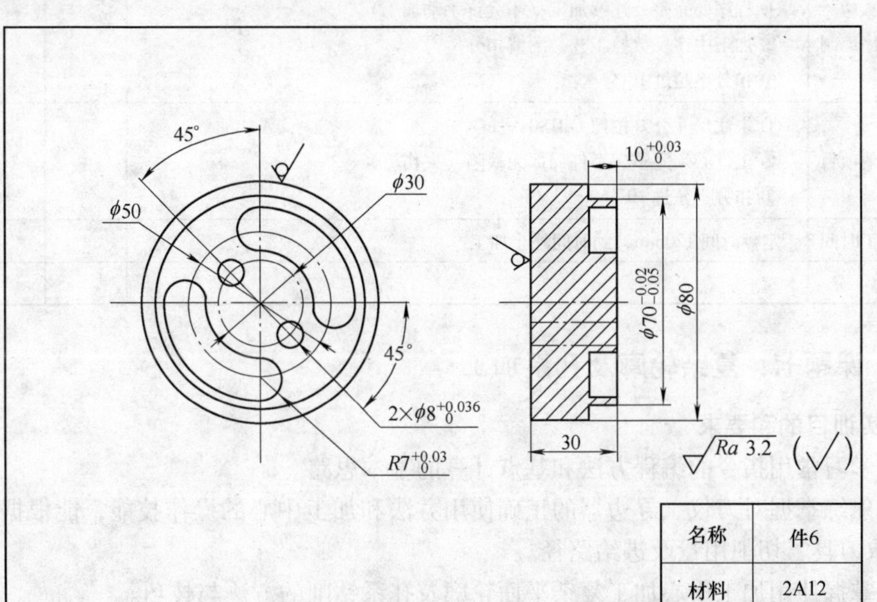

图4-47　课题六图

1）分析图样，确定加工工艺过程，计算刀尖运动轨迹。

2）编写零件加工程序单；输入数控装置；图形模拟演示，检查程序是否合格。

3）准备好加工必需的工、夹、量具，检查并装夹毛坯。

4）使用寻边器设置刀具中心在工件坐标系中的 X、Y 方向值。

5）依次设置好每把刀具的长度补偿值，并送回到刀库中与程序对应的位置。

6）自动运行程序。测量尺寸，根据工件图样要求的尺寸精度修改刀具补偿量；再次运行程序，加工出合格的工件。

3. 检验与考核（表 4-10）

表 4-10　检验与考核

序号	考核项目	考核内容及要求		配分	评分标准	检测结果	扣分	得分	备注
1	长度	$10^{+0.03}_{0}$ mm	尺寸公差	15	超差 0.01mm 扣 2 分				
2		30mm	尺寸公差	2	超差 0.01mm 扣 0.5 分				
3	圆、圆弧、孔	$\phi70^{-0.02}_{-0.05}$ mm	尺寸公差	15	超差 0.01mm 扣 2 分				
4			$Ra3.2\mu m$	2	降一级扣 2 分				
5		$\phi8^{+0.036}_{0}$ mm	尺寸公差	15	超差 0.01mm 扣 3 分				2 处
6		$R7^{+0.03}_{0}$ mm	尺寸公差	15	超差 0.01mm 扣 2 分				4 处
7		$\phi70$mm	尺寸公差	2	超差 0.01mm 扣 0.5 分				
8		$\phi50$mm	尺寸公差	2	超差 0.01mm 扣 0.5 分				
9		$\phi30$mm	尺寸公差	2	超差 0.01mm 扣 0.5 分				
10	安全文明生产	按技能鉴定的相应标准评定，每违反一项规定从总分中扣除 2 分，共 10 分							
11	程序编制	① 程序要完整，连续加工（不允许手动加工） ② 加工中违反数控工艺，酌情扣分 ③ 扣分不超过 10 分							
12	其他项目	① 未注尺寸公差按照 GB1804—m ② 工件必须完整，考件局部无缺陷（夹伤等） ③ 扣分不超过 10 分							
13	加工时间	定额时间 120min，到时间停止加工							
	总　分								

4.6.7　课题七：复杂轮廓及孔系加工

1. 实训目的和要求

1）学习常用指令的编程方法和基点计算的基本思路。

2）熟练掌握对刀仪、寻边器的正确使用方法和加工中心的操作技能，能根据图样要求正确选取刀具、切削用量及进给路径。

3）掌握使用加工中心加工复杂平面轮廓及孔系钻削的方法与技巧。

2. 实训内容

加工如图 4-48 所示零件。毛坯为 80mm × 80mm × 12mm 的块料，选择合适刀具及常用指令，编制其粗、精加工程序，并加工出合格零件。

1）分析图样，确定加工工艺过程，计算刀尖运动轨迹。

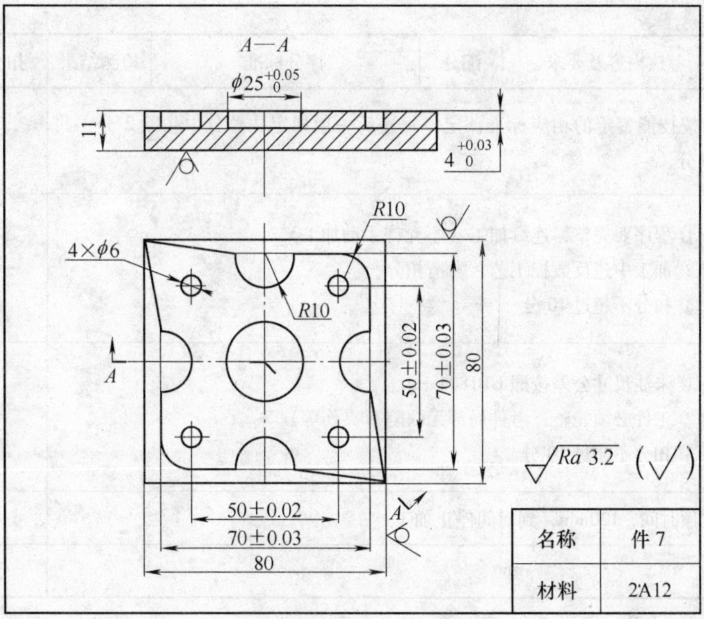

图4-48 课题七图

2）编写零件加工程序单；输入数控装置；图形模拟演示，检查程序是否合格。

3）准备好加工必需的工、夹、量具，检查并装夹毛坯。

4）使用寻边器设置刀具中心在工件坐标系中的X、Y方向值。

5）依次设置好每把刀具的长度补偿值，并送回到刀库中与程序对应的位置。

6）自动运行程序。测量尺寸，根据工件图样要求的尺寸精度修改刀具补偿量；再次运行程序，加工出合格的工件。

3. 检验与考核（表4-11）

表4-11 检验与考核

序号	考核项目	考核内容及要求		配分	评分标准	检测结果	扣分	得分	备注
1	长度	$4^{+0.03}_{0}$mm	尺寸公差	10	超差0.01mm扣2分				
2		11mm	尺寸公差	4	超差0.01mm扣0.5分				
3	圆、圆弧、孔	$\phi25^{+0.05}_{0}$mm	尺寸公差	12	超差0.01mm扣2分				
4			Ra3.2μm	2	降一级扣2分				
5		R10 mm	尺寸公差	6	超差0.01mm扣2分				6处
6		φ6mm	尺寸公差	8	超差0.01mm扣2分				4处
7	外形	50±0.02mm	尺寸公差	12	超差0.01mm扣2分				2处
8			Ra3.2μm	2	降一级扣2分				
9		70±0.03mm	尺寸公差	12	超差0.01mm扣2分				2处
10			Ra3.2μm	2	降一级扣2分				

（续）

序号	考核项目	考核内容及要求	配分	评分标准	检测结果	扣分	得分	备注
11	安全文明生产	按技能鉴定的相应标准评定，每违反一项规定从总分中扣除 2 分，共 10 分						
12	程序编制	① 程序要完整，连续加工（不允许手动加工） ② 加工中违反数控工艺，酌情扣分 ③ 扣分不超过 10 分						
13	其他项目	① 未注尺寸公差按照 GB1804—m ② 工件必须完整，考件局部无缺陷（夹伤等） ③ 扣分不超过 10 分						
14	加工时间	定额时间，120min，到时间停止加工						
	总分							

思考与练习题

1. 编写图 4-49 所示工件的加工程序，并在加工中心上进行切削加工。

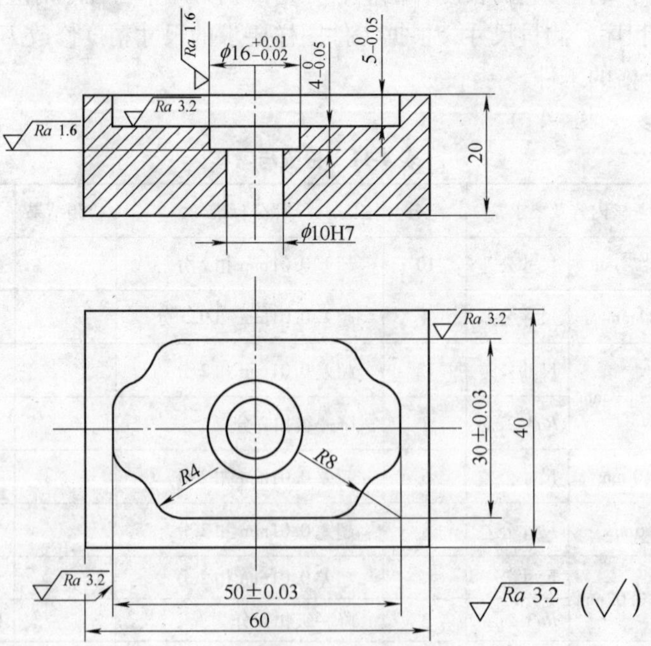

图 4-49　习题 1

2. 编写图 4-50 所示工件的加工程序，并在加工中心上进行切削加工。

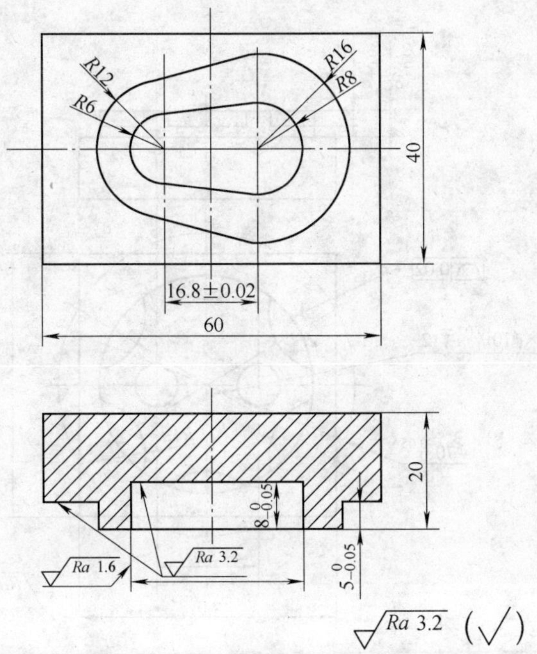

图 4-50　习题 2

3. 编写图 4-51 所示工件的加工程序，并在加工中心上进行切削加工。

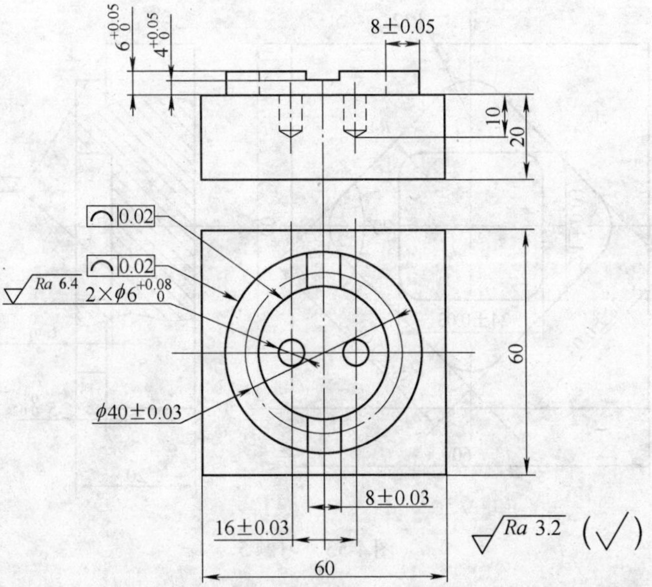

图 4-51　习题 3

4. 编写图4-52所示工件的加工程序，并在加工中心上进行切削加工。

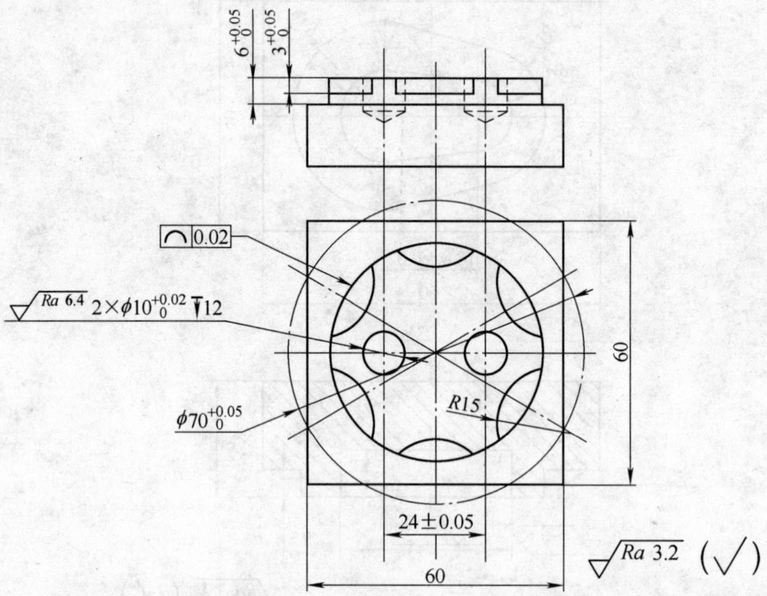

图4-52　习题4

5. 编写图4-53所示工件的加工程序，并在加工中心上进行切削加工。

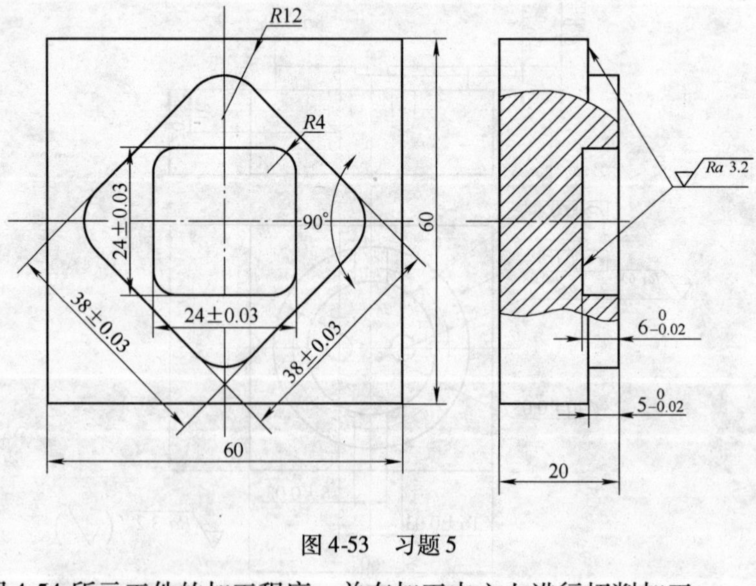

图4-53　习题5

6. 编写图4-54所示工件的加工程序，并在加工中心上进行切削加工。

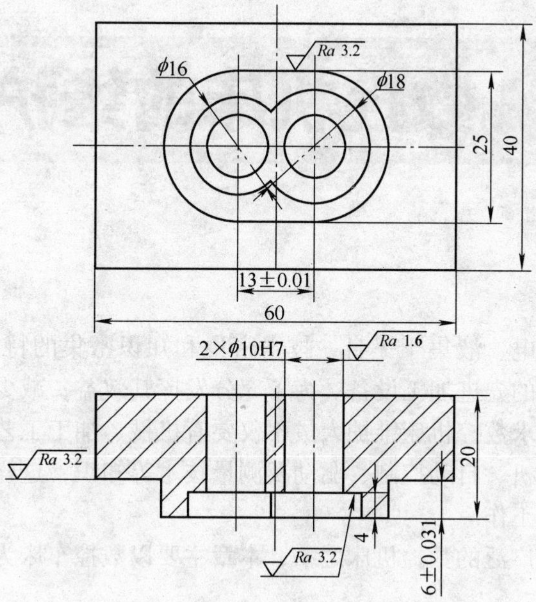

图 4-54　习题 6

7. 编写图 4-55 所示工件的加工程序，并在加工中心上进行切削加工。

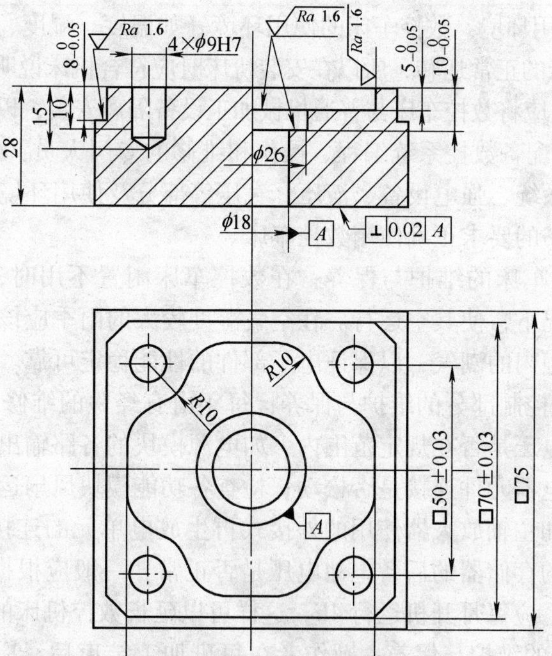

图 4-55　习题 7

第 5 章 数控机床的维护与保养

数控机床具有机、电、液集于一身，技术密集和知识密集的特点，是一种自动化程度高、结构复杂且又昂贵的先进加工设备。为了充分发挥其效益，减少故障的发生，必须做好日常维护工作。所以要求数控机床维护人员不仅要有机械、加工工艺，以及液压、气动方面的知识，也要具备计算机、自动控制、驱动及测量技术等知识，这样才能全面了解、掌握数控机床，及时搞好维护工作。

数控车床是使用最广泛的数控机床之一，本章主要以数控车床为例来说明数控机床的日常维护与保养方法。

5.1 数控车床主要的日常维护与保养工作内容

1）选择合适的使用环境：数控车床的使用环境（如温度、湿度、振动、电源电压、频率及干扰等）会影响机床的正常运转，所以在安装机床时应符合机床说明书规定的安装条件和要求。若经济条件许可，应将数控车床与普通机械加工设备隔离安装，以便于维修与保养。

2）应为数控车床配备数控系统编程、操作和维修的专门人员：这些人员应熟悉所用机床的机械部分、数控系统、强电设备、液压、气压等部分及使用环境、加工条件等，并能按机床和系统使用说明书的要求正确使用数控车床。

3）长期闲置数控车床的维护与保养：在数控车床闲置不用时，应经常使数控系统通电，在机床锁住的情况下，使其空运行。在空气湿度较大的雨季应该每天通电，利用电器元件本身发热驱走数控柜内的潮气，以保证电子部件的性能稳定可靠。

4）数控机床硬件控制部分的维护与保养：每年由有经验的维修电工检测一次。检测内容包括：有关的参考电压是否在规定范围内，如电源模块的各路输出电压、数控单元参考电压等；检查系统内各电器元件连接是否松动；检查各功能模块风扇运转是否正常，并清除灰尘；检查伺服放大器和主轴放大器使用的外接式再生放电单元的连接是否可靠，清除灰尘；检测各功能模块使用的存储器的后备电池电压是否正常，一般应根据厂家的要求定期更换。对于长期停用的机床，应每月开机运行4h，这样可以延长数控机床的使用寿命。

5）机床机械部分的维护与保养：操作者在每班加工结束后，应清扫干净散落于拖板、导轨等处的切屑；工作时注意检查排屑器是否正常，以免造成切屑堆积，损坏导轨精度，危及滚珠丝杠与导轨的寿命；工作结束前，应将各伺服轴回归原点后停机。

6）机床主轴电动机的维护与保养：维修电工应每年检查一次伺服电动机和主轴电动机。着重检查其运行噪声、温升，若噪声过大，应查明是轴承等零件的机械问题还是与其相配的放大器的参数设置问题，并采取相应措施加以解决。对于直流电动机，应对其电刷、换向器等进行检查、调整、维修或更换，使其工作状态良好。检查电动机端部的冷却风扇运转是否正常并清扫灰尘；检查电动机各连接插头是否松动。

7）机床进给伺服电动机的维护与保养：对于数控车床的伺服电动机，每10~12个月应进行一次维护保养，加速或者减速变化频繁的机床要每2个月进行一次维护保养。维护保养的主要内容有：用干燥的压缩空气吹除电刷上的粉尘，检查电刷的磨损情况，如需更换，需选用规格相同的电刷，更换后要空载运行一定时间，使其与换向器表面吻合；检查清扫电枢整流子，以防止短路；如装有测速电动机和脉冲编码器，也要进行检查和清扫。数控车床中的直流伺服电动机应每年至少检查一次，一般应在数控系统断电，并且电动机已完全冷却的情况下进行检查；取下橡胶刷帽，用螺钉旋具拧下刷盖，取出电刷；测量电刷长度，如FANUC直流伺服电动机的电刷由10mm磨损到小于5mm，必须更换同一型号的电刷；仔细检查电刷的弧形接触面是否有深沟和裂痕，以及电刷弹簧上是否有打火痕迹，如有上述现象，则要考虑电动机的工作条件是否过分恶劣或电动机本身是否有问题；将不含金属粉末及水分的压缩空气导入装电刷的刷孔，吹净粘在刷孔壁上的电刷粉末，如果难以吹净，可用螺钉旋具尖轻轻清理，直至孔壁全部干净为止，但要注意不要碰到换向器表面；重新装上电刷，拧紧刷盖。如果更换了新电刷，应使电动机空运行跑合一段时间，以使电刷表面和换向器表面相吻合。

8）机床测量反馈元件的维护与保养：检测元件采用编码器、光栅尺的较多，也有使用感应同下尺、磁尺、旋转变压器等。维修电工每周应检查一次检测元件连接是否松动，是否被油液或灰尘污染。

9）机床电气部分的维护与保养可按如下步骤进行：①检查三相电源的电压值是否正常，有无偏相，如果输入的电压超出允许范围则进行相应调整。②检查所有电气连接是否良好。③检查各类开关是否有效，可借助于数控系统CRT显示的自诊断画面及可编程机床控制器（PMC）、输入输出模块上的LED指示灯检查确认，若不良应更换。④检查各继电器、接触器是否工作正常，触点是否完好，可利用数控编程语言编辑一个功能试验程序，通过运行该程序确认各元器件是否完好有效。⑤检验热继电器、电弧抑制器等保护器件是否有效等。电气保养应由车间电工实施，每年检查调整一次。电气控制柜及操作面板显示器的箱门应密封，不能用打开柜门使用外部风扇冷却的方式降温。操作者应每月清扫一次电气柜防尘滤网，每天检查一次电气柜冷却风扇或空调运行是否正常。

10）机床液压系统的维护与保养：检查各液压阀、液压缸及管子接头是否有外漏；液压泵或液压马达运转时是否有异常噪声等现象；液压缸移动时，工作是否正常平稳；液压系统的各测压点压力是否在规定的范围内，压力是否稳定；液压油的温度是否在允许的范围内；液压系统工作时有无高频振动；电气控制或撞块（凸轮）控制的换向阀工作是否灵敏可靠，油箱内油量是否在油标刻线范围内；行位开关或限位挡块的位置是否有变动；液压系统手动或自动工作循环时是否有异常现象；定期对油箱内的液压油进行取样化验，检查液压油质量，定期过滤或更换液压油；定期检查蓄能器的工作性能；定期检查冷却器和加热器的工作性能；定期检查和旋紧重要部位的螺钉、螺母、接头和法兰螺钉；定期检查更换密封元件；定期检查、清洗或更换液压元件；定期检查、清洗或更换滤芯；定期检查或清洗液压油箱和管道。操作者每周应检查液压系统压力有无变化，如有变化，应查明原因，并调整至机床制造厂要求的范围内。操作者在使用过程中，应注意观察刀具自动换刀系统、自动拖板移动系统工作是否正常；液压油箱内油位是否在允许的范围内，油温是否正常，冷却风扇是否正常运转；每月应定期清扫液压油冷却器及冷却风扇上的灰尘；每年应清洗液压油过滤装置；检查液压油的油质，如果失效变质应及时更换，所用油品应是机床制造厂要求的品牌或已经确认可代用的品牌；每年检查调整一次主轴箱平衡缸的压力，使其符合出厂要求。

11）机床气动系统的维护与保养：保证供给洁净的压缩空气，压缩空气中通常都含有水分、油分和粉尘等杂质。水分会使管道、阀和气缸腐蚀；液压油会使橡胶、塑料和密封材料变质；粉尘造成阀体动作失灵。选用合适的过滤器可以清除压缩空气中的杂质，使用过滤器时应及时排除和清理积存的液体，否则，当积存液体接近挡水板时，气流仍可将积存物卷起。保证空气中含有适量的润滑油，大多数气动执行元件和控制元件都有要求适度的润滑。润滑的方法一般是采用油雾器进行喷雾润滑，油雾器一般安装在过滤器和减压阀之后。油雾器的供油量一般不宜过多，通常每 $10m^3$ 的自由空气供 1mL 的油量（即 40 到 50 滴油）。检查润滑是否良好的一个方法是：找一张清洁的白纸放在换向阀的排气口附近，如果阀在工作三到四个循环后，白纸上只有很轻的斑点，表明润滑是良好的。保持气动系统的密封性，漏气不仅增加了能量的消耗，也会导致供气压力的下降，甚至造成气动元件工作失常。严重的漏气在气动系统停止运行时，由漏气引起的噪声很容易发现；轻微的漏气则要利用仪表，或用涂抹肥皂水的办法进行检查。应保证气动元件中运动零件的灵敏性。从空气压缩机排出的压缩空气，包含有粒度为 0.01 ~ 0.08μm 的压缩机油微粒，在排气温度为 120 ~ 220℃的高温下，这些油粒会迅速氧化，氧化后油粒颜色变深，粘性增大，并逐步由液态固化成油泥。这种 μm 级以下的颗粒，一般过滤器无法滤除。当它们进入到换向阀后便附着在阀芯上，使阀的灵敏度逐步降低，甚至出现动作失灵。为了清除油泥，保证灵敏度，可在气动系统的过滤器之后，安装分水滤气器，将油泥分离出。此外，定期清洗液压阀也可以保证阀的灵敏度。保证气动装置具有合适的工作压力和运动速度，调节工作压力时，压力计应当工作可靠，读数准确。减压阀与节流阀调节好后，必须紧固调压阀盖或锁紧螺母，防止松动。操作者应每天检查压缩空气的压力是否正常；过滤器需要手动排水的，夏季应两天排一次，冬季一周排一次；每月检查润滑器内的润滑油是否用完，及时添加规定品牌的润滑油。

12）机床润滑部分的维护与保养：各润滑部位必须按润滑图定期加油，注入的润滑油必须清洁。润滑处应每周定期加油一次，找出耗油量的规律，发现供油减少时，应及时通知维修工检修。操作者应随时注意 CRT 显示器上的运动轴监控画面，发现电流增大等异常现象时，及时通知维修工维修。维修工每年应进行一次润滑油分配装置的检查，发现油路堵塞或漏油应及时疏通或修复。底座里的润滑油必须加到油标的最高线，以保证润滑工作的正常进行。因此，必须经常检查油位是否正确，润滑油应 5 ~ 6 个月更换一次。由于新机床各部件的初磨损较大，所以，第一次和第二次换油的时间应缩短到每月换一次，以便及时清除污物。废油排出后，箱内应用煤油冲洗干净（包括主轴箱及底座内油箱），同时清洗或更换过滤器。

13）可编程机床控制器（PMC）的维护与保养：对 PMC 与 NC 完全集成在一起的系统，不必单独对 PMC 进行检查调整；对其他两种组态方式，应对 PMC 进行检查。主要检查 PMC 的电源模块的电压输出是否正常；输入输出模块的接线是否松动；输出模块内各路熔断器是否完好；后备电池的电压是否正常，必要时进行更换。对 PMC 输入输出点的检查可利用 CRT 上的诊断画面用置位复位的方式检查，也可用运行功能试验程序的方法检查。

14）有些数控系统的参数存储器采用 CMOS 元件，其存储内容在断电时靠电池代电保持。一般应在一年内更换一次电池，并且一定要在数控系统通电的状态下进行，否则会使存储参数丢失，导致数控系统不能工作。

15）及时清扫，如空气过滤器的清扫，电气柜的清扫，印制电路板的清扫。

16）X、Z 轴进给部分的轴承润滑脂应每年更换一次。更换时，一定要把轴承清洗干净。

17）自动润滑泵里的过滤器，每月清洗一次，各个刮屑板，应每月用煤油清洗一次，发现损坏应及时更换。

5.2　数控车床维护与保养

数控车床维护与保养的具体方法、要求等见表 5-1。

表 5-1　数控车床的维护与保养

序号	检查周期	检查部位	检查内容
1	每天	导轨润滑机构	油标、润滑泵，每天使用前手动打油润滑导轨
2	每天	导轨	清理切屑，滑动导轨检查有无划痕，滚动导轨润滑情况
3	每天	液压系统	油箱泵有无异常噪声，工作油面高度是否合适，压力计指示是否正常，有无泄漏
4	每天	主轴润滑油箱	油量、油质、温度、有无泄漏
5	每天	液压平衡系统	工作是否正常
6	每天	气源自动分水过滤器自动干燥器	及时清理分水器中过滤出的水分，检查压力
7	每天	电器箱散热、通风装置	冷却风扇工作是否正常，过滤器有无堵塞，及时清洗过滤器
8	每天	各种防护罩	有无松动、漏水，特别是导轨防护装置
9	每天	机床液压系统	液压泵有无噪声，压力计接头有无松动，油面是否正常
10	每周	空气过滤器	坚持每周清洗一次，保持无尘、通畅，发现损坏及时更换
11	每周	各电气柜过滤网	清洗粘附的尘土
12	半年	滚珠丝杠	洗去丝杠上的旧润滑脂，换新润滑脂
13	半年	液压油路	清洗各类阀、过滤器，清洗油箱底，换油
14	半年	主轴润滑箱	清洗过滤器、油箱，更换润滑油
15	半年	各轴导轨上的镶条，压紧滚轮	按说明书要求调整松紧状态
16	一年	检查和更换电动机电刷	检查换向器表面，去除毛刺，吹净碳粉，磨损过多的电刷及时更换
17	一年	冷却油泵过滤器	清洗冷却油池，更换过滤器
18	不定期	主轴电动机冷却风扇	除尘，清理异物
19	不定期	运屑器	清理切屑，检查是否卡住
20	不定期	电源	供电网络大修，停电后检查电源的相序，电压
21	不定期	电动机传动带	调整传动带松紧
22	不定期	刀库	刀库定位情况，机械手相对主轴的位置
23	不定期	切削液箱	随时检查液面高度，及时添加切削液，油液太脏应及时更换

思考与练习题

1. 数控机床的维护保养有何重要性?
2. 数控机床的日常维护与保养包括哪些方面?